HELENA HUNTING

Stay

HELENA HUNTING

STAY

Roman

Ins Deutsche übertragen von
Beate Bauer

LYX

LYX in der Bastei Lübbe AG
Dieser Titel ist auch als E-Book erschienen.

MIX
Papier aus verantwortungsvollen Quellen
FSC® C083411

Die Originalausgabe erschien 2017 unter dem Titel »Shacking Up« bei
SMP Swerve, an imprint of St. Martin's Press, New York, USA.

Redaktion: Andrea Kalbe
Umschlaggestaltung: www.buerosued.de
unter Verwendung eines Motivs von © Deborah Jaffe / Getty Images
Satz: Greiner & Reichel, Köln
Gesetzt aus der New Caledonia
Druck und Verarbeitung: CPI books GmbH, Leck – Germany
ISBN 978-3-7363-0706-3

1 3 5 7 6 4 2

Sie finden uns im Internet unter: www.lyx-verlag.de
Bitte beachten Sie auch: www.luebbe.de und www.lesejury.de

Meiner Familie, deren Liebe und Unterstützung meinen Traum erst möglich machen.

1

HALTE DEINE ZUNGE IM ZAUM

Ruby

Ich stelle das halb volle Glas mit Limoncello-Martini auf den Tisch – es ist wohl das Einzige, was hier noch am ehesten an Zitronenwasser mit Honig herankommt – und schnappe mir den Kellner, als er vorbeikommt. Ich nehme die angebotene Serviette und bin ziemlich wählerisch, was die Appetithäppchen betrifft, raune aber einen bewundernden Kommentar über die Pilzkanapees. Der Name der Vorspeisen ist mir nicht annähernd so wichtig wie ihr Geschmack. Meine Geschmacksnerven hüpfen vor Freude, genau wie mein Magen. Wenn diese Verlobungsparty ein Hinweis darauf ist, wie die Hochzeit sein wird, dann werde ich wohl Tupperdosen in meiner Handtasche einschmuggeln.

Meine beste Freundin Amalie, die ich Amie nenne, seit wir uns auf der Vorbereitungsschule fürs College kennengelernt haben, steht kurz davor, einen unverschämt reichen Mann zu heiraten, was durchaus passend ist, weil sie selbst aus einer unverschämt reichen Familie stammt. Da diese Verbindung sie aber gesellschaftlich weiter aufsteigen lässt, ist dies nach Ansicht ihrer Familie eine ausgesprochen kluge Partnerwahl.

Da ich selbst ein Produkt privilegierter Herkunft bin, würde ich sagen, dass dieser finanzielle Balztanz zu den weniger wünschenswerten Aspekten des Reichseins gehört.

Unsere Eltern predigen immer, man solle aus Liebe heiraten, aber in Wirklichkeit heißt das aus Liebe zum Kontostand und zur Bewahrung des Status. Amies Verlobter hat ein Bankkonto, das so prall ist wie das Ding eines Pornostars. Ihren Berichten zufolge ist sein Schwanz dafür eher durchschnittlich, was zwar traurig ist, aber man kann eben nicht alles haben.

Ich ignoriere den kritischen Blick des Kellners, als ich mir vorsichtig ein Shrimpstörtchen in den Mund schiebe, um auf meiner Cocktailserviette Platz für ein weiteres zu schaffen. Teller wären bestimmt praktischer, aber ich habe meinen irgendwo abgestellt und in der Zwischenzeit ist er garantiert schon weggeräumt worden. Also werde ich mit der Serviette auskommen müssen.

Mein gegenwärtiger Beschäftigungsstatus – Beschäftigungslosenstatus, um genau zu sein – zwang mich dazu, meinen Ernährungsplan zu ändern. Der nun hauptsächlich aus Ramen-Nudeln besteht. Ich könnte meinen Vater um Hilfe bitten, zusätzlich zu dem, was er mir ohnehin schon bewilligt, aber ihn um noch mehr Geld anzupumpen würde uns beiden klarmachen, dass ich nicht auf eigenen Füßen stehen kann. Das ist *keine* Option. In dem Moment, in dem ich das täte, würde er mich umgehend zurück nach Rhode Island beordern, wo ich hinter einem Schreibtisch landen würde, um eine weitere gelangweilte Mitarbeiterin in seiner Firma zu werden. Auf meiner Liste mit abgefahrenen Dingen, die ich in meinem Leben tun will, steht das ganz weit unten.

Ich warte, bis der Kellner sich der nächsten Gruppe von Gästen zugewandt hat, und tue dann so, als ob ich in meiner Handtasche nach etwas suche – was auch stimmt. Ich öffne verstohlen die Plastiktüte, falte die Serviette um das Shrimpstörtchen und lasse es hineingleiten.

Das ist heute Abend schon das dritte Mal. Mittlerweile habe

ich eine ganz nette Auswahl von Snacks für die nächsten Tage. Sie sind als Beilagen für meine abendlichen Ramen-Mahlzeiten gedacht. Und auch für die Mittagessen.

Da ich ohne Begleitung gekommen bin, besteht meine Hauptbeschäftigung – neben der Jagd auf Appetithäppchen – darin, nach interessanten Männern Ausschau zu halten. Ich schätze mal, ich hätte irgendwen mitbringen können, aber eine Verlobungsparty ist die Art von Veranstaltung, die ein Interesse an weiteren Dates andeutet. Aktuell gibt es niemanden, an dem ich Interesse hätte. Außerdem habe ich morgen ein Vorsprechen und kann deshalb nicht lange aufbleiben. Was jegliche Möglichkeit einer dem Date folgenden Fummel-Session zunichtemacht. Also ist es wohl besser, dass ich allein gekommen bin.

Anstatt vor Selbstmitleid über meine Datelosigkeit zu zerfließen benote ich die geeigneten Junggesellen nach ihren Haaren und Schuhen. Haare sagen eine Menge über einen Mann aus. Ich sehe genau, wer Haarimplantate trägt und wer nicht. Implantate sind ein Anzeichen für Unsicherheit und übertriebene Eitelkeit.

Schuhe verraten mir ebenfalls eine Menge über den Typ Mann, mit dem ich es zu tun habe. Wenn seine Schuhe spitzer sind als meine, ist der Mann meist viel zu selbstbezogen, das heißt, seine Erwartungen an Frauen sind jenseits von Gut und Böse. Implantate und spitze Schuhe sind das Übelste überhaupt. Diese Typen bestehen aller Voraussicht nach auf Brustvergrößerungen und Fettabsaugung – was auch immer nötig ist, damit ihre Frauen hinterher wie eine Barbiepuppe aussehen. Ich jedoch lehne es ab, das schweigsame Party-Anhängsel von irgendwem zu sein.

»Ruby? Alles ok?« Amie legt ihre Hand auf meine Schulter.

»Wie? Aber ja. Alles in Ordnung. Ich muss los, leider.« Ich hätte schon vor einer halben Stunde aufbrechen sollen, aber die Verpflegung hier ist einfach unglaublich.

Sie umarmt mich von der Seite. »Ich bin froh, dass du es geschafft hast vorbeizukommen.«

»Ich wünschte wirklich, ich könnte länger bleiben. Ich habe ein schlechtes Gewissen, so früh loszumüssen.« Noch dazu ohne eine einzige Telefonnummer. Wobei ich der Fairness halber zugeben muss, dass mich das Klauen von Appetithäppchen ziemlich in Anspruch genommen hat.

Sie macht eine wegwerfende Handbewegung. »Ich bin sicher, es wird noch viele Partys vor der eigentlichen Hochzeit geben. Und ich weiß doch, dass du wegen dem Vorsprechen nervös und aufgeregt bist.«

»Ich klopf auf Holz und alles, was hart genug ist, dass das morgen klappt. Ich würde selbst auf meinen Schwanz klopfen, wenn ich einen hätte.«

Amie hustet und blickt sich um, ob irgendeiner der verkrampften, verwöhnten Typen meine unangemessene Bemerkung mitbekommen hat.

»Sorry.« Und das meine ich so. Mehr oder weniger. Ich will meine Freundin nicht blamieren, aber seit ein mit einem massiven Dreikaräter bewaffneter Mann in ihr Leben getreten ist, hat sie eine irgendwie hochnäsig-vornehme Art. Muschi-Witze waren immer unser Ding. Zumindest im College.

Sie wedelt mit der beringten Hand und lächelt. »Schon gut. Es sollte mir völlig egal sein, aber Armstrongs Mutter kriegt Blähungen, wenn sie auch nur ansatzweise mitbekommt, dass jemand über irgendwas redet, was mit Mu-Mus zu tun haben könnte.«

Dass meine beste Freundin unsere intimsten Körperteile als »Mu-Mus« bezeichnet, gibt Anlass zu ernsthaften Zweifeln an dieser Verlobung. Nie zuvor haben wir unseren Dirty Talk gegen offiziell anerkannte, intellektuelle Begriffe eingetauscht. Bis jetzt.

»Amalie! Da bist du ja. Ich habe dich schon überall gesucht. Ich brauche dich für den Fototermin.«

Amie wendet sich zu der näher kommenden Frau um. »Oh! Tut mir leid. Ich wusste nicht, dass der Termin für jetzt angesetzt ist.«

Sie sieht aus wie Ende fünfzig, obwohl ihre Haut durch aufwendige Behandlungen so glatt und weich wie ein Babypopo ist. Zumindest ihre Gesichtshaut. Ihr Hals erzählt eine andere Geschichte. Ich betrachte sie von Kopf bis Fuß. Sie trägt ein schwarzes Kleid, das mehr zu einer Beerdigung als zu einer Verlobungsparty passt, und um den Hals irgendein Tier.

»Lebt das noch?« Ich tue so, als ob ich ihrem Haustier einen Klaps geben will, woraufhin sie zurückzuckt.

»Ha!« Ihr Lachen klingt wie ein Bellen. »Wie amüsant.« Ihr Tonfall zeigt deutlich, dass sie mich nicht im Mindesten witzig findet.

»Das ist eine Stola«, sage ich dümmlich. »Ist das Fuchs?«

Sie streicht über das tote Tier, das um ihren Hals drapiert ist, während ihre Lippen sich angewidert kräuseln. »Das ist Nerz.«

Wenigstens ist es keine Babyrobbe. Wer um alles in der Welt trägt in diesem Jahrhundert noch Pelzstolas? Außer vielleicht man wäre verlassen in der Wildnis und bräuchte so etwas zum Überleben. Und wir haben Mai.

»Hoffen wir mal, dass draußen nicht PETA mit einem Eimer voll Farbe wartet.«

Sie versucht mich zu ignorieren.

»Gwendolyn, das ist meine beste Freundin und Trauzeugin Ruby Scott. Ruby, das ist Armstrongs Mutter.«

Shit. Ich habe gerade die zukünftige Schwiegermutter meiner besten Freundin beleidigt. Kein guter Anfang.

Gwendolyn streckt mir ihre Hand entgegen, als würde sie erwarten, dass ich ihr einen Handkuss gebe. Stattdessen schüttele ich sie.

»Oh ja. Amalie hat mir von Ihrer Familie erzählt. Scott Pharmaceuticals, nicht wahr?« Sie neigt den Kopf und zieht eine Braue hoch, zumindest kommt es mir so vor. Es ist schwer zu sagen, weil sich nur wenig von ihrem Gesicht zu bewegen scheint.

»Ähm, ja.« Ich hasse das. Wie die Leute mich plötzlich anders ansehen, sobald sie wissen, wer meine Familie ist und dass ich aus reichen Verhältnissen stamme. Dann folgt das Urteil, dass ich nicht wirklich dazugehöre, weil meine Familie, anders als die von Amie, zu den »Neureichen« gehört. Ich bin zwar bereits die dritte Generation, die vom Erbe lebt, aber in diesen Kreisen gilt das als neureich.

»Die neuen medizinischen Forschungen Ihres Vaters haben einige bahnbrechende Erkenntnisse erbracht, nicht wahr?« Das klingt, als ob sie damit nicht einverstanden wäre. Vielleicht hat ihr Gatte ja die Wunder der künstlichen, niemals endenden Erektion entdeckt, und ihre ausgetrocknete Vagina ist deswegen wütend auf mich.

Das Team meines Vaters hat nämlich das neueste Mittel gegen erektile Dysfunktion entwickelt. Ein wahres Pornostar-Vermächtnis. Ich nicke und lächle, obwohl mein Vater nicht das Geringste mit der tatsächlichen Entwicklung des Arzneimittels zu tun hat. Er stolziert nur umher und lässt die Leute in dem Glauben, dass er es war.

»Ruby wollte gerade gehen. Ich bin gleich zurück, und dann können wir die Fotos machen.«

»Natürlich, natürlich.« Gwendolyn entlässt uns mit einer Geste, während Amie mich am Arm nimmt und wegzieht.

Gwendolyn beginnt bereits ein neues Gespräch.

»Das mit der Stola tut mir leid«, murmele ich, während wir durch den Saal gehen.

»Schon gut. Sie ist betrunken, also wird sie sich wohl kaum daran erinnern.«

Amie kann richtig fies sein. Was auch eine Menge über Armstrong aussagt. Ich bin mir immer noch nicht im Klaren darüber, was sie an ihm findet. Er wirkt dermaßen hölzern, als hätte er ein ganzes Regal verschluckt. Außerdem bin ich misstrauisch, weil alles so unglaublich schnell gegangen ist. Sie kennen sich erst seit ein paar Monaten, aber trotzdem scheint Amie davon überzeugt zu sein, dass diese Verbindung im Himmel geschlossen wurde. Ich schätze, eine baldige Scheidung wäre zwar skandalös, aber durchaus eine Option.

Was ich keinesfalls herbeireden will.

Ich kenne die Art Männer ziemlich genau, die ihre Frauen ersetzen wie ihre Autos, sobald der erste Lack ab ist – oder die erste Falte auftaucht, bei der Botox nicht mehr wirkt. Mein eigener Vater ist inzwischen bei Nummer drei angelangt. Seine gegenwärtige Ehefrau ist gerade mal achtundzwanzig – und war vorher seine Sekretärin. Mehr Klischee geht nicht.

Amie befummelt meine Haare, als wir an der Tür zum Ballsaal ankommen. Ich habe zwar extra einen Lockenstab benutzt, aber ohne Erfolg, meine Haare sind wieder glatt wie zuvor. Amie hat naturgelocktes, strohblondes Haar, das genaue Gegenteil von meinem, was Farbe und Fülle betrifft.

»Soll ich dich morgen früh anrufen? Nur um sicherzugehen, dass du den Wecker nicht überhörst?«

»Das musst du nicht. Nach alldem hier wirst du morgen richtig erledigt sein und solltest ausschlafen.«

»Ich muss morgen arbeiten und werde früh auf sein.«

Ich kann wirklich nicht verstehen, wie man eine Verlobungsparty auf einen Montag legen kann, aber offensichtlich hat Armstrongs Mutter ihren Einfluss geltend gemacht. Doch selbst wenn sie an einem Wochenende stattgefunden hätte, wäre Amie am nächsten Morgen vermutlich früh aufgestanden. Egal, wann sie zu Bett geht, ihr innerer Wecker steht auf fünf Uhr fünfundvierzig.

»Klingt gut. Warum kommst du nicht zum Lunch oder etwas später vorbei?« Ich bin sicher, ich kann genügend Kleingeld zusammenkratzen, um das Nötige für Sandwiches einzukaufen.

Sie macht ein zerknirschtes Gesicht. »Ich bin mit Armstrongs Mutter zum Lunch verabredet, um die Hochzeitsplanung zu besprechen.«

Ich mache eine ebenso enttäuschte Miene. »Dann viel Spaß.«

»Wir können an einem anderen Tag zusammen Essen gehen. Ich lad dich ein.«

»Musst du nicht.« Ganz ehrlich, ich kann es mir nicht leisten, mit Amie auszugehen, außer wir nehmen das günstigste Angebot im Burgerladen bei mir um die Ecke. Aber mein Stolz verbietet mir natürlich, das zuzugeben. Dummerweise schwört Amie, dass sie sich in dem Laden eine Lebensmittelvergiftung eingefangen hat, weshalb sie es ablehnt, dort jemals wieder hinzugehen. Arbeitslos zu sein kann echt nerven.

»Ich lad dich ein, wir müssen doch dein Vorsprechen feiern.«

»Wenn du drauf bestehst.« Ich würde gern mal wieder etwas essen, das nicht aus einer Zellophanverpackung kommt.

»Tu ich.« Ihr Lächeln besagt, dass das kein großes Ding ist, und im Geist gehe ich bereits die Speisekarte verschiedener Restaurants durch und stelle mir das jeweils günstigste und sättigendste Menü zusammen.

Amie ist nicht bewusst, wie klamm ich im Moment bin. Ehrlich gesagt wurde mir das auch erst klar, als ich gestern mein

Konto überprüft habe. Das Konto, von dem mein Vater nichts weiß. Das ganz knapp vor null steht. Bis vor drei Wochen hatte ich ein regelmäßiges Einkommen und eine Rolle in einem erfolgreichen Stück, das bereits fünf Monate lief. Aber es war klar, dass etwas nicht stimmte, als zwei Schecks verspätet eintrafen und schließlich ganz ausblieben. Die Produktionsfirma war pleite, und ich war plötzlich ohne Einkommen.

Um es noch schlimmer zu machen beschloss meine Agentin nur eine Woche später ohne Vorwarnung, in den vorgezogenen Ruhestand zu gehen. Sie servierte sämtliche Klienten einfach ab, weshalb wir uns auf die verzweifelte Suche nach einer neuen künstlerischen Vertretung machen mussten. Bis jetzt habe ich weder einen neuen Agenten noch eine neue Rolle gefunden.

Ich brauche diese Rolle, ansonsten werde ich in den sauren Apfel beißen und mir einen Halbtagsjob suchen müssen, in dem ich überteuerten Kaffee für jene Art verhätschelte Typen zubereite, wie sie hier herumsteht. Nicht dass ich das schlimm fände. Es ist nur nervig, da ich erst vor knapp zwei Jahren meinen dreifachen Abschluss an der Randolph Academy gemacht habe. Immerhin war ich naiv genug anzunehmen, dass mich meine Fähigkeiten zu singen, zu tanzen und zu schauspielern direkt an den Broadway bringen würden. So kann man sich irren. Bis jetzt hatte ich zwei kleinere Rollen in Off-Off-Broadway-Stücken, aber vielleicht zahlt es sich ja morgen aus, und ich stehe wieder auf einer Gehaltsliste. An die Alternativen möchte ich überhaupt nicht denken, also denke ich positiv und hoffe das Beste.

Ich umarme sie, leere meinen Martini, stelle das Glas auf den Tisch und ermahne sie, Spaß zu haben … jedenfalls so gut es geht, wenn man an die unzähligen Leute auf der Party denkt. Die enormen Kronleuchter, die von der Decke hängen, sind gedimmt, sodass das Licht ein wenig schummerig ist. Vielleicht ist es auch der Martini, der meine Wahrnehmung trübt.

Ich habe noch nie viel getrunken. Im College, als sich meine Freunde mit Bier zuschütteten und sich kopfüber aus Bierfässern abfüllen ließen, war ich immer diejenige, die sich den ganzen Abend an einem Getränk festhielt. Dass Bier auf Verbindungspartys das übliche Getränk darstellte, war auch nicht gerade hilfreich, weil es einfach nicht meinem Geschmack entsprach. Obwohl ich mir also heute Abend nur einen einzigen Martini gegönnt habe, wirkt der letzte Schluck, als hätte ich nach zwei Fastentagen eine ganze Flasche Wodka gekippt. Mindestens. Dieses Gefühl wird nicht lange anhalten, aber es ist trotzdem benebelnd.

Ich verlasse den Raum, um den protzigen Toiletten einen Besuch abzustatten, bevor ich mich auf den Weg zur U-Bahn mache. Keine Ahnung, ob meine Blase ansonsten die ganze Heimfahrt und den Fußweg zu meinem Apartment durchhalten würde. In der Eingangshalle sind nur ein paar Leute, die telefonierend herumlaufen. Ich entdecke das Hinweisschild für die Toiletten und folge ihm, darauf bedacht, meine Haltung zu bewahren.

Die Beleuchtung in diesem Korridor ist noch schlechter, nur ab und zu erhellt ein kleiner Spot den Weg. Irgendwie unheimlich. Die eigentliche Toilette ist sehr hübsch, mit einem Sofa in der Ecke des Vorraums und einem großen Spiegel, um sich zurechtzumachen. Vor dem hat sich eine Frau mit extrem hohen Absätzen, unglaublich langen Beinen und in einem superkurzen, hautengen Kleid aufgebaut und die Hälfte ihres Tascheninhalts quer über die Ablage verstreut. Sie hat ihr Handy auf laut gestellt und telefoniert. So, wie sie das Teil hochhält, dürfte es ein Video-Chat sein.

Sie hält einen Moment inne und wirft einen kurzen Blick in meine Richtung. Noch bevor ich ein höfliches, aber künstliches Lächeln aufsetzen kann, verzieht sie angewidert das Gesicht und wendet sich ab, als hätte sie einen Haufen Abfall gerochen.

Ich öffne die Tür der ersten Toilette, die völlig verstopft ist. Mühsam unterdrücke ich ein Würgen und gehe zur nächsten, die zum Glück sauber ist. Sobald ich die Tür zu der Kabine hinter mir abgeschlossen habe, setzt das zickige Möchtegern-Model sein Gespräch fort, als ob ich es durch die geschlossene Tür nicht hören könnte.

Ich hänge Schal und Handtasche an den Kleiderhaken, schiebe den Rock hoch, stopfe ihn oben in mein Kleid, damit er nicht nass wird, und hocke mich über die Toilette. Mir ist völlig egal, wie schick ein Waschraum ist, ich will nicht, dass meine nackte Haut den Toilettensitz berührt.

»Bah!«, stöhnt die Frau vor dem Spiegel, »findest du, dass ich in dem Kleid fett aussehe?«

Ich starre die Tür an und unterdrücke ein Prusten. Sie ist gertenschlank.

»Du siehst umwerfend aus. Ich wette, du siehst besser aus als Armstrongs Verlobte. Keine Ahnung, warum er sie überhaupt heiratet. Ihre Familie hat nicht annähernd so viel Geld wie seine.«

»Aber sie sind alter Geldadel, und du weißt, was das heißt.«

Ihre Freundin macht ein verächtliches Geräusch. »Trotzdem.«

»Ihr Kleid ist so altbacken. Egal, ich denke mein Date mit Banny läuft richtig gut.«

»Seit er dieses Soccer-Ding aufgegeben hat und seine Rolle im Familienunternehmen spielt, ist er viel interessanter.«

»Er hat Rugby gespielt, nicht Soccer, und du hast völlig recht.«

Ich verdrehe die Augen bei dieser Unterhaltung. Diese Mädchen sind genau der Grund, weshalb ich gegen die gesamte Gesellschaft dort draußen und alles, was mit ihr zu tun hat, rebelliere. Sie sind völlig banal.

»Glaubst du, er wird dich zu sich einladen?«, fragt ihre Freundin.

»Ich hoffe sehr. Es wäre ideal, aber ich weiß nicht, er war krank oder so was, hat die ganze Nacht Erkältungsmedizin genommen. Ist auch egal. Denkst du, ich sollte gleich Sex mit ihm haben, wenn er mich einlädt, oder soll ich die Schüchterne spielen? Ich will nicht, dass er denkt, ich wäre leicht zu haben. Sonst war's das.«

»Wie wär's mit einem Blowjob?«

»Gute Idee.«

»Und lass dich bloß nicht von ihm ausziehen.«

»Natürlich nicht. Ich hab ihm vor ein paar Minuten das Bild von mir geschickt, auf dem ich an einem Lolli lutsche. Denkst du, das war zu direkt?«

»Er war Profisportler, er sollte mit direkten Aktionen umgehen können.«

Wow. Wenn das nicht eine stilvolle Unterhaltung ist. Ich beende meine Sitzung, vermeide jeden Augenkontakt auf dem Weg zum Waschbecken, lasse das Wasser laufen und hoffe, so das Gespräch zu übertönen.

Neben den Handtüchern sind kleine Fläschchen mit Lotion, abgepackte Minzpastillen und – ironischerweise – Lollis aufgereiht. Ich nehme einen mit Traubengeschmack, wickle ihn aus und stecke ihn mir in den Mund. Ich nehme mir auch noch ein Päckchen Minzpastillen. Wäre ich allein, hätte ich wohl alles, was herumliegt, eingesteckt.

Ich drapiere den Schal um meine Hand, damit ich den Türgriff oder was auch immer nicht berühren muss.

Als ich an der Herrentoilette vorbeigehe, schwingt die Tür auf, und ein sehr großer Typ im Anzug tritt heraus. Ein richtiger Schrank von einem Mann, mit Schultern so breit, dass er sich zur Seite drehen muss, um durch die Tür zu passen. Er starrt auf das Telefon in seiner Hand und rennt mich beinahe über den Haufen. Mein Selbsterhaltungstrieb veranlasst mich, ihm auszuweichen, damit er mich nicht niedermäht, aber meine Anmut nimmt gerade eine Auszeit, und so stolpere ich direkt in ihn hinein, anstatt an ihm vorbei, während ich gleichzeitig versuche, den Lutscher aus dem Mund zu nehmen, um nicht völlig billig zu wirken.

»Hey!« Seine Stimme ist ein tiefes, dunkles Brummen. Sex pur.

Ich packe die Aufschläge seines Jacketts, um nicht völlig den Halt zu verlieren, und er schlingt einen Arm um meine Taille. Um mich zu halten, vermute ich.

Ich habe kaum Zeit, ihn richtig anzusehen, da ist sein Gesicht schon direkt vor meinem. »Du bist ziemlich direkt, nicht wahr?« Seine Nase reibt über meine Wange, und sein warmer Atem streichelt meine Lippen, während er spricht. Warmer Atem, der nach Alkohol riecht.

»Ich denke nicht …« Mein zaghafter Protest hat nicht den gewünschten Effekt, da er meine geöffneten Lippen als Einladung versteht, seine Zunge dazwischenzustecken.

Mein erster Eindruck ist, wie sehr er nach Scotch schmeckt. Schlimmer noch, mit ein wenig Anstrengung könnte ich wohl die Marke nennen.

Er stöhnt in meinen Mund und verstärkt den Griff um meine Taille. Dieser Typ ist offensichtlich an der falschen Adresse, aber so schockiert ich auch bin, ich muss zugeben, dass er großartig küsst.

Vom Alkoholgeschmack einmal abgesehen, sind seine Lippen voll und weich, und er macht mit seiner Zunge diese streichelnde Bewegung, die meine Knie ihren eigentlichen Zweck vergessen lassen – mich entweder aufrecht zu halten oder sie ihm für diesen oralen Überfall in die Eier zu rammen. Gewisse Teile meines Körpers beginnen sich zu erhitzen und zu kribbeln, während unsere Zungen tänzeln. Richtig, ich sagte *unsere*, weil ich seine Küsse eindeutig erwidere und das, obwohl ich nicht das eigentliche Zungenziel bin.

Als Folge dieses unerwarteten, aber nicht unwillkommenen Überfalls sind meine Augen geweitet, sodass ich seine schönen, langen gesenkten Wimpern bemerke und die gerade Linie seiner Nase. Wie es scheint, ist er nicht nur sehr groß, sondern auch noch echt heiß.

Ich lege meine Hände auf seine Brust, um ihn wegzuschieben, denn genau das sollte ich tun, anstatt die Zungengymnastik fortzuführen. Als Erstes fallen mir seine ausgeprägten Muskeln auf, dann die Weichheit des Stoffs. Anstatt auf Abstand zu gehen, gleite ich unabsichtlich mit meinen Händen über die Revers, bis ich warme Haut spüre. Seine Hände rutschen von meinen Hüften auf meinen Hintern, und plötzlich kann ich spüren, dass sich hinter seinem Hosenschlitz etwas regt. Mein schweres Atmen beantwortet er mit einem tiefen, kehligen Knurren.

Bevor ich überlegen kann, ob ich ihn fortschubsen oder weiter mit ihm rummachen soll, durchschneidet eine schrille, vertraute Stimme Superküssers tiefes Stöhnen. Ganz nah. Fast schon in meinem Ohr. »Ban – was machst du da?«

Seine Zunge schlüpft aus meinem Mund, und seine Hand lässt meinen Po los. Er wendet sich dieser schrecklichen Stimme zu, sein verwirrter Blick schnellt zwischen mir und dem Waschraum-Selfie-Girl hin und her, schließlich hustet er, direkt in mein Gesicht.

Ich mache ein würgendes Geräusch und wische mir seinen Speichel mit meinem Schal von der Wange. Unterdessen entschuldigt sich Superküsser, wobei mir nicht klar ist, bei wem, und wühlt dabei in seinen Taschen – vielleicht nach einem Taschentuch?

Toiletten-Girl betrachtet mich abfällig und richtet dann einen wütenden Blick auf Superküsser. »All das«, sie streicht mit der Hand an sich hinab, betont ihren durchtrainierten Körper, der in das hautenge Kleid gehüllt ist, »hätte heute Nacht dir gehören können.« Sie dreht sich auf ihren Stilettos herum, sodass ihr Haar eindrucksvoll durch die Luft schwingt, und stolziert den Korridor entlang, weg von uns.

»Brittany, halt! Ich dachte, sie wäre du!«

Natürlich heißt sie Brittany. Ein ganz gewöhnlicher Name für Kinder reicher Leute, so wie Tiffany oder Stephanie und all die anderen Namen, die auf y oder ie enden. Nicht dass mein Name irgendwie besser wäre. Wie ich zu dem Namen Ruby gekommen bin, wird mir immer ein Rätsel bleiben. Da ich nicht im Juli geboren bin, ist der Rubin noch nicht einmal mein Geburtsstein.

Die einzige Gemeinsamkeit zwischen Brittany und mir ist, dass wir beide Frauen sind und Haare auf dem Kopf haben. In diesem grässlichen Licht ähnelt sich sogar unsere Haarfarbe, auch wenn ihre Haare gut zwanzig Zentimeter kürzer sind. Wir tragen auch beide Kleider, beide dunkel, meins tiefrot, ihres schwarz. Meins endet eine Handbreit über dem Knie, ihr Kleid bedeckt kaum den Po.

Brittany legt eine dramatische Drehung hin, sieht ihren potenziellen Lover ungläubig an und fuchtelt mit ihrer manikürten Hand in meine Richtung. »Wie betrunken bist du eigentlich? Sieht diese Schlampe mit ihren Billigklamotten etwa aus wie ich?«

Ich schnaube. »Im Ernst? Wenn dein Kleid auch nur zwei Zentimeter kürzer wäre, könnte man bei dir alles sehen, und du nennst mich eine Schlampe?« Zugegeben, ich bin schon neidisch auf ihr gutes Aussehen, aber immerhin hat sie mit den Beleidigungen angefangen. Außerdem ist das hier nicht mein Fehler. Schließlich war es dieser außergewöhnliche Küsser, der seine talentierte Zunge in meinen Mund gesteckt und anschließend die Leidenschaftlichkeit dadurch ruiniert hat, dass er in mein Gesicht hustete.

Superküsser stellt sich zwischen uns. Seine breiten Schultern verdecken fast völlig meine Sicht auf die Tussi.

»Hoppla, Ladys! Das ist nur ein Missverständnis, lasst uns deswegen doch nicht ausfallend werden.« Ich registriere das leichte Lallen, mit dem er das S jeweils in die Länge zieht. Er streckt den Arm aus und stützt eine Hand gegen die Wand, wie um einen möglichen Angriff abzublocken, aber mir wird klar, dass er das tut, um sich abzustützen. Er ist ganz eindeutig betrunken. Was auch die unabsichtliche Zungengymnastik erklären würde.

»Ich weiß gar nicht, worüber ich mich aufrege«, höhnt Brittany. »Ich geh nach Hause. Du kannst meine Nummer löschen.«

Frustriert fährt er sich mit den Fingern durch das kräftige, üppig gewellte Haar. Dieser Mann hat keine Implantate, diese sexy Haarpracht ist zweifelsohne echt. »Fuck.« Er dreht sich um und mustert mich kurz. Ich werfe einen schnellen Blick nach unten und sehe, dass seine Schuhe schwarz, poliert und nicht spitz sind. Selbstsicher und uneitel.

Während er mich abschätzt – ein Fehler, der ihn die volle Punktzahl kostet –, bemerke ich einige wesentliche Details. Da sind zunächst einmal seine blutunterlaufenen Augen und sein verschleierter Blick, was sehr wohl erklären könnte, warum er mich nicht von der dunkelhaarigen, davonstürmenden

Barbie unterscheiden konnte. Seine Nase ist leicht gerötet, und er wirkt blass. Auf seiner Stirn glänzt ein leichter Schweißfilm, und die Beule in seiner Hose ist auch nicht zu übersehen. Es gefällt mir, dass meine Fähigkeiten im Küssen anscheinend ausreichen, um ihm einen Ständer zu verpassen.

Und schließlich, und das ist das Wichtigste, ist diese Backsteinmauer von einem Mann verdammt scharf, selbst wenn er – falls man Brittanys Waschraumreport Glauben schenken kann – krank ist. Auf einer Skala von eins bis zehn landet er bei sieben Millionen.

Er räuspert sich. »Tut mir sehr leid, dass ich dich sexuell belästigt und angehustet habe. Ich habe die ganze Nacht Erkältungstabletten eingeworfen, als wären es Süßigkeiten, und hatte wohl auch einen Scotch zu viel. Ich habe wirklich gedacht, du bist sie, obwohl das ganz offensichtlich nicht so ist.«

Also, das ist nun wirklich unhöflich.

Er deutet erst auf meinen Körper, dann auf mein Gesicht und stößt einen kurzen Atemzug aus. »Ich finde, du siehst … wow, einfach toll aus.«

Na gut, vielleicht doch nicht ganz so unhöflich.

»Wie auch immer, sie ist eine Freundin der Familie, deshalb muss ich das wieder hinbiegen. Ich muss los. Vielleicht solltest du Vitamin C oder so etwas nehmen, wenn du nach Hause kommst.«

Mit diesem überflüssigen, aber freundlich gemeinten Ratschlag dreht er sich um und trottet den Korridor hinunter.

Ich sollte mich wohl geschmeichelt fühlen, weil er mich mit einem Supermodel verwechselt hat, selbst wenn er betrunken ist und unter Drogen steht.

2

DER EINFLUSS VON ERKÄLTUNGSMEDIZIN UND ALKOHOL

Bancroft

Ich werfe einen letzten Blick auf die Frau, die ich gerade unabsichtlich belästigt habe, und folge dann Brittanys wehenden Haaren und schwingendem Po den Gang entlang und durch die Eingangshalle. Wäre ich nicht mit Brittany hier und hätte ich nicht meiner Mutter versprochen, es ernsthaft mit ihr zu versuchen, wäre ich nicht abgeneigt, mich umzudrehen und diese Frau um ihre Nummer zu bitten. Sie hat einen schönen Mund. Während wir uns küssten, habe ich mir ausgemalt, wie es wäre, andere Dinge als meine Zunge in ihren Mund zu stecken. Kein sehr kultivierter Gedanke, aber dafür ehrlich.

Ich rufe Brittany nicht hinterher, als ich ins Foyer komme. Zu viele Leute kennen mich hier, und wenn ich an ihre letzte Reaktion denke, dann wäre es gut möglich, dass sie hier eine Szene macht, auf die ich verzichten kann. Das Beste wäre gewesen, den heutigen Abend abzusagen, da ich mich die ganze Woche über hundeelend gefühlt habe. Aber ich wollte weder meine Mutter vor den Kopf stoßen, indem ich das Date verschob, noch Armstrong verärgern, indem ich seiner Verlobungsparty fernblieb. Also habe ich jede Menge Tabletten geschluckt und in den sauren Apfel gebissen. Und jetzt muss ich die Angelegenheit mit Brittany wieder hinbiegen.

Kaum hatte ich Brittany abgeholt, da deutete sie auch schon an, dass sie nachher mit zu mir kommen würde.

Ich hatte genügend Gerüchte über sie und ihren Mund gehört, und die betrafen nicht nur ihre Vorliebe für Klatsch. Was für mich nichts Neues ist, da ich sie schon fast mein ganzes Leben kenne.

Das Selfie, auf dem sie an einem Lolli lutscht, war ein mehr als deutlicher Hinweis, dass ein gemeinsamer Absacker wohl nicht mit Small Talk enden würde. Als ich in die Frau im Flur hineingestolpert bin, dachte ich wirklich, es wäre Brittany, die mich anmachen will, und dass wir es auch gleich hinter uns bringen könnten. Es wäre schlauer gewesen, nicht gleich loszulegen, da ich mir hätte ausrechnen können, dass das nur zu unnötigen Komplikationen führen würde. Aber die Tabletten und die Drinks haben dafür gesorgt, dass ich nicht klar denken konnte und mit einer Zufallsbekanntschaft im Flur herumgeknutscht habe.

Abgesehen davon war das Date mit Brittany eine Gefälligkeit, die meine Mutter arrangiert hatte. Brittanys eigentliches Date hatte sie offensichtlich in letzter Minute sitzen lassen, also fand meine Mutter, dies wäre die perfekte Gelegenheit, sich einzumischen und die Kupplerin zu spielen. Normalerweise gebe ich den Launen meiner Mutter nicht nach, schon gar nicht, wenn sie mein Liebesleben betreffen, doch vor knapp einem Jahr wurde mir ziemlich unvermittelt klargemacht, was Familie bedeutet.

Meine Mutter hatte ernstliche Gesundheitsprobleme, die zu endlosen Untersuchungen und viel Hoffen und Bangen führten. Das passierte zudem mitten in der laufenden Meisterschaft, sodass ich nicht da sein konnte, als sie von einem Krankenhaus ins nächste wechselte. Hinzu kam, dass kurz darauf meine Großmutter verstarb, eine fantastische Frau, deren Verlust uns alle völlig aus der Bahn warf. Wenn jemand die Familie zusammengehalten hatte, dann sie. Wenig später zog ich zurück nach New York, wo mir meine Mutter ständig in den Ohren lag, dass ich doch endlich eine Beziehung eingehen und mich häuslich niederlassen solle. Da ich nach wie vor Schuldgefühle hatte, weil ich nicht für sie da war, als sie mich brauchte, gab ich einfach nach, als sie das Date mit Brittany vorschlug.

Außerdem kam ich so an der Junggesellenauktion vorbei, zu der sie mich überreden wollte. Auch wenn ich dafür in eine zweite Verabredung einwilligen musste. Ihr zufolge kommt Brittany aus einem »guten Stall«, was in meiner Welt einen unangemessen großen Stellenwert hat.

Berücksichtigt man die Erziehung meiner Mutter, ist ihre Einstellung zu Beziehungen keineswegs ungewöhnlich, und es gab durchaus eine Zeit, in der ich ihre Auffassung geteilt habe. Aber die letzten sieben Jahre, in denen ich professionell Rugby gespielt habe, haben meine Ansichten über viele Dinge verändert. Beziehungen – wie sie funktionieren oder auch nicht – gehören dazu.

Ich vermeide jeglichen Augenkontakt, als ich zügig, aber betont locker zum Fahrstuhl schlendere. Geradeaus zu gehen erweist sich als schwieriger als gedacht. Ständig wurden mir Drinks angeboten, die ich schlecht ablehnen konnte, besonders bei solch einem Anlass.

Brittanys viel zu hohe Absätze verhindern, dass sie sich schnell davonmachen kann. Egal, wo sie sich befindet, sie bewegt sich immer wie auf einem Laufsteg, was ein wenig lächerlich wirkt. Sie erreicht den Aufzug genau in dem Moment, in dem sich die Türen öffnen, also beschleunige ich meinen Schritt. Sie hämmert auf die Tasten ein, aber ich kann im letzten Moment meinen Arm zwischen die sich schließenden Türen schieben und einsteigen.

»Danke, dass du den Fahrstuhl für mich aufgehalten hast.« Ich sollte zurückhaltender sein, aber die Art, wie der Abend verlaufen ist, ärgert mich. Zudem lässt die Wirkung der Tabletten nach, und ich fühle mich einfach scheußlich.

Sie macht ein verärgertes Gesicht, verschränkt die Arme vor der Brust und starrt geradeaus.

Ich habe nicht die geringste Lust, mich auf ihre Stimmung einzulassen. Ich könnte damit umgehen, wenn sie einfach flirten oder Anspielungen auf später machen würde, aber im Moment ist sie einfach eine Drama-Queen und genau daran habe ich keinerlei Bedarf. Obwohl ich ihre Verärgerung verstehen kann, auch wenn ihr Wutausbruch übertrieben war. Warum auch immer, ich habe einer anderen Frau meine Zunge in den Mund gesteckt, obwohl ich eigentlich ihr Begleiter bin.

Der Fahrstuhl fährt abwärts, und ich lehne mich ihr gegenüber an die Wand. »Das mit der anderen Frau tut mir leid. Ich dachte wirklich, sie wäre du.«

»Glaub nur nicht, dass ich heute noch mit dir nach Hause gehe«, schnaubt sie.

Ich vergrabe meine Hände in den Taschen. Wenn sie jetzt noch mit zu mir kommen wollte, würde das zu noch mehr Zweifeln an ihr führen, als ich sowieso schon habe. Und außerdem würde sie mich ohnehin nicht ins Bett kriegen. Ich hänge an meinen Eiern und habe kein Interesse daran, sie mir von ihrem Vater abschneiden zu lassen, wenn er herausfindet, dass ich gleich am ersten Abend mit seiner Tochter geschlafen habe. »Ist wahrscheinlich besser so, ich bin ganz schön fertig.«

In den nächsten Tagen steht eine Geschäftsreise an, und morgen früh habe ich ein Meeting. Für Geschichten wie diese hier habe ich einfach keine Zeit. Außerdem bin ich immer noch ziemlich erkältet und kann es mir nicht leisten, in so einem Zustand in ein Flugzeug zu steigen.

»Wie konntest du nur glauben, sie wäre ich? Ich bin doch wohl hübscher als sie.« Gekränkt reckt sie ihr Kinn und rümpft die Nase.

Diese andere Frau ist zehnmal schärfer, aber Brittany das zu sagen würde mich nur noch tiefer reinreiten. Aufrichtigkeit ist nicht immer die beste Wahl, und meine Stimmung hat inzwischen ihren Tiefpunkt erreicht. »Ich konnte sie nicht genau sehen.« Eine lahme Ausrede, aber ich habe den Abend inzwischen abgeschrieben. Im Geist stehe ich bereits unter der Dusche, hole mir einen runter und denke dabei an die Frau, die ich geküsst habe – nicht an die, die dort in der Ecke schmollt.

Davon abgesehen ist Brittany überhaupt nicht mein Typ. Sie ist zwar hübsch, trägt aber viel zu viel Make-up. In den paar Sekunden, in denen ich wirklich sehen konnte, mit wem ich da im Flur rumknutschte – und mir klar wurde, dass ich dabei war, einen ernsthaften Fehler zu begehen –, fiel mir auf, wie umwerfend sie aussah. Dunkles Haar, grüne Augen, nicht zu schlank und mit Rundungen an den richtigen Stellen. Eine Naturschönheit, bei deren Anblick meine Eier kribbelten. Und das will was heißen bei all den Medikamenten, die ich geschluckt habe. Immerhin habe ich mir die letzte Woche nur zwei Mal einen runtergeholt. *So* krank bin ich.

»Warum siehst du mich so an? Ich sagte doch schon, dass ich nicht mit zu dir komme.« Brittany spielt die Beleidigte, betrachtet ihr Spiegelbild und fixiert ein paar widerspenstige Haare.

Ich schüttele den Kopf und versuche, die Betäubung loszuwerden. Irgendwie muss ich weggetreten sein, während sie geredet hat. Gott, fühle ich mich elend. »Ich sorge trotzdem dafür, dass du sicher nach Hause kommst.« Trotz meiner Gereiztheit werde ich sie schon nicht stehen lassen.

»Ich kann mir selber ein Taxi rufen.«

Ich lasse das Argumentieren sein und gehe in Gedanken die Checkliste für die nächsten Tage durch. Der Anzug für mein morgendliches Meeting liegt schon bereit. Ich muss früh raus – obwohl ich dank dieser Verlobungsparty wohl kaum genügend Schlaf bekommen werde –, und ich muss auch noch die Unterlagen für die Reise vorbereiten. Fünf Wochen in Übersee sind eine lange Zeit, und ich kann es mir nicht leisten, etwas Wesentliches zu übersehen. Dieser Trip ist wichtig. Er ist für mich die Bewährungsprobe, um zu erfahren, ob ich die Dinge im Griff habe, ohne dabei die ganze Zeit den Atem meines Vaters im Nacken zu spüren.

Der Aufzug hält an, und Brittany stolziert an mir vorbei, wobei sie ihr Haar über die Schulter wirft und es mir ins Gesicht klatscht. Ich lasse sie vorausgehen. Da ich vergessen habe, meinen Fahrer zu benachrichtigen, muss ich weitere, quälend lange Minuten mit einer schmollenden Brittany verbringen.

Schließlich fährt der Wagen vor. Ralph, mein Chauffeur, steigt aus und entschuldigt sich für die Verspätung. An meinem Gesicht und Brittanys säuerlicher Miene ist wohl deutlich abzulesen, dass keiner von uns über die Wartezeit begeistert ist. Ich öffne die Tür für sie und reiche ihr meine Hand, die sie ignoriert.

»Dann fahren wir mal zu Ms Thornton. Okay, Ralph?« Ich klopfe ihm auf die Schulter. Er zieht eine Braue hoch, sagt aber nichts, als ich zu meiner verärgerten Begleiterin in den Wagen steige.

Sie rückt von mir weg bis in die äußerste Ecke. Ich lehne mich gegen die Kopfstütze und warte ab. Sie kann noch nicht fertig sein. Dabei bin ich so erschöpft. Und dann fällt mir auch noch ein, dass ich ja einem zweiten Date zugestimmt habe. Allmählich frage ich mich, ob die Junggesellenauktion nicht doch erträglicher gewesen wäre. Aber meine Mutter wird schon dafür sorgen, dass ich meine Zusage einhalte. Sie ist fest entschlossen, mich zu einem sesshaften Mann zu machen. Umso mehr, da mein älterer Bruder, Lexington, dessen Freundin ihm vor einigen Monaten den Laufpass gegeben hat, keinerlei Interesse daran zeigt, in den Dating-Pool zurückzukehren, außer für eine kurze Affäre.

Wenn man sieben Jahre lang permanent unterwegs ist, kann man einfach keine dauerhafte Beziehung führen. Nach meiner Erfahrung gibt es kaum eine Fernbeziehung, die funktioniert. Als ich mich bereit erklärte, mit meinem Vater zu arbeiten, hatte ich angenommen, ich wäre inzwischen bereit, Wurzeln zu schlagen, was es mir ermöglicht hätte, tatsächlich jemanden kennenzulernen, mit dem ich eine Beziehung hätte führen können. Es ist schon lange her, dass es in meinem Leben etwas Beständiges gab, etwas, das Bedeutung hatte. Und ausgerechnet jetzt schickt mich mein Vater wieder auf Reisen, dabei war es diese Distanz, die ich nicht mehr wollte.

»Ich sehe dieser Schlampe überhaupt nicht ähnlich.«

Brittany reißt mich aus meinen Grübeleien. »Nein.« Jegliche Debatte scheint sinnlos. »Ich würde sie allerdings nicht als Schlampe bezeichnen.«

»Kennst du sie? Bist du vorher schon mit ihr ausgegangen? Wusstest du, dass sie auf der Party sein würde? Ich kann es nicht fassen, dass du mir so was antust, und das vor all den Leuten.«

Ich wende mich ihr vorsichtig zu und sehe sie an. Das ist verdammt viel Drama für ein erstes Date. »Nein, ich kenne sie nicht. Nein, ich bin niemals vorher mit ihr ausgegangen. Nein, ich wusste nicht, dass sie auf der Party sein würde. Und was meinst du mit all den Leuten? Außer uns war niemand im Flur.«

»Sie hat deinen Kuss erwidert! Ich hab doch ihre Zunge gesehen! Ihre! In deinem Mund.« Sie deutet mit einem anklagenden Finger auf mich. »Und deine Zunge war in ihrem Mund.«

Das stimmt. Obwohl ich ein völlig Unbekannter war, hat mich meine geheimnisvolle Fremde geküsst. Das ist ein Punkt, über den ich später noch nachdenken kann.

»Hör mal, Brittany, ich hab doch schon zugegeben, dass es ein Fehler war. Und ich sehe ja ein, dass sie nicht so aussieht wie du, aber der Flur war schlecht beleuchtet, und ich hab einfach lange Haare und ein dunkles Kleid gesehen, und darauf habe ich reagiert. Ich bin die ganze Woche über krank gewesen und habe von morgens bis abends Medikamente genommen. Ich wollte unser Date nicht absagen, also habe ich wohl mehr Tabletten genommen, als mir gut getan hat. Das ist vielleicht keine Entschuldigung, aber die Wahrheit.« Ich wende den Blick ab, schließe die Augen und versuche, nicht an die Frau zu denken, die ich vorhin geküsst habe.

»Du hast recht, das ist überhaupt keine Entschuldigung. Ich dachte, wir hätten einen schönen Abend zusammen.« Ihr Tonfall wird weinerlich. »Hoffentlich hat es sich gelohnt, diese Tussi zu küssen.«

Gut, dass ich die Lider geschlossen habe, sonst würde sie sehen, wie ich die Augen verdrehe.

Der Wagen hält, und Ralph meldet über die Sprechanlage, dass wir angekommen sind. Er wird weder die Trennscheibe herunterfahren, noch eine Tür öffnen, bevor ich ihm antworte.

»Da wären wir«, sage ich.

Brittany macht ein mürrisches Gesicht. »Zu schade, dass wir nicht mehr Spaß miteinander hatten.«

Ich drücke auf den Knopf für die Sprechanlage, um Ralph zu danken. Ein nerviges Date ist keine Entschuldigung für schlechtes Benehmen. »Ich bring dich noch zur Tür.«

»Nicht nötig.«

Ich öffne die Tür, trete auf den Gehsteig und warte auf sie. Sie streicht ihren Rock glatt, ergreift die angebotene Hand und lässt mich beim Aussteigen sehen, dass sie kein Höschen trägt. So bekomme ich einen Eindruck davon, was mir heute Nacht entgehen wird. Ich bin sicher, das war pure Absicht von ihr.

Im Lauf der Jahre haben einige Frauen diesen Trick benutzt. Die ersten Male hat das auch funktioniert, aber es wird schnell langweilig, wenn es einem zu einfach gemacht wird. Es ist immer besser, sich ein wenig bemühen zu müssen.

Ich bringe sie bis zur Haustür und entschuldige mich erneut, dabei bin ich mir keinesfalls sicher, wie leid es mir tatsächlich tut. Ihr theatralisches Benehmen ist einfach zu viel für mich.

Anscheinend hat mein höfliches Vorgehen einen Schalter bei ihr umgelegt. Nachdem sie die Tür geöffnet hat, dreht sie sich zu mir um, befeuchtet ihre Lippen und betrachtet mich eingehend. »Also« – sie korrigiert den Sitz meiner Krawatte, die bereits perfekt saß – »wenn du es wirklich ernst meinst, könntest du mir ja zeigen, wie leid es dir tut.«

Trotz meiner Benommenheit bin ich mir fast sicher, dass dies ein eindeutiges Angebot ist. »Und was stellst du dir vor?«

»Einen Schlummertrunk bei mir?«

Ich wende mich ab und huste in meine Ellenbeuge. Es ist kaum zu glauben, dass sie immer noch Interesse hat, so beschissen wie der Abend gelaufen ist.

»So schlecht, wie es mir geht, sollten wir das wohl besser verschieben. Ich will dich nicht auch noch anstecken.«

»Du musst mich ja nicht auf den Mund küssen, mir fällt da schon was ein.«

Ich verspüre den ausgeprägten Drang, sie zu packen und ihr eine Lektion in Selbstachtung zu erteilen. Es ist kaum zu glauben, dass sie mich anmacht, nachdem ich, absichtlich oder nicht, mit einer anderen geknutscht habe.

»Das klingt nach einem guten Anfang, aber so, wie ich mich gerade fühle, ist das wohl keine gute Idee. Meinst du nicht auch?«

Sie seufzt und fährt mit ihren Fingern über meine Brust. »Scheint so. Wie sieht es bei dir nächste Woche aus? Bestimmt geht es dir dann ja besser.«

»Ich gehe Ende der Woche auf Geschäftsreise, aber was hältst du davon, wenn ich dich nach meiner Rückkehr anrufe?« Innerlich winde ich mich und hoffe, dass man mir das nicht ansieht.

»Okay!«, stimmt sie begeistert zu.

Ich lasse mich umarmen und zum Abschied auf die Wange küssen.

Ich warte, bis sie hineingegangen ist, bevor ich zum Wagen zurückgehe, verwundert darüber, dass sie immer noch an mir interessiert ist.

Ich mache es mir auf dem Rücksitz bequem und denke an die Frau, die ich geküsst habe. Ich muss unbedingt herausfinden, wer sie ist, damit ich ihr Blumen und vielleicht eine Packung Vitamin C als Entschuldigung für mein grobes Benehmen schicken kann.

3

FICK DICH, SUPERKÜSSER

Ruby

Während der Heimfahrt mit der U-Bahn lutsche ich eine ganze Packung Listerine, um sämtliche Keime der Knutscherei abzutöten. Ärgerlich diese Sache, aber wenigstens hat er sich für die versehentliche Zungeninvasion entschuldigt und schien es sogar ernst zu meinen. Zu dumm, dass die Erinnerung an dieses Kribbeln durch eine wütende Brittany und sein Husten in mein Gesicht ruiniert ist.

Nachdem ich zu Hause angekommen bin, spüle ich gründlich mit Mundwasser und schlucke sechs Vitamin-C-Tabletten und irgendein ganzheitliches Grippemittel. Dann bereite ich mir meinen üblichen Die-Nacht-vor-dem-Vorsprechen-Drink aus heißem Honig-Zitronen-Wasser zu und bete, dass ich alles getan habe, um mich von Erkältungskeimen zu befreien.

Ich schlüpfe unter die Decke, merke, dass meine Bettwäsche einen frischen Duft vermissen lässt, und frage mich, wann ich sie das letzte Mal gewaschen habe. Dann stelle ich den Wecker und schließe die Augen. Hinter meinen geschlossenen Lidern sehe ich den attraktiven Typen – Banny, wenn ich mich nicht verhört habe. Oder doch Danny? Kein wirklich passender Name für einen heißen Typen. Ich bleibe wohl doch bei Superküsser.

Jetzt, nachdem ich den ersten Schock überwunden habe,

kann ich die ATTRAKTIVITÄT dieses Mannes eingehend würdigen – und zwar in Großbuchstaben. Zu schade, dass er anscheinend geistlose, selbstbezogene Möchtegern-Models am Hungertuch nagenden Künstlerinnen vorzieht. Wobei vorziehen vielleicht das falsche Wort ist. Auch schade, dass seine Art zu husten nicht gerade höflich ist.

Ich überlege, ob er, da er anscheinend auf die Verlobungsparty eingeladen war, vielleicht auch unter den Gästen der Hochzeitsfeier sein wird. Falls ich bis dahin keinen Begleiter gefunden habe, wäre er möglicherweise ein passender Tanzpartner. Was natürlich auch davon abhängt, wie er zu Armstrong steht. Sollten sie enge Freunde sein, wäre es wohl wenig ratsam, sich im Rahmen der Hochzeitsfeier auf zu engen Körperkontakt einzulassen, ganz gleich wie scharf der Typ auch ist. Sollten die Dinge nicht so laufen wie gewünscht, würde ich ihm nur ungern wiederbegegnen.

Schließlich höre ich auf, davon zu träumen, wie er wohl ohne seinen Anzug aussieht, und schlafe ein.

Ich bin gerade dabei herauszufinden, was genau sich in Superküssers Designerhose befindet, als mich ein durchdringender Ton dabei stört. Ich halte inne, bevor ich sanft über die erstaunlich markante Beule in seiner Hose streiche. Er biegt meinen Kopf zurück, seine weichen Lippen berühren meine, seine Zunge gleitet …

Der Traum verblasst, und ich öffne ein Auge. Meine Fantasie löst sich in dem unerträglich grellen Sonnenlicht auf, das mir gemeinsam mit meinem blöden Telefon zubrüllt, endlich aufzuwachen. Manchmal sind meine Träume ganz schön scharf.

Mir fällt ein, dass Amie mich anrufen wollte, für den Fall, dass ich meinen Wecker überhöre, was schon mal vorgekommen ist. Doch gestern Abend war ich noch fit genug, um drei

Wecker zu stellen, die im Abstand von fünf Minuten klingeln. Keine Chance wieder einzuschlafen.

Ich hangele nach dem Telefon. »Raus aus den Federn, Ruby! Das ist dein Weckruf!« Wie sie um halb acht in der Früh, am Morgen nach ihrer Verlobungsparty, so verdammt munter klingen kann, ist mir vollkommen unverständlich.

Ich gebe ein Bellen von mir, das wie ein Hallo klingen soll, und würde sie am liebsten anmeckern, weil sie meinen Traum unterbrochen hat.

»Ruby? Bist du da?«

Ich versuche es erneut, doch wieder kommt nur ein Bellen dabei heraus.

»Ist die Verbindung so schlecht? Ich sagte doch, dass du nicht den Billigprovider nehmen sollst.«

Ich versuche mich zu räuspern, was ich augenblicklich bereue. Es fühlt sich an, als würden Messer in meiner Speiseröhre stecken.

»Ruby?« Amie seufzt. »Ich leg auf und probiere es noch mal.«

Sobald die Verbindung unterbrochen ist, drücke ich direkt auf Videoanruf. Amie nimmt sofort ab. Sie trägt ein weißes Kleid, hat ihre Mähne zu einem Pferdeschwanz hochgebunden und sieht so frisch aus wie der junge Tag. Ich hingegen sehe aus wie ein ungemachtes Bett, wenn ich das kleine Bild auf meinem Telefon richtig deute.

»Oh mein Gott. Geht's dir gut?«

Ich zeige auf meinen Hals und schüttele den Kopf. Ich versuche erneut zu sprechen, nur für den Fall, dass es sich um eine morgendliche Heiserkeit handelt. Normalerweise rede ich nicht vor dem ersten Kaffee. Aber auch dieser Versuch endet mit einem piepsigen Krächzen und stechenden Schmerzen im Hals.

Amie stöhnt auf und schlägt die Hand vor den Mund. »Du hast keine Stimme mehr!«

Ich nicke.

»Wie willst du so vorsprechen?«

Der letzte Rest von Müdigkeit ist verflogen. Ich forme mit den Lippen ein *Oh nein*. Ohne Stimme kann ich mich höchstens als Pantomime bewerben oder um eine Tanzrolle ohne Text. Das bringt nicht annähernd so viel Geld wie eine der Haupt- oder Nebenrollen, auf die ich es abgesehen habe. Sprechrollen werden deutlich besser bezahlt als solche ohne Text. Das reicht noch nicht mal für die Basics wie Miete, Lebensmittel und die Ratenzahlungen für meine Kreditkarte. Ich habe auf dieses Vorsprechen gesetzt, um endlich aus diesem Engpass herauszukommen, in dem ich seit einigen Wochen stecke.

Telefonieren bringt gerade gar nichts, da ich keine Stimme habe und Amie nicht von meinen Lippen lesen kann. Sie sagt, sie komme gleich vorbei. Ich versuche ihr zu sagen, dass sie sich keine Sorgen machen soll, aber ohne Worte ist das schwer zu vermitteln. Ich warte, bis sie aufgelegt hat, und schicke ihr eine SMS, dass sie nicht zu kommen braucht. Abgesehen davon ist das, was ich mir da eingefangen habe, auf jeden Fall ansteckend. Verdammter Superküsser, das ruiniert meine ohnehin schon schwierige Situation völlig.

Ich wälze mich aus dem Bett und spüre dabei jeden Knochen. Ich fühle mich sterbenskrank. Und ich neige nicht zu Dramatik. Jede einzelne Zelle in meinem Körper schmerzt. Ich schleppe mich in die Küche und setze Wasser auf. Vielleicht bringt ja ein heißer Honig-Zitronen-Grog meine Stimme wieder zurück. Aber bei meiner aktuellen Pechsträhne habe ich so meine Zweifel.

Ich schlurfe ins Badezimmer, stelle die Dusche an und

durchstöbere das Arzneischränkchen nach geeigneten Medikamenten. Alles, was ich finde, ist rezeptfrei dosiertes Tylenol. Das muss dann wohl reichen. Ich gehe unter die Dusche, ohne vorher die Temperatur zu prüfen. Das Wasser braucht ewig, bis es heiß ist, und wechselt dann zwischen lauwarm und kochend heiß. Ich erwische eine heiße Phase und kauere mich in die Ecke, bis die Temperatur erträglich ist.

Ich wünschte, die Dusche würde mir helfen, mich besser zu fühlen, aber das tut sie nicht. Auch meiner Stimme hilft das warme Wasser nicht. Ich piepse zwar nicht mehr nur kaum hörbare Einsilber wie »Oh«, bete aber zum Gott der Stimmbänder, dass die Honig-Zitronen-Kombi meine Stimme wiederherstellen möge.

Nach der Dusche füge ich dem Drink eine Extraportion Honig und Zitrone hinzu. Damit verbrenne ich mir nicht nur die Zunge, es fühlt sich auch an, als ob mir in Säure getauchte, gezackte Klingen die Kehle hinabgleiten. Trotzdem mache ich mich fertig, wähle schlichte schwarze Strumpfhosen, ein schwarzes Oberteil und darüber ein weites, durchscheinendes Shirt. Ich trockne meine Haare, lege Make-up auf und hoffe, dass ich einigermaßen erträglich aussehe. Ich muss zwei Schichten Puder auftragen, weil ich durch die Anstrengung ins Schwitzen gerate.

Ich nehme einen zweiten Honig-Zitronen-Grog mit auf den Weg und treffe eine halbe Stunde zu früh für das Vorsprechen ein. Was auch egal ist, da ich nach wie vor nur flüstern kann. Meine Verzweiflung explodiert wie Popcorn in der Mikrowelle, als die vielen Leute um mich herum ihre Stimmübungen machen. Ich versuche es auch, aber mein heiseres Krächzen wird von der kristallklaren Stimme der hinreißenden Frau neben mir übertönt. Während ich noch ihrem engelsgleichen Gesang lausche, fühle ich das Zittern eines beginnenden Fieberanfalls.

Schweiß bricht mir im Nacken aus und läuft mir den Rücken hinab, während ich stark fröstle. Als wäre das noch nicht genug, verkrampft sich auch noch mein Magen.

»Ruby Scott.«

Ich sehe den Regisseur an, der zum Glück noch sehr frisch wirkt und nicht bereits völlig entnervt von Hunderten unterirdischer Darbietungen ist. Die jetzt beginnen werden. Ich nehme meine Tasche und folge ihm in den Theatersaal.

»Du willst für die Rolle der Emma vorsprechen, richtig?« Ohne meine Antwort abzuwarten fügt er hinzu: »Ich möchte, dass du mit dem Song am Anfang des zweiten Akts beginnst.«

»Okay«, krächze ich leise und zucke beim Klang meiner Stimme zusammen. Wenigstens kann ich wieder sprechen, auch wenn es so klingt, als ob sich ein präpubertärer Jüngling die Eier im Reißverschluss eingeklemmt hat.

Der Regisseur sieht von seinem Klemmbrett auf, das Stirnrunzeln verheißt nichts Gutes.

»Ich habe wohl meine Stimme verloren.« Er muss sich anstrengen, um mich überhaupt zu verstehen.

Ich höre sein enttäuschtes Seufzen. »Wie willst du denn ohne Stimme vorsprechen?«

»Ich wollte das Vorsprechen nicht versäumen. Könnte ich nicht stattdessen vortanzen?« Je weniger Worte, desto besser.

»Das Vortanzen findet frühestens Ende der Woche statt«, entgegnet er schmallippig.

»Verstehe. Aber da ich nun schon mal hier bin und nicht singen kann, könnte ich nicht vielleicht doch vortanzen?« Ich muss ein Würgen unterdrücken, als ich spüre, dass ein Anfall von Übelkeit in mir aufsteigt.

Er seufzt und deutet auf die Bühne. Ich bedanke mich, lasse meine Tasche am Bühnenrand liegen und nehme die erste Position ein. Mein Geist ist umnebelt, und mein Körper schmerzt höllisch, aber ich darf diese Gelegenheit, für die nächsten paar Monate ein bescheidenes, aber regelmäßiges Einkommen zu haben, nicht versäumen. Noch mehr Kreditkartenschulden kann ich mir nicht leisten. Und meinen Vater kann ich auch nicht um Geld bitten, da ihm sonst klar wird, wie schlecht es mir finanziell geht. Das würde nur dazu führen, dass er mich wieder drängt, für ihn zu arbeiten, was ohnehin sein Hauptziel ist. Ich muss es also schaffen.

Die Musik gibt den Einsatz vor, und als ich mich bewege, beginnt sofort mein Magen zu revoltieren. Ich habe zwar nur Honig-Zitronen-Wasser im Bauch, aber das drängt mit aller Macht nach draußen. Ich bin gerade mitten in einer schnellen Drehung, was man bei Übelkeit wohl besser vermeiden sollte, als mich der nächste Anfall kalt erwischt.

Ich presse meine Lippen zusammen, doch der Krampf ist zu heftig. Halb verdaute Reste von Shrimpstörtchen und Pilzkanapees, gemischt mit Honig-Zitronen-Wasser, ergießen sich über die Bühne.

Und mit dieser Szene aus *Der Exorzist* endet das Vortanzen.

Es wäre wohl schlauer gewesen, mit dem Vortanzen bis zum Ende der Woche zu warten. Dieser Brechanfall ist unentschuldbar. Zumal der Regisseur mein Erbrochenes abbekommen hat. Immerhin eine beeindruckende Reichweite. In meiner Hektik, die nächste Toilette zu erreichen, bevor ein zweiter Krampf einsetzt, rutsche ich fast auf meinem Mageninhalt aus. Ich schaffe es gerade bis in den Vorraum und zur nächsten Topfpflanze, als es erneut losgeht. Bei der dritten Runde bin ich endlich in der Toilette. Wie bei öffentlichen Toiletten üblich, lässt die Sauberkeit zu wünschen übrig. Vielleicht ein Zeichen für den Geldmangel dieser Produktion?

Ich bleibe fast eine Stunde, stöhne und heule, bis nur noch ein trockenes Würgen aus mir herauskommt.

Dummerweise habe ich in meiner Eile die Handtasche auf der Bühne vergessen und muss jetzt warten, bis es eine Pause gibt.

Sie liegt zum Glück direkt am Bühnenrand, sodass ich mich hineinschleichen, sie mir schnappen und wieder verschwinden kann, bevor der Regisseur mich überhaupt bemerkt.

Die Heimfahrt mit der U-Bahn ist eine Tortur. Meine Mitfahrer halten geflissentlich Abstand, vermutlich wegen meiner Schweißausbrüche und meines Gestanks.

Zu Hause verkrieche ich mich stundenlang im Badezimmer, zusammengekauert auf einem Badetuch und mit einer Rolle billigem Klopapier als Kopfkissen.

Ein Klopfen an meiner Tür am nächsten Morgen – dass es Morgen ist, erkenne ich bloß am Licht, das durch mein Badezimmerfenster fällt – lässt mich mein improvisiertes Schlaflager verlassen.

Mir tut jeder einzelne Körperteil weh. Ich trage immer noch die Kleider vom Vortag und rieche nach kaltem Erbrochenen. Dank meiner Zielgenauigkeit ist mein graues Oberteil voller Flecken. Ich spüle mir den Mund mit Wasser. Die Mundspülung brennt, also spucke ich sie wieder aus.

Ich schlurfe zur Tür und schaue durch den Türspion, bevor ich sie öffne. Manchmal schaffen es Hausierer, ins Gebäude zu gelangen. Ich habe keine Lust, meine politische Einstellung zu diskutieren oder mir eine neue Religion aufschwatzen zu lassen. Aber welcher Verein würde mich in meinem gegenwärtigen Zustand wohl aufnehmen wollen?

Es ist Amie. Normalerweise kommt sie nie unangemeldet vorbei. Ich habe vergessen, die Kette vorzulegen, also war mir meine Sicherheit wohl völlig egal. Ich öffne die Tür.

»Ruby Aster Scott, was bitte hat das zu bedeuten?« Sie streckt mir ein Blatt Papier entgegen, so dicht, dass ich es nicht entziffern kann.

Sie lässt die Hand schneller sinken, als ich nach dem Blatt greifen kann. Meine Reflexe sind nicht auf der Höhe.

Ihre ärgerliche Miene verwandelt sich in Entsetzen. »Oh mein Gott, was ist denn mit dir passiert?« Sie kommt so entschlossen herein, dass sie mich fast über den Haufen rennt. Aber so wackelig, wie ich mich fühle, liegt es vielleicht auch an mir.

Amie bedeckt ihr Gesicht mit einem Ärmel. »Was ist das für ein Gestank? Warum bist du nicht ans Telefon gegangen? Ich war kurz davor, die Polizei zu rufen.«

»Ich hab wohl die Grippe«, krächze ich. Wenigstens ist meine Stimme wieder ansatzweise vorhanden. Irgendwie.

»Ich versuche dich seit vierundzwanzig Stunden zu erreichen. So etwas kannst du nicht tun. Und wirklich, was ist das für ein *Gestank*?«

»Das bin vermutlich ich.«

Sie lässt ihren Arm sinken, schnüffelt und verzieht das Gesicht. »Du brauchst dringend eine Dusche. Oder ein Bad.« Sie blickt sich in der Wohnung um, und das Stirnrunzeln vertieft sich.

Ich war noch nie gut darin, Ordnung zu halten. Bis vor ein paar Monaten hatte ich eine Haushaltshilfe, die ein Mal die Woche mein Chaos einigermaßen in Grenzen hielt. Als mein Vater dann drohte, seine finanzielle Unterstützung einzustellen, habe ich alle nicht lebenswichtigen Ausgaben reduziert. Das betraf auch Ursula. Aber die gegenwärtige Unordnung ist wohl eher meinem Gesundheitszustand geschuldet.

Amies kostspielige Absätze klicken auf dem Boden, als sie sich ins Badezimmer begibt. Ihr Entsetzen über den Geruch dort drin ist unüberhörbar, dagegen ist mein eigener Geruch vermutlich noch harmlos.

Es braucht ein paar Gummihandschuhe, Putzmittel, eine Menge Flüche und fünfzehn Minuten energisches Scheuern, damit mein Badezimmer nicht mehr stinkt wie Kotzilla. Amie lässt für mich ein Bad in der nunmehr sauberen Wanne ein und schubst mich hinein.

»Du bleibst da mindestens zwanzig Minuten drin«, ruft sie mir noch hinterher.

Amie und ich sind Freundinnen seit unserem ersten Jahr auf der Vorbereitungsschule fürs College. Vor fünf Jahren sind wir dann zusammen nach New York gezogen, um zu studieren. Von uns beiden ist sie sicherlich die Erfolgreichere. Obwohl man einen doppelten Abschluss in Business Management und Public Relations vielleicht nicht mit einem Schauspielstudium vergleichen kann. In den zwei Jahren seit unserem Abschluss hat sie ihr Praktikum bei einem der angesagtesten Modemagazine in eine Festanstellung umgemünzt und ist bereits befördert worden. Und zusätzlich zu einem tollen Job mit einer ebenso tollen Bezahlung hat sie auch noch den Mann ihrer Träume gefunden – zumindest behauptet sie das –, während ich wie gewohnt von einem Date zum nächsten stolpere, bevor ich mich davonmache. Oder fallengelassen werde, weil ich nicht jeden ranlasse. Oder ich lasse mich von verkeimten Fremden mit wütenden Freundinnen küssen. Könnte es sein, dass mein Karma mir damit etwas sagen will? Und falls ja, wie genau lautet die Botschaft? Benutze keine öffentlichen Toiletten? Lutsch nicht an Lollis? Sei eine Schlampe?

Das Klopfen an der Tür schreckt mich auf. »Ruby? Lebst du noch? Es ist schon mehr als eine halbe Stunde.«

»Nur noch fünf Minuten!«, rufe ich mit gebrochener Stimme.

Das Wasser ist inzwischen so kalt, dass ich fröstele, während ich mir schnell die Haare und den Körper wasche. Frisch gebadet fühle ich mich schon fast wieder wie ein Mensch. Als ich das Badezimmer verlasse, sehe ich, dass Amie die Wohnung aufgeräumt hat.

Der Abfall und die schmutzigen Teller, die sich in der Spüle stapelten, wurden entweder abgewaschen oder entsorgt. Mein Bett ist frisch bezogen, und die Klamotten auf dem Boden sind in meinem Wäschekorb verschwunden.

»Das hättest du nicht tun müssen.«

»Du bist doch gerade nicht dazu in der Lage. Außerdem siehst du schrecklich aus. Ich vermute, das Vorsprechen ist nicht gut gelaufen?«

»Außer sie beabsichtigen, den *Exorzist* auf die Bühne zu bringen.« Ich lasse mich auf das Bett fallen. Das Bad hat mich vollkommen erschöpft.

»Was meinst du damit? Was ist denn passiert?« Sie reicht mir einen Becher heißes Wasser mit Zitrone, den ich erst einmal auf den Nachttisch stelle. Keine Ahnung, ob ich schon wieder das zu mir nehmen kann, was ich als Letztes von mir gegeben habe.

Ich erzähle ihr die Kurzfassung, verschweige aber nicht die unangenehmen Einzelheiten wie mein plötzliches Erbrechen.

»Meine Güte.«

»Ja. Ich glaube nicht, dass mich der Regisseur ein zweites Mal einladen wird. Außer ich ändere meinen Namen.«

»Glaubst du, es war eine Lebensmittelvergiftung? Oh nein, bin ich vielleicht schuld daran?« Sie hält sich entsetzt eine Hand vor den Mund, die andere krallt sich in die Lehne meines Sessels.

Dieses abgenutzte Ding ist eins der wenigen Stücke hier, die tatsächlich mir gehören, und es begleitet mich seit meiner

Collegezeit. Gefunden habe ich ihn in einem Trödelladen, der Kauf ein Akt der Auflehnung gegen meinen Vater, der meine Absicht, Schauspielerin zu werden, lächerlich fand. Trotzdem beglich er meine Rechnungen, da mein Stipendium kaum die Studiengebühren deckte. Und ab und an überwies er mir Geld, das ich für alles Mögliche ausgab, nur nicht für Möbel.

»Es war keine Lebensmittelvergiftung. So ein Typ hat mich mit jemandem verwechselt und mir seine Zunge in den Hals gesteckt, als ich gerade gehen wollte. Dann hat er mir ins Gesicht gehustet, und seine Begleiterin hat mich eine Schlampe genannt.«

»Wie bitte?« Sie lässt ihre Hand sinken und schenkt mir einen ungläubigen Blick.

Ich kann verstehen, dass das verrückt klingt. Genau genommen ist die ganze Angelegenheit das auch. Dennoch frage ich mich, inwieweit mein Karma daran beteiligt ist. Ich erzähle ihr die ganze Geschichte von Anfang an.

»Also ist es *doch* meine Schuld.«

»Wie kann es deine Schuld sein, wenn so ein Typ mich in einem schummerigen Flur mit seinem Date verwechselt?«

»Weil es meine Gäste waren.«

»Trotzdem kannst du doch nichts dafür.« Ich schließe kurz die Augen und überlege, ob ich bereits wieder feste Nahrung zu mir nehmen kann. Allein die Vorstellung, kauen zu müssen, erschöpft mich.

»Wann hast du deinen Vater das letzte Mal um Geld gebeten?«, fragt Amie nach einer längeren Pause.

Eine seltsame Frage, wenn man meine aktuelle Situation bedenkt. »Schon eine ganze Weile nicht. Warum?« Amie weiß, wie sehr es mich stört, noch immer von seinen Zuwendungen abhängig zu sein. Die letzten fünf Jahre hat er meine Miete und eine Reihe weiterer Ausgaben beglichen. Als er damit drohte, seine Unterstützung einzustellen, habe ich ein eigenes Konto eröffnet, mit einer dazugehörigen Kreditkarte und einem begrenzten Überziehungsrahmen.

Ich hatte mir vorgenommen, ein wenig Geld zur Seite zu legen und ihm damit ein für alle Mal zu beweisen, dass ich in der Lage bin, ohne sein Geld auszukommen. Aber das Ausbleiben der Gehaltsschecks führte schließlich dazu, dass ich meine Kreditkarte bis ans Limit strapazieren musste.

»Hast du vielleicht vor umzuziehen und hast bloß vergessen, es mir zu sagen?«

»Wenn ich aus diesem Loch ausziehen würde, wärst du die Erste, die es erfährt.« Keine Ahnung, wie sie auf diese Idee kommt.

»Ich habe befürchtet, dass du das sagen würdest.« Amie seufzt, geht zu meinem Schreibtisch hinüber, der ihrer Aufräumaktion entgangen ist, und greift nach einem Blatt Papier. Da meine Einzimmerwohnung nur knapp vierzig Quadratmeter misst, ist es kein Aufwand, es mir zu bringen.

»Tut mir leid, dass ich gerade jetzt damit anfange, aber dummerweise ist dies eine Angelegenheit, um die du dich dringend kümmern musst.«

Ganz oben steht in großen Blockbuchstaben KÜNDIGUNG DES MIETVERTRAGS, gefolgt von einem Haufen juristischem Kauderwelsch über vertragliche Details und den Zeitpunkt, zu dem ich die Wohnung geräumt haben muss. Und zwar in genau fünf Tagen.

Ich überfliege erneut das Blablabla. Die letzten drei Schecks sind offenkundig geplatzt.

»Das ergibt doch keinen Sinn.« Die neue Sekretärin meines Vaters – nicht die, mit der er verheiratet ist – überweist jeden Monat genügend Geld auf mein Konto, damit ich die Miete zahlen kann.

»Du solltest wohl besser deinen Vater anrufen.«

Ich lasse mich auf die Bettkante fallen. Es muss doch eine logische Erklärung hierfür geben. »Ich rufe seine Sekretärin an.« Ich scrolle durch meine Kontaktliste, bis ich Yvette gefunden habe. Sie arbeitet erst seit ungefähr sechs Monaten für meinen Vater. Ich mochte ihre Vorgängerin lieber, aber meine Stiefmutter hatte wohl Probleme mit ihrer Jugendlichkeit und ihrer quirligen Art. Yvette ist deutlich älter.

Beim dritten Klingeln hebt sie ab. »Scott Pharmaceuticals, Sie sprechen mit Yvette. Bitte haben Sie einen Moment Geduld.«

»Hi Yve…« Die Fahrstuhlmusik unterbricht mich, gefolgt von Werbung für die Penispillen meines Vaters. Ich verdrehe die Augen und stelle das Telefon auf laut.

Fünf Minuten später meldet sie sich. »Vielen Dank für Ihre Geduld. Sie sprechen mit Yvette, wie kann ich Ihnen helfen?«

»Hallo Yvette, hier ist Ruby.«

»Hallo Ruby, mit wem kann ich Sie verbinden?«

Amie und ich tauschen einen vielsagenden Blick.

»Ich bin es, Harrisons Tochter.«

»Oh, Ruby, natürlich. Wie dumm von mir. Möchten Sie mit Harrison sprechen? Er ist wohl gerade in einem Meeting, aber Sie können ihm eine Sprachnachricht hinterlassen, dann ruft er Sie sicher umgehend zurück.«

»Eigentlich können Sie mir genauso gut helfen. Ich habe gerade eine Benachrichtigung erhalten, dass mein Mietvertrag gekündigt wurde, weil die letzten drei Schecks geplatzt sind. Wissen Sie zufällig, ob es Probleme mit den Überweisungen gab?« Ich verkrampfe meine Hände, um nicht an den Nägeln zu kauen.

»Oh. Hm, lassen Sie mich kurz nachsehen«, sagt sie mit ihrem hohen Trällern.

»Vielen Dank, Yvette.«

»Aber gerne, gar kein Problem.« Das Klicken am anderen Ende der Leitung sagt mir, dass sie meine Kontodaten abruft.

»Ah ja! Jetzt erinnere ich mich. Ihr Vater hat alle Überweisungen auf Ihr Konto vor ungefähr drei Monaten eingestellt.«

»Warum sollte er das tun, ohne mir Bescheid zu sagen?«

»Ich hatte Ihnen eine E-Mail von ihm mit den Details geschickt. Lassen Sie sie mich kurz aufrufen.« Wieder ein Klicken an ihrem Ende der Leitung. »Ich hab sie gefunden. Oh! Oh nein, sie wurde als Vorlage gespeichert und nicht versendet. Ich schick sie sofort ab. So, das war's! Soll ich sie Ihnen vorlesen?«

Mein Telefon pingt, was bedeutet, dass die E-Mail eingegangen ist. »Danke, ich habe sie gerade erhalten.«

»Dann warte ich, während Sie sie lesen.« Ich höre ihr freundliches Summen im Hintergrund, während ich die E-Mail öffne und durch den Inhalt scrolle. Das schlingernde Gefühl in meinem Magen wird schlimmer, je weiter ich lese. Mein Vater hat seine finanziellen Zuwendungen vor drei Monaten eingestellt und seine inkompetente Sekretärin angewiesen, mir das per E-Mail mitzuteilen. Folglich war es meine Sache, den Mietvertrag zu verlängern und die fälligen Zahlungen zu leisten. Und nur für den Fall, dass ich vergessen hätte, was sein eigentliches Ziel ist, beendet er die E-Mail mit dem Hinweis, dass es in Rhode Island jederzeit einen Job für mich gebe. Und dass meine Stiefnutte sich darauf freuen würde, mit mir zusammenzuarbeiten.

Gleich nach der Heirat hat mein Vater Nuttimutti in eine andere Abteilung versetzt. Gott behüte, dass es zu einem Interessenkonflikt käme. Für sie bedeutete das eine nette Beförderung und eine außergewöhnliche Gehaltserhöhung. Für mich hieße es, dass sie meine Vorgesetzte wäre. Ich fahre mir mit der Hand übers Gesicht. Ich weiß nicht, ob ich kotzen oder heulen soll. Es ist zum Verrücktwerden.

Ich höre Yvettes fröhliche Stimme und würde ihr am liebsten ins Gesicht schlagen. »Ich bedauere die Verzögerung bei der Weiterleitung.«

»Es wäre hilfreich gewesen, wenn ich diese Informationen schon vor ein paar Monaten bekommen hätte.« Nicht dass das viel geändert hätte. Es wäre trotzdem nicht leicht gewesen, Geld für die Miete aufzubringen, geschweige denn für irgendetwas anderes als die Instantnudeln, die ich seit drei Wochen esse. Allerdings hätte ich mit diesem Diätplan schon ein wenig früher anfangen können.

»Soll ich Sie zu Ihrem Vater durchstellen? Ich weiß nicht, wie lange sein Meeting dauert, aber Sie können ihm gerne eine Nachricht hinterlassen. Ich kann auch etwas notieren und es ihm geben, sobald ich ihn sehe.« Ihre Stimme klingt jetzt nervös.

Ein Gespräch mit meinem Vater würde das Problem nicht lösen, sondern eher verschlimmern. »Nein. Danke, Yvette. Ich muss jetzt auflegen. Danke für Ihre Hilfe.« Ich lege auf, bevor sie noch etwas entgegnen kann.

Amie starrt mich mit großen Augen und offenem Mund an.

»Warum willst du nicht mit deinem Vater sprechen? Er kann das doch hinbiegen.«

»Ich muss nachdenken.« Ich massiere meine Schläfen. »Ich muss meinen Vermieter anrufen.« Und das tue ich auch. Nur, dass es nichts bringt. Wie sich herausstellt, ist meine Wohnung bereits wieder vermietet, und ich schulde ihm nach wie vor drei Monatsmieten. Ich bin betroffen, weil ich von diesen Schulden überhaupt nichts mitbekommen habe. Die Mahnungen sind vermutlich bei meinem Vater gelandet, weil er ja auch die Miete gezahlt hat.

»Du musst deinen Vater anrufen, damit er die Sache regelt.«
»Da kann er auch nichts mehr machen.«
»Er kann dir zumindest mit der Miete helfen.«
»Und was dann? Eine neue Wohnung habe ich damit auch nicht.«

Vor ungefähr sechs Monaten, kurz nachdem ich meine letzte Rolle ergattert hatte, haben wir eine hitzige Debatte über meinen beruflichen Werdegang geführt. Seine Ablehnung war unmissverständlich, dennoch tolerierte er meine Entscheidung. Auch wenn es nur wegen meiner Mutter und seiner Schuldgefühle ihr gegenüber war. Aber seine Unterstützung hatte ihren Preis, und in meinem Fall war es Schamgefühl. Er sagte, dass mein Studium beendet sei und ich nunmehr beruflich auf eigenen Füßen stehen müsse. Wenn ich dazu nicht in der Lage sei, könne ich ja nach Hause zurückkommen und für ihn arbeiten.

Er hat mir diesen Vortrag dermaßen oft gehalten, dass ich ihn auswendig kenne. Bis jetzt habe ich immer gedacht, er wäre nur ein Ausdruck seiner väterlichen Besorgnis. Jedenfalls habe ich direkt nach diesem letzten Gespräch mein eigenes Konto eröffnet und meine eigene Visa-Karte mit einem begrenzten Kreditrahmen beantragt. Als dann die Gehaltsschecks ausblieben, habe ich lieber den Kreditrahmen um ein paar Tausend Dollar erweitert, als mich an ihn zu wenden.

Ihn jetzt anzurufen hieße, meine Niederlage einzugestehen. Außerdem würde er mir garantiert mein Versagen vorhalten. Was er ja schon immer vorhergesehen hätte. Sollte er erfahren, in welcher Zwangslage ich mich befinde, würde er umgehend jemanden schicken, um mich zu holen. Na ja, er würde nicht jemanden schicken, sondern ein Flugticket. Lange Autofahrten stehen nicht auf seiner Prioritätenliste.

Ich will auf keinen Fall nach Hause. Zu Hause ist Rhode Island. Dorthin zurückzugehen bedeutet, versagt zu haben, meinen Traum zu begraben und zuzugeben, dass mein Vater schon immer recht hatte. Dass ich nicht gut genug für eine Karriere am Broadway bin. Oder am Off-Broadway. Oder irgendwo dort.

Mein Scheitern einzugestehen wäre nicht das Schlimmste. Aber zurück nach Hause zu gehen hieße auch, in seinem Pharma-Imperium zu arbeiten, wo er seine erektionsfördernden Pillen mischt. Er wird mich in eine Arbeitsdrohne verwandeln, die hinter einem Schreibtisch sitzt und Briefe tippt oder irgendwas stempelt und dafür sorgt, dass Meetings in den richtigen Räumen stattfinden. Meine Kreativität wird in der Rundablage enden, genau wie meine Würde.

Da draußen gibt es genügend Leute, die sich bemühen, einen Job zu finden, irgendeinen Job, und ich sollte dankbar sein. Für meinen Vater zu arbeiten entspricht sicher nicht meiner Vorstellung von Spaß, aber das Ende der Welt wäre es auch nicht. Allerdings wäre es schon eine ganz spezielle Tortur, unter seiner neuen Frau zu arbeiten. Mein Vater meint zwar, es wäre eine gute Gelegenheit, sich besser kennen und schätzen zu lernen, aber diese Meinung teile ich überhaupt nicht. Meiner Ansicht nach wäre es eher eine gute Gelegenheit, um als Mörderin im Gefängnis zu landen. Er fand das nicht witzig.

»Seinetwegen hast du keine Wohnung mehr. Glaubst du nicht, dass er sich deswegen schlecht fühlt und es wiedergutmachen will?«

»Du hast meinen Vermieter gehört, die Wohnung ist bereits wieder vermietet. Und du weißt genauso gut wie ich, dass mein Vater nur darauf gewartet hat, dass so etwas passiert. Er hofft, dass ich scheitere.«

»Das will er sicher nicht.« Ich sehe sie an, und sie seufzt. »Was ist mit deinem Kreditrahmen? Kannst du damit nicht einen Teil der Mietschulden begleichen?«

Ich rufe die Kontodetails auf meinem Telefon ab. Selbst wenn ich den Kreditrahmen um ein paar Tausend Dollar aufstocken würde, wäre es zu wenig für drei ausstehende Monatsmieten. Ich schüttele den Kopf.

»Und wenn du mit deiner Kreditkarte Geld abhebst?«

»Kein Spielraum.« Es sind vielleicht noch dreihundert Dollar übrig, bis ich das Maximum erreicht habe. Der Kreditrahmen ist zwar klein, aber es dürfte keine gute Idee sein, ihn noch weiter auszureizen. Schon gar nicht in meiner jetzigen Lage.

»Oh weh!«

»Genau.«

»Ich könnte dir …«

»Nein. Auf gar keinen Fall.« Ich unterbreche sie, bevor sie den Satz beenden kann. »Ich will mir kein Geld von dir borgen.«

»Aber irgendwas muss ich doch tun können. Ich werde nicht zulassen, dass du auf der Straße landest. Das würde dir nicht gefallen. In einer Pappschachtel zu wohnen ist nun mal nicht dein Ding.«

Sie versucht mich aufzuheitern, aber ich habe die Tatsachen so überdeutlich vor Augen wie eine Backsteinmauer. Amie hat recht. Wenn ich keine neue Wohnung und keinen annehmbaren Job finde, der mehr als nur die Miete einbringt, lande ich entweder auf der Straße oder wieder in Rhode Island. Schlimmer noch, ich müsste im Haus meines Vaters wohnen, zusammen mit seiner Schlampe, die nur vier Jahre älter ist als ich und wahrscheinlich den Gärtner vögelt. Oder den Pooljungen. Oder beide.

Nach Alaska zu gehen, wo meine Mutter gegenwärtig lebt, ist auch keine Alternative. Die Winter in New York sind schon hart. Aber in einer Holzhütte mitten in den Wäldern zu wohnen, mit kaum Kontakt zur Außenwelt, ist doch ein wenig zu extrem für meinen Geschmack. Es ist völlig okay, in einer miesen Wohnung in Harlem zu leben, aber Dauerfrost und Einsamkeit sind jenseits meiner Komfortzone.

»Ich suche mir einen Halbtagsjob.«

Amie wirft mir einen mütterlich-skeptischen Blick zu. »Gute Idee, aber wo willst du wohnen? Du musst doch mindestens zwei Monatsmieten aufbringen. Und die Schulden hier zurückzahlen. Das ist ziemlich viel Geld für dich.«

Punkt für sie. »Ich habe keine Alternative, Amie. Außer Rhode Island. Und das wäre das Allerletzte.«

»Ich kann immer noch nicht glauben, dass dein Vater das getan hat. Irgendwas muss doch geschehen. Warum ziehst du nicht zu mir?«

Ich werfe ihr einen Blick zu. »Und wo soll ich schlafen? Deine Couch lässt sich noch nicht mal ausklappen.«

Amie macht ein nachdenkliches Gesicht. Punkt für mich.

Ihre Wohnung ist klein, das Schlafzimmer so winzig, dass gerade einmal ihr Doppelbett hineinpasst, und das Wohnzimmer zu klein für eine richtige Couch.

»Ich rufe Armstrong an. Ich kann sicherlich bei ihm wohnen, und du ziehst zu mir, bis du das geregelt hast.«

Mit einer Handbewegung unterbindet sie alle Einwände, dann ruft sie ihren Verlobten an. »Hi Armstrong, ich müsste dich um einen kleinen Gefallen bitten …« Kurze Pause, bevor sie fortfährt. »Wäre es möglich, dass ich für eine Weile zu dir ziehe … ein oder zwei Wochen?« Sie wirft mir einen fragenden Blick zu. Ich zucke die Achseln und nicke. Zwei Wochen werden wohl kaum ausreichen, aber es ist besser als nichts. »Aber ich … es wäre nur für … ja … aber …« Sie verdreht die Augen und wippt ungeduldig mit dem Fuß.

Ich muss nicht hinhören, um zu wissen, was da gerade abläuft. Meine Lippen formen ein *Vergiss es.*

»Ich verstehe. Schon gut. Ich will dich nicht stören. Wir werden eine andere Lösung finden.« Ihr Sarkasmus ist unüberhörbar. Sie beendet das Telefonat. »Ich hab ihn wohl auf dem falschen Fuß erwischt. Ich werde es später noch mal probieren.«

»Das musst du nicht.«

»Er ist eigensinnig und braucht ein wenig Zeit, um sich an den Gedanken zu gewöhnen.«

Ich glaube nicht, dass es nur Eigensinn ist, aber egal, ein oder zwei Wochen werden wohl kaum reichen, um mich aus diesem Schlamassel zu befreien. Die Situation ist viel schlimmer, als ich ursprünglich angenommen habe. Meine Möglichkeiten sind mehr als beschränkt, und ich war noch nie gut darin, mit Misserfolgen umzugehen. Ich will keine reiche, verwöhnte Tussi sein. Ich will beweisen, dass ich auf eigenen Füßen stehen kann und nicht auf die Almosen meines Vaters angewiesen bin, aber im Moment habe ich wohl keine Wahl.

»Oh mein Gott, ich habe eine Idee!« Amies Augen leuchten.

»Und die wäre?«

»Armys Cousin, Bane, verreist diese Woche.«

»Und was hat das mit meiner Obdachlosigkeit zu tun?«

Ich überlege bereits, in welcher Gasse ich wohl am besten mein Lager aus Pappkartons aufschlagen könnte. Meine Mitgliedskarte für das Fitnessstudio läuft erst in ein paar Monaten ab, bis dahin könnte ich dort duschen. »Moment mal, er hat einen Freund, der Bane heißt? Sieht der vielleicht aus wie Tom Hardy?«

»Äh, nein? Sein richtiger Name ist Bancroft«, klärt sie mich auf.

»Ah, wieder so ein reicher Erbe mit Nachnamen als Vorname?«

»Mhm. In seiner Familie sind Nachnamen als Vornamen üblich, aber er ist wirklich sehr nett. Egal, er hat mich gebeten, bei ihm vorbeizusehen und mich um seine Haustiere zu kümmern. Er wird fünf Wochen fort sein, also könntest du das doch übernehmen?«

»Er kennt mich ja nicht mal, wie sollte es für ihn okay sein, wenn eine Wildfremde sich um seine Haustiere kümmert? Und an meiner Wohnungssituation ändert das auch nichts.«

»Du bist meine beste Freundin. Wenn ich dir vertraue, wird er das auch. Übrigens hat er ein Kaninchen oder ein Meerschweinchen oder so was in der Art. Er hat es von irgendwem übernommen, glaube ich. Also könnten wir ihm doch vorschlagen, dass du dort wohnst, solange er verreist ist?«

»Um mich um sein Meerschweinchen zu kümmern?«

»Warum nicht? Er meinte, es brauche viel Zuwendung und Beschäftigung. Und du weißt, dass ich allergisch veranlagt bin. Einen Versuch dürfte es doch wohl wert sein? Und du hast fünf Wochen, um dir einen Job zu suchen, etwas Geld zu sparen und eine neue Wohnung zu finden. Okay?«

»Okay, das könnte gehen.« Ich bin mir keinesfalls sicher, dass es funktionieren wird, außer ich stolpere über eine Hauptrolle. Aber zumindest gewinne ich etwas Zeit, und es ist auch besser, als auf Amies Zweisitzer zu enden. »Wann wirst du ihn fragen?«

»Wir treffen uns heute Abend zum Dinner mit ihm. Denkst du, dein Magen macht das mit?«

»Ich kann es versuchen.«

Amie lächelt. »Perfekt.«

»Genau.« Hoffentlich klappt es. Ich bräuchte dringend ein wenig gutes Karma. Und eine Unterkunft, die nicht aus Pappe ist.

4

PLÄNE FÜRS ABENDESSEN

Ruby

Nachdem Amie entschieden hat, dass ich in den nächsten fünf Wochen als Hausbesetzerin / Tierpflegerin fungieren werde, was zumindest würdevoller ist, als in einer Pappschachtel zu hausen, durchstöbert sie meinen Kleiderschrank nach einem passenden Outfit für ein erstes Kennenlernen.

Im Laufe der letzten Jahre habe ich mich von meinen edlen, überteuerten und häufig unbequemen Kleidungsstücken getrennt und stattdessen hauptsächlich schwarze, günstige Teile angeschafft. Und zusätzlich ein paar farbenfrohe für die Tage, an denen ich gegen die übliche New Yorker Trostlosigkeit rebellieren muss. Mein gegenwärtiger Geldmangel verhindert zudem die Anschaffung unnötig teurer Klamotten, wodurch meine Garderobe reduziert und unauffällig ist.

»Seit wann hast du dieses Kleid schon?« Amie hält einen kurzen, roten Fummel hoch.

Ich zucke mit den Achseln. »Eine Weile.«

»Hast du das nicht schon bei der Abschlussfeier an der Highschool getragen?«

Ich grüble einen Moment lang. Sehr gut möglich. Ich nehme den Bügel und suche nach dem Label. Es ist von Vera Wang, also war es nicht billig.

Vor ein paar Jahren hat es mir nichts ausgemacht, viel Geld

für ein Kleid auszugeben. Jetzt überlege ich, wie viel ich dafür auf eBay bekommen könnte.

Da ich immer noch nicht geantwortet habe, sagt Amie: »Ich bin ziemlich sicher, dass du das auf der Abschlussfeier getragen hast. Es ist zeitlos, also könntest du es heute Abend anziehen. Probier's an.«

Ich schlüpfe in einen Slip, bevor ich meinen Morgenmantel ausziehe. Das hat nichts mit Schamgefühl zu tun. Amie hat mich schon öfter in ziemlich fragwürdigem Zustand gesehen, also ist Nacktheit kein großes Ding. Ich wühle nach einem sauberen BH und zwänge mich hinein. Dann schlüpfe ich in das Kleid und ziehe den seitlichen Reißverschluss hoch. Ein wenig eng an Brust und Hüften, aber ansonsten sitzt es gut.

Dummerweise ist genau über meinem Schritt ein Fleck, der meine Vagina betont. »Sofern ich nicht scharf darauf bin, die Aufmerksamkeit auf mein Lustzentrum zu lenken, sollte ich wohl etwas anderes anziehen.«

»Wäre auch nicht schlimm. Bancroft ist heiß und nach dem, was man so hört, ziemlich gut im Bett.«

»Gerüchte über seine sexuellen Fähigkeiten sind nicht wirklich ein verkaufsförderndes Argument. Außerdem will ich nicht mit ihm schlafen, sondern einen Platz zum Schlafen in seiner Wohnung. Hat seine Wohnung eigentlich mehr als ein Schlafzimmer?«

»Er bewohnt ein Penthouse in Tribeca. Und ja, es hat mehr als nur ein Schlafzimmer. Und was die Gerüchte betrifft, ist er sicher keine männliche Nutte. Ich hab nur gehört, er wäre sehr gut … ausgestattet.«

»Er hat einen großen Schwanz? Super. Sein Schwanz interessiert mich nicht.«

Trotz meines Desinteresses an Bancrofts angeblich hervorstechenden Eigenschaften und seinen Talenten auf der Matratze probiere ich sechs weitere Kleider an, bevor Amie mit meiner Wahl einverstanden ist. Danach muss ich mich erst einmal ausruhen.

Den Rest des Tages ist Amie damit beschäftigt, mich einigermaßen wiederherzustellen, indem sie mich abwechselnd mit Tabletten, Gatorade, Hühnerbrühe und Salzcrackern umsorgt. Als es Zeit ist, sich fertig zu machen, kümmert sich Amie um mein Haar und Make-up, weil ich dafür einfach zu erschöpft bin. Mir wäre es ja egal, aber da wir mit Armstrong und diesem Bancroft verabredet sind, dürfte es sich um ein gehobenes Restaurant handeln. Vermutlich eins, in dem man Rochen und Elch an grünem Holunder serviert. Was die Frage aufwirft, ob ein Elch sich im Holunder herumtreibt, bevor er auf den Tellern der Oberschicht landet.

Um fünf verlassen wir meine demnächst ehemalige Wohnung und nehmen ein Uber zum Restaurant. Da ich pleite bin, hat Amie das Vergnügen, die Fahrt zu bezahlen. Jetzt würde ich liebend gern ein paar Stunden dösen und danach eine Dusche nehmen. Ich bin mir nicht sicher, ob das, was Superküsser mir angehängt hat, vollständig ausgestanden ist. Es war wohl naiv anzunehmen, dass es sich um eine Vierundzwanzig-Stunden-Grippe handelt, denn die Schweißperlen auf meinem Rücken geben mir Grund zur Sorge. Genau wie das leichte Grummeln in meinem Magen. Das steht zwar in keinem Verhältnis zu den Krämpfen, die den gestrigen Tag ruiniert haben, aber gesund fühlt sich anders an.

Die Fahrt überstehe ich, aber auch bei geöffneten Fenstern fühle ich mich verschwitzt. Ich wünschte, ich hätte ein Deodorant mitgenommen. Mit ein wenig Voraussicht hätte ich meinen ganzen Körper damit einreiben können.

Amie dreht sich zu mir um. »Lass uns die Geschichte noch mal durchgehen und die Details abstimmen.«

»Okay.« Für uns ist das eine ganz normale Unterhaltung. Schon als Teenager haben wir uns oft gegenseitig gedeckt. Nun ja, ich sie öfter als sie mich. In ihrer Jugend trug sie den Spitznamen Anarchy Amie nicht zu unrecht. Ihre bevorzugte Ausrede war es, bei mir zu übernachten, während sie in Wirklichkeit mit irgendeinem Jungen rummachte. Wer hätte gedacht, dass sie eines Tages einen Mann namens Armstrong heiraten würde?

Aber das hier ist eine andere Geschichte, denn hier geht es um mehr, als bei einer Lüge ertappt zu werden. Es geht darum, einen Platz für mich zu finden, damit ich Zeit gewinnen, mir einen Job suchen, eigenes Geld verdienen und meine Schulden abzahlen kann. Ohne meinen Vater um Hilfe zu bitten. Damit ich nicht gezwungen bin, mit seinem Miststück von Frau zu arbeiten. Jetzt, ohne seine finanzielle Unterstützung, kann ich ganz deutlich erkennen, was für ein angenehmes Leben ich bislang geführt habe. Ich sollte dankbar sein, dass er immer für mich da war, wenn ich Hilfe brauchte, aber die Wahrheit ist, dass ich mir unbedingt beweisen wollte, dass ich es allein schaffen kann.

»Warum hast du keine Wohnung?« Amie tätschelt beruhigend meine Hand.

»Mein Mietvertrag ist ausgelaufen, doch anstatt ihn zu verlängern, wollte ich in eine andere Wohnung umziehen, eine, die näher am Broadway liegt. Das hat dann nicht geklappt.«

»Sehr gut. Und warum hat das nicht geklappt?«

»Ist das wirklich nötig? Das wird doch kein Verhör.«

»Es ist besser, vorbereitet zu sein, als mit einer halb garen Geschichte daherzukommen.«

»Ich kann improvisieren.«

»Stimmt, wenn du nicht krank wärst. Im Moment würde ich mich nicht darauf verlassen.«

»Könntest du das Wort bitte vermeiden? Mir wird gleich wieder richtig flau.«

Amie hat natürlich recht. Ich kann zwar atmen und mich aufrecht halten, alles andere gibt aber ernstlich Anlass zur Sorge. Ich seufze, weil wir die Geschichte schon drei Mal durchgekaut haben. »Der Mietvertrag kam nicht zustande, weil es ein Problem mit den Wasserleitungen im Apartment direkt über meinem gab. Sie müssen die Wände aufreißen, und die Bauarbeiten können Monate dauern.« Ich werfe Amie mit großen, traurigen Augen einen Blick zu, der deutlich machen soll, wie verzweifelt ich durch diese unglücklichen Umstände bin. Was ja auch wirklich stimmt.

»Perfekt.« Amies Nicken signalisiert Zustimmung zu meiner Darbietung unserer fingierten Geschichte. »Und warum kannst du nicht einfach in deiner jetzigen Wohnung bleiben?«

»Weil die schon weitervermietet wurde und der Nachmieter in fünf Tagen einziehen will«, fahre ich weitschweifig fort. »Die einzige freie Wohnung in dem Gebäude ist ebenfalls ab Mitte des Monats vermietet, also müsste ich meine Sachen erst dorthin und in zwei Wochen erneut woandershin transportieren.« Ich tupfe mir den Nacken mit einem Tuch ab. »Müssen wir es wirklich so kompliziert machen? Können wir nicht einfach sagen, dass es Probleme mit meiner neuen Wohnung gab?«

Amie wirft mir einen vernichtenden Blick zu. »Hast du nichts auf der Highschool gelernt? Die Story muss wasserdicht sein, je mehr Details, desto besser. Was ist mit deinem Job?«

»Ich habe gerade ein Engagement beendet und bereite mich auf mehrere Vorsprechen vor.« Das klingt nicht wirklich überzeugend, vor allem weil der gestrige Termin der letzte war, den mir meine ehemalige Agentin noch vermittelt hat. Ich muss also dringend einen neuen Agenten finden.

Sie drückt meinen Arm. »Du findest sicher was, Ruby. Du bist viel zu talentiert.«

Vor ein paar Monaten hätte ich das zweifellos auch geglaubt, aber meine Unfähigkeit, einen neuen Agenten zu finden, und die unbedeutenden Off-Broadway-Rollen nagen an meinem Selbstbewusstsein.

»Wir sind da.« Amie lächelt, als das Uber vorfährt und der Parkservice die Wagentür öffnet. Bevor wir hineingehen, ordnet Amie meine Haare. »Also, sobald Armstrong oder Bancroft die Reise erwähnen, komme ich auf das Thema Haustiere zu sprechen, und du zeigst dich dann völlig begeistert über sein Meerschweinchen oder was es auch immer sein mag.«

»Klingt gut.«

»Okay, dann lass uns dir eine Unterkunft besorgen.«

Ich nicke, hole tief Luft und lasse zu, dass sie sich bei mir unterhakt, während der Türsteher sich beeilt, uns die Tür aufzuhalten. Das Restaurant ist genau so, wie ich es mir vorgestellt habe. Mit Botox aufgespritzte, sechzigjährige Frauen klammern sich an ihre kahl werdenden Ehemänner, während diese mit unruhigen Blicken nach Frischfleisch Ausschau halten. Übertrieben zur Schau gestellter Reue-Schmuck verdeutlicht, dass ein unruhiger Blick häufig zu unruhigen Fingern und dann zu einem zuckenden Schwanz führt.

Ich kenne dieses Szenario nur zu gut aus meiner Familie. Nur dass meine Mutter keinen Wert auf Christbaumschmuck legte, aber ich schätze, dass mein Vater andere Wege fand, einen Ausgleich für seine Seitensprünge zu schaffen. Zumindest, bis ihr seine Untreue zu viel wurde und sie ihn verließ.

Meine Mutter ist hinreißend, aber sie hat sich immer geweigert, die Spielchen mitzumachen, denen sich die meisten Frauen in diesem Raum bedingungslos unterwerfen. Sie lehnte es ab, sich unters Messer zu legen, sich das Gesicht liften und all die Operationen vornehmen zu lassen, damit sie aussähe, wie eine Dreiundzwanzigjährige. Also hat sich mein Vater schließlich ein neueres Modell besorgt und in der Zwischenzeit eine Menge Probefahrten absolviert.

Deshalb bin ich, was diese Lebemänner betrifft, recht zynisch drauf. Wie heißt es doch so schön? Wie der Vater, so der Sohn. Ich habe zu viele Väter getroffen, die die Freundinnen ihrer Töchter ansehen, als wären sie ihr nächstes Spielzeug. Wirklich ekelhaft.

Armstrong sitzt bereits an unserem Tisch und trinkt Scotch oder Bourbon oder irgend so einen bernsteinfarbenen Drink. Sein Cousin Bancroft ist noch nicht da. Die Serviererin an seinem Tisch dreht uns den Rücken zu, in der einen Hand balanciert sie das Tablett, die andere hat sie flach auf ihre ausgestellte Hüfte gelegt. Sie lacht über eine Bemerkung von ihm und schüttelt ihren dunklen Pferdeschwanz.

Ich blicke Amie an, die meinen Arm unmerklich fester drückt. Ich möchte daran glauben, dass die beiden füreinander geschaffen sind, bin mir aber nicht wirklich sicher. Oberflächlich betrachtet erscheint Armstrong wie das Idealbild eines Ehemanns. Aber ich mache mir Sorgen, dass diese stürmische Romanze ihre Urteilskraft trübt, genau wie die spontane Einwilligung ihrer Eltern zu dieser Heirat.

Obwohl sie ein ziemlicher Wildfang war, hat Amie gleichzeitig immer nach Zustimmung gesucht. Anarchy Amie hat den größten Blödsinn angestellt, litt aber unter ernsthaften Gewissensbissen, wenn sie ertappt wurde. In den seltenen Fällen, in denen unsere Tarngeschichten aufflogen, hat sie den ganzen nächsten Monat über versucht, die perfekte Tochter zu sein. Das war ihre selbstauferlegte Buße. Ein interessanter Gegensatz. Zwar will sie das Richtige tun, aber gleichzeitig liebt sie es, Grenzen zu überschreiten.

Genauso machte sie ihren College-Abschluss vielmehr ihren Eltern zuliebe als für sich selbst. Aber da sie mit ihrem Job mehr als zufrieden ist, ist ihre Art, allen gefallen zu wollen, im Endeffekt auch für sie von Vorteil. Derweil blase ich Trübsal, weil ich auch gern einen einträglichen Job hätte. Und einen Verlobten.

Armstrongs Lächeln verschwindet für eine Sekunde, als er uns bemerkt, und wird dann zu einem breiten Strahlen, das sein perfektes Gebiss enthüllt. Er nickt der Serviererin zu, erhebt sich, streicht seine Krawatte glatt und betrachtet Amie voller Leidenschaft. Sie trägt ein schlichtes schwarzes Bleistiftkleid, das ihre Hüften und ihren Po betont, der durch Pilates und unzählige Kniebeugen geformt wurde.

»Meine wunderschöne Verlobte.« Armstrong nimmt ihre Hand und drückt ihr einen Kuss auf die Knöchel.

Amie kichert, als er sie an sich zieht und ihr etwas ins Ohr flüstert. So heftig, wie sie errötet, hat es vermutlich mit dem zu tun, was die beiden nach dem Essen noch vorhaben.

Dann tritt Armstrong zurück und schenkt mir ein charmantes Lächeln. »Ruby, wie schön, dass Amalie dich eingeladen hat, mit uns zu essen. Ich hoffe, die Verlobungsparty hat dir gefallen.«

»Danke. Es hat Spaß gemacht. Und das Essen war unglaublich.« Zumindest bis zum nächsten Morgen, aber den Teil erwähne ich wohl besser nicht.

»Großartig.« Er deutet auf den leeren Stuhl gegenüber, an dem bereits ein Kellner darauf wartet, dass ich mich setze und er mich am Tisch einklemmen kann wie eine Fünfjährige. »Ich freue mich darauf, dass wir uns endlich besser kennenlernen. Ich hatte bisher kaum Gelegenheit, Amalies Freundinnen zu treffen, und schon gar keine, mit der sie so lange befreundet ist wie mit dir.«

»Ja, die letzte Zeit war wohl recht stürmisch, nicht wahr?« Ich glätte die Kehrseite meines Rocks, während der Kellner den Stuhl an den Tisch schiebt. Unwillkürlich verfalle ich in die hier üblichen Gepflogenheiten, die ich bereits abgelegt hatte, indem ich ihm höflich zunicke und mit den Lippen ein »Danke« forme.

Armstrong wartet, bis der Kellner sich entfernt hat, und schenkt mir dann sein unverkennbares, förmliches Lächeln. »Wenn es passt, dann passt es. Du wirst wissen, was ich meine, wenn du erst deinen Seelenverwandten gefunden hast.« Er wirft meiner besten Freundin einen verliebten Blick zu.

Ich muss ein Kichern und ein Würgen unterdrücken, wobei Letzteres nichts mit seiner kitschigen Art zu tun hat, sondern mit dem erneuten Grummeln in meinem Bauch. Ich lächele und nicke zustimmend. »An dem Tag werde ich sicherlich genauso aufgeregt sein wie ihr beide. Vielleicht werde ich sogar heimlich durchbrennen.« Ich verstecke die Unaufrichtigkeit in meinem Blick hinter der Getränkekarte.

»Davon würde ich abraten. Das hinterlässt höchstens den Eindruck, dass du etwas zu verbergen hast.« Armstrong zieht eine Grimasse. Fast alles, was er sagt, klingt irgendwie überheblich.

In dem Moment taucht Armstrongs Cousin auf, was eine sarkastische Antwort meinerseits vereitelt.

»Entschuldigt die Verspätung. Ich wurde aufgehalten.«

»Machst du niemals eine Pause?«, fragt Armstrong.

»Letzte Reisevorbereitungen«, antwortet er.

Als er den Stuhl zu sich heranzieht, hebe ich den Blick von der Getränkekarte. Die Hand auf der Armlehne ist nicht manikürt. Die Nägel sind ungleichmäßig und die Knöchel vernarbt. Zudem ist die Hand riesig, wie von einem Neandertaler.

Ich hebe den Blick noch ein Stück und muss feststellen, dass zu der ungewöhnlich großen Hand auch ein enormer Unterarm und ein ebensolcher Bizeps gehören. Mein Blick gleitet weiter empor, zu den kräftigen Halsmuskeln und dem unglaublich markanten Kinn mit leichten Bartstoppeln. Wie bei jedem ausnehmend schönen Körper frage ich mich, ob das Gesicht dazu passen wird. Als Erstes fällt mein Blick auf ein Paar volle Lippen, über die gerade eine Zunge fährt, was die Unterlippe im Licht der kostspieligen Kronleuchter glänzen lässt.

Seine Nase ist sehr gerade, obwohl mich etwas an ihr irritiert. Ich sehe in seine Augen, seine dunkelblauen Augen. Sie sind umwerfend, fast unwirklich. Und er hat diese hoch geschwungenen Augenbrauen, die die perfekten Proportionen seines Gesichts unterstreichen. Amie hat nicht übertrieben. Dieser Mann ist echt heiß. Und dabei habe ich noch nicht einmal überprüft, ob seine Haare echt sind.

Als ich die Einzelheiten seines schroffen, sexy Gesichts betrachte, gelange ich zu der Erkenntnis, dass er nicht nur äußerst attraktiv ist, sondern mir gleichzeitig erschreckend vertraut. Aufgrund meiner triebgesteuerten Benommenheit, und meines anhaltenden Unwohlseins, brauche ich einen Moment, bis mir klar wird, warum.

»Du!« Ich ignoriere sämtliche Verhaltensregeln, die mir seit meiner Kindheit eingetrichtert wurden, und deute mit ausgestrecktem Zeigefinger auf ihn. Glücklicherweise bin ich immer noch heiser, sonst hätte ich wohl mehr Aufmerksamkeit erregt.

Sein strahlendes Lächeln gefriert, er legt den Kopf zur Seite, und eine Mischung aus Erkenntnis und Verwirrung huscht über sein Gesicht. »Kennen wir uns?«

»Ob wir uns kennen?«, äffe ich ihn nach.

»Du kommst mir irgendwie bekannt vor.« Er lässt sich mir gegenüber auf den Stuhl fallen und sieht mich mit einem Blick an, der Löcher in mein Kleid brennen könnte. Jesus! Dieser Mann ist scharf wie eine Atombombe kurz vor der Detonation. Komisch, dass er nicht von lauter Frauen umringt ist, die an ihm kleben wie in dieser Deo-Werbung. Vermutlich könnte er ein frauenabweisendes Spray gebrauchen. »Ich habe den Eindruck, wir sind uns schon mal begegnet.«

Angesichts seines schiefen Lächelns bin ich froh, dass ich heute ein Höschen unter dem Kleid trage.

Mir fällt ein, dass er sagte, er habe Tabletten wie Süßigkeiten geschluckt. Vielleicht haben sie seine Erinnerung getrübt. Zu schade, ich erinnere mich an jeden Moment dieses unbeabsichtigten Kusses und auch an das unangenehme Nachspiel.

Ich starre ihn mit großen Augen an, bevor mir wieder einfällt, wie man einen Satz formuliert. »Nun, unsere Zungen sind sich begegnet.« Wohl nicht gerade die passendste Äußerung, leider.

»Ihr kennt euch?« Amies Lächeln ist angespannt und ihre Stimme zu hoch.

Ich mache eine Handbewegung in seine Richtung. »Das ist Superküsser.«

»Bitte wie?« Sie sieht besorgt aus, und das zu Recht. Ich bin kurz davor auszurasten.

»Das ist der Typ, der mich erst geküsst und dann angehustet hat.«

Die Gespräche um uns herum scheinen für einen Moment zu verstummen, einige Leute sehen zu uns herüber, bevor sie so tun, als ob sie ihre Unterhaltung fortsetzen.

Bancroft, der Superküsser, schaut entsetzt. Zu Recht.

Seinetwegen habe ich die Rolle in dem Stück nicht bekommen. Auch wenn sich noch weitere einhundertfünfundsiebzig Personen beworben haben, hätte ich mit meinem Background ein Angebot bekommen sollen. Wenn auch vielleicht nicht für eine Hauptrolle.

»Bitte?« Armstrong schaut von Bancroft zu mir und dann zu Amie. Offensichtlich hat er keine Ahnung, worum es hier geht.

»Oh, verdammt.« Erst denke ich, es ist nur Verlegenheit, aber Bancrofts Bestürzung ist nicht gespielt. »Es tut mir wirklich schrecklich leid. Ich wäre besser nicht zu der Verlobungsparty gegangen, aber da Armstrong mein Cousin ist, konnte ich nicht absagen. Zu viel Scotch und Erkältungstabletten sind eine schlechte Kombination.«

»Offensichtlich. Dein Date war nicht gerade begeistert.«

»Könnte mich mal jemand aufklären?« Armstrong wirkt extrem verwirrt und ungehalten. Ich bin mir nicht sicher, ob das gut oder schlecht ist, zumindest bedeutet es, dass Bancroft die Geschichte für sich behalten hat. Ob aus Takt oder Peinlichkeit, kann ich nicht einschätzen, dazu kenne ich ihn zu wenig. Abgesehen von seinen Lippen und seiner Zunge.

Ich wende mich Armstrong zu und lächele ihn an. »Nur ein Missverständnis. Keine große Sache.«

Die Serviererin kommt vorbei, um unsere Getränkebestellung aufzunehmen. Nach diesem Anfang liebäugle ich mit einem Prosecco, entscheide mich aber für Mineralwasser. Hoffentlich wird das meinen Magen beruhigen, obwohl Alkohol eventuell die Bazillen abtöten könnte, die sich dort noch immer tummeln.

Armstrong dominiert mühelos die Unterhaltung. Auch Bancrofts Bemerkungen zu seiner bevorstehenden Geschäftsreise werden umgehend als Stichwort genutzt, um weiter über sich und das Medienimperium seiner Familie zu reden. Entweder ist er nervös oder ein aufgeblasenes Arschloch. Beides ist möglich, auch wenn Letzteres wahrscheinlicher ist.

Die Vorspeisen werden serviert. Offensichtlich hat Armstrong sie schon bestellt, bevor wir eingetroffen sind. Diverse Tapas werden auf dem Tisch arrangiert, darunter Räucherlachs und gedünstete Calamari. Normalerweise liebe ich Meeresfrüchte, aber in meinem gegenwärtigen Zustand wirkt der Geruch eher abstoßend auf mich. Ich wähle die sichere Variante, gebackene Pita-Chips – ohne Hummus –, und danach Pasta mit frischem Gemüse. Je schlichter desto besser.

»Du freust dich sicher schon darauf, bei diesem Trip neue Erfahrungen zu sammeln«, sagt Armstrong zu Bancroft und schlürft, sehr zum Missfallen meines Magens, eine Auster.

Bancroft zuckt mit den Schultern. »Es ist, wie es ist. Jetzt, da meine Rugby-Karriere vorbei ist, habe ich nicht viele Möglichkeiten, außer mich in unser Familienunternehmen zu stürzen.«

Ich höre auf, mit meiner Pita Muster in das Olivenöl auf meinem Teller zu zeichnen, und betrachte ihn. Das erklärt seine Größe, die Narben an den Händen und die leicht schiefe Nase. »Du warst Profisportler?«

Er wendet mir seine Aufmerksamkeit zu, den Anflug eines Lächelns in den Mundwinkeln. »War ich. Sieben Jahre lang.«

»Und du hast aufgehört, um den Familienbetrieb zu übernehmen?«

»Nein, mein Knie hat nicht mehr mitgemacht.«

»Und das wird sich nicht wieder erholen?«

»Doch, aber noch so ein Unfall, und die Chancen stehen gut, dass ich danach an Krücken gehe. Das Risiko war es mir nicht wert. Zudem hatte ich vereinbart, dass ich nach meiner Sportlerkarriere in die Firma einsteigen würde.«

Er wirkt nicht sonderlich begeistert, was ich sehr gut nachvollziehen kann. Aus dem gleichen Grund sitze ich noch immer hier und überlege, wie ich diesen Mann davon überzeugen kann, mich bei ihm wohnen zu lassen, so peinlich das auch ist.

»Rugby ist ziemlich brutal.« Wow, was bin ich doch für ein interessanter Gesprächspartner.

»Ich würde eher sagen *aggressiv.* Siehst du es dir an?«

»Ich habe kein Lieblingsteam oder so, aber als ich vor ein paar Jahren in Schottland war, habe ich einige Spiele gesehen. Es wäre sicherlich interessant, die Aggression vom Spielfeld in die Geschäftswelt zu übertragen.« Vielleicht finde ich so ja heraus, in welchem Bereich Bancrofts Familie tätig ist.

»Sofern ich für das Hotelmanagement die gleiche Leidenschaft aufbringen kann wie für Rugby«, sagt er mit einem leicht geringschätzigen Tonfall.

»Ich bin sicher, mit deinem Harvard-MBA wirst du bei *Mills* keine Probleme haben.« Armstrong klopft ihm auf die Schulter.

Mills? Heilige Scheiße. »Die Luxushotelkette?«, frage ich.

»Genau die.« Sein Lächeln wirkt angespannt.

Mills Hotels sind berühmt für ihre Spas und den außergewöhnlichen Service. Sie bieten nicht nur Übernachtungen, sondern ein Erlebnis. Zumindest behaupten das die Werbespots. Ich will gar nicht daran denken, wie reich seine Familie ist, obwohl sich das ganz einfach herausfinden ließe.

Armstrong vereitelt die Gelegenheit, zu Bancrofts Reise überzuleiten, indem er meinen familiären Hintergrund erwähnt. »Wusstest du, dass Rubys Vater Harrison Scott ist? Von Scott Pharmaceuticals.«

Bancroft sieht mich neugierig an. »Oh? Das kommt mir bekannt vor.«

»Er hat sich auf Medikamente gegen erektile Dysfunktion spezialisiert«, murmele ich.

»Ach nein? Die werde ich wohl hoffentlich nicht benötigen. Zumindest nicht so bald.«

Armstrong lacht.

Glücklicherweise kommt unser Dinner, bevor die Unterhaltung endgültig peinlich wird. Die Männer unterhalten sich übers Geschäft, wobei Armstrong sich in einem Monolog über sein erstes Jahr in der Personalabteilung eines der führenden

Medienkonzerne des Landes ergeht. Amie hängt an seinen Lippen, als wäre er ein Sektenführer und sie seine jungfräuliche Opfergabe.

Ich stochere in meinem Essen. Selbst die wenigen Bissen lassen meinen Magen unangenehm grummeln.

Dass Armstrongs Essen ein intensives Aroma verströmt und ziemlich unappetitlich aussieht, ist auch nicht hilfreich. Aber vermutlich liegt es an mir und meiner gegenwärtigen Verfassung. Als das Grummeln in meinem Bauch nicht mehr zu überhören ist, entschuldige ich mich und bete, dass mir Demütigungen wie die während des Vorsprechens erspart bleiben. Obwohl das hier ja auch eine Art Vorsprechen ist.

Ich verbarrikadiere mich in der hintersten Kabine und atme einige Male tief durch, um meinen Magen zu beruhigen. Die Toiletten sind sehr ansprechend, aber trotzdem haben auf ihnen schon zu viele andere gesessen und sich ihrer Fünf-Sterne-Menüs oder der Nachwirkungen kostspieligen Champagners entledigt. Außerdem fühle ich mich schlecht dabei, die Toilette in einem so netten Restaurant zu ruinieren.

Ich verdränge diese Gedanken und konzentriere mich lieber auf meine Atmung. Nach einigen Minuten fühlt sich mein Magen an, als könnte er den Rest des Abends überstehen. Zumindest solange ich keine feste Nahrung mehr zu mir nehme.

Bevor ich zurückkehre, überprüfe ich mein Aussehen im Spiegel. Ich muss mich zusammenreißen, wenn ich mir einen Platz zum Wohnen sichern will. Niemand, der noch ganz bei Trost ist, würde mich momentan aus freien Stücken bei sich wohnen und für seine Haustiere sorgen lassen. Ich wünschte, ich wäre verdammt noch mal so schlau gewesen, heute Abend nicht auszugehen. Ich wirke völlig ausgelaugt, wie nach einem Meth-Rausch. Nicht dass ich wüsste, wie man danach aussieht, außer aus TV-Serien.

Meine Hände zittern, als ich mir das Gesicht mit einem feuchten Papierhandtuch abtupfe. Ich kaue einen Streifen Listerine, frische mein Make-up auf, öffne die Tür und laufe dabei in denselben Mann wie beim letzten Mal, als ich aus einer öffentlichen Toilette kam.

Ich kralle mich in sein Hemd, als ich ihm in die Arme stolpere. Unabsichtlich. Erneut. Diesmal trägt er kein Jackett, sodass ich seine kräftigen Muskeln deutlich sehen und spüren kann. Und obwohl ich mich eben noch hundeelend gefühlt habe, reagiert meine Vagina auf seinen Körper.

»Alles in Ordnung mit dir?«

Sein tiefer, vibrierender Bariton lässt mich buchstäblich zerfließen.

»Alles okay, mir geht's gut.« Meine Stimme ist immer noch ein heiseres Krächzen.

»Sieht aber nicht so aus.«

Meine Güte, dieser Mann hat vielleicht eine Ausstrahlung. So, wie er mich ansieht, wünschte ich mir, ich hätte ein Minzdragee oder einen weiteren Streifen Listerine zur Sicherheit. Nur für den Fall, dass er mich zufällig wieder küssen sollte. Was er besser nicht tut.

»Falls du daran denkst, mich erneut mit deiner Zunge zu überfallen, würde ich mir das lieber zweimal überlegen. Mein Mundgeruch dürfte übel sein.« Wäre doch nur mein Kopf nicht genauso neben der Spur wie mein Körper.

»Das tut mir leid.« Seine Fingerspitzen berühren vorsichtig meine Stirn und streichen eine widerspenstige Strähne aus meinen Augen. »Mein Gott, hast du Fieber?«

»Mir ist nur ein wenig warm.«

»Ein *wenig*? Auf deiner Stirn könnte man Spiegeleier braten.«

»Das ist ja mal eine sexy Idee.«

Er runzelt die Stirn. »Bin ich daran schuld?«

Mein erster Reflex ist, Nein zu sagen, immerhin hat meine Erziehung mich gelehrt, jegliche Schuld auf mich zu nehmen. Außerdem ist er toll, und ich will nicht, dass er sich schlecht fühlt. Aber ich brauche unbedingt einen Platz zum Wohnen, und wenn Schuldgefühle mir dabei helfen, warum nicht? »Bist du.«

»Ich fühle mich scheußlich. Ich kann es kaum glauben, erst belästige ich dich und dann stecke ich dich auch noch an.«

»Und du hast mein Vorsprechen ruiniert.« Aus irgendeinem Grund hält er mich weiterhin im Arm. Nicht dass ich mich beschweren will. Ich fühle mich ziemlich schwach, und es ist schön, wenn jemand einen stützt.

»Was habe ich?«

»Ich hatte am nächsten Morgen ein Vorsprechen für ein Stück, bei dem ich den Regisseur zielgenau mit meinem Erbrochenen erwischt habe. Er wird wohl kaum jemals mit mir zusammenarbeiten. Vielleicht hat er mich auch auf die schwarze Liste gesetzt und ich kriege in dieser Stadt nie wieder ein Engagement.« Okay, der letzte Teil war reichlich übertrieben, aber wenn er sich schlecht genug fühlt, lässt er mich vielleicht die nächsten fünf Wochen bei sich wohnen und seine Haustiere versorgen.

»Meinst du das im Ernst?« Er sieht mich erschrocken an. Vielleicht bin ich doch etwas zu weit gegangen.

»Ganz so schlimm wird es schon nicht kommen, aber ich werde garantiert keine Rolle mehr in einem Stück bekommen, bei dem dieser Regisseur beteiligt ist.«

Er lässt mich los, fährt sich mit der Hand durch das dichte, leicht gewellte Haar und stößt einen langen Seufzer aus. »Da hab ich mir ja ein ziemliches Ding geleistet.«

Na ja, zumindest in meinem Mund. Als sich seine Augenbrauen heben, realisiere ich, dass ich die Worte laut ausgesprochen habe.

»In deinem Mund?«

»Oh. Mit deiner Zunge. Als du mich geküsst hast, mit Zunge. Das war schon …« *Oh mein Gott, Ruby! Halt bloß die Klappe.* »Mein Mund. Deine Zunge.« Das war wirklich verdammt gut. So wie meine intimsten Stellen kribbeln, stimmen sie dieser Aussage völlig zu. Anscheinend bin ich auf dem Weg der Besserung. Oder es geht mir schlechter, als ich dachte.

Er verschränkt die Arme vor der Brust. Ein leichtes Grinsen umspielt seine Mundwinkel. »Du hast den Kuss erwidert.«

Ich blinzle ein paarmal, was ihm sicherlich nicht entgeht. Aber so schnell werde ich hier nichts gestehen. »Du hast mich völlig unvorbereitet erwischt, und nüchtern war ich auch nicht.«

»Nicht nüchtern? Aha? Woher soll ich wissen, dass du nicht einfach völlig verkatert warst, als du dich über diesen Regisseur erbrochen hast?«

Allein das Wort »erbrochen« sorgt dafür, dass mein Magen sich erneut umdrehen möchte. »Ich hatte einen Drink! Und ich bin immer noch …« Ich gestikuliere lieber, als das Wort auszusprechen.

»Du kannst nicht doppelt gewinnen, Süße.«

»Doppelt gewinnen? Wovon redest du?«

»Ich rede davon, dass du hier mit fadenscheinigen Erklärungen kommst, um zu rechtfertigen, dass du meinen Kuss erwidert hast. Obwohl du mich gar nicht kanntest.«

Mir klappt der Kiefer herunter. Ich beiße die Zähne zusammen, nur für den Fall, und starre ihn wütend an. »Ich vertrage nicht viel Alkohol und hatte nur einen Martini.« Ich wedle mit meinem ausgestreckten Zeigefinger vor seinem Gesicht. »Die Wirkung war heftiger, als ich gedacht hätte.«

»Stimmt.« Sein Grinsen regt mich so sehr auf, dass ich es mit meinen Lippen von seinem schönen Gesicht saugen möchte. Mit beiden Paaren.

»Du eingebildeter W…« Ich verschlucke den hässlichen Fluch und kneife die Augen zusammen. Ich bin völlig verschwitzt, was sicher nicht nur von meiner Übelkeit kommt. »Mir ist egal, wie du das siehst, so betrunken und zugedröhnt, wie du warst. Jedenfalls bist du schuld daran, dass ich keinen Job habe. Und obdachlos bin ich auch. Ich hoffe, du findest das amüsant.«

»Obdachlos?« Dieses verflucht betörende Lächeln verschwindet aus seinem Gesicht.

Ich hätte das nicht erwähnen sollen. »Egal.« Ich drehe mich um und habe keine Ahnung, was ich tun soll. Vielleicht sollte ich einfach weglaufen, aber die Vorstellung, ein köstliches Essen einfach stehen zu lassen, wo meine Vorräte nur noch aus sechs Packungen Instantnudeln bestehen, kommt mir wie eine ziemliche Verschwendung vor. Ich würde zwar heute Abend bestimmt nicht mehr viel essen, aber ich könnte es mir einpacken lassen. Pasta Primavera hält sich im Kühlschrank mehrere Tage. Und bis dahin sollte es mir wieder besser gehen.

»Warte mal!« Bancroft nimmt sanft, aber bestimmt meinen Arm. »Du kannst so etwas nicht sagen und dann einfach gehen.«

»Das betrifft dich doch gar nicht«, erwidere ich bissig und verlegen zugleich. Ich kann nicht glauben, in was für eine Situation ich mich gebracht habe.

»Das betrifft mich sehr wohl, besonders wenn ich für deine missliche Situation verantwortlich bin, was mir wirklich leidtut. Was ist jetzt mit deiner Wohnung?«

Ich mache eine Handbewegung, während ich abwäge, ob ich ihm die Geschichte erzähle, die Amie und ich uns ausgedacht haben, oder doch näher an der Wahrheit bleibe. Ich rudere heute Abend ziemlich herum. »Mein Mietvertrag wurde nicht verlängert. Die Miete konnte ich mir gerade so leisten, aber jetzt, vor allem ohne Job, bin ich im Arsch.« Okay, das entspricht nicht ganz der Wahrheit. Denn selbst wenn ich die Rolle bekommen hätte, hätte ich nicht die Mittel gehabt, um meine Mietschulden zu bezahlen. Aber da meine Wohnung ohnehin wieder vermietet ist, lande ich so oder so auf der Straße. Doch wie es scheint, hat Bancroft Schuldgefühle, und ich brauche einen Unterschlupf. Warum also nicht ein wenig Manipulation einsetzen? Oder Tränen. Zumal er umwerfend ist.

»Und es gibt niemanden, der dir helfen könnte? Was ist mit deiner Familie?«

»Mein Vater ist von meiner Schauspielerei nicht gerade begeistert, also brauche ich ihn gar nicht erst zu fragen.« Und schon wieder erzähle ich ihm mehr, als ich wollte. Seine Stimme wirkt wie ein Wahrheitsserum.

Schon wieder dieser Blick und dieses Stirnrunzeln. Ich habe noch nie so sexy Stirnfalten gesehen. »Du glaubst nicht, dass er dir jetzt helfen würde?«

»Das hat er ziemlich deutlich gemacht.«

»Und warum nicht?«

»Weil er der Ansicht ist, ich sollte endlich aufhören, mir etwas vorzumachen, und nach Hause kommen, um für die Familie zu arbeiten, wie mein Bruder und meine Schwester.« Bevor mein Vater meine Mutter heiratete, war er bereits ein Mal verheiratet gewesen. Die Ehe hielt zwar nur ein paar Jahre, aber lang genug, um mir zwei ältere Geschwister zu bescheren. Außer während der Sommerferien lebten sie bei ihrer Mutter, bis sie alt genug waren, in die Firma einzusteigen.

Bancrofts Kiefer verkrampft sich. Keine Ahnung, ob das ein

gutes oder ein schlechtes Zeichen ist. Ich werde es auch nicht erfahren, denn in dem Moment kommt Amie um die Ecke.

»Da seid ihr ja. Ich hab mir schon Sorgen gemacht.« Ihr Blick schnellt zwischen ihm und mir hin und her. »Alles in Ordnung?«

Ich registriere, wie nah wir beieinander stehen, und trete einen Schritt zurück, während ich mein Kleid glatt streiche und mich bemühe, ein möglichst natürliches Lächeln aufzusetzen. »Wunderbar. Wir wollten gerade zu euch kommen.«

»Ich komme gleich nach«, murmelt Bancroft und verschwindet auf der Herrentoilette. Vielleicht bilde ich es mir nur ein, aber ich könnte schwören, dass er beim Gehen sein linkes Bein leicht schüttelt.

»Bist du okay? Was hat er dir gesagt?«, flüstert Amie mir ins Ohr.

»Mir geht's gut. Er hat mir vorgeworfen, dass ich ihn ebenfalls geküsst habe.«

»Er hat *was*?« Amie bleibt abrupt stehen. Da wir untergehakt sind, bin ich gezwungen, es ihr gleichzutun. »Sorry!«

»Also, erst hat er mir vorgeworfen, ihn geküsst zu haben, und dann hat er sich entschuldigt.«

»Ich bin froh, dass er sich entschuldigt hat.« Sie sieht erleichtert aus. »Aber warum sollte er dir vorwerfen, dass du ihn ebenfalls geküsst hast?«

Ich bin ziemlich damit beschäftigt, imaginäre Fusseln von meinem Kleid zu entfernen.

»Ruby?«

Ich murmle irgendwas Unverständliches.

»Hast du ihn auch geküsst?«

Ich zucke mit den Schultern.

»Du wusstest doch nicht einmal, wer er ist.«

»Er hat mich überrascht. Und er küsst sehr gut. Hast du

ihn dir mal genau angesehen? Der Mann ist so heiß, er könnte selbst Tote zum Tanzen bringen.«

»Manchmal bist du ganz schön schräg, weißt du das?« Amie blickt sich um und seufzt. »Es tut mir so leid. Ich wusste ja nicht, dass ausgerechnet Bancroft dein geheimnisvoller Küsser ist. Ich lass nicht zu, dass du obdachlos wirst, mir fällt schon was ein.« Ihre Augen funkeln irgendwie hinterhältig.

Das macht mich nervös. Den gleichen Ausdruck hatte sie früher, wenn sie etwas vorhatte, das uns Hausarrest einbringen konnte.

»Das könnte tatsächlich perfekt sein.«

»Perfekt demütigend?«, frage ich.

»Lass mich einfach ein wenig zaubern.«

»Genau davor fürchte ich mich.«

5

OBDACH FÜR DIE OBDACHLOSEN

Ruby

Wir kehren an den Tisch zurück. Armstrong wirkt ein wenig verstimmt. Das liegt vermutlich daran, dass Teller nicht besonders begeistert auf seine fesselnde Unterhaltung reagieren.

Ich nehme Platz und registriere, dass mein Essen bereits abgeräumt wurde. »Hast du meine Pasta einpacken lassen?«

»Einpacken?« Armstrong rümpft indigniert die Nase. Ich bin überzeugt, Reste bekommt bei ihm höchstens der Hund. Der ist natürlich perfekt erzogen und würde niemals bellen.

»Zum Mitnehmen?« Ich muss mich bemühen, normal zu reden und nicht wie mit einem Kleinkind.

»Warum solltest du das mitnehmen wollen?«

»Weil ich kaum etwas davon angerührt habe.«

»Ich dachte, es hätte dir nicht geschmeckt.« Er lächelt mich gequält an und blickt dann zu Amie, als ob er unsicher wäre, ob er etwas Falsches getan hat.

»Kein Problem.« Ich spiele mit der Serviette auf meinem Schoß, um mich abzulenken. Dieser Abend entwickelt sich ziemlich schlecht. Nicht allein, weil mir das Essen nicht wirklich bekommen ist, jetzt kann ich mich nicht einmal auf die Reste freuen. Und im Kühlschrank sind nur noch Zitronen, ein paar Gewürze und eventuell etwas Salatdressing. Wenn es mir nicht peinlich wäre, würde ich glatt losheulen.

»Warum bestellen wir kein Dessert?«, schlägt Amie vor.

»Bist du sicher, dass du das möchtest?«, fragt Armstrong.

Wenn er damit andeuten will, dass Amie auf ihre Figur achten muss, verdient er eine Ohrfeige. Oder sogar einen Hieb mit einem Schlagring unterhalb der Gürtellinie.

Amie ist umwerfend, und sie hat einen fantastischen Körper, den sie mit regelmäßigen Besuchen im Fitnessstudio in Form hält. Im Gegensatz zu mir. Ich verlasse mich einzig auf meine merkwürdige Diät, um mir meine Supermodelfigur zu erhalten. Na gut, Supermodels sehen anders aus, aber zumindest sitzen meine Klamotten inzwischen wieder weniger eng.

»Ich weiß nicht, wie es euch geht, aber ich freue mich auf die Desserts.« Bancroft nimmt mir gegenüber Platz.

Vielleicht haben sie ja Sorbet oder etwas, das meinen gereizten Magen nicht überfordert.

Amie bestellt ein raffiniertes Schokoladen-Lava-Dessert, obwohl Armstrong sich beschwert, dass es nicht glutenfrei ist. Sie bestellt auch einen Caffè Latte, allerdings mit fettfreier Milch. Bancroft wählt einen Apfelkuchen mit Eiscreme und einen Kaffee mit Zimt, wohingegen ich mich für Minztee und Meloneneis entscheide. Armstrong nimmt einen Espresso. Schwarz, ohne Zucker natürlich.

»Also, Bancroft, du fliegst dieses Wochenende?«, fragt Amie.

Jetzt geht's los. Ich kann ihr ansehen, dass sie ihren Angriff vorbereitet. Armstrong ist noch nicht lange genug mit ihr zusammen, um ihre durchtriebene und zweideutige Art richtig einschätzen zu können.

»Richtig. Ist es immer noch in Ordnung für dich, vorbeizuschauen und dich um Francesca und Tiny zu kümmern?«

»Ich muss sie ja nur füttern, nicht wahr?«

»Und Francescas Streu ein paarmal die Woche wechseln«, sagt Bancroft.

Amie zieht ein Gesicht, als wäre die Vorstellung, die Streu zu wechseln, eine abstoßende Aufgabe. Sie hatte zwar als Kind einen Hund, aber ich bezweifle, dass sie sich um seine Hinterlassenschaften gekümmert hat.

»Oh. Okay, das wird schon gehen.«

»Ich hab eine Liste mit Hinweisen, die dir helfen sollten.« Er rückt seine Krawatte zurecht und wirkt ein wenig nervös. Ich vermute, dass das mit Amies widerwilligem Blick zu tun hat. »Tut mir leid, dass ich dich damit behellige, aber ich kann nicht irgendeinen professionellen Tiersitter beauftragen, den ich nicht vorher genau geprüft habe. Ich brauche jemanden, dem ich vertrauen kann.«

Das klingt nachvollziehbar, auch wenn Amies Erfahrung mit Haustieren ziemlich beschränkt ist. Ihr Pudel, Queenie, war genauso neurotisch wie ihre Mutter. Sich um ihn zu kümmern bestand für Amie darin, ihn zu streicheln und ab und an mit ihm Gassi zu gehen. Wahrscheinlich bekam der Hund von mir mehr Aufmerksamkeit als vom gesamten Rest der Familie. Das war nicht Amies Fehler. Ihre Mutter hielt sie von dem Hund fern, weil sie Allergien hat. Und das, obwohl Queenie so hypoallergen war, wie ein Hund nur sein kann. Sie haarte nicht einmal.

»Ich muss also nur ein paarmal die Woche vorbeischauen, ja?«

»Na ja, Francesca braucht schon ein wenig Aufmerksamkeit.«

»Inwiefern? Sollte ich besser meine Allergietabletten einstecken?« Sie wendet sich zu mir. »Könntest du mich begleiten? Nur für den Fall, dass ich einen Anfall bekomme und Hilfe benötige.«

Ich zucke mit den Achseln. »Wenn du möchtest.« Amie verschwendet ihr wahres Talent. Bei der Vorstellung, die sie hier abliefert, hätte sie Schauspielerin werden sollen.

Sie schenkt Bancroft ein strahlendes Lächeln. »Ruby kann toll mit Tieren umgehen. Sie wäre sicher eine hervorragende Tierärztin geworden.«

Ganz sicher nicht. Ich habe schon im Biologieunterricht an der Highschool gemerkt, dass ich strenge Gerüche schlecht vertrage und auch nicht das Aufschneiden von kleinen, hilflosen Tieren. Auch wenn sie bereits tot und einbalsamiert sind.

Bancroft beobachtet mich, während er seine Serviette faltet und sie akkurat neben seinen Teller legt. Oh ja, dieser Mann hat offensichtlich eine gute Erziehung genossen. Ich hasse es, dass es offensichtlich in meiner DNA verankert ist, solche Dinge zu registrieren.

»Hast du Haustiere?«

»Nicht seit ich in New York lebe. Aber zu Hause hatten wir zwei Hunde und eine Katze, und meine Mutter hatte eine Zeit lang einen Raben.«

Bancroft zieht eine Braue hoch. »Einen Raben?«

»Er hatte gewissermaßen meine Mutter adoptiert.« Bis ihn so ein dämliches Kind mit seiner Luftpistole erschossen hat.

Bancroft blickt in die Runde und senkt seine Stimme. »Hast du dich schon mal um ein Frettchen gekümmert?«

»Du hast ein Frettchen? Sagtest du nicht, es wäre ein Kaninchen oder ein Meerschweinchen?«, sage ich an Amie gewandt.

Amie zuckt die Schultern. »Beide sind pelzig und leben in einem Käfig, oder?«

Mein Eindruck von Bancroft ändert sich ein wenig. Frettchen sind keine gewöhnlichen Haustiere. Als Teenager habe ich eine Weile im Tierheim gejobbt und war ziemlich vernarrt in sie. Ich hätte mir liebend gern eins zugelegt, aber meine Eltern hatten jede Menge Einwände. Zunächst einmal riechen sie sehr streng, weil sie solange alles markieren, bis sie kastriert werden. Das hatte ich bis dahin nicht gewusst. Und außerdem müssen sie in einem Käfig gehalten werden, weil sie so klein sind, dass sie in den hintersten Winkel kriechen können. Und der Hund hätte es womöglich gefressen.

»Ich habe auch noch eine Vogelspinne.« Er klopft leicht mit den Fingern auf den Tisch, während er auf meine Reaktion wartet.

Ich bemühe mich, meinen Tonfall nicht zu hoch klingen zu lassen. »Oh, wow. Das ist ja mal, äh … ungewöhnlich.«

»Hast du Angst vor Spinnen?«, fragt er.

»Nicht wirklich, nein.« Ich habe keine ausgeprägte Vorliebe für sie, aber ich hüpfe auch garantiert nicht auf den nächsten Stuhl und kreische wie am Spieß, wenn ich eine sehe. Ich bringe sie auch eher nach draußen, als sie platt zu treten, falls sich eine in meine Wohnung verirrt.

»Sie ist ganz harmlos, wenn man weiß, wie man mit ihr umgehen muss.«

»Ich habe noch nie eine Vogelspinne berührt.«

»Dann ist es wohl höchste Zeit, dass wir das ändern. Was meinst du?« Bancrofts warmes Lächeln lässt mich dahinschmelzen und rot anlaufen. Trotz des Fiebers bin ich zappelig.

»Du hast also kein Problem mit …« Armstrong macht eine Handbewegung, die zu seinem verkniffenen Gesichtsausdruck passt. »… merkwürdigen Haustieren.«

»Ich würde sie nicht merkwürdig nennen, eher ein wenig ungewöhnlich. Auf der Highschool habe ich nebenbei als Freiwillige im Tierheim geholfen.«

»Ach? Und hat sich das gut in deinem Lebenslauf gemacht?«, fragt Armstrong.

»Nein, ich tat es, weil ich es wollte.« Und außerdem konnte ich so vermeiden, die Nachmittage und Wochenenden im Büro meines Vaters verbringen zu müssen, um Papiere zu ordnen oder die Broschüren für sein Schwellkörper-Medikament zu überarbeiten.

Bancroft klopft auf den Tisch und beugt sich vor. »Ruby, was würdest du davon halten, dich um Francesca und Tiny zu kümmern?«

»Francesca ist das Frettchen, nicht wahr?« Ich spüre, wie sich beim Lächeln meine Nase kräuselt. Mein Vater hat immer gesagt, dass das kindlich und einfältig wirkt.

Bancrofts Wangen zeigen eine leichte Rötung, als er mein Lächeln erwidert. »Stimmt. Ich muss gestehen, ich habe es bisher noch nicht geschafft, einen wirklich passenden Namen für sie zu finden.«

»Ich kann es kaum erwarten, sie kennenzulernen.« Ich sage das nicht nur, um mich einzuschmeicheln. Ich freue mich wirklich darauf, obwohl es sicherlich auch mir hilft.

Bancroft blickt zu Amie und dann wieder zu mir. Er glättet erneut die Serviette, was wohl ein unbewusster Reflex ist. So, wie sich meine Zungenspitze zwischen die Lippen schiebt, wenn ich angestrengt nachdenke. Schon ein wenig peinlich. Wenn mich mein Vater früher dabei erwischte, musste ich zur Strafe einen bitteren Kräutersaft schlucken. Das klappte so lange, bis ich mich an den Geschmack gewöhnt hatte.

»Weißt du, es wäre schön, wenn sich jemand regelmäßig um Francesca kümmern würde«, sagt Bancroft.

»Ich kann mich ja mit Amie abwechseln, wenn du denkst, dass das besser für sie wäre. Sie braucht bestimmt ziemlich viel Aufmerksamkeit, oder?«

»Das ist wahr.« Bancroft spielt immer noch mit der Serviette. »Aber ich dachte da an etwas … Verbindlicheres.«

»Verbindlicheres?« Amies Plan scheint tatsächlich aufzugehen.

»Nun, du brauchst einen Platz zum Wohnen, und ich brauche jemanden, der sich um meine Haustiere kümmert. Für Francesca wäre es viel besser, wenn ständig jemand da wäre, und ich hätte die Sicherheit, dass sie genügend herumtoben kann.«

Die Art, wie er »herumtoben« sagt, führt zu interessanten Reaktionen unterhalb meines Bauchnabels. Mir ist heiß, nicht nur wegen des Fiebers, sondern weil ich mir vorstelle, wie es wohl wäre, mit ihm herumzutoben. Was ich wohl besser sein lasse, bevor das Gespräch in eine falsche Richtung läuft. Nach meinem potenziellen Arbeitgeber und zeitweiligen Vermieter zu gieren, ist gerade nicht angebracht.

»Großartige Idee!« Amie klatscht in die Hände. »Ist das nicht toll?«

»Du willst, dass Ruby bei dir einzieht und sich um deine Haustiere kümmert?« Armstrongs Blick spiegelt seine Verwirrung wider.

»Wäre das okay für dich?«, fragt mich Bancroft.

Volltreffer. Ich blinzele unschuldig. »Wenn du meinst, dass es hilfreich wäre.«

»Enorm.« Er lächelt wieder. Ein wenig nervös zwar, aber das ist verständlich. Er kennt mich nicht und ist gerade dabei, mich für mehr als einen Monat bei sich aufzunehmen und mir seine Haustiere anzuvertrauen. Aber Himmel, was für ein Lächeln.

»Ich werde fünf Wochen fort sein. Ist das annehmbar für dich? Wird dir das bei deinem Wohnungsproblem helfen?«

»Auf jeden Fall.«

»Hervorragend. Dann sind wir uns einig.« Er lehnt sich, immer noch lächelnd, auf seinem Stuhl zurück. »Du ziehst bei mir ein.«

Mission Nicht-in-einem-Pappkarton-wohnen-müssen erfüllt.

6

WEITER GEHT'S

Ruby

Zwei Tage später sind meine Habseligkeiten in einem armselig kleinen Stapel von Kartons verpackt und in die Lobby gekarrt, wo Armstrong und Bancroft schon darauf warten, sie in den Truck einzuladen. Zum Glück funktioniert der Aufzug heute.

Ganz recht, Bancroft fährt einen Pick-up. Was nicht wirklich zu seinem Status passt, ihn aber umso attraktiver macht. Und es ist kein Mietwagen, was in New York fast unvorstellbar ist. Mir gefällt der Wagen, ein Limited-Edition-Modell mit allen möglichen Anbauteilen, aber immer noch ein Pick-up und sehr normal. Ich kann verstehen, dass er sich nicht von dem Wagen trennen will, auch wenn er ziemlich unpraktisch ist.

Ebenfalls sehr sexy ist, wie sich seine Armmuskeln anspannen, wenn er einen der Kartons packt und ihn hinausträgt. Er trägt ein Harvard-T-Shirt und Shorts, und das Einzige, was den Eindruck ein wenig stört, sind seine weißen Socken, die bis zu seinen Schienbeinen reichen. Wenn er sie einfach ausziehen oder gegen Sneakersocken tauschen würde, wäre er perfekt.

Draußen ist es drückend heiß, und in meiner Wohnung ohne Klimaanlage ist es fast noch schlimmer. Zum Glück sind wir beinahe fertig. Da Bancroft in Tribeca wohnt, dürfte es vermutlich ein elegantes Gebäude mit zentral geregelter Klimaanlage sein.

Er hat darauf bestanden, dass wir meine wenigen Habseligkeiten zu ihm bringen, anstatt einen Lagerraum zu mieten. Zuerst fand ich es seltsam, bis er erwähnte, dass seine Wohnung drei Schlafzimmer hat, von denen zwei so gut wie nie benutzt werden. Da ich ohnehin kein Geld habe, um einen Lagerraum zu mieten, gab es keine lange Diskussion.

Die Fahrstuhltür öffnet sich, und Amie tritt heraus, meine Koffer im Schlepptau, in denen sich der Inhalt meiner Kommode und meines Kleiderschranks befinden. Es gab mal eine Zeit, da wären diese Koffer zum Platzen voll gewesen. Jetzt habe ich nicht mal annähernd so viele Sachen.

»Das ist das Letzte«, sagt sie strahlend. »Warum siehst du nicht noch einmal nach, ob wir alles haben, und dann verschwinden wir von hier.«

Wie sie es schafft, so frisch und munter zu wirken, nachdem sie eine Stunde lang im Fahrstuhl hoch- und runtergefahren ist, bleibt mir ein Rätsel. Trotzdem bin ich froh darüber, zumal ich selber aussehe wie eine verwelkte Blume. Dieser Virus, den Bancroft mir angehängt hat, erweist sich als äußerst lästig.

»Na klar.« Oben blicke ich ein letztes Mal in alle Schränke, um sicherzugehen, dass ich nichts vergessen habe. Ich bin schon ein wenig traurig darüber, meine winzige Wohnung aufzugeben. Sie war vielleicht nicht schön, aber meine.

Ich greife nach meiner Tasche und stopfe ein Sechserpack Wasserflaschen hinein. Bevor ich buchstäblich die Tür zu diesem Kapitel meines Lebens hinter mir schließe, blicke ich mich ein letztes Mal um. Dort liegt die blanke Matratze mit dem orangenen Fleck von der Kürbiscremesuppe, die ich letztes Jahr verschüttet habe.

Mein Blick bleibt an meinem alten Klubsessel hängen, dem einzigen Möbelstück, das nicht zu der Wohnung gehört. Den kann ich auf gar keinen Fall hierlassen. Da ich ihn nicht tragen kann, schiebe und heble ich ihn irgendwie durch die Tür. Als ich am Fahrstuhl ankomme, bin ich völlig verschwitzt.

Ich schiebe ihn in die Kabine und lasse mich hineinfallen. Vor Anstrengung bin ich ganz außer Atem. Im Erdgeschoss angekommen, versuche ich ihn rückwärts herauszuziehen.

»Brauchst du Hilfe?« Ich höre Bancrofts tiefen Bariton direkt hinter mir.

»Geht schon. Ich hab's gleich.« Der Sessel ist in keinem guten Zustand. Er ist ziemlich alt, und wenn ich mich in ihm ausstrecke, kippt er ein wenig zur Seite. Aber es ist mein Sessel, und ich will ihn mitnehmen, selbst wenn er eigentlich auf den Sperrmüll gehört. Also zerre ich weiter an ihm, während die Aufzugstüren immer wieder auf und zu gehen.

Bancroft kichert. »Warte.« Er berührt mich an der Hüfte, was sich anfühlt, als ob ein Blitzstrahl von seinen Fingerspitzen direkt in meine Vagina fahren würde, und mich auf der Stelle wuschig werden lässt. Ich mache einen Satz zur Seite, woraufhin er mir dieses hinreißende Lächeln schenkt und den ganzen Vier-Millionen-Kilo-Stuhl emporhebt. »Soll der zum Sperrmüll oder …«

Ich werfe ihm einen bösen Blick zu. »Der kommt mit.«

Er zieht eine Augenbraue hoch, und sein Lächeln wird noch breiter. »Du bist der Boss.«

Als er den Sessel hinausträgt, folge ich ihm und starre dabei auf seinen unglaublich toll geformten Hintern. Draußen ist es heiß und schwül, genau wie in meinem Höschen. Armstrong macht ein angewidertes Gesicht, als Bancroft den Sessel auf die Ladefläche hebt.

»Gehört der nicht auf den Müll?« Armstrong bewegt sich vorsichtig auf den Sessel zu. »Das Teil sieht aus, als ob es voller Flöhe wäre. Lädst du es auf dem Weg zu dir bei der Müllkippe ab?«

»Army«, schilt Amie ihn.

»Amalie, wie oft muss ich dir noch sagen, dass ich diesen Spitznamen nicht in der Öffentlichkeit hören will«, blafft Armstrong zurück.

Amie hat diesen Spitznamen schon oft gebraucht, aber niemals in seiner Gegenwart. Jetzt verstehe ich, warum.

»Ich hänge an meinem Sessel«, bemerke ich vorsichtig.

»An wem oder was wohl noch?«, murmelt Armstrong.

»Noch irgendwas oben?« Bancroft packt den Saum seines Shirts, um sich den Schweiß vom Gesicht zu wischen. Als Erstes sehe ich den Flaum auf seinem Bauch, dann seinen Bauchnabel und schließlich enthüllt er ein festes, perfekt geformtes Sixpack. Ich würde liebend gern jeden Zentimeter davon ablecken, selbst so verschwitzt, wie er gerade ist. Okay, das war vielleicht übertrieben, aber wenn er eine Dusche nehmen würde, wäre ich nicht mehr zu bremsen.

Es wäre so toll, wenn er jetzt einfach sein Shirt ausziehen würde.

»Wie bitte?«

Habe ich das jetzt laut gesagt? Ich bin mir ziemlich sicher, dass ich es nur gedacht habe. Ich räuspere mich. »Das ist alles.« Meine Stimme klingt immer noch zu hoch und außer Atem.

»Zum Glück, die Hitze ist unerträglich. Amalie, lass uns den Wagen rufen und nach Hause fahren, ich brauche eine Dusche«, sagt Armstrong.

Amie blinzelt ihn schräg an. »Gehen wir nicht noch mit zu Bancroft?«

»Du schaffst das doch jetzt alleine, Bane? Wir sind nämlich nachher noch mit meinen Eltern zum Dinner verabredet.«

»Das dauert hier doch nicht lange.«

»Aber du benötigst Zeit, um dich zurechtzumachen«, entgegnet Armstrong.

Amie hat noch nie viel Zeit gebraucht, um sich zu stylen. Von der Yogamatte zum Abendempfang benötigt sie keine zwanzig Minuten.

»Wir kommen schon klar. Ruby hat ja nicht so viel Kram. Das passt sicher alles in den Lastenaufzug«, antwortet Bancroft.

»Na also.« Armstrong wirbelt seine Schlüssel um den Finger. »Dann gute Fahrt.«

Amie umarmt mich eilig. »Tut mir leid wegen Armstrong, er kommt mit der Hitze nicht klar. Sicher, dass du das packst?«

»Warum sollte ich nicht?«

»Ich weiß auch nicht, wegen des Umzugs und den ganzen Veränderungen.«

»Mir geht's gut, wirklich. Ein wenig nervös, aber erleichtert, dass ich eine Unterkunft habe.«

»Ruf mich nachher an.«

»Mach ich.«

Bancroft hält mir die Beifahrertür wie ein echter Gentleman auf, und ich steige ein. Hier drin riecht es nach ihm. Es gibt eine wuchtige Mittelkonsole und eine riesige Rückbank, auf der jetzt mein Gepäck verstaut ist.

Die ganze Situation ist weniger unangenehm als befürchtet. Stattdessen vermittelt mir die Nähe dieses Mannes ein überraschend entspanntes Gefühl, obwohl ich ihn kaum kenne. Abgesehen davon, wie gut er küssen kann, machen ihn seine Vorliebe für ungewöhnliche Haustiere und seine Bereitschaft, Fremden zu helfen, noch sympathischer.

Er steigt ein und lässt den Motor an. Aus der Lüftung strömt heiße Luft, die sich schnell abkühlt.

»Ich muss noch irgendwo anhalten und etwas zu trinken besorgen«, sagt er.

»Oh! Ich hab Wasser dabei.« Ich hole eine Flasche aus dem Beutel zwischen meinen Beinen und reiche sie ihm.

»Du bist meine Rettung.« Er dreht den Verschluss ab und wirft ihn auf das Armaturenbrett. Dann lehnt er den Kopf zurück, öffnet seine schönen, sinnlichen Lippen und lässt den Inhalt der Flasche in weniger als dreißig Sekunden durch seine Kehle fließen. Eindrucksvoll.

»Willst du noch eine?«

»Du hast noch mehr?«

Ich hole den Rest des Sechserpacks aus meinem Beutel.

»Was hast du sonst noch alles zwischen deinen Beinen?«

Ich unterdrücke ein Stöhnen. »Ich vermute, du meinst den Inhalt meines Beutels und nicht meiner Shorts?«

»Was immer du möchtest. Aber wenn sich in deinen Shorts eine Wasserflasche verstecken sollte, wäre ich neugierig wo.«

»Oh mein Gott. Hast du das gerade wirklich gesagt?«

Er zieht eine Grimasse. »Bin ich zu weit gegangen?«

»Was meinst du?« Ehrlich gesagt, hätte ich kein Problem damit, ihm zu zeigen, was sich in meinen Shorts befindet. Nachdem ich geduscht hätte. Verflixt, ich muss unbedingt meine Fantasie im Zaum halten.

»Hat wohl mit dem Wassermangel zu tun.« Er lacht, nimmt eine weitere Flasche, dreht den Verschluss ab und wiederholt den ganzen Vorgang, während ich verzückt zusehe.

»Ich müffle sicher wie ein ganzer Umkleideraum. Würdest du das Handschuhfach für mich öffnen?«

Ich drücke auf den Knopf, woraufhin es sich öffnet. Er greift hinüber, wobei er mein Knie berührt, und nimmt sich einen Deo-Stick und ein zusammengeknülltes T-Shirt.

Oh Mann. Er will sein Shirt wechseln. Vor meinen Augen. In diesem engen Raum. Ich überlege, ob ich genügend Zeit habe, um ein paar Bilder mit meinem Telefon zu schießen, während er sein Harvard-Shirt auszieht.

Einige Männer haben nette Gesichter und fantastische Körper. Andere haben wunderschöne Gesichter und durchschnittliche Körper. Dieser Mann hat beides. Auf einer Skala von eins bis heiß löst er Feueralarm aus. Und er hat auch ein Tattoo, das sich von seiner Schulter über den Bizeps bis zu seinem Ellbogen erstreckt. Wie geil ist das denn!

Er streift sich schnell das frische Shirt über, wirft das Deo in das Handschuhfach und lächelt verlegen. »Jetzt geht's mir besser. Ich hoffe, das riecht man auch.«

»Du hast auch vorher gut gerochen. Das war doch sicher nur ein Vorwand, um mir deine Bauchmuskeln zu zeigen.«

Sein Lächeln wird breiter. »Du glaubst nicht, dass das nur ein Akt der Höflichkeit gegenüber deiner empfindlichen Nase war?«

»Du hast doch gesehen, wo ich gewohnt habe.« Ich mache eine Handbewegung zu dem Gebäude. Es ist alt und ziemlich heruntergekommen. Es gibt Schlimmeres, aber es ist kein Vergleich mit Tribeca. »Mindestens ein Mal pro Woche hat irgendjemand den Feueralarm ausgelöst, und das ganze Haus roch nach verbranntem Toast. Männerschweiß ist nichts dagegen.«

Er legt den Gang ein, setzt den Blinker und reiht sich in den Verkehr ein.

»Wie lange hast du dort gewohnt?«, fragt er. Jetzt, da wir mit all meinen Sachen auf dem Weg zu ihm sind, wirkt er ein wenig nervös. Ich frage mich, ob er seine Entscheidung bereut.

»Fünf Jahre. Ich werde es wohl nicht sehr vermissen. Es war schon nett, aber die Hälfte der Einbaugeräte war mehr oder weniger defekt.«

»Verstehe.« Er trommelt auf das Lenkrad. »Aber wie bist du in Harlem gelandet?«

»Amies Eltern hatten ihr gerade eine Wohnung gekauft, als ich an der Randolph aufgenommen wurde. Da die nur ein Schlafzimmer hatte, musste ich mir etwas Eigenes suchen.

Mein Vater wollte nicht, dass ich hierherziehe, also hat er mir nur wenig Unterhalt gezahlt und darauf spekuliert, dass ich wieder nach Hause komme, wenn mir klar wäre, was eine Wohnung in der City kostet. Aber ich wollte hierbleiben, und die Wohnung war annehmbar, sie war möbliert und es gab keine Mitbewohner.«

»Kein Fan von Wohngemeinschaften?«, fragt Bancroft.

»Das ist es nicht. Es ist nur … Sich mit jemand anderem eine Wohnung zu teilen, ist kompliziert, oder nicht? Jeder hat seine Eigenarten und seine festen Abläufe. Und da es mit Amie nicht geklappt hat, fand ich, es wäre das Beste, alleine zu wohnen. Was ist mit dir? Hattest du schon mal einen Mitbewohner?«

»Nur wenn wir mit dem Team unterwegs waren. Ich mag mein Apartment.« Er trommelt immer noch mit den Fingern.

»Ja, geht mir auch so. So klein es war, es war immerhin meins, nicht wahr? Und wenn sich das Geschirr in der Spüle stapelt, kann ich nur mit mir selber schimpfen.«

»Gehörst du zu den Frauen, bei denen sich das Geschirr in der Spüle stapelt?«

»Nur letzte Woche.« Ich sag ihm lieber nicht, dass ich auch in der Woche davor zu diesen Frauen gehört habe. Und in dem Monat davor auch. Glücklicherweise wird er unterwegs sein und nichts von meinen armseligen Fähigkeiten in Haushaltsführung mitbekommen.

Wir brauchen eine gute halbe Stunde bis Tribeca. Ohne Verkehrsstau.

Das Gebäude, in dem er wohnt, ist vornehm und eindrucksvoll. Nur Fensterflächen und verspiegeltes Glas. Mithilfe zweier Servicemitarbeiter, die Bancroft mit Mr Mills anreden, verstauen wir alle meine Besitztümer im Lastenaufzug. Als ich zu den Kartons in den Aufzug steigen will, legt Bancroft eine Hand auf meine Schulter. Augenblicklich werden meine Nippel hart. Sie reagieren richtig nuttig, sobald ein toller Typ in der Nähe ist.

»Sie bringen deine Sachen nach oben, wir nehmen den anderen Fahrstuhl«, sagt er.

Der andere Fahrstuhl hat einen Boden aus schwarzem Marmor und verspiegelte Wände, sodass ich Bancroft aus allen Blickwinkeln betrachten kann. Die weißen Socken sind allerdings immer noch ein ziemlicher Störfaktor.

Der Fahrstuhl hält im obersten Stock, und Bancroft geleitet mich hinaus in den Flur mit champagnerfarbenen Wänden und noch mehr schwarzem Marmor. Die einzelnen Türen liegen weit auseinander, was wohl daran liegen dürfte, dass die Eigentumswohnungen hier deutlich größer sind, als meine kleine Mietwohnung es war. Am Ende des Korridors tippt Bancroft einen Code ein, öffnet die Tür mit einem nervösen Lächeln und bittet mich hinein.

Ich gehe an ihm vorbei in den Eingangsbereich und bleibe wie angewurzelt stehen. Er ist mindestens zehnmal größer als meine Wohnung. Bancroft prallt von hinten gegen mich. Ich stolpere vorwärts, aber sein starker, muskulöser Arm hält mich an der Hüfte und verhindert, dass ich eine Bruchlandung auf diesem wundervoll glänzenden Massivholzboden hinlege.

Für ein paar Sekunden spüre ich, wie sich sein fester Oberkörper gegen meinen Rücken presst, und habe fast den Eindruck, als würde ich jeden Einzelnen seiner Bauchmuskeln spüren. Wie dumm, dass wir beide unsere Sachen anhaben.

Leider geht dieser Moment viel zu schnell vorbei.

»Hoppla, tut mir leid.«

»Mein Fehler.« Ich gehe ein paar Schritte in den Raum hinein. »Es ist toll.«

»Es ist ganz okay«, murmelt er.

»Ich denke, es ist ein bisschen mehr als nur okay.«

Bancrofts Wohnung ist riesig. Genau die Art von Wohnung, in der ich schon immer gern gelebt hätte. Aber in den letzten fünf Jahren habe ich mich an kleine Räume und defekte Elektrogeräte gewöhnt.

Auf der linken Seite ist die Küche. Eine schöne, große Küche aus glänzendem Edelstahl mit Arbeitsflächen aus Granit. Auf der rechten Seite geht ein Flur ab, an dessen Ende sich zwei Doppelflügeltüren befinden. Und direkt vor mir ist eine bodentiefe Fensterfront, die einen fantastischen Ausblick auf den East River bietet. Nicht auf eine Backsteinmauer.

Der Wohnraum wird von einer sehr großen Ledercouch dominiert, außerdem von einem schweren Sessel, der mit einem ausgefallen gemusterten Stoff bezogen ist und so gar nicht zu Bancrofts Persönlichkeit zu passen scheint. Allerdings kenne ich ihn auch noch nicht gut genug, um mir eine klare und abschließende Meinung zu bilden.

Ich schlüpfe aus meinen Schuhen und lasse mich in den Sessel fallen. Alles ist so weiträumig, dabei wirkt es nicht sonderlich warm oder einladend. Nirgendwo finden sich Krimskrams oder Dinge, die mir verraten könnten, wer Bancroft wirklich ist.

Gegenüber von dem Sessel befindet sich eine deckenhohe Regalwand, was wirklich beeindruckend ist, da die Decke hier schätzungsweise dreieinhalb Meter hoch ist. Der Mittelteil der Wand wird von einem riesigen Flachbildschirm eingenommen, während in den quadratischen Fächern ringsum zahlreiche Bücher ordentlich aufgereiht sind. Ein Rugby-Spieler, der liest, wenn das nicht sexy ist.

Ich werfe einen Blick um das Regal herum. »Das gibt's ja nicht! Du hast ein Fitnessstudio in der Wohnung?« Ich springe aus dem Sessel und renne durch den Raum, wobei ich mich kaum zurückhalten kann herumzuwirbeln, weil hier einfach so viel Platz ist.

Hinter der Regalwand sind eine Reihe von Trainingsgeräten aufgebaut, darunter ein Laufband, ein Liegerad, eine Pilatesbank und eine Hantelbank mit Gewichten.

»Wow, kein Wunder, dass du so aussiehst.« Ich deute mit der Hand auf seine Figur und dann auf die ausgeklügelte Kombination von Geräten. »Nutzt du die jeden Tag?«

Er fährt sich mit der Hand über die Brust. »Ich versuche es.«

»Das ist fantastisch.« Mein Studio ist ungefähr eine halbe Stunde von hier entfernt, zumindest an einem guten Tag, wenn die U-Bahn nicht gerade wieder ausfällt. Es ist immer so gut besucht, dass es manchmal schwer ist, an die Geräte zu kommen. Bancrofts Laufband ist so aufgestellt, dass sich auch von hier eine spektakuläre Aussicht auf den Fluss bietet.

Gegenüber befindet sich das Büro, ein aufgeräumter Arbeitsplatz mit einem Computer und einem Monitor, der groß genug ist, um darauf Filme anzusehen. An der linken Wand steht ein Terrarium. »Lebt dort Tiny?«

»Ja.«

Ich habe keine Ahnung wieso, aber ich nähere mich dem Terrarium auf Zehenspitzen. Ich werde sie wohl kaum so erschrecken, dass sie aus dem Terrarium springt. Ich hocke mich hin, damit ich auf Augenhöhe bin, und dann sehe ich auch schon lange, haarige Beine, die sich über einen Stein bewegen. »Oh Mann, die ist ja vielleicht groß«, flüstere ich.

Bancrofts Spiegelung erscheint im Glas. Mein Bauch zieht sich zusammen, als er hinter mir in die Hocke geht und seine Brust meine Schulter berührt. Ich sehe, wie sein Mund sich meinem Ohr nähert, und spüre den warmen Atem an meinem Hals. Einen Moment lang hoffe ich, dass ich erneut seine Lippen auf meiner Haut spüren werde.

Aber er flüstert: »Sie kann deine Angst riechen.« Dann macht er plötzlich ein seltsames Geräusch wie aus einem Horrorfilm, und ich zucke zusammen. Er lacht und richtet sich wieder auf. »Entspann dich, sie ist völlig harmlos.« Er öffnet den Deckel des Terrariums.

Wenn ich mich jetzt nach links drehen würde, hätte ich sein bestes Stück genau vor meinem Gesicht. Es ist eine echte Herausforderung, das zu unterlassen. Also bleibe ich einfach hocken, während er hineingreift, die Vogelspinne antippt und sie dazu bringt, sich langsam vorwärtszubewegen.

Sie ist riesig, ihre Beine sind so lang, dass sie sich über Bancrofts gesamte Handfläche erstrecken. Und verdammt, seine Hände sind *riesig*. Ich frage mich, ob das Rückschlüsse auf andere Körperteile zulässt.

Ich gebe meiner Neugierde nach und werfe ihm einen Blick von der Seite zu. Er trägt Basketball-Shorts, die so lose sitzen, dass ich unmöglich erkennen kann, wie groß sein Ding tatsächlich ist. Außerdem trägt er immer noch diese schrecklichen Socken.

»Möchtest du sie in die Hand nehmen?«, fragt er mich.

»Was? Oh, ich weiß nicht recht.« Ich weiche leicht zurück und lande auf meinem Hintern.

»Es wird dir gefallen. Und ich bin ja da, um dich zu retten, falls sie dich anfällt.« Er setzt sich hin und kreuzt die Beine, wie bei der Märchenstunde im Kindergarten. Aber das ist kein Märchen, die riesige Spinne auf seiner Hand ist real. Ich zögere einen Moment, dann setze ich mich ihm gegenüber.

Er macht mir mit seinem gekrümmten Finger ein Zeichen. »Komm näher.«

Meine Güte, warum muss ich nur alles, was er sagt, eindeutig zweideutig verstehen? Die Vorstellung, mich auszuziehen und auf seinen Schoß zu klettern, ist ziemlich reizvoll. Wenn er nur nicht diese Spinne auf der Hand hätte. Gott, ich muss meine Gedanken endlich in den Griff bekommen.

Vorsichtig rutsche ich ein wenig näher. Er verdreht die Augen und bewegt sich vorwärts, bis unsere Knie sich berühren. Genau genommen berühren meine Knie die Mitte seiner Schienenbeine, aber wir haben jetzt Körperkontakt. Keinen an sonderlich erregenden Stellen, aber so, wie meine Nippel sich aufrichten, scheint sie das nicht zu stören.

Natürlich muss er mir seine Hand mit der Spinne entgegenstrecken. Beim Anblick dieses haarigen achtbeinigen Monsters, das mich aus seinen acht Augen anstarrt, verschwindet jegliches Kribbeln. »Gib mir deine Hand.«

Als ich zögere, nimmt er meine Hand, die ich augenblicklich zu einer Faust balle. »Sie ist keine Gefahr für dich. Und auch ihr Biss wäre nicht giftig. Wie willst du dich um sie kümmern, wenn du sie nicht einmal berühren kannst?«

Ein Punkt für ihn. Ich entkrampfe meine Finger, und sein Daumen streicht beruhigend über meine Handfläche. Für jemanden von seiner Größe ist er erstaunlich sanft. Meine empfindlichen Körperstellen sprechen auf diese Berührung an, als wären sie gemeint. In Gedanken befehle ich meinen Hormonen, sich zurückzuhalten, was dadurch erleichtert wird, dass er Tiny von seiner Hand auf meine klettern lässt.

Ich schaudere zunächst, als ich ihre Beine spüre, und muss dann kichern. »Das kitzelt.«

»Daran gewöhnst du dich.« Seine Hand hält meine nach wie vor fest.

»Was soll ich tun?«

»Halt die Hand ganz ruhig. Keine plötzlichen Bewegungen oder so etwas. Vogelspinnen sind ziemlich fragil, also solltest du sie lieber nicht fallen lassen.«

Ich halte sie für eine Minute auf meiner Hand. Jetzt, da ich sie berühre, hat sie überhaupt nichts Bedrohliches mehr. »Wie fütterst du sie? Und womit?«

»Sie bekommt Grillen oder Larven, je nachdem.«
»Lebendige?« Ich sehe ihn an.
»Ja, lebendige.«
»Wie oft, täglich?«
»Nein, nur ein oder zwei Mal die Woche. Aber sie benötigt täglich frisches Wasser. Kommst du damit klar?« Sein Tonfall wird für einen Moment ernst.
Ich nicke. »Ja, das klappt schon. Greife ich einfach mit meiner Hand in den Käfig? Oder attackiert sie mich dann?«
»Am besten lenkst du sie erst einmal mit einem Stift ab, dann hält sie dich nicht für ihr Futter, und du kannst ganz einfach das Wasser wechseln. Ich zeige dir nachher, wie das geht. Und ich kann dir auch zeigen, wie man sie füttert, obwohl sie jetzt keinen Hunger haben dürfte, da sie erst vor zwei Tagen Nahrung hatte.«
»Okay.«
Ich lasse sie auf meinem Unterarm herumkrabbeln, was kitzelt, als der Klang der Türglocke uns alle drei aufschreckt.
»Das sind deine Sachen.« Bevor sie flüchten kann, nimmt Bancroft sie vorsichtig in die hohle Hand und setzt sie zurück in ihr Terrarium, während ich zur Tür laufe.
Kartons und Gepäck stehen ordentlich gestapelt im Flur. Die beiden Hausangestellten benötigen keine fünf Minuten, um meine Sachen in die Wohnung zu bringen. Den Klubsessel ganz zum Schluss. In dieser Umgebung wirkt er ziemlich schäbig. Ich verziehe das Gesicht und blicke Bancroft an. »Vielleicht sollte ich mich doch besser von ihm trennen.«
»Warum?« Er bittet die beiden Helfer, die Tür hinter sich zu schließen. Die Sackkarre haben sie dagelassen, damit wir die Kartons in mein Zimmer bringen können. Besser gesagt, in den Raum, den ich während meines Aufenthalts hier bewohnen werde. Ich bin wirklich froh, dass ich nicht viele Sachen

besitze, so wird das Auspacken wenigstens nicht allzu anstrengend.

»Sieh ihn dir doch an.« Ich deute auf den abgewetzten Sessel. »Er passt wirklich nicht zu der Einrichtung.«

»Ich hab die Einrichtung nicht ausgewählt. Du kannst also gerne alles nach deinem Geschmack verändern, solange du hier bist.«

Da fallen mir doch gleich ein paar Dinge ein, angefangen bei seinen Socken. Und dem Rest seiner Kleidung. Ganz konsequent. Vielleicht kann ich ja einfach seine Garderobe verbrennen. Oder sie im Trockner einlaufen lassen, während er fort ist.

Ich blicke zu ihm hinüber und wackele mit den Augenbrauen. »Das könntest du noch bedauern.« Seine Mundwinkel deuten ein Grinsen an, als ob er meine Gedanken gelesen hätte. Ich wende den Blick ab und deute auf die Kartons. »Die sollte ich wohl besser wegräumen.«

»Tut mir leid, ich bin wohl ein schlechter Gastgeber. Ich hätte dir schon längst dein Zimmer zeigen sollen.« Ich habe den Eindruck, er ist ein wenig unsicher. Genau wie ich. Die Situation ist ja auch für uns beide ungewöhnlich. Abgesehen von dem Abendessen und einem zufälligen Kuss kennen wir uns so gut wie gar nicht. Und jetzt, da ich in seiner Wohnung bin, wird es langsam ein wenig peinlich.

Er lädt ein paar Kartons auf die Sackkarre, und ich packe meine Rollkoffer und folge ihm den Flur entlang bis zur zweiten Tür auf der rechten Seite.

»Es gibt hier zwei Zimmer, die nicht genutzt werden. Das hier ist das größere. Wenn du möchtest, kannst du deine Sachen in dem anderen lassen.« Er öffnet die Tür und tritt zur Seite.

»Wow!« Das Zimmer ist ungefähr so groß wie meine gesamte Wohnung. Und das Bett hat Überbreite, was eine deutliche Verbesserung zu dem französischen Bett ist, auf dem ich die letzten fünf Jahre geschlafen habe.

»Die Einrichtung ist sehr schlicht, aber wie ich schon sagte, solange du hier bist, kannst du tun, was immer dir gefällt. Wir können auch noch das andere Zimmer ansehen.«

»Nein, nein. Es ist perfekt. Ich mag das Zimmer.« Die Wandfarbe ist ein blasses, kühles Blaugrau, die Tagesdecke gebrochen weiß, genau wie die Umrandung des Bettes. Es ist hübsch, ohne sonderlich feminin zu wirken. Ich frage mich, wer wohl die Einrichtung ausgesucht hat.

»Das Badezimmer und ein begehbarer Kleiderschrank sind dort drüben. Ich kann deine Kartons dort unterbringen, falls sie dir hier im Weg sind.«

»Stell sie einfach an die Wand, das reicht. Was ich nicht brauche, kann ich später immer noch in den Schrank stellen.«

»Klar.« Bancroft schiebt die Sackkarre bis an die hintere Wand und lädt dort die Kartons ab.

Ich schaue derweil ins Badezimmer. Purer Fünf-Sterne-Luxus. Die Wanne ist groß genug, um darin ein paar Runden zu drehen, und es gibt eine separate Dusche mit einem enormen Wasserfall-Duschkopf und einen Waschtisch mit zwei Becken.

Für einen Moment werde ich von meinen Gefühlen überwältigt und würde am liebsten heulen. Es ist schon so lange her, dass ich schöne Dinge um mich hatte. Das heißt, natürlich gibt es zu Hause bei meinem Vater schöne Dinge, aber dort war ich immer nur für ein oder zwei Tage, bevor ich wieder in meine kleine, heruntergekommene Wohnung zurückgekehrt bin. Für mich waren diese Besuche immer wie ein Aufenthalt im Hotel, ein kurzfristiger Luxus.

Doch für die nächsten fünf Wochen ist dieser Luxus meiner. Wieder in eine schäbige Wohnung zu ziehen wäre wirklich zum

Kotzen. Also muss ich zusehen, dass ich einen Job an Land ziehe, der es mir erlaubt, mehr als nur ein Studentenzimmer in einem Verbindungshaus zu mieten. Ich sollte die unverhoffte Veränderung wohl besser solange wie möglich genießen.

Nachdem wir meine Sachen in mein Zimmer gebracht haben, steht Bancroft an der Tür, die Hände in den Taschen seiner Shorts, und macht einen verunsicherten Eindruck.

»Ich lass dich wohl besser eine Weile allein, um auszupacken. Wir können ja später etwas zu essen bestellen und dann zusammen die Details der Fütterung und andere Dinge besprechen.«

Ich weiß nicht, welche anderen Dinge er meint, aber essen klingt definitiv gut. »Gerne. Aber kann ich zuerst noch Francesca kennenlernen?«

Er lacht. »Stimmt. Deswegen bist du ja hier. Kommst du mit?« Er geht zu der Tür am Ende des Flurs und winkt mir, ihm zu folgen. »Normalerweise bewegt sie sich frei im Wohnbereich, aber damit sie sich bei dem ganzen Hin und Her hier nicht erschreckt, hab ich sie in meinem Zimmer gelassen.«

Er öffnet die Tür. Für einen kurzen Moment stelle ich mir vor, dass der zufällige Kuss nur das Vorspiel war für einen One-Night-Stand oder einen Heiratsantrag.

Sein Zimmer ist wie eine Höhle. Natürlich ist es nicht aus Stein, aber es ist unglaublich groß. Und dann das Bett. Ich darf gar nicht daran denken, sonst entwickele ich noch eine Obsession für Betten. Für große Betten. Und dieses hier ist riesig.

Der Raum ist zu einhundert Prozent ein Männerzimmer. Am Fußende des Bettes hängen Trainingshosen, darunter liegen Laufschuhe und achtlos hingeworfene Socken. Genau die Art Socken, die er gerade trägt und die mir den Blick auf seine muskulösen Beine und ausgeformten Waden nehmen.

Die Wände sind etwas blasser gestrichen als in meinem Zimmer, die Tagesdecke ist dunkelblau, und jemand, vermutlich eine Frau, hat das Bett mit ein paar Zierkissen dekoriert. Seine Mutter oder seine Schwester, falls er eine hat?

Ich beschließe, den Gedanken an eine ehemalige oder gegenwärtige Freundin zu vermeiden, und hoffe, dass seine aufblühende Romanze mit Brittany durch sein Verhalten im Keim erstickt wurde. Egal, die Kissen sind jedenfalls überall verstreut, so als würden sie ihn nerven, was Zierkissen meistens tun.

Auf dem Bett liegen ein aufgeklappter Koffer und drei Kleidersäcke. Was gut ist, weil ich ihn sonst wohl gefragt hätte, was er von einer Kissenschlacht ohne Kleider hält. Jedenfalls fällt es mir nicht leicht, den Gedanken wieder abzuschütteln.

»Entschuldige die Unordnung.« Er nimmt ein paar herumliegende Kleidungsstücke vom Bett und wirft sie in den Kleiderschrank.

Während er notdürftig aufräumt, sehe ich mich um und entdecke Francescas Käfig. Erstaunlich, dass ich ihn bisher übersehen habe, immerhin ist er nach dem Bett das auffälligste Objekt hier. Wie die ganze Wohnung ist auch dieser Käfig luxuriös ausgestattet, mit durchsichtigen Röhren und verschiedenen Ebenen, die ihr genügend Bewegungsfreiheit bieten, wenn sie tagsüber eingesperrt ist.

»Hallo, Hübsche«, sage ich sanft, als sie den Kopf aus einer der Röhren streckt. Ihre rosa Nase zuckt, ihr Kopf mit der schwarzen Fellzeichnung hebt sich, und sie schaut mich neugierig an, wie ein maskierter Bandit. Sie schlängelt ihren langen, braunen Körper aus der Röhre und springt auf den mit Sägespänen bedeckten Boden, wo sie sich zusammenrollt und uns ihren blassen Bauch zeigt. Sie ist einfach völlig possierlich.

»Das ist mein Mädchen«, bemerkt Bancroft hinter mir. Die Zuneigung in seiner Stimme bringt meine Vagina zum Kribbeln. Mehr als ohnehin schon. Männer, die Tiere lieben, sind einfach begehrenswert.

Er öffnet den Käfig und nimmt sie vorsichtig heraus. Kaum hat er sie auf dem Arm, klettert sie über seine Brust und wickelt sich um seinen Hals, wo sie an seinem Kinn knabbert und seine Bartstoppeln putzt. Das ist genau das, was ich auch gern täte. Vorausgesetzt, er hätte vorher geduscht.

Er schnurrt sie leise an und lässt zu, dass sie sich an ihn schmiegt. Sie ist so niedlich, und er geht so liebevoll mit ihr um. Bei dem Anblick zerfließen meine Eierstöcke und fordern lauthals nach seinem Sperma.

Er krault Francesca eine Weile und fragt mich dann, ob ich sie nehmen möchte.

»Aber ja.«

»Du kannst sie entweder im Nacken halten oder unter den Pfoten.« Er packt sie vorsichtig im Nacken, wo das Fell ganz locker sitzt, aber ich wähle die zweite Methode, weil ich Bancroft so berühren kann. Auf der Hitze-Skala war er ohnehin schon ganz weit oben, aber er ist so lieb, geduldig und bedächtig, dass es schon nicht mehr messbar ist. Besonders wenn man bedenkt, wie peinlich diese ganze Situation sein könnte. Warum ist so ein Mann nicht schon längst vergeben? Vielleicht hat er ja doch ein paar seltsame Macken, abgesehen von seinen Socken.

Francesca ist reizend und hat nur Unfug im Sinn, was genau den Reiz eines Frettchens ausmacht. Als ich sie auf dem Arm halte, fällt mir auf der Stelle wieder ein, wie es im Tierheim war und warum ich unbedingt ein Frettchen haben wollte. Es dauert keine fünf Minuten, und ich bin völlig in sie vernarrt.

Mit Bancrofts Zustimmung setze ich sie auf den Boden, woraufhin sie sofort zur Tür rennt. Innerhalb von Sekunden ist sie den Flur hinuntergejagt und im Wohnbereich verschwunden.

»Das ist schnell«, bemerke ich.

»In der Tat. Die Wohnung ist weitgehend gesichert, sodass ihr nichts passieren kann. Alle Kabel wurden verdeckt verlegt, damit sie nicht rankommt.« Er zeigt auf eine Wand, wo normalerweise Stromkabel und Anschlüsse sichtbar wären.

»Das muss ziemlich aufwendig gewesen sein.«

»Ich hab das einem Fachmann überlassen. Es brauchte ein wenig Zeit, um sich daran zu gewöhnen, aber sie war es mir wert. Als Kind wollte ich immer einen Hund haben, aber meine Mutter hatte eine Allergie, mein Vater war viel auf Reisen und dann noch die Rugby-Wettbewerbe mit den ganzen Auswärtsspielen. Es wäre einfach nicht richtig gewesen.«

»Warum hast du dir dann ein Frettchen geholt und nicht einen Hund?«

»Das war reiner Zufall. Ein Gast brachte sie in eins unserer New Yorker Hotels mit, aber in einigen Staaten ist es illegal, Wildtiere als Haustiere zu halten, also wäre sie eingeschläfert worden. Und da habe ich sie lieber mit zu mir genommen.« Er wartet angespannt auf meine Reaktion.

»Tatsächlich? Es gibt Staaten, in denen es illegal ist?« Das war mir neu.

»Nur ein paar.«

»Aber doch nicht in New York, oder?«

Er presst die Lippen zusammen, sagt aber nichts.

Ich beuge mich um ihn herum und berühre ihn sanft zwischen den Schulterblättern. Seine Muskeln spannen sich an, und er atmet hörbar ein.

»Was machst du?«

»Ich suche deine Engelsflügel.«

Er lacht und zeigt dann auf Francesca, deren Kopf unter der Couch hervorguckt. Sie flitzt quer durch das Wohnzimmer und schlittert in die Küche. »Sieh sie dir an, wie hätte ich sie einschläfern lassen können?«

»Stimmt. Es ist toll, dass du dich entschieden hast, sie zu behalten. Und dein Geheimnis ist bei mir sicher. Ich werde niemandem verraten, dass du einem flüchtigen Frettchen Unterschlupf gewährst.«

»Ich weiß das zu schätzen. Ich hatte keine Ahnung, wie kompliziert der ganze Prozess sein würde, aber sie war definitiv den Aufwand wert. Ich hätte auch nicht gedacht, dass ich öfter unterwegs sein muss, aber zumindest der Teil ist hoffentlich bald vorbei.«

Francesca findet einen Ball mit einem Glöckchen darin und rollt ihn über den Boden. Ich schnappe ihn mir, bevor sie ihn erwischt. »Willst du spielen, Kleines?« Ich werfe ihn durch den Raum, und sie rennt ihm hinterher.

Sobald sie ihn gefangen hat, bringt sie ihn direkt zu mir zurück. Ich drehe mich zu Bancroft, der mir mit einem amüsierten Ausdruck zusieht.

»Sie spielt Fangen.«

»Ihr Lieblingsspiel. Und sie kuschelt gerne, während wir fernsehen.«

»Ich bin schon richtig verliebt in sie.«

Er murmelt etwas, das ich nicht verstehe. »Wenn ihr beide miteinander klarkommt, könnte ich ja schnell eine Dusche nehmen? Oder ich setze sie in ihren Käfig, und du kannst ebenfalls duschen.«

Für einen kurzen Moment verstehe ich das völlig falsch, vermutlich weil ich bei dem Wort Dusche an seinen nackten, nassen Körper gedacht habe. »Geh du doch zuerst, und ich dusche, wenn du fertig bist.«

»Gut, einverstanden. Und ich bestell uns dann etwas zu essen?«

»Du musst nichts bestellen. Ich bin auch mit dem zufrieden, was gerade da ist.« Solange es nicht das ist, was Armstrong neulich hatte. Zudem kann ich mir keinen teuren Lieferservice leisten.

»Es ist leider kaum was im Haus, darum lade ich dich ein.«

Ich habe ein schlechtes Gefühl dabei, noch mehr Almosen von ihm anzunehmen, bin aber hungrig genug, um zuzustimmen. »Okay. Gerne.«

»Hervorragend. Ich brauche nicht lange.« Ich lächele und wende mich wieder Francesca zu, die ihren Ball bereits vor meine Füße gelegt hat und meine Hand anstupst.

Ich werfe ihn und sehe ihr dabei zu, wie sie hin und her springt. Sie ist wirklich unglaublich niedlich. Als sie das nächste Mal kommt, bringt sie einen neuen Gegenstand an. Es ist eine Spielzeugmaus, die ich herabbaumeln lasse und nach der sie springt. Als Bancroft aus der Dusche kommt, liege ich auf dem Rücken und klimpere mit dem Glöckchenball, während die Maus zwischen meinen Zehen baumelt.

Als Erstes sehe ich seine Füße. Seine bestrumpften Füße. Was zum Henker? Hat er ein Problem mit nackten Füßen? Vielleicht hasst er Füße, vielleicht liebt er ja Socken. Wenigstens sind es kurze Socken und nicht diese Kniestrümpfe, die seine beeindruckenden Waden verhüllen. Mein Blick gleitet weiter empor, über seine Knie, bis zu seinen Cargoshorts, dem schwarzen Gürtel und dem halb geöffneten Reißverschluss. Ich erhasche einen Blick auf roten Stoff, als er die Hände in die Taschen schiebt. Zu schade, dass er nicht zu den Männern gehört, die ohne Unterwäsche herumlaufen. Nicht, dass mir das irgendwie weiterhelfen würde, aber zumindest hätte ich die nächsten fünf Wochen genügend Nahrung für meine feuchten Träume.

Ich erinnere mich lebhaft daran, wie es sich anfühlte, als er das, was sich hinter dem Reißverschluss verbirgt, an meinen Bauch presste, während wir uns küssten. Aber zunächst wandert mein Blick höher und höher an diesem Berg von einem Mann hinauf. Er trägt ein rotes T-Shirt, was sehr bedauerlich ist. Kein Shirt wäre auf jeden Fall besser. Vielleicht sollte ich ja während seiner Abwesenheit ein Schild malen: Socken und Shirts nicht erwünscht. Er scheint der Typ Mann zu sein, der so etwas lustig findet und der mir vielleicht sogar den Gefallen täte, der Anordnung zu folgen.

»Was hältst du von einer Spielpause?«, fragt er mich.

»Gerne.« Ich werfe ihm ungeschickt den Ball zu, den er mit einer geschickten Ausweichbewegung fängt.

Francesca huscht zu im hinüber und versucht an seinem Bein emporzuklettern. »Während du dich frisch machst, kann ich das Essen bestellen, und anschließend können wir die Hausregeln durchgehen.«

»Hausregeln?« Ich ziehe die Augenbrauen hoch. »Du meinst so etwas wie kein Herrenbesuch nach neun Uhr abends?«

Bancroft runzelt die Stirn. »Hast du einen festen Freund?«

»Im Moment nicht.« Aber ich würde mich zu gern mit dem anfreunden, was sich unter seinen Cargoshorts verbirgt. Ich drücke den Rücken durch und biege mich hoch in die Senkrechte. »Soll das heißen, dass ich die Bierparty morgen Abend absagen soll?«

Bancrofts Stirn legt sich in Falten.

»Okay, ich lösche nur kurz die Nachricht, die ich vorhin gepostet habe. Es haben ohnehin nur so zweihundert Leute geantwortet.«

Er grinst schief. »Nur zweihundert?«

»Morgen wollte ich eigentlich noch eine Anzeige in die *Times* setzen, ein paar Tausend Flyer verteilen, so was in der Art, aber das werde ich wohl streichen. Ich hatte vorgehabt, von jedem zwanzig Dollar zu nehmen, aber stattdessen werde ich mich wohl mit Kabel-TV begnügen und mit Franny und

Tiny abhängen.« Ich husche an Bancroft vorbei in mein Zimmer und genieße seine großäugige Verunsicherung.

»Das war jetzt ein Scherz, oder?«, ruft er mir hinterher.

Ich lache, schließe die Tür hinter mir und lasse ihn verwundert zurück.

Im meinem Zimmer überprüfe ich die Kartons. Nur gut, dass Amie mir beim Packen geholfen hat, sonst hätte ich keine Ahnung, was sich wo befindet. Der Karton mit der Aufschrift »Badezimmer« befindet sich zum Glück ganz oben auf dem Stapel, sodass ich leicht herankomme. Ich trage ihn ins Badezimmer, wo mir auffällt, dass ich keine Ahnung habe, wie die Dusche funktioniert. Es gibt siebenhundert Knöpfe und Hebel, und ich weiß nicht, wozu sie dienen.

Auf gut Glück drücke ich den Knopf in der Mitte, woraufhin ein Strahl kaltes Wasser genau auf der Höhe meines Gesichts aus der Wand schießt. Ich schreie und versuche ihn erneut zu drücken, erwische aber den falschen, der einen weiteren Strahl auslöst. Also schreie ich erneut, während das Wasser im Bruchteil einer Sekunde von eiskalt zu kochend heiß wechselt. Ich versuche dem Strahl auszuweichen, indem ich mich in eine Ecke drücke, anstatt die Kabine zu verlassen. Alle sechs Düsen sprühen jetzt reihum heißes Wasser, was an »Schlag den Maulwurf« erinnert, nur dass mir niemand mit einem Hammer auf den Kopf schlägt, sondern mir stattdessen die Haut mit heißem Wasser vom Körper gestrahlt wird.

Ein Klopfen an der Zimmertür unterbricht mein Gejaule, gefolgt von Bancrofts gedämpfter Stimme. »Ruby? Alles okay bei dir?«

»Ich könnte Hilfe gebrauchen«, rufe ich zurück.

»Kann ich reinkommen?«

»Bitte!«

»Ruby?« Bancrofts Stimme klingt jetzt viel näher.

»Ich bin im Bad! Ich bin in der Dusche gefangen!«, rufe ich.

»Gefangen?« Die Besorgnis lässt seine Stimme tiefer klingen.

»Die Düsen schießen mit kochendem Wasser nach mir«, schreie ich lauthals. »Ich kann ihnen nicht ausweichen.«

»Kannst du sie nicht abstellen?« Das klingt, als ob er ein Lachen unterdrückt.

»Ich hab's versucht!«

»Hast du …« Ein kurzer Moment des Zögerns, gefolgt von einem Räuspern. »… etwas an?«

»Ich werde in deiner Dusche bei lebendigem Leibe gekocht und du machst dir Gedanken, ob ich etwas anhabe?«

Die Tür wird vorsichtig geöffnet, und ich sehe sein dunkles Haar und dann seine Augen, die die Dusche fixieren. Er schaut verblüfft, und Lachfältchen erscheinen in seinen Augenwinkeln. Er öffnet die Tür ganz. »Wieso bist du völlig angezogen in der Dusche?«

»Du musst nicht so enttäuscht klingen, es war ein Unfall«, fauche ich.

»He, hier steht ja alles unter Wasser. Warte einen Moment, ich bin gleich zurück.«

»Wo willst du hin? Du kannst mich doch hier nicht alleine lassen!«

»Ich bring nur schnell Francesca in ihren Käfig, dann rette ich dich. Gib mir ein paar Sekunden.« Er verschwindet, ist aber umgehend wieder zurück.

Er braucht nur drei Sekunden, um den Rhythmus der Düsen zu durchblicken, bevor er in die Dusche greift und drei Knöpfe drückt. Das Wasser versiegt. Nur sein Unterarm ist bei der Aktion nass geworden, während ich von Kopf bis Fuß durchgeweicht bin.

Mein hellblaues Top klebt an meiner Haut und ist völlig durchsichtig, sodass Bancroft meinen dunkelblauen BH sehen kann. Auch meine Shorts sind klatschnass und enthüllen die Form meines Höschens. Wobei es da nicht viel zu sehen gibt, da ich einen String trage.

Bancrofts Blick scheint an meinem Oberkörper festzukleben.

»Gibst du mir bitte ein Handtuch?« Jetzt spüre ich die Wirkung der Klimaanlage. Ich zittere, und meine Nippel sind perfekt sichtbar, da mein BH nicht gepolstert ist.

»Entschuldigung.« Er greift nach einem Handtuch und reicht es mir, als ich aus der Dusche trete.

»Danke.« Nachdem die Gefahr, von kochend heißem Wasser verbrannt zu werden, gebannt ist, bin ich ziemlich betreten, umso mehr, als Bancroft sich ein Grinsen kaum verkneifen kann. »Lach mich nicht aus.«

Er hebt die Hände in gespielter Kapitulation. »Gut, dass du nicht erst morgen geduscht hast, sonst hättest du dort drin festgesessen, bis irgendwann das heiße Wasser ausgegangen wäre.«

»Es war wie ein Vulkanausbruch.«

»Nicht ganz so schlimm. Es gibt einen Sensor, der verhindert, dass das Wasser zu heiß wird. Wobei ich mich frage, warum du nicht einfach aus der Dusche gerannt bist. Aber immerhin konnte ich so den Retter in der Not spielen.«

»Ich hab empfindliche Haut, und außerdem war ich in Panik«, erwidere ich.

»Zu schade, dass dir das nicht erst passiert ist, nachdem du nackt warst. So hab ich ja gar nichts zu sehen bekommen.«

Meine Kinnlade klappt herunter. »So viel zum Thema Retter in der Not.«

Sein Grinsen wird breiter. »Immerhin habe ich dich aus dem heißen Lavastrom meiner Dusche gerettet.«

»Offensichtlich nur, weil du gehofft hast, mich nackt zu sehen.«

Sein Blick gleitet langsam an meinem Körper hinab, bis zu meinen Füßen, die in einer Pfütze stehen. »Auch ein strahlender Ritter kann schmutzige Gedanken haben, oder?«

»Weißt du, was wirklich nett wäre?« Ich hülle mich fester in das Handtuch.

»Was denn?« Es dauert eine Weile, bis sein Blick wieder auf Augenhöhe angelangt ist. In ihm lodert ein Feuer. So stark, dass ich am liebsten mein Handtuch fallen lassen und mir die Kleider vom Leib reißen würde. So stark, dass ich mich frage, welche schmutzigen Gedanken ihm durch den Kopf gehen. Wäre ich nicht dringend darauf angewiesen, dass er mich bei sich wohnen lässt, bis ich mein verkorkstes Leben wieder auf die Reihe bekommen habe, würde ich mir diesen ausgehungerten Blick umgehend zunutze machen.

Ich räuspere mich und versuche, eher beleidigt als erregt zu klingen. »Es wäre wirklich nett, wenn du aufhören würdest, dich über mich lustig zu machen, und mir stattdessen zeigst, wie man deine Weltraumdusche betätigt.«

»Kann es sein, dass du ein wenig angespannt bist?« Er lächelt immer noch, was genauso sexy wie ärgerlich ist.

Ich blicke ihn wortlos an. Ich befürchte, wenn ich nicht den Mund halte, sage ich noch Dinge, die ich bereuen könnte.

Bancroft erklärt mir die unterschiedlichen Funktionen, und ich schaffe es schließlich, die Temperatur an dieser verrückten Hightech-Dusche zu regeln.

»Ernsthaft?«, fragt er und überprüft mit der Hand die Wassertemperatur.

»Ich sagte doch, dass ich empfindliche Haut habe.«

»Aber das ist lauwarm.«

»Und? Was kümmert's dich? Du bist ja nicht mit mir unter der Dusche.«

Sein Blick senkt sich. »Wenn ich mit dir da drin wäre,

bräuchtest du kein heißes Wasser.« Er schmunzelt über mein halb gespieltes, empörtes Japsen. »Ich lass dich lieber allein.«

Als er das Badezimmer verlässt, starre ich auf seinen perfekt geformten Hintern. Und diese verdammten Socken. Keine Ahnung, warum die mich so aufregen.

Nachdem er mein wunderschönes, großes Zimmer verlassen hat, schäle ich mich aus den nassen Kleidern und gehe unter die Dusche. Ein wenig kühl vielleicht, aber immer noch besser, als verbrüht zu werden. Außerdem tut mir ein wenig Abkühlung ganz gut.

Die Regendusche ist wunderbar und der Wasserdruck viel besser als in meiner alten Wohnung. Nach ein paar Minuten stelle ich die Wassertemperatur ein wenig höher. Bancroft hatte recht, ich hatte sie zu niedrig eingestellt. Und da er nicht mehr hier ist, um den Raum mit seinen anzüglichen Bemerkungen und seiner Ausstrahlung aufzuheizen, muss ich eben mit heißem Wasser für Ausgleich sorgen.

Hinterher brauche ich nur fünf Minuten, um ein passendes Outfit zu wählen. Nach zwei Tagen in meinen Koffern sind alle meine Sachen völlig zerknittert, aber daran kann ich jetzt auch nichts ändern. Da ich keine saubere Unterwäsche finden kann, gehe ich halt ohne. Ansonsten wähle ich kurze Laufshorts und ein Bustier mit eingearbeitetem BH sowie ein weites Trägerhemd zum Überwerfen.

Nicht, dass ich vorhätte, Bancroft zu beeindrucken oder ihn zu verführen. Nicht, solange ich von ihm abhängig bin, um ein Dach über dem Kopf zu haben. Das könnte reichlich kompliziert werden. Aber das heißt ja nicht, dass ich nicht mit ihm flirten kann.

Bancroft hat sich auf der Couch ausgestreckt und sieht Sport, während Francesca sich in seinem Schoß zusammengerollt hat. Genau auf seinem Penis. Was für ein Flittchen. Ich wünschte, ich wäre sie.

Er schaut herüber. »Sieht so aus, als ob du dein Dusch-Trauma überstanden hast.«

»Haha.« Jemand hat meinen Klubsessel in den Wohnbereich gebracht und neben den übergroßen Sessel platziert. Neben diesem schicken Teil wirkt er noch viel schäbiger. »Hast du den Sessel ausgewählt?«

»Nein, das war meine Mutter. Sie liebt es, Wohnungen einzurichten, und war der Meinung, dass dieser Raum ein wenig mehr Persönlichkeit oder was auch immer bräuchte.«

»Aha. Findest du das auch?«

Bancroft zuckt mit den Achseln. »Sie war so begeistert, als ich wieder nach New York gezogen bin. Abgesehen davon zählte Inneneinrichtung nicht wirklich zu meinen Prioritäten, da ich mich gerade von einer Knieoperation erholte. Außerdem hat sie sich immer schon um die Ausstattung der Hotels gekümmert, also hab ich sie einfach machen lassen, und sie war glücklich.«

»Das ist lieb. Es sieht auch nicht nach deinem Style aus.«

»Und was wäre mein Style?«, fragt er zurück.

»Hm. Gute Frage. Vielleicht doch eher ein Thron. Der würde zu deiner Rolle als weißer Ritter passen.«

Er macht ein kicherndes Geräusch.

Anstatt mich zu setzen, gehe ich zur Couch. Als ich mich vorbeuge, um Francesca zu kraulen, registriere ich Bancrofts fragenden Blick.

»Ähm, was machst du da?«

Wenn ich mich nicht täusche, schwingt ein Anflug von Erregung in seinen Worten mit.

»Wonach sieht es denn aus? Ich kraule dein Frettchen.«

Francesca öffnet ihre Augen und blinzelt mich schläfrig an.

Ich fahre langsam über ihren Körper und denke dabei an das, was sich unter ihr befindet. Ich hätte nichts dagegen, das ebenfalls zu kraulen.

7

FEUERWERK IN DER HOSE

Bancroft

Heilige Scheiße. Ruby Scott macht mich fertig. Mein Schwanz ist völlig begeistert von dem, was hier gerade abgeht. Er scheint ohnehin das Kommando übernommen zu haben. Vor allem in puncto dieser Frau, die gerade mein Frettchen streichelt, das es sich an einer eher ungünstigen Stelle bequem gemacht hat.

Während der letzten zwei Tage habe ich meine Entscheidung, Ruby während meiner Abwesenheit hier wohnen zu lassen, in Zweifel gezogen. Wenn ich das Angebot jetzt zurückziehen würde, wäre ich ein Arschloch, aber als sich das letzte Mal jemand um Francesca gekümmert hat, ist sie beinahe entlaufen, und die Grillen für Tiny waren über die gesamte Wohnung verteilt. Es war grauenhaft.

Amalie darum zu bitten, war vielleicht nicht optimal, aber ich brauche jemanden, der zuverlässig und vertrauenswürdig ist. Da es hier illegal ist, Frettchen als Haustiere zu halten, möchte ich Francesca während meiner Abwesenheit nur einem Freund anvertrauen. Lex hatte mal eine Freundin, die das übernommen hat, aber da sie sich getrennt haben, kann ich sie schlecht fragen. Amalie kenne ich schon eine Weile, aber nur alle paar Tage mal kurz vorbeizuschauen genügt einfach nicht, schon gar nicht fünf Wochen lang. Also habe ich aus Verzweiflung und einem leichten Schuldgefühl heraus dem Plan zugestimmt. Ruby wird Francesca schon nicht in einem Heizungsschacht verschwinden lassen. Und hier ist sie nun und streichelt mein Frettchen.

Rubys lange dunkle Haare kitzeln meinen Arm, und ihr weites Shirt gewährt mir einen hervorragenden Blick in ihren Ausschnitt. Ich muss gestehen, dass gegenwärtig alle meine Entscheidungen, die sie betreffen, zu einhundert Prozent schwanzgesteuert sind, auch was mein Einverständnis betrifft, sie hier wohnen zu lassen.

Sie streichelt immer noch Francesca. Daran gibt es nichts auszusetzen, außer dass ihr bevorzugter Platz zum Kuscheln genau auf meinem Entscheidungsständer ist. Der natürlich genau spürt, wie nah Rubys Hand ist, und deutlich zu verstehen gibt, dass er genauso behandelt werden möchte.

Was nicht passieren wird. Jedenfalls nicht heute Abend. Und schon gar nicht, bevor ich sie fünf Wochen allein in meiner Wohnung lasse. Ich kenne sie ja kaum. Sie könnte ja zu der Sorte Frauen gehören, die Sex automatisch mit einer Beziehung gleichsetzen. Und da sie sich um meine Haustiere kümmern soll, kann ich keine weiteren Komplikationen gebrauchen. Vielleicht nach meiner Rückkehr und wenn ihre Situation geklärt ist, dann könnte sich vielleicht etwas ergeben. Dummerweise wird mein Schwanz wohl kaum vernünftigen Argumenten zugänglich sein.

Verdammt. Ich muss einen kühlen Kopf bewahren.

Normalerweise würde ich Francesca einfach an einen anderen Ort setzen, weil ihr bevorzugter Schlummerplatz schon etwas unpassend ist. Aber normalerweise ist auch niemand anderes hier. Außerdem bekomme ich gerade eine Erektion, und Francesca ist das Einzige, was sich zwischen Rubys Hand und dem befindet, was zu einem ausgewachsenen Problem werden könnte.

Ihre Shorts sind daran zumindest nicht ganz unschuldig. Sie bedecken kaum ihren Hintern, genau genommen bedecken sie *gerade so* ihren hübsch geformten Po. Ich muss meine Hände dazu zwingen, hinter meinem Nacken verschränkt zu bleiben, anstatt nach vorn zu greifen und ihren Po zu berühren. Als ehemaliger Sportler weiß ich zu würdigen, wie viel Zeit und Aufwand in so einem knackigen Po stecken.

Ich bin kein Schwein. Jedenfalls nicht absichtlich. Aber sie ist frisch geduscht und legt in Anbetracht ihrer lässigen Kleidung und ihres fehlenden Make-ups wohl keinen Wert darauf, mich zu beeindrucken. Das gefällt mir. Sehr sogar. Sie ist völlig anders als die Frauen, mit denen ich sonst zu tun habe, besonders jetzt, wo meine Mutter sich in meine Verabredungen einmischt.

Ich reiße mich vom Anblick der perfekten Rundung ihres Hinterns los und lasse meinen Blick über ihre Hüften hinauf zu ihrem Dekolleté wandern, dann weiter hinauf zu ihrem Hals und der Kinnlinie, bis ich an ihrem Mund hängen bleibe. Ihre Zunge lugt ein wenig hervor, eine Zunge, die ich bereits in meinem Mund gespürt habe. Aufgrund der Mischung aus Scotch und Medikamenten ist meine Erinnerung zwar etwas getrübt, aber immer noch recht deutlich. Und ich wüsste zu gern, was ihr hübscher, frecher Mund sonst noch alles anstellen kann.

Aber nicht heute Abend.

Das wird jetzt mein neues Mantra. Es sollte helfen, damit ich meine Finger von ihr lasse, um morgen in den Flieger steigen zu können. Normalerweise habe ich ja kein Problem mit Selbstbeherrschung. In den Jahren, in denen ich Profisportler war und es kaum ein Lächeln brauchte, damit die weiblichen Fans ihre Hüllen fallen ließen, habe ich bei Weitem nicht jede Möglichkeit genutzt, die sich mir geboten hat. Klar gab es ein paar Affären, aber ich war zurückhaltend und habe keine breite Spur von Groupies hinterlassen.

In erster Linie hätte das ein schlechtes Licht auf meine Familie geworfen. Ich habe genügend Skandale erlebt, um zu wissen, welchen Effekt so etwas haben kann. Die Art, wie meine Eltern miteinander umgehen, war für mich immer ein Vorbild. Auch wenn diese Ehe nie besonders leidenschaftlich war, hat mein Vater doch genügend Respekt gegenüber meiner Mutter, um sein Interesse an anderen Frauen nicht öffentlich zu demonstrieren. Was in diesen Kreisen nicht häufig vorkommt. Ich möchte jedenfalls nicht zu denen gehören, die glauben, dass ihr Geld oder ihr Status sie von allen moralischen Verpflichtungen entbinden.

Und doch hat Ruby etwas an sich, das mich reizt, mich schlecht zu benehmen. Sehr schlecht. In meiner Fantasie reiße ich ihr die Shorts herunter, beuge ihren niedlichen Knackarsch über ihren hässlichen Sessel und treibe es mit ihr, bis das Teil unter ihr zusammenbricht.

Ich blicke auf die Uhr. Es ist gerade mal sieben. Noch zehn Stunden, die ich mich zusammenreißen muss. Ich muss nur bis morgen früh durchhalten. Wenn ich erst im Flugzeug sitze und ein Ozean zwischen uns liegt, wird es einfacher sein, meinen Schwanz unter Kontrolle zu halten. Das sollte doch nicht so schwierig sein.

Ruby streicht noch ein paarmal über Francescas Fell, bevor sie zu ihrem Sessel tänzelt, sich hineinfallen lässt und sich in dem hässlichen Ding genüsslich räkelt. Es ist ein wundervoller Anblick, wie sie ihre langen, gebräunten Beine über die Lehne baumeln lässt. Ihre Zehennägel sind nicht lackiert, sie ist nicht manikürt oder sonst irgendwie zurechtgemacht. Es ist erfrischend. Genau das ist sie: erfrischend.

Überheblichkeit ist in meiner Familie so tief verwurzelt, dass sie bereits erblich ist. Auch wenn es den Anschein hat, dass in meinem Fall eine Generation übersprungen wurde, wurde ich dazu erzogen, ein solches Verhalten zu erwarten und zu ertragen. Bei Ruby dürfte es ähnlich gewesen sein, zumindest wenn man bedenkt, wer ihr Vater ist. Aber auch bei ihr scheint dieser furchtbare genetische Baustein zu fehlen. Das sehe ich an dem Sessel, in dem sie sitzt. Und an der Wohnung, in der sie gelebt hat. Das Fiasko unter der Dusche hat gezeigt, dass sie schon eine Weile raus aus diesem Zirkus ist. Jetzt muss ich nur noch herausfinden, wie sie in diese Situation geraten ist.

Leider habe ich heute Abend nicht die Zeit dafür. Im Moment muss ich einfach sicherstellen, dass sie sich um meine Haustiere kümmert und die Wohnung während meiner Abwesenheit nicht ruiniert. Aufgrund dessen, was ich bisher gesehen habe, beschleicht mich das Gefühl, dass die reizende Ms Ruby Scott ein ziemliches Energiebündel ist. Ich muss erst einmal aus ihr schlau werden.

»Ich hab was beim Italiener bestellt, ist das okay?«

Ihre Augen werden groß. »Pizza?«

»Äh, nein.«

Sie guckt ein wenig enttäuscht.

»Richtiges italienisches Essen. Spaghetti Bolognese, Hühnchen in Parmesankruste, Fleischbällchen, Pasta Primavera. Ich wollte dich nicht beim Duschen stören, also hab ich von allem etwas bestellt.«

»Ha, das klingt fantastisch.« Sie klopft sich auf den Bauch. »Ich hoffe, mein Magen spielt mit.«

»Wie geht es dir? Konntest du überhaupt schon was essen?« Bei mir hat der Infekt zehn Tage gedauert. Ich hatte schon befürchtet, ich müsste die Reise absagen. Aber jetzt habe ich es überstanden, obwohl ich gut zehn Pfund abgenommen habe. Ruby hingegen ist klein, ihr Körper ist straff, schlank und muskulös, und ich wüsste zu gern, wie sie sich unter mir anfühlt. Oder auf mir. Verdammt. Diese Frau lässt meine Fantasie immer wieder ins Perverse abschweifen.

»Mir geht's gut. Die Diät aus Gatorade und Salzcrackern scheint geholfen zu haben.«

»Tut mir leid, dass ich dir das angetan habe.« *Und ich entschuldige mich auch dafür, dass ich mir gerade ausmale, was ich dir noch alles antun möchte.*

Ruby zuckt mit den Achseln und deutet auf die Wohnung und ihren Sessel. »Du hast das bereits mehr als wiedergutgemacht. Ich weiß das hier wirklich zu schätzen.«

»Es ist für uns beide von Vorteil. Du hast einen Platz zum Wohnen, bis du etwas Neues gefunden hast, und ich habe jemanden, der sich um Francesca und Tiny kümmert.«

Ruby lächelt. Ein schönes Lächeln, das gleichmäßige, weiße Zähne enthüllt. Bis auf den einen Eckzahn, der ganz leicht schief steht. Ich mag diese kleine Unregelmäßigkeit. Nach Jahren in der Rugby-Liga habe ich selber ein paar davon.

Der Summer signalisiert, dass der Lieferservice eingetroffen und jemand auf dem Weg nach oben ist. »Das wird unser Essen sein.« Francesca macht ein schnupperndes Geräusch, als ich mich aufsetze und sie von meinem Schoß nehme. Ich drehe Ruby den Rücken zu, um die Wölbung in meinen Shorts zu verbergen.

»Ich sollte wohl besser noch die ganzen Codes kennen, nicht wahr?« Ruby hüpft aus dem Sessel und landet geräuschlos auf dem Parkett. Sie ist erstaunlich anmutig. Ich stelle mir vor, dass das im Bett ziemlich vorteilhaft ist.

Ich verdränge diese Gedanken und gebe Ruby einen kurzen Überblick über die Funktionsweise des Zugangssystems. »Alle Lieferungen werden von der Security im Eingangsbereich entgegengenommen.«

»Und musst du nicht nach unten gehen, um sie abzuholen?«

»Sofern es keine anderen Absprachen gibt, bringt derjenige, der an der Rezeption arbeitet, sie nach oben.«

»Das ist fantastisch. Ich musste immer auf den blöden Fahrstuhl warten oder vier Stockwerke nach unten laufen, wenn er irgendwo festhing. Oder mal wieder defekt war, was häufig vorkam.«

»Das dürfte hier kaum passieren. Die Penthouse-Etage hat einen eigenen Fahrstuhl, also muss man nur selten warten.«

»Du könntest hier oben wie ein völliger Einsiedler leben, nicht wahr?«

»Wenn man Menschen nicht mag, ginge das sicherlich.«

Sie neigt ihren Kopf leicht zur Seite und lächelt mich seltsam neugierig an. »Was ist mit dir, magst du Menschen?«

»Das kommt auf die Menschen an.«

»Aber du magst mich.« Sie macht ein Gesicht, als ob ihr diese Feststellung peinlich wäre.

»Soweit ich dich kenne, ja.« Es amüsiert mich, dass sie leicht errötet. »Während ich weg bin, kannst du alle Serviceleistungen hier nutzen. So bekommst du alles, was du benötigst.«

Sie versteift sich ein wenig, so als fühlte sie sich von dem Angebot beleidigt. »Das musst du nicht tun.«

»Du wohnst hier, also wird es Sachen geben, die du brauchst. Sowohl für dich als auch für Francesca und Tiny. Und wenn du dich schon um meine Tiere kümmerst, musst du dafür ja nicht dein eigenes Geld aufwenden.«

Sie senkt den Blick. »So gesehen hast du recht. Schätze ich.«

Mir ist nicht ganz klar, wie ihre finanzielle Situation ist. Ihre Familie ist zwar reich, aber ihr Geständnis im Restaurant war mit ein Grund, warum ich nachgegeben und ihr angeboten habe, hier zu wohnen. Meine Familie hat mich zumindest dabei unterstützt, als ich Profisportler werden wollte. Bei ihr scheint das nicht der Fall zu sein.

»Lebensmittel werden jeden Freitag geliefert, wobei die Bestellung auf meine Vorlieben ausgerichtet ist. Ich wollte sie erst abbestellen, aber da du jetzt hier bist …« Ich schweife ab. »Nach dem Essen zeige ich dir, wie du das ändern kannst.«

»Gerne, danke.« Ihre Miene ist undurchdringlich. Bevor ich überlegen kann, wie ich darauf reagieren soll, klopft es an der Tür.

Mir fällt ein, dass Francesca in ihren Käfig zurück muss. »Könntest du sie in mein Zimmer bringen, während ich mich um das Essen kümmere?«

»Sicher.« Sie huscht zur Couch, nimmt Francesca und trägt sie den Flur entlang.

Ich warte, bis sie im Zimmer verschwunden ist, bevor ich die Tür öffne, das Essen entgegennehme und ein großzügiges Trinkgeld gebe. Wenn ich ganz ehrlich bin, macht es mich schon ein wenig nervös, Francesca alleinzulassen. Besonders weil es in New York gegen das Gesetz verstößt, Frettchen zu halten. Ein Gast hatte sie in eins unserer Hotels mitgebracht, ohne sich über die Situation im Klaren zu sein. Oder vielleicht doch, weil er sie heimlich eingeschmuggelt hat. Der Käfig war zudem schlecht gesichert, also konnte sie entkommen, biss zahlreiche Kabel durch, verursachte alle möglichen Schäden und verschwand dann in einem Lüftungsschacht. Ihre Besitzer ließen sie einfach zurück. Sie hat Glück, noch am Leben zu sein.

Mein Vater wollte sie eigentlich den städtischen Tierfängern übergeben, aber die hätten sie wahrscheinlich eingeschläfert. Also sagte ich ihm, ich würde mich darum kümmern, was ich auch getan habe. Nur nicht ganz so, wie er es erwartet hatte.

Innerhalb von vierundzwanzig Stunden hatte ich einen Käfig

aufgetrieben, in mein Apartment liefern lassen und entsprechend ausgestattet. Die wenigen Leute, die Zugang zur Wohnung haben, sind in die heikle Situation eingeweiht und werden für ihr Stillschweigen entschädigt. Was mehr nach einem Mafia-Drama klingt, als es ist.

Als ich sie bei mir aufnahm, hatte ich nicht damit gerechnet, häufig unterwegs sein zu müssen. Auch die morgige Geschäftsreise hätte ich gern vermieden, aber mein Vater ließ nicht mit sich reden. Ich kenne seine Art. Wenn ich meine zukünftigen Ziele erreichen will, muss ich ihm jetzt geben, was er will, und das sind wochenlange Geschäftsreisen und Recherchen, um mich mit den geschäftlichen Vorgängen vertraut zu machen und ein weiteres Rädchen in seiner Maschinerie zu werden.

Ich öffne die Transportbehälter. Meiner Meinung nach ist dies der beste italienische Lieferservice in der ganzen Stadt. Sie haben auch eine hervorragende Pizza, aber ich hielt es für sicherer, etwas zu bestellen, von dem ich wusste, dass Ruby es mögen würde. Deswegen die Pasta Primavera.

Ich nehme eine Flasche Weißwein und sicherheitshalber auch eine Flasche Rotwein aus dem Weinkühlschrank. Ich erinnere mich daran, dass sie Martinis mag, aber ich bin nicht gut im Mixen von Cocktails, also wird der Wein genügen müssen. Ich hoffe nur, dass es ihr gut genug geht. Bei mir hat es schließlich mehr als eine Woche gedauert, bis ich wiederhergestellt war.

Ich überlege, ob der Esstisch oder der Tresen an der Kücheninsel besser geeignet ist, aber der Esstisch ist wohl zu formell. Ich gieße uns Mineralwasser ein, lege Gedecke für zwei Personen auf und warte auf sie. Aus irgendeinem Grund bin ich so angespannt, als ginge es um eine Verabredung und nicht einfach darum, Richtlinien zur Pflege von Haustieren zu besprechen.

Vom Ende des Flurs ertönt ein Kichern. Ein sehr reizvolles, feminines Kichern. Ich folge dem Geräusch, das immer lauter wird und eindeutig aus meinem Zimmer kommt. Was zum Kuckuck macht sie nur da drin? Tausendundein höchst unpassende Gedanken schießen mir durch den Kopf.

Der Anblick, der sich mir bietet, ist nicht weit entfernt von meinen Fantasien, nur mit mehr Kleidung. Allerdings nicht viel mehr, in Anbetracht von Rubys Outfit.

Meine Anzüge liegen auf der Kommode, der Koffer befindet sich geöffnet auf dem Boden. Ruby kniet mitten auf meinem ungemachten Bett, die Shorts sind auf einer Seite so weit hochgerutscht, dass der Ansatz ihrer Pobacke sichtbar ist. Unter dem Bettlaken huscht etwas hin und her, dem Ruby zu folgen versucht. Bei jeder Richtungsänderung von Francesca kichert sie vor Vergnügen. Ein Spiel, das ich gut kenne. Und das ich zu gern mit Ruby spielen würde. Nackt.

»Das Essen ist fertig.« Meine Stimme klingt ein wenig rau.

Ruby fährt herum. »Sie spielt so gerne unter dem …«

Ich frage mich, welchen Eindruck ich gerade mache, weil sie sich mitten im Satz unterbricht.

»Laken. Ich weiß«, beende ich, immer noch zu leise, den Satz für sie.

Sie sieht sich um, als wenn ihr bewusst würde, wo sie sich befindet, dann zieht sie das Laken zurück, schnappt sich Francesca und krabbelt vom Bett. »Es tut mir leid. Ich wollte nicht …« Sie deutet auf das Bett. »Das war keine Absicht. Ich hab sie abgesetzt, um den Käfig zu öffnen, und sie fing an zu spielen.«

Ich warte ein paar Sekunden, bevor ich sie anlächele. »Schon in Ordnung. Das hast du gut gemacht. Das ist einer ihrer Lieblingsplätze, um Verstecken zu spielen.«

»In so einem großen Bett ist ja auch viel Platz zum Spielen.«

Ich bin mir nicht sicher, ob sie das so meint, wie ich es gern verstehen würde. Sie trägt Francesca zum Käfig, wobei ihre Shorts immer noch auf einer Seite hochgerutscht sind und die Hälfte ihre Pobacke entblößen. Eine sehr hübsche Pobacke, die ich gern kneten oder anknabbern würde. Ich muss mich endlich in den Griff bekommen. Und das werde ich. Später. Wenn ich allein in meinem Zimmer bin und sie sicher hinter einer verschlossenen Tür in ihrem.

Ich beobachte, wie sie den Riegel vom Käfig einschnappen lässt, damit er auch fest verschlossen ist. Es ist schon einige Male vorgekommen, dass ich dachte, er wäre zu, mich aber geirrt hatte. Francesca mag warme, kuschelige Plätze, etwas, was sie und mein Schwanz gemeinsam haben. Mit dem Unterschied, dass sie sich nicht so leicht wieder einfangen lässt, wenn sie erst einmal entschlüpft ist.

»Lässt du sie auch schon mal bei dir schlafen?«

»Normalerweise nicht. Manchmal ist sie morgens nur schwer zu finden, und ich kann sie nicht frei herumlaufen lassen, während ich auf der Arbeit bin.« Wenn ich vor dem Fernseher einschlafe, ist sie manchmal noch bei mir unter der Decke. Sie hat ein paar bevorzugte Schlafplätze, und einer davon ist mein Schoß. Weshalb ich inzwischen, entgegen meiner Gewohnheit, beim Schlafen Boxershorts trage. Zumal alles, was irgendwie herumbaumelt, auf sie eine unwiderstehliche Anziehungskraft ausübt.

»Ja, das wäre wohl nicht so gut.«

»Es geht schon, weil die Wohnung gesichert ist, aber ich will eben nicht, dass etwas Unvorhergesehenes passiert.«

»Niemand will das.« Ruby schenkt mir ein breites Lächeln, welches das genaue Gegenteil zu bedeuten scheint. »Ich sterbe vor Hunger. Mal sehen, ob mir das Essen bekommt.«

Sie entschwindet tänzelnd in Richtung Küche, ohne auf mich zu warten. Ich überprüfe ein letztes Mal den Riegel, nur um sicherzugehen. Als ich in die Küche komme, ist Ruby bereits dabei, eine riesige Portion Nudeln direkt aus der Packung auf ihre Gabel zu wickeln. Sie legt den Kopf zurück, öffnet den Mund und schiebt sich die ganze Portion auf einmal hinein, wobei sie Geräusche von sich gibt, die für mich nicht unbedingt nach Genuss klingen.

Sie hält sich die Hand vor den Mund und stöhnt. »Das ist sooo lecker.«

»Es schmeckt dir also?« Ich nehme mir eine Gabel und reiche ihr einen Teller, damit sie nicht den Eindruck hat, sie müsse aus der Verpackung essen.

Sie nimmt ihn leicht errötend entgegen, während sie weiterhin an der Riesenportion Nudeln kaut. Ich bin überrascht von der Menge, die sie auf ihren Teller häuft, sage aber nichts. Ich mag Frauen, die einen gesunden Appetit haben.

»Wein?« Ich deute auf die offenen Flaschen auf dem Tresen.

»Oh. Hm, vielleicht ein Glas Weißwein?« Sie wirkt ein wenig unschlüssig.

»Du musst dich nicht verpflichtet fühlen.«

»Tu ich nicht.« Als ich sie fragend anblicke, hebt sie den Zeigefinger wie ein Schulmädchen. »Versprochen. Keinerlei Verpflichtungen. Ich hab nur keinen Alkohol mehr getrunken, seit ich mich letzte Woche in Kotzotron verwandelt habe.«

»Kotzotron?«

»Mein Superhelden-Name. Nicht umwerfend cool, aber nach all dem ziemlich passend.«

Einige Minuten lang essen wir schweigend. Ich bin am Verhungern. Seit dem Frühstück habe ich nichts mehr gegessen und könnte problemlos die Hälfte der Vorspeisen verschlingen. Aber ich halte mich zurück, um nicht ungehobelt zu wirken.

Ruby gibt ein Geräusch des Unwohlseins von sich. »Ich fürchte, die Portion war zu groß für mich.«

»Deine Augen waren wohl größer als dein Magen«, bemerke ich. Auf ihrem Teller ist noch gut die Hälfte übrig.

Sie klopft sich auf den Bauch. »Sieht ganz danach aus.«

Vorhin, als ihr das Shirt unter der Dusch an der Haut klebte, konnte ich sehen, wie fest und flach ihr Bauch ist. Sie ist in sehr, sehr guter Form. Ich zwinge mich, ihr in die Augen zu sehen, verweile auf dem Weg dorthin aber für einen Moment auf ihren Brüsten. »Hast du noch Platz für ein Dessert?« Meine Stimme klingt tief und ein wenig kratzig.

Ihre Augen leuchten auf, dann senkt sie ihre Lider und ihre Stimme. »Dessert?«

»Ich bestelle immer Dessert bei diesem Restaurant. Es ist im Kühlschrank.«

»Oh. Gut. Aber lass mir ein wenig Zeit zum Verdauen.« Sie reibt sich nachdrücklich den Bauch.

Ich versuche derweil, nicht auf ihre Brüste zu starren.

Ruby räuspert sich. »Jetzt, wo wir gesäubert und gesättigt sind, könnten wir doch die Hausregeln durchgehen?«

»Richtig. Das machen wir sofort.« Ich stehe auf und hole die Mappe, die ich zusammengestellt habe. Bei einer so langen Abwesenheit wollte ich sichergehen, alle Eventualitäten bedacht zu haben.

»Wow, ein ganzer Ordner?« Ruby wirkt, als müsste sie sich das Lachen verkneifen.

»Es gibt eine Menge Dinge, die zu berücksichtigen sind.«

»Oh.«

»Du klingst, als würdest du das für übertrieben halten.«

Sie nimmt mir den Hefter aus der Hand. »Wie viele Seiten sind das? Mehr als hundert?«

»Achtundneunzig. Francesca und Tiny haben sehr spezielle Bedürfnisse.«

»Achtundneunzig Seiten Bedürfnisse.« Sie überfliegt die

Seiten und murmelt: »Ich wünschte, jemand gäbe sich so viel Mühe mit *meinen* Bedürfnissen.«

Ich beiße mir auf die Zunge, um nicht zu sagen, wie gern ich mich um jedes einzelne verdammte Bedürfnis von ihr kümmern würde, wenn sie mit in mein Zimmer käme, um mit mir unter dem Laken Verstecken zu spielen.

»Es dreht sich nicht *nur* um Francesca und Tiny. Darin stehen auch die Codes und Passwörter, Hinweise zur Sicherheit, wo bestimmte Sachen verstaut sind, wie man die technischen Geräte bedient, Informationen zum öffentlichen Nahverkehr, wo man besser nicht hingehen sollte, all so was.«

»Gibt es auch ein Kapitel, wie man das Bett macht? Oder ein Diagramm, wie die Laken gefaltet werden?«

»Ich vertraue darauf, dass du dein Bett so machst, wie du es für richtig hältst.«

Sie hält beim Blättern inne und legt ihren Finger auf eine Stelle. »Anweisungen zur Benutzung von Waschmaschine und Trockner?«

»Und das sagt jemand, der in der Dusche festsaß, weil er die Wassertemperatur nicht regeln konnte. Davon abgesehen, ist das nicht immer ganz einfach.« Ich brauchte drei Waschgänge um herauszufinden, wie die richtigen Einstellungen sind.

»Ich bin mehr der visuelle Typ. Warum zeigst du mir nicht einfach den ganzen Kram? Hast du eine Checkliste? Irgendwas um Punkte abzuhaken? Und wenn ich fünf Punkte habe, bekomme ich Nachtisch.«

Ihre Augen blitzen mit der gleichen Schalkhaftigkeit, von der ich vorhin schon einen kurzen Eindruck bekommen habe, als ich sie mit Francesca auf meinem Bett überraschte.

Die nächste Stunde verbringe ich damit, ihr alles zu erklären, vom Müllschlucker über die TV-Fernbedienung bis zur Lagerung von Francescas und Tinys Futter. Ruby scheint mir aufmerksam zu folgen. Wenn sie eine Frage hat, berührt sie mich am Arm und schaut mich mit großen, fragenden Augen an.

Ich bin gerade dabei, ihr zu zeigen, wo sich die Töpfe und Pfannen befinden, als sie sich auf einmal abwendet.

»Was ist das denn?« Sie zeigt auf den Tisch gegenüber von Tinys Terrarium.

»Ein Anrufbeantworter.«

»Von wann ist der? Neunzehnhundertachtzig?«

Sie liegt gar nicht so falsch.

»Der hat ja noch Micro-Kassetten.« Sie wirkt völlig verblüfft. »Du hast doch ein Mobiltelefon, oder?«

»Habe ich.«

»Warum hast du dann das hier?« Ruby nimmt das Gerät hoch, und ich muss mich zusammennehmen, um es ihr nicht aus den Händen zu reißen.

Stattdessen befreie ich es behutsam aus ihren Händen, stelle es vorsichtig auf den Tisch zurück und entferne dabei Staub und Fingerabdrücke. »Es ist ein Erinnerungsstück.«

»An die Zeit, als du geboren wurdest?« Sie neckt mich weiterhin, aber ihre Stimme ist sanft und neugierig.

»Es gehörte meiner Großmutter. Sie hatte es, solange ich denken kann. Ich weiß noch, dass es irgendwann kaum noch Kassetten zu kaufen gab und ich auf die Idee kam, ihr ein Mobiltelefon zu schenken. Aber sie weigerte sich beharrlich, und ich versuchte genauso beharrlich, sie zu überzeugen.«

»Mit Erfolg?«

Ich nicke. »Ich sagte ihr, wir könnten so die ganze Zeit miteinander Poker spielen, und das hat sie begeistert.«

Ruby lacht. »Deine Großmutter war ein Kartenhai?«

»Oh ja.«

»Das klingt, als wärt ihr euch sehr nah gewesen.«

»Das waren wir. Sie ist letztes Jahr gestorben.« Zu der Zeit war ich gerade auf Reisen, und so habe ich ihre Beerdigung versäumt. So wie ich eine Menge Dinge versäumt habe, die meine Familie betreffen. Auch ein Grund, warum ich froh bin, wieder in New York zu sein.

»Das tut mir sehr leid.« Ruby berührt meinen Arm und drückt ihn sanft.

»Mir auch. Sie war eine großartige Frau. Sie war auch der führende Kopf hinter dem Hotelimperium, obwohl mein Großvater den ganzen Ruhm dafür eingestrichen hat. Egal, als wir ihre Wohnung ausgeräumt haben, fiel mir das Gerät in die Hände, und ich habe es einfach mitgenommen. Vielleicht sollte ich mich davon trennen, aber …«

»Ich finde das lieb.«

»Außer meiner Mutter ruft mich eh niemand auf dieser Leitung an. Hier drin ist ein Handbuch, falls du Probleme haben solltest.« Ich berühre sie an der Hüfte, und sie rückt zur Seite. Ich öffne die Schublade und zeige ihr die Ziploc-Tüte, in der sich das eselsohrige Handbuch befindet.

Sie rümpft die Nase. »Vielleicht lasse ich besser die Finger davon.«

Ich lehne mich an den Tresen hinter mir. »Das ist wahrscheinlich das Beste. Wenn doch etwas Wichtiges sein sollte, kannst du jederzeit anrufen, texten oder eine E-Mail schicken.«

»Das dürfte einfacher sein, als den hier durchzuarbeiten.« Sie klopft mit der Hand auf den Hefter, den sie unter den Arm geklemmt hat. »Außer es gibt noch eine Kurzanleitung.«

Ich erwidere nichts darauf. Sie tritt neben mich, wobei ihr Arm meinen streift, legt den Hefter auf den Tresen und blättert zur letzten Seite. Dort ist tatsächlich eine Kurzanleitung, allerdings nur für die wirklichen Notfälle, wenn es zum Beispiel

Feueralarm gäbe oder Francesca krank werden sollte. Beides Situationen, von denen ich ernstlich hoffe, dass sie nicht eintreten werden.

»Wow. Du bist, ähm … perfekt organisiert.«

Ich zucke die Achseln. »Ich bin gerne vorbereitet.«

Sie dreht sich so zu mir, dass ich einen perfekten Blick in ihren Ausschnitt habe.

»Warst du bei den Pfadfindern?«

»Ich war ein paar Jahre auf einer Kadettenanstalt.«

»Ah. Also bist du ziemlich diszipliniert.«

»Ich denke schon.« Zumindest in einigen Punkten. Als Sportler hat es mir dabei geholfen, mich selber anzutreiben, besonders wenn ich verletzt war.

»Das bedeutet, dass du nicht nur planvoll vorgehst, sondern auch Regeln einhältst.«

»Es kommt darauf an, aber ich denke schon.«

»Worauf?«

»Ob mir die Regeln zusagen oder nicht.«

Sie lacht auf. »Also bevorzugst du es, Regeln aufzustellen, anstatt ihnen zu folgen?«

»So etwas in der Art.«

Ruby nimmt den Ärmel meines T-Shirts zwischen die Fingerspitzen und zieht es so weit hoch, bis mein Tattoo sichtbar wird. »Das entspricht wohl nicht unbedingt den gesellschaftlichen Regeln.«

»Wieso? Fast jeder hat heutzutage ein Tattoo.«

»Ich nicht.«

»Ich wette, du hast trotzdem schon mal überlegt, dir eins stechen zu lassen.«

Sie zuckt die Achseln. »Wenn, dann aber nur an einer Stelle, an der es niemand sieht.«

»An deiner Hüfte zum Beispiel?« Ich berühre den Punkt

sacht mit einem Finger, ziehe ihn aber sofort zurück, als sie leicht zusammenzuckt.

»Schon möglich. Aber worin läge der Reiz, wenn es niemand zu sehen bekommt?«

»Du würdest es sehen. Und ich bin sicher, jemand anderes irgendwann auch.«

»Aber nur, wenn ich einen Bikini trage. Und vielleicht nicht einmal dann.«

»Oder wenn du nackt bist«, schlage ich vor.

Ruby beugt sich ein wenig vor, bis ihr Oberkörper nur noch wenige Zentimeter von meinem entfernt ist. Sie muss den Kopf in den Nacken legen, um mir in die Augen zu sehen. Wenn ich meine Hormone nicht einigermaßen unter Kontrolle hätte, wäre ich in Versuchung, mich vorzubeugen und sie zu küssen. Zum Glück ist mein Verstand im Moment nicht schwanzgesteuert. Weitestgehend jedenfalls.

Ihre Stimme klingt tief und sinnlich. »Dir ist klar, dass du jetzt schon zum zweiten Mal, seit ich hier bin, auf meine Nacktheit angespielt hast?«

»Führst du Buch?«

Sie fährt mit den Fingern über den Träger ihres Tops. »Mir fällt nur auf, dass du scheinbar ziemlich versessen darauf bist, mich nackt zu sehen.«

»Ich mache nur hilfreiche Vorschläge. Du bist diejenige, die das in Richtung Nacktheit dreht.«

Sie guckt spöttisch und tritt einen Schritt zurück. Zu dumm, ich hätte schwören können, dass ich ihre Nippel an meiner Brust gespürt habe. Aber vielleicht ist das auch nur Wunschdenken meinerseits. Wenn sie den ersten Schritt täte, würde ich sie garantiert nicht zurückweisen. Aber das sollte keinesfalls von mir ausgehen, schließlich war ich es, der sie in dem Flur überfallen hat. Und der sie in dieses Apartment geholt hat.

»Du verschwendest ja reichlich viele Gedanken an ein Tattoo, das ich nie haben werde.«

»Sag niemals nie.«

»Ich hasse Nadeln. Und ich habe keine Lust, jemanden, den ich nicht kenne, so nah an meinen … meinen …«

»Deinen?«, hake ich nach.

Sie zieht den Kopf ein und murmelt: »Meinen speziellen Punkt zu lassen.«

Ich lache laut auf. »Deinen speziellen Punkt?«

»Lach nicht.« Sie gibt mir einen Stoß gegen die Brust, und ich packe sie am Handgelenk.

»Da fällt dir doch was Besseres ein.« Ich sollte lieber aufhören, zumal das für meinen Schwanz eine richtige Qual ist, aber ich möchte unbedingt ein schmutziges Wort aus ihrem Mund hören.

»Du meinst so was wie Kuschelmuschel? Lustgarten? Liebestunnel? Schatzhöhle? Oder meinst du doch eher Schlitz?« Sie zieht das S in die Länge und fährt sich mit der Zungenspitze über die Unterlippe. »Nein, Schlitz wohl nicht. Du bist eher der Typ, der auf ›Muschi‹ steht, nicht wahr?«

»Verdammt richtig, das bin ich.« Mir ist völlig egal, ob das zu Komplikationen führt. Ich halte immer noch ihr Handgelenk fest, und sie macht keinerlei Anstalten, sich zu befreien. Ich beuge mich vor, bis ich nur noch wenige Zentimeter von ihrem sexy Mund entfernt bin. Ihre Augen blicken in meine, und ihre Lippen öffnen sich. Sie will es. Also scheiß drauf.

In dem Moment klingelt mein gottverdammtes Telefon, und die Spannung ist verflogen. Ruby tritt zurück, den Kopf gesenkt, den Blick abgewendet, während ich leise fluchend nachsehe, wer der Anrufer ist. Mein Vater. »Ich muss das Gespräch annehmen.«

»Natürlich.« Ihre Hand fährt nervös über ihren Hals, und

sie lächelt mich gezwungen an. Ich nehme den Anruf entgegen und gehe hinüber in mein Büro. Meine Erektion ist so stark, dass ich Mühe habe, sie zu verbergen. Ich habe mir zwar schon in der Dusche einen runtergeholt, aber so, wie es aussieht, muss ich das nachher im Bett wiederholen.

Das Gespräch mit meinem Vater ist kurz und, was mich betrifft, unwesentlich. Bei meiner Rückkehr ins Wohnzimmer erwarte ich, dass sie sich in ihr Zimmer zurückgezogen hat. Hat sie aber nicht. Sie liegt zurückgelehnt in ihrem heruntergekommenen Sessel und balanciert eine Schale Tiramisu auf ihrem Bauch. Eine zweite Portion steht auf dem Couchtisch. Ich vermute, die ist für mich gedacht.

»Ich fand, dass ich die Punktzahl erreicht und mir ein Dessert verdient habe. Aber ich habe auf dich gewartet, nur um sicherzugehen.«

»Du hast dir beide Desserts verdient.«

Ihr schelmisches Grinsen ist eine Erleichterung für mich. Ich lege das Telefon auf den Tisch und lasse mich auf die Couch fallen. »Tut mir leid. Letzte Besprechungen wegen der morgigen Reise.«

»Alles in Ordnung?«

»Ja, mein Vater ist nur sehr detailverliebt.«

»Das scheinen Väter so an sich zu haben.«

»Klingt, als wäre dir das vertraut.«

»Das ist der Grund, warum ich hier lebe und er in Rhode Island. Na gut, einer der Gründe.« Sie lächelt und senkt den Blick. »Also, du und Armstrong, ihr versteht euch gut?«

Das war ein abrupter Themenwechsel. Sie spricht anscheinend genauso ungern über ihren Vater wie ich gerade über meinen.

»Wir waren auf derselben Vorbereitungsschule fürs College. Unsere Eltern haben viel Zeit miteinander verbracht, also waren auch wir oft zusammen. Gezwungenermaßen.« In mancher Hinsicht sind Armstrong und ich uns ziemlich ähnlich, aber seine Art ärgert mich auch häufig. Er ist ein überhebliches Arschloch, und wenn ich mit ihm zusammenarbeiten müsste, würde ich ihm vermutlich eine blutige Nase verpassen. Mehr als ein Mal.

Ruby neigt den Kopf zur Seite, als würde sie über den tieferen Sinn meiner Worte nachdenken. »Gehst du zu der Hochzeitsfeier?«

»Sicher. Du doch auch?«

»Ich bin Amies Trauzeugin. Ich wundere mich nur, dass ich dich auf der Verlobungsparty nicht schon früher bemerkt habe. Bevor wir in dem Flur, äh … übereinander gestolpert sind.«

»Ich hatte mich in eine Ecke verkrochen, weil es mir fast den gesamten Abend nicht gut ging. Wir werden sicher noch häufig Zeit miteinander verbringen, wenn die Vorbereitungen für die Hochzeit erst anlaufen.«

»Hm, das werden wir wohl.«

»Du klingst nicht gerade begeistert.«

»Über die Hochzeit?« Sie zieht eine Schulter hoch. »Es geht nur alles so schnell. Ich meine, wenn man sich sicher ist, dann ist es wohl so. Nur war Amie nie so kurz entschlossen, jedenfalls nicht, was Männer betrifft. Es wirkt alles etwas übereilt.«

Armstrong ist ein sehr entschlossener Typ. Wenn er etwas haben will, verfolgt er sein Ziel, ohne groß über die Konsequenzen nachzudenken. In der Vergangenheit hat das schon mehrfach zu Konflikten geführt, besonders weil er und mein Bruder Lexington auf denselben Typ Frau stehen. In unserer Familie kann nur mein anderer Bruder, Griffin, eine Reihe dauerhafter Beziehungen vorweisen. Aber er ist schließlich auch der Älteste von uns dreien, also muss das wohl so sein. »Hast du mit Amalie darüber gesprochen?«

Sie blickt mich ungläubig an. »Natürlich nicht. Ich werde ihr doch nicht die Vorfreude verderben. Wahrscheinlich mache ich mir zu viele Sorgen, aber wir sind schon lange befreundet, und ich will einfach, dass sie glücklich ist.«

»Denkst du, dass sie es ist?«

»Sie macht jedenfalls den Eindruck.«

»Aber …«, ermuntere ich sie.

»Kein aber. Ich werde für sie da sein, komme was wolle, selbst wenn Armstrongs Mutter mir ein Magengeschwür verursachen sollte.«

»Gwendolyn ist eine echte Herausforderung«, erwidere ich lachend.

»Irgendwelche Ratschläge, wie ich mit ihr umgehen soll?«

»Lass sie nicht deine Angst wittern.«

Ruby prustet vor Lachen. »Toller Hinweis, danke.«

Sie taucht den Löffel in das Tiramisu, führt ihn anmutig an ihre sich öffnenden Lippen und stöhnt vor Genuss. »Das ist unglaublich lecker.«

»Das sind die besten Desserts der ganzen Stadt.«

»Beim nächsten Mal verzichte ich auf die Hauptspeise und nehme stattdessen sechs Portionen hiervon.« Sie nimmt einen zweiten, dekadent großen Löffel voll und verdreht die Augen. »Ehrlich, Bancroft. Das ist fantastisch.«

Ich mag es, wie sie meinen Namen ausspricht, und auch meinem Schwanz scheint es zu gefallen, weil er versucht, ihr aus meiner Hose heraus zuzuwinken. Das war eine kurze Atempause. »Ich lasse dir meine Speisekarte von dem Service hier.«

»Wenn du das tust, ernähre ich mich die nächsten fünf Wochen nur von dem Zeug.«

Nach der Hälfte der Portion seufzt sie zufrieden und hebt den Blick.

Ihr zuzusehen ist so unterhaltsam, dass ich meine Portion gar nicht angerührt habe. »Du hast also zurzeit keinen festen Freund? Nicht einmal einen Liebhaber?«

Der Löffel verharrt auf halbem Wege zu ihrem Mund.

»Wie bitte?«

Verdammt. Ich hätte wissen müssen, dass dies keine Frage ist, die man so nebenbei, ohne jeglichen Anlass stellt. Verzweifelt überlege ich, wie ich die Kurve kriegen kann. »Oder Freunde, die du hierher einladen möchtest?«

»Oh, äh … nur Amie, schätze ich. Und natürlich die zweihundert Leute, die ich zu dem Besäufnis morgen eingeladen habe.«

Ihr Zwinkern erwidere ich mit einem zerknirschten Lächeln. »Stimmt, wie konnte ich das nur vergessen.«

Sie sieht mich prüfend an. »Wäre es dir lieber, wenn ich niemanden einladen würde?«

Was Männer betrifft, ja. Es wäre mir auf jeden Fall lieber, wenn sie keinen hierher mitbringen würde, aber das werde ich keinesfalls laut sagen, sonst hält sie mich noch für einen Arsch, der Besitzansprüche anmeldet. »Nein, nein. Das ist schon okay. Ich wäre dir nur dankbar, wenn du den Code nicht weitergeben würdest.«

»Natürlich nicht. Ich werde alle, die sich hier herumtreiben, im Auge behalten.« Ihr Grinsen ist schelmisch. »Hat sonst noch jemand, der hier unerwartet auftauchen kann, den Code? Abgesehen von der Putzfrau?«

»Nur meine Brüder und der engere Familienkreis. Aber von denen hat keiner einen Grund vorbeizuschauen, wenn ich nicht da bin.«

Sie trommelt mit den Fingerspitzen auf die Sessellehne und sieht mich sekundenlang unverwandt an. »Also … diese Frau, mit der du auf der Party warst, ist nicht deine Freundin oder so was in der Art? Oder muss ich mir Sorgen machen, dass sie durchdreht, weil eine andere Frau hier wohnt?«

»Meinst du Brittany? Aber nein, sie ist nicht meine Freundin.«

»Gut zu wissen.«

»So oft, wie ich unterwegs bin, könnte ich gar keine feste Freundin haben.«

Sie legt den Kopf schräg. »Wie meinst du das?«

»Als ich noch professionell Rugby gespielt habe, war ich dauernd unterwegs. Und auch jetzt werde ich öfter auf Reisen sein, als ich gedacht habe. Zumindest eine Zeit lang. Und das macht es schwierig, sich auf etwas einzulassen.«

»Ah, verstehe. Beim Theater ist es ähnlich. Unregelmäßige Probenzeiten, Aufführungen üblicherweise am Abend oder am Wochenende. Wenn du nicht gerade einen Schauspieler als Freund hast, ist es kompliziert.« Sie taucht ihren Löffel erneut in ihr Dessert. »Also war diese Brittany nur so etwas wie eine Affäre?«

Brittany hätte sicher nichts dagegen gehabt, aber das erwähne ich Ruby gegenüber nicht. »Das war nichts weiter als eine Gefälligkeit.«

»Wow, das ist ja mal eine Gefälligkeit.« Sie zieht eine Grimasse.

»Sie ist gar nicht so übel.« Keine Ahnung, warum ich Brittany verteidige, außer vielleicht um Ruby zu irritieren.

»Sie hat mich eine Schlampe genannt!«

»Nun, du hast mich geküsst, also …« Ich muss mir das Grinsen verkneifen.

Sie zielt mit dem Löffel auf mich, ihre Verärgerung ist unübersehbar. »*Du* hast *mich* geküsst.«

Ich lege einen Arm in den Nacken. »Gewehrt hast du dich aber nicht.«

Ihre Kinnlade klappt herunter und umgehend wieder zu. Die gleiche Reaktion wie neulich im Restaurant, als ich auf das Thema zu sprechen kam.

Ihre Augen werden zu schmalen Schlitzen. Ich wette, sie ist ein richtiger Kracher, wenn sie einmal wütend ist.

Irgendwie habe ich Lust, sie zu provozieren. Einfach um zu sehen, was passiert, wenn sie explodiert. In der Stimmung dürfte sie im Bett eine Granate sein. Ich frage mich, ob sie zu denen gehört, die einen an den Haaren zerren, beißen oder kratzen. Wow, so schnell kann es richtig dreckig werden.

Ihre Augen werden noch schmaler. »Das ist *nicht* das Thema.«

»Dass du meinen Kuss erwidert hast? Ich wollte das gar nicht ansprechen, aber wenn wir schon mal dabei sind …«

»Betrachte es als *nicht* angesprochen.« Ihre Wangen glühen.

Ich kann nicht anders, ich muss einfach weitermachen.

»Keine Chance. Du hast bereits zugegeben, dass du mich ebenfalls geküsst hast. Du hast mich eingeladen, und ich habe die Einladung angenommen. Aber warum küsst du einen völlig Fremden?«

»Ich sagte schon, dass ich darüber nicht diskutieren werde.« Die Rötung ihrer Wangen reicht inzwischen bis an die Ohren.

Das macht einfach zu viel Spaß, zumal ihr Blick mittlerweile unglaublich wütend ist. »Du wirst über einen Monat in meiner Wohnung sein, alleine. Ich muss doch sicher sein, dass du in der Lage bist, eine Situation klar zu beurteilen.«

»Nur damit du es weißt, mit meinem Urteilsvermögen ist alles in Ordnung. Wenn ich jedoch davon überrascht werde, dass mir ein verdammt attraktiver Mann die Zunge in den Mund steckt, ist die logische Reaktion darauf, den Kuss zu erwidern.«

»Du findest mich verdammt attraktiv?«

Sie verdreht die Augen. »Schon klar, dass du genau auf dem

Punkt herumreiten musst. Du siehst dich doch jeden Tag im Spiegel. Sag jetzt nicht, dass du nicht weißt, wie gut du aussiehst. Das ist eine Tatsache.«

Das schmeichelt meinem Ego. Ich weiß, dass ich nicht unattraktiv bin, aber meine Nase hat eine leichte Delle, weil sie mehrfach gebrochen wurde. Und weil ich Narkosen nicht traue, bin ich einer Operation bislang aus dem Weg gegangen. Zudem habe ich auch noch einige kleinere Narben im Gesicht, die sich, wenn man einige Jahre Rugby gespielt hat, nicht vermeiden lassen. In den Kreisen, in denen ich aufgewachsen bin, bedeutet das schon einen merklichen Punktabzug auf der Skala der Begehrtheit. Was mich nicht kratzt. Aber meine Mutter scheint es zu beunruhigen, so wie auch jedes Fältchen und jedes graue Haar. Ich bin nur froh, dass ich keine Schwestern habe.

»Verstehe. Das heißt also, dass du bei jedem verdammt attraktiven Mann so reagieren würdest.«

»Du verallgemeinerst. Das kommt ganz auf die Umstände an.«

»Welche Umstände wären das?«

»Nun, ich ging zum Beispiel davon aus, dass du auch ein Gast auf der Verlobungsparty warst.«

»Das hat schon ausgereicht? Dass wir beide auf derselben Veranstaltung waren?«

Einen Moment lang hält sie inne, den Löffel an den Lippen. »Das habe ich nicht gesagt.«

»Aber es klingt, als würdest du genau das damit meinen.« Bevor sie darauf eingeht, leckt sie den Löffel ab, während meine Gedanken um ihre Zunge kreisen.

Sie zögert ein wenig. »Es ist ja nicht so, dass ich in einer schäbigen Bar war unter lauter schmierigen Typen. Es war eine Verlobungsparty.«

»Und das macht es besser?«

»Bist du immer so feindselig?« Sie wirft die Arme in die Luft. »Du hast mich geküsst, du hast gut gerochen und du kannst gut mit deiner Zunge umgehen, also habe ich es zugelassen. Hör endlich auf, mich deshalb zu verurteilen.«

»Ich verurteile dich nicht, ich frage nur nach. Also bin ich nicht nur verdammt attraktiv und rieche gut, sondern kann auch noch exzellent küssen.«

»Ich habe niemals *exzellent* gesagt, das ist deine Formulierung. Und wenn du weiter darüber redest, wie attraktiv du bist, landest du ganz schnell von einer Zehn bei einer Neun.«

»Oh, ich bin also eine Zehn?«

»Du warst eine Elf, bevor du angefangen hast nachzubohren. Und mit der letzten Frage landest du bei Achteinhalb.«

»Dann sollte ich wohl besser das Thema wechseln, bevor ich im Minus lande.«

»Damit hast du einen halben Punkt zurückgewonnen.«

»Dann höre ich wohl wirklich besser auf.«

»Gute Idee.« Sie beugt sich vor, nimmt die Fernbedienung und schaltet den Fernseher ein. Das bedeutet wohl, dass das Thema beendet ist. Vorerst jedenfalls.

Schweigend beenden wir unser Dessert. Es ist kein unangenehmes Schweigen, aber durchaus spürbar. Ab und an blicke ich zu Ruby hinüber, weil ich das Gefühl habe, dass sie mich ansieht. Aber das bilde ich mir wohl nur ein. Oder vielleicht suche ich auch nur nach einem Anlass, sie weiter provozieren zu können.

Als ich sie das nächste Mal ansehe, sind ihre Augen geschlossen. Ihre Beine hängen immer noch über der Sessellehne, aber ihre Haltung wirkt verdreht. Wenn sie den Kopf länger so hält, wird sie sich den Nacken verrenken. Die Dessertschale ruht leer auf ihrem Schoß, genau über einem anderen Dessert, von dem ich gern kosten würde. Sie hält den Löffel umklammert, auf ihrem Top ist ein Fleck. Sie muss ziemlich erschöpft sein, außerdem hat sie sich ja noch nicht wieder völlig von dem Virus erholt.

»Ruby.«

Sie brummt leise und dreht sich herum. Sie verzieht das Gesicht, als sie versucht auf dem engen Platz eine bequemere Haltung einzunehmen.

Ich stelle den Fernseher aus. Es ist spät, und ich muss früh raus, außerdem wartet auf dem Flug viel Arbeit auf mich.

Ich hieve mich von der Couch hoch, nehme die leere Schale von ihrem Schoß und den Löffel aus ihrer Hand.

Sie dreht sich auf die Seite und schiebt die Hände zwischen ihre Schenkel. Ich wünschte, es wären meine Hände. Und auch noch andere Körperteile. Aber auf gar keinen Fall während sie schläft. Schließlich bin ich kein schleimiger Grapscher.

Ich berühre sie vorsichtig an der Schulter. »Ruby.«

Sie öffnet die Augen, blinzelt verschlafen und sieht sich verwirrt um.

»Du bist eingeschlafen.«

»Oh.« Es dauert einen Augenblick, bis sie die Verwirrung abgeschüttelt hat. Sie streckt die Arme hoch über den Kopf und steht auf. Als sie den Oberkörper durchdrückt, rutscht ihr Top nach oben und enthüllt leicht gebräunte Bauchmuskeln und … hat sie etwa ein *Nabelpiercing*? Wieso ist mir das nicht schon früher aufgefallen? Wenn das nicht ein Anflug von Rebellion ist.

Sie schlurft durch das Zimmer, während ein leichtes Frösteln sie schaudern lässt und Gänsehaut sich auf ihren Armen ausbreitet. Die Shorts sind verrutscht, und ich erblicke ein winziges Muttermal auf ihrer Pobacke. Ohne dass ich absichtlich hingesehen hätte.

Ich werfe die leeren Verpackungen in den Müll und die Löffel in die Spüle. Ruby lehnt im Türrahmen ihres Zimmers. »Wann musst du morgen früh los?«, fragt sie mit müder Stimme.

»Früh. Schon vor sechs.«

Sie rümpft die Nase. »Bah, was für eine grauenhafte Zeit, um aufzustehen.«

»Für mich ist das nichts Ungewöhnliches.«

»Um die Zeit gehe ich manchmal erst ins Bett.«

»Eine Partymaus?«

»Nur eine Nachteule. Inszenierungen fangen häufig erst spät an, dadurch verschiebt sich mein ganzer Tagesablauf, wenn ich ein Engagement habe.« Sie lehnt den Kopf an den Türpfosten. »Heute werde ich aber kein Problem mit dem Einschlafen haben.« Sie unterdrückt ein Gähnen. »Also dann, bis in fünf Wochen.«

»Ich melde mich, sobald ich mich da eingerichtet habe.«

»Schön.«

Für einen langen Moment sehen wir uns schweigend an, dann spüre ich plötzlich ihren Körper, der sich an mich schmiegt, und ihre Arme um meine Taille. »Danke noch mal, dass du mir deine Babys anvertraust.«

Sie löst sich so abrupt von mir, dass ich die Umarmung kaum erwidern kann. Ihr Blick ist auf den Boden gerichtet, und ihre Wangen sind gerötet.

»Ich bin froh, dass es für uns beide die passende Lösung ist.«

»Geht mir auch so.« Sie blickt mir in die Augen. »Ich wünsche dir eine gute Reise, Bancroft. Nacht.«

»Nacht.«

Sie schenkt mir ein kleines Lächeln und schließt die Tür. Ich gehe in mein Zimmer, um mich der Angelegenheit zu widmen, die mich schon den ganzen Abend über plagt, und noch ein paar Stunden Schlaf zu finden. Und dann werde ich dieser Frau fünf Wochen lang meine Wohnung überlassen, während ich mich mit der Verwaltung von Hotelimmobilien befassen muss.

8

BON VOYAGE

Ruby

Ein Geräusch weckt mich um kurz nach halb sechs. Ich brauche einen Moment, um mich an die neue Umgebung zu gewöhnen. Es ist so ruhig hier, dass die Schritte und das Geräusch des Rollkoffers im Flur übertrieben laut klingen.

Bancroft macht sich wohl auf den Weg zum Flughafen. Wir haben uns zwar schon verabschiedet, aber mit einem Mal bin ich putzmunter. Ich werde ihn fünf Wochen lang nicht sehen. Ich starre an die Decke, höre ihn in der Küche hantieren und überlege, ob ich aufstehen oder liegen bleiben soll. Die Entscheidung trifft meine Vagina, die nach einem letzten Blick auf ihn verlangt, bevor er bis nächsten Monat fort ist.

Ich schlage die Bettdecke zurück und husche ins Badezimmer. Die Beleuchtung blendet mich, während ich mein Aussehen im Spiegel überprüfe. Meine Haare sehen schlimm aus, und meine Augen sind vom Schlaf verquollen, aber der Rest ist akzeptabel. Einigermaßen jedenfalls. Ich spüle mir den Mund und fahre mir mit den Fingern durch die Haare, aber nicht zu viel, nur dass ich nicht wie ein Waldschrat aussehe. Mein Magen rumort zwar noch, aber dafür sind die Halsschmerzen verschwunden.

Ich öffne die Zimmertür einen Spaltbreit und spähe hinaus. Ein Lichtschimmer fällt aus der Küche. Ich fröstele, als ich über den kühlen Holzboden zur Küche gehe. Ich bin nicht an Klimaanlagen gewöhnt. Zwei schwarze Koffer stehen im Eingangsbereich.

Und dann sehe ich Bancroft. Heilige Mutter der irdischen Begehrlichkeiten, sieht dieser Mann eigentlich auch mal *nicht* scharf aus? Er steht am Küchentresen und notiert etwas. Er trägt Krawatte und einen schwarzen Anzug, in dem seine breiten Schultern und schmalen Hüften absolut fantastisch aussehen. Seine dunklen Locken sind perfekt frisiert, und ich habe große Lust, mit meinen Fingern hineinzufahren und sie zu zerwühlen. Im Gegensatz zu gestern Abend ist er glatt rasiert, und alles zusammen wirkt einfach perfekt.

»Hey.« Meine Stimme klingt rau, was entweder daran liegt, dass ich verschlafen bin oder mir vorstelle, was für ein Vergnügen es wäre, ihn aus diesem Anzug zu schälen. Mit den Zähnen. Und an all die interessanten Dinge zu gelangen, die sich darunter befinden.

Er fährt herum und bemerkt mich, wie ich im Halbdunkel im Flur stehe. Sein Blick gleitet über meinen Körper, als ich näher komme.

»Hab ich dich geweckt?« Seine Stimme klingt ebenso rau wie meine. Er überprüft den Sitz seiner Krawatte und glättet den stahlblauen Stoff. Ich folge seinen Bewegungen, als er das Jackett zuknöpft. Auf der Verlobungsparty trug er einen ähnlichen Anzug, aber da hatte ich keine Gelegenheit, den Anblick zu würdigen.

Ich starre ihn an und höre kaum, was er sagt. Außerdem nage ich an meinem Fingerknöchel. »Kein Problem. Ich bin Verkehrslärm gewohnt, also werde ich ein paar Tage brauchen, bis ich mich an die Ruhe gewöhnt habe.«

Sein Blick wandert nach unten, dann wieder zu meinem Gesicht und wieder nach unten, wo er verharrt.

Ich blicke an mir hinab, um herauszufinden, was es da zu sehen gibt, und muss feststellen, dass mein Aufzug nicht wirklich angemessen ist. Mein weißes Top ist nicht das Problem, obwohl meine harten Nippel deutlich sichtbar sind. Allerdings ist mir völlig entgangen, dass ich ansonsten nur ein Spitzenhöschen trage, das einzige, das ich gestern Nacht in meinem übermüdeten Zustand finden konnte. Es gab zwar schon Tanzaufführungen, bei denen ich noch weniger anhatte, aber in der Situation hier ist das reichlich unpassend. Auch wenn es dafür sorgt, dass wir direkten Augenkontakt vermeiden.

»Oh!« Ich bedecke meinen Schoß mit den Händen, als wenn das etwas nützen würde. »Ich bin gleich zurück.«

Bancroft schaut mir verwundert grinsend hinterher, als ich den Flur hinunterrenne und dabei versuche, meinen Po vor seinen Blicken zu verdecken.

»Meinetwegen brauchst du dir nicht mehr anzuziehen«, ruft er mir hinterher.

Ich schnappe mir meinen Kimono, der an der Badezimmertür hängt, und werfe ihn mir über. Der Vorteil ist, dass die Röte in meinem Gesicht perfekt zu den Blumen auf dem Kimono passt. Ich gehe zurück in die Küche, wo Bancroft einen Kaffee trinkt und sich sichtlich amüsiert.

»Tut mir leid. Ich habe wohl zu lange allein gewohnt.«

»Kein Grund, sich zu entschuldigen. Ich werde mich garantiert nicht über deine Kleiderwahl beschweren.« Er grinst schalkhaft, während er mich erneut von Kopf bis Fuß mustert.

Ich verschränke die Arme vor der Brust und lehne mich an den Tresen. »Hat dir niemand beigebracht, dass es unhöflich ist zu gaffen?«

Er blickt mir tief in die Augen, beugt sich weit zu mir herüber und raunt mit leiser Stimme: »Ich bin nicht immer höflich.«

Oh mein Gott, ich möchte zu gern erleben, wie sich seine

Unhöflichkeit anfühlt. Und das quer durch die gesamte Wohnung. Die Kücheninsel wäre perfekt geeignet, um damit zu starten. Aber anstatt mich ihm als Frühstücksleckerei anzubieten, mache ich doch lieber eine spitze Bemerkung. »Wenn du so weitermachst, landest du ganz schnell wieder unter neun.«

Sein sexy Lächeln wird breiter. »Es ist wohl ganz gut, dass ich gehe. Ich fände es peinlich, wenn ich wieder bei einer armseligen Achteinhalb landen würde.«

»Was ist das?« Ich wechsele das Thema, indem ich auf die handschriftlichen Notizen und die Umschläge auf dem Tresen zeige, von denen der oberste meinen Namen trägt. »War das hundertseitige Handbuch nicht genug?«

Er errötet leicht. »Nur ein paar Dinge, die ich übersehen hatte. Außerdem haben wir nicht über die Bezahlung gesprochen.«

»Bezahlung? Wofür?«

»Dafür, dass du dich um Francesca und Tiny kümmerst.«

»Du lässt mich hier wohnen, und die Lebensmittel übernimmst du ja auch.«

»Du wirst aber sicher noch andere Ausgaben haben. Also benötigst du Geld. Reichen dir zweihundert die Woche? Ich habe dir für den Anfang ein wenig Bargeld dagelassen.« Er klopft auf den Umschlag. »Du kannst mir deine Bankverbindung ja später mitteilen.«

»Sicher, das klingt völlig angemessen.« Freies Wohnen, freie Lebensmittel und zusätzlich noch zweihundert pro Woche. Das sollte wohl ausreichen, um mich in Ruhe auf die Jobsuche konzentrieren zu können.

Ich nehme die Notizen. Die Handschrift ist fast nicht zu entziffern. »Erwartest du, dass ich das lesen kann? Sind das Hieroglyphen?«

»So schlimm ist meine Handschrift auch nicht.«

»Hat man dir das in der Grundschule erzählt?«

»Ich schicke es dir nachher als E-Mail.« Er greift nach den Notizen, aber ich verstecke die Blätter hinter meinem Rücken. Dabei drücke ich meine Brust heraus, was ihn umgehend ablenkt.

»Schon gut, ich werde später im Internet nach Runen recherchieren. Das wird sein wie bei einem Spiel, bei dem man eine versteckte Botschaft finden muss.«

Bevor er mir eine passende Antwort geben kann, klingelt sein Telefon. »Tut mir leid, da muss ich drangehen.« Er nimmt den Anruf entgegen. »Bancroft Mills, hallo.« Eine kurze Pause. »Ich bin gleich unten.« Er beendet das Gespräch und steckt das Telefon wieder ein. »Das ist der Wagen, der mich zum Flughafen bringt.«

Vielleicht bilde ich mir das bloß ein, aber er blickt mich an, als wäre er nicht begeistert davon, jetzt aufbrechen zu müssen.

»Ich wünsche dir einen guten Flug. Und ich verspreche, dass es Francesca und Tiny während deiner Abwesenheit gut gehen wird.«

»Da bin ich mir sicher. Ich schicke dir eine Nachricht, wenn ich gelandet bin. Und ich melde mich, sobald ich mich eingerichtet habe.«

»Okay.« Für ein paar Sekunden starren wir uns an, ohne dass einer von uns eine Bewegung macht. Ich bin haarscharf davor, eine völlig unüberlegte Entscheidung zu treffen und ihn an den Aufschlägen seines Jacketts zu packen, an mich zu ziehen und diese sinnlichen Lippen zu küssen, als er sich plötzlich abwendet und sich räuspert. Das genügt, damit meine Fantasie sich schlagartig in Luft auflöst.

»Gut. Ich muss jetzt los.« Das sagte er bereits. Er hebt eine Hand, um sich durch die Haare zu streichen, lässt sie aber wieder sinken, klopft seine Taschen ab und geht zu seinem Gepäck.

»Ich halte dir die Tür auf.« Ich husche zur Tür, lasse den Riegel aufschnappen und öffne sie.

Er verharrt auf der Schwelle und macht den Eindruck, als wolle er etwas sagen.

»Du kannst ganz beruhigt sein, sie sind bei mir in guten Händen. Und falls du sie vermisst, machen wir einen Video-Chat.«

»Okay, das klingt gut.«

Ich bin es gewohnt, Menschen zu umarmen. Das war schon immer so. Obwohl in meinen Kreisen nur Luftküsse und ein Klaps auf den Rücken als akzeptabel angesehen werden. So ist es also eine impulsive, hormonell gesteuerte Aktion, dass ich ihn umarme. Zu spät bemerke ich, dass diese spontane Idee nicht die beste war. Ich habe ihn glatt überrumpelt.

»Oh, hallo«, murmelt er, als mein Kopf sich an seine Brust schmiegt und ich ihn umarme. Ich will ihn gerade loslassen, als er die Umarmung erwidert. Mein Gott, ist er kräftig. Und er riecht unglaublich gut. Wie frisch gewaschene Wäsche mit einem Hauch von Rasierwasser. Er drückt mich fester an sich, sein Kopf neigt sich herab, und ich spüre, wie seine frisch rasierte Wange an meiner Schläfe reibt.

Der Druck seiner Handfläche auf meinen unteren Rücken bringt mich dazu, mein Becken ganz leicht an ihn zu pressen. Ich kann seinen schweren Atem hören und spüren, während er seine andere Hand meinen Rücken hinaufgleiten lässt, zwischen meine Schulterblätter bis unter mein Haar. Erneut bin ich versucht, ihn an den Aufschlägen zu packen und meine Lippen auf seine zu pressen.

Als seine Fingerspitzen über meinen Nacken streichen und ich seine Lippen an meinem Ohr spüre, halte ich den Atem an und unterdrücke ein Stöhnen. »Bis ich dich in deinem Spitzenhöschen gesehen habe, hatte ich mich ganz gut unter Kontrolle«, raunt er.

Das Geräusch einer Tür, die aufgeht, und das Kläffen eines Hundes lassen uns auseinanderfahren.

»Bancroft!« Der Ausruf ist genauso schrill wie das fast schon clowneske Make-up dieser Frau. Ihr Alter lässt sich überhaupt nicht schätzen. Und durch die ganzen Schönheitsoperationen, die nötig waren, um dieses Aussehen künstlicher Jugendlichkeit zu erschaffen, lässt sich auch nicht mehr zweifelsfrei klären, ob sie ein Mensch oder ein Alien ist. Ein winziger Hund springt um sie herum und kläfft. Er versucht zu Bancrofts Tür zu laufen, aber die groteske Gestalt zerrt ihn an der Leine zurück. »Nein, Schätzchen. Sitz!«

Schätzchen sitzt aber nicht, sondern knurrt und versucht nach Bancroft zu schnappen. Die Frau nimmt Schätzchen auf den Arm, erst strafend, dann liebkosend.

»Hallo Ms Blackwood. Hallo Schätzchen. Sie sind aber schon früh auf heute.« Bancrofts Lächeln wirkt so angespannt wie die Haut seines Gegenübers, während er wahrnehmbar von mir abrückt und seine Hände in den Hosentaschen vergräbt, wo er möglicherweise irgendetwas zurechtrücken muss. Ich beiße mir auf die Lippen, um nicht breit grinsen zu müssen.

»Ich fahre für eine Woche ins Spa.« Spa muss wohl ein hochgestochener Code für Schönheits-OP oder Entziehungskur sein. Vermutlich Ersteres. Ms Blackwoods Blick wandert an Bancroft auf und ab und bleibt schließlich an mir hängen. »Wen verstecken Sie denn da?«

Bancrofts Wangenmuskeln zucken merklich, während er bemüht ist, sein Lächeln aufrechtzuerhalten. Er sieht genauso gereizt aus, wie ich mich fühle. »Darf ich Ihnen Ruby Scott vorstellen? Sie kümmert sich um meine Wohnung, während ich verreist bin.«

»Oh?« Sie wirft mir einen abschätzenden Blick zu. »Sie ist also eine Freundin von Ihnen?«

»Das ist sie.«

»Mmm, wie nett. Willkommen hier im Haus. Ms Scott, richtig?«

Sie streckt mir ihre faltige Hand entgegen, die überhaupt nicht zu ihrem unnatürlich straffen Gesicht passt.

Ich ergreife die ausgestreckte Hand, während ich mit der anderen meinen Kimono zuhalte. »Freut mich, Sie kennenzulernen, Ms Blackwood.«

»Ganz meinerseits. Gefällt es Ihnen hier so weit?«

Wenn sie nicht annähernd achtzig wäre, würde ich mir bei dem Blick, den sie Bancroft zuwirft, Sorgen machen.

Ich bin mir nicht ganz sicher, was hier gespielt wird, aber irgendwie spüre ich eine merkwürdige Spannung zwischen den beiden. »Oh ja.« Ich wende mich mit einem herzerwärmenden Lächeln Bancroft zu und klimpere mit den Wimpern. »Bancroft ist so ein unglaublich aufmerksamer Gastgeber.«

Seine Wangenmuskeln beginnen wieder zu zucken, nur dass er diesmal versucht, nicht breit zu grinsen. Ich wüsste zu gern, welche Geschichte ihn und Ms Blackwood verbindet.

»Nun gut, ich wünsche Ihnen einen angenehmen Aufenthalt im Spa.« Ich tue so, als ob ich gähnen muss, und lächele Bancroft strahlend an. »Viel Spaß auf der Reise. Ich werde wohl wieder ins Bett gehen. Die Nacht war einfach zu kurz. Ruf an, wenn du im Hotel bist.« Ich hauche einen Kuss auf seine Wange und ziehe mich zurück.

Ms Blackwood wirkt völlig schockiert, und Bancroft sieht aus, als wollte er mir den Kimono vom Körper reißen und mir den Hintern versohlen. Okay, Letzteres ist meiner Fantasie entsprungen. Und mit der werde ich jetzt wieder unter die Bettdecke schlüpfen.

Vorher winke ich ihnen zum Abschied noch fröhlich zu. »Bye, Bancroft, Wiedersehen Ms Blackwood.« Das Letzte, was ich sehe, bevor ich die Tür schließe, ist ihr entsetzter Gesichtsausdruck. Ich schaue noch kurz durch den Türspion und beobachte, wie Bancroft sich ein letztes Mal umblickt, bevor er im Aufzug verschwindet.

Keine Ahnung, wie ich es überleben soll, fünf Wochen lang mit ihm am Telefon zu flirten. Aber wenn ich es nicht schaffe, wird es wenigstens ein schöner Tod sein.

9

TELEFONANRUFE

Ruby

Ich schlüpfe wieder ins Bett, wo ich an Bancroft denke. Ich bringe mich selbst zum Höhepunkt und schlafe dann umgehend wieder ein. Als ich aufwache, ist es zwei Uhr nachmittags, und der einzige Grund, warum ich meinen müden Hintern aus dem Bett bewege, ist der, dass meine Blase fast platzt. Auf dieser Matratze schläft es sich wie auf Wolken.

Nachdem ich mich im Badezimmer frisch gemacht habe, gehe ich hinüber zu Bancrofts Zimmer. Die Tür steht halb offen. Sein Bett ist gemacht, auch wenn es offensichtlich in Eile geschah. Ich bin versucht, die zerknitterten Laken glatt zu streichen. Zwar war ich nie besonders gut darin, Dinge zu organisieren oder aufzuräumen, aber mein Bett war immer ordentlich gemacht. Schon als Kind, als wir ein Hausmädchen hatten, das sich darum kümmern sollte, habe ich es immer selber gemacht. Es ist ein irgendwie wohliges Gefühl, in ein ordentlich gemachtes Bett zu schlüpfen.

»Hi Franny!«, sage ich, als sie den Kopf aus einer Röhre streckt. Als ich die Verriegelung des Käfigs öffne, macht sie ein piepsendes Geräusch und rennt unruhig im Käfig hin und her. Dann stellt sie sich auf die Hinterbeine, da sie es kaum erwarten kann, ins Freie zu gelangen.

Ich kraule ihren Kopf und hebe sie aus dem Käfig. Sie lässt

sich für ein paar Sekunden hätscheln und rennt dann davon, um ihre Freiheit zu genießen. Als ich ihr in den Flur folge, fängt mein Magen an zu knurren. Seit Bancroft mich angesteckt hatte, habe ich keinen Kaffee mehr getrunken. Vielleicht vertrage ich ja inzwischen wieder welchen.

Alles Notwendige finde ich in der Küche und auch die Reste von gestern Abend, die ich in Bancrofts ultramoderner Mikrowelle aufwärme. Wie alles in seiner Wohnung sind auch die Küchengeräte nur das Beste vom Besten, mit unzähligen Funktionen und ebenso vielen Bedientasten.

Nachdem ich gegessen habe, nehme ich mir einen Kaffee, schnappe mir Francesca und gehe in mein Zimmer. Ich schließe die Tür, damit ich sie im Auge behalten kann, während ich meine Kisten durchsehe. Dank Amies Hilfe ist alles fein säuberlich beschriftet. Das Einzige, was ich hier brauchen werde, sind Kleidung und meine Toilettensachen.

Ich schaue nach, ob Francesca sich unter der Decke versteckt hat, bevor ich meinen schweren Koffer auf das Bett lege und den Inhalt in der Kommode verteile.

Francesca klettert in die offene Schublade und steckt ihren Kopf in meine Unterwäsche. Ihre Kralle verfängt sich in einem Höschen aus Spitze, woraufhin sie solange fröhlich herumtobt, bis sie sich total verheddert hat. Ich mache schnell ein Foto und schicke es Bancroft, ohne darüber nachzudenken, was auf dem Bild zu sehen ist.

Da er nicht gleich antwortet, vermute ich, dass er noch nicht in England angekommen ist. Also räume ich meine restlichen Sachen ein und ärgere mich über meine eigene Blödheit. Wenigstens sind es hübsche Höschen. Ich räume die Toilettenartikel ins Bad und überprüfe, ob sich auch alles außerhalb von Francescas Reichweite befindet und alles mit einer Schnur daran weggeschlossen ist.

Nachdem das Meiste geschafft ist, gehe ich mit Francesca in Bancrofts Zimmer und spiele mit ihr Verstecken unter den Laken. Wir tollen ausgiebig herum, bis sie müde wird und ein Nickerchen braucht. Sie rollt sich zusammen, legt den Kopf auf die Pfoten und schläft ein. Ich kraule sie noch ein wenig und verstehe völlig, dass Bancroft etwas so Bezauberndes nicht dem Tierheim überlassen wollte.

Ich lege sie vorsichtig wieder in ihren Käfig, damit ich in Ruhe ein wenig in Bancrofts Zimmer herumspionieren kann. Das Badezimmer ist eindrucksvoll ausgestattet, mit einer riesigen Badewanne und einer Dusche, die doppelt so groß ist wie meine und auch doppelt so viele Düsen hat. Verglichen mit den Badezimmern der meisten Männer ist dieses hier nicht zu unangenehm. Der Toilettendeckel ist heruntergeklappt, was ein Pluspunkt ist. Ein blaues Handtuch hängt halb aus dem Wäschekorb, ein anderes schräg über dem Handtuchhalter.

Ich beschließe, den Rest der Wohnung in Augenschein zu nehmen. Gestern Abend habe ich mehr auf seinen Bizeps, seinen Hintern und andere nette Körperteile geachtet.

Auf dem Weg zum Fitnessraum schaue ich bei Tiny vorbei. Sie hockt hinter ihrer Wasserschale. Ich folge Bancrofts Anweisungen und erneuere das Wasser. Da sie erst neulich gefüttert wurde, benötigt sie die nächsten Tage keinen Grashüpfer. Somit ist sie ganz eindeutig die Anspruchslosere von beiden.

Was ich im Fitnessraum zu meiner Verwunderung völlig übersehen habe, ist die lebensgroße Fotografie von Bancroft, die an der Wand hängt. Offensichtlich war er vor ein paar Jahren das Aushängeschild der Rugby-Meisterschaft. Das Bild zeigt ihn in voller Aktion.

Was für Schenkel. Was für auch immer. Wenn er kein Shirt tragen würde, wäre das Bild noch besser. Sein Gesicht glänzt vor Schweiß, was bei ihm nicht einmal unattraktiv wirkt, seine

Haare kräuseln sich im Nacken und kleben an seiner Stirn, und jeder Muskel in seinem Körper ist angespannt. Ich würde es zu gern mit in mein Zimmer nehmen, aber der Rahmen ist fest an der Wand montiert. Zu schade.

Von irgendwoher in der Wohnung höre ich mein Telefon klingeln und folge den drei eingängigen Takten der Melodie auf der Suche nach dem Gerät. Der Vorteil einer Einzimmerwohnung ist, dass man nicht lange nach verlorenen Dingen suchen muss. Bancrofts Wohnung hingegen erstreckt sich über mindestens zweihundert Quadratmeter, wodurch sich bedeutend mehr Möglichkeiten ergeben, um Dinge zu verlegen. Und ich bin bekannt dafür, mein Telefon an den unmöglichsten Stellen liegen zu lassen. Zum Beispiel im Kühlschrank. Aber leider klingt es dafür gerade nicht gedämpft genug.

Ich verpasse den Anruf, finde aber endlich das Telefon auf Bancrofts Bett. Meine Zehen kribbeln vor Aufregung, als ich mir vorstelle, dass er angerufen und mir eine Nachricht hinterlassen hat. Ich weiß zwar nicht, wie lange sein Flug dauert, aber vermutlich hat er auch das alles in seinem Hefter notiert.

Die Nachricht ist nicht von Bancroft, sondern von Amie. Ohne sie vorher abzuhören, drücke ich auf Rückruf und lande direkt auf ihrer Mailbox. Ich probiere es erneut, mit dem gleichen Ergebnis.

Ich schicke ihr eine SMS, dass sie aufhören soll, mich anzurufen, damit ich sie anrufen kann. Eine halbe Sekunde später bekomme ich die gleiche Nachricht von ihr. Ich muss lachen und warte zwei Minuten lang ab, wer sich wohl als Erster rühren wird. Sie schickt mir ein Fragezeichen, also gebe ich nach und rufe sie an.

»Ich hab schon den ganzen Tag an dich gedacht«, begrüßt sie mich.

Ich lasse mich auf Bancrofts Bett fallen. »Weiß Armstrong,

dass du so an mich denkst? Wenn du ihm nichts sagst, sag ich auch nichts.«

Sie kichert leise. »Wenn du schon wieder dreckige Witze machen kannst, geht es dir ja anscheinend wieder besser.«

»Viel besser, wirklich. Ich hab die ganze Nacht durchgeschlafen. Bancrofts Bett ist wahnsinnig bequem.« Ich knuffe das Kissen zurecht und kuschele mich hinein.

»Was? Du hast mit ihm *geschlafen*?« Amies Stimme klingt so schrill wie eine Alarmglocke.

Ich muss laut lachen, als mir der Fehler bewusst wird. »Ich meinte das Bett in seinem Gästezimmer. Nicht sein Bett.«

»Oh. Und ich wollte gerade sagen, dass es dir gar nicht ähnlich sieht, so einfach mit jemandem ins Bett zu steigen. Abgesehen von diesem einen Mal …«

»Was wir nie wieder erwähnen sollten.«

»Ich habe Drew neulich erst gesehen.«

»Hatte ich nicht gerade gesagt nie wieder?« In meinem zweiten Jahr auf dem College war ich kurz mit Drew McMaster zusammen. Und mit kurz meine ich, dass wir ein einziges verdammtes Date hatten. Es war ein heftiger Flirt. Nachdem er mich wochenlang bedrängt hatte, bin ich schließlich mit ihm ausgegangen. Dummerweise habe ich mich von ihm beschwatzen lassen und bin mit ihm im Bett gelandet. Was eine lustlose Angelegenheit war. Bestenfalls. Er hat mich zwei Minuten gestoßen wie ein Dampfhammer, und als er kam, war ich noch meilenweit davon entfernt. Außerdem hatte er einen armseligen, kleinen Penis. Und so war das erste Date auch das letzte.

Danach habe ich mich bei keiner ersten Verabredung mehr flachlegen lassen. Wenn ein Typ der Richtige ist, wird er auch warten können, bis ich ihn an meine Wäsche lasse. Auf diese Weise komme ich noch immer zu genügend Dates, mit denen ich im Bett lande. Das Vorspiel ist dabei ein guter Test. Wenn ein Typ dabei schon versagt, kann man den Rest meistens auch vergessen. Wenn ich allerdings Bancroft einfach so kennengelernt hätte, ohne von ihm abhängig zu sein, hätte ich meine Regeln vermutlich in den Wind geschlagen und wäre spontan in sein Bett gehüpft. Ich würde wetten, dass er verdammt gut im Bett ist. Besonders bei diesen muskulösen Schenkeln.

»Ich hätte es nicht erwähnt, weil ich ja weiß, wie du darauf reagierst, aber ich dachte es würde dir gefallen, dass er anfängt kahl zu werden.«

»Er ist doch erst sechsundzwanzig.«

»Genau.«

»Schrecklich, wie sehr mich das amüsiert«, antworte ich.

»Gar nicht schrecklich, völlig berechtigt. Er war ein Volltrottel.«

»Das war er wirklich.« Da wir gerade von Idioten reden … »Wie war das Essen mit Armstrongs Eltern?«

»Gut. Okay. Es war ganz okay.«

Ihre Tonlage ist so hoch, dass ich sofort merke, dass sie lügt. »Amie.«

»Seine Mutter verhält sich mir gegenüber ziemlich kühl.«

Was eine freundliche Untertreibung ist. Sie strahlt so viel Wärme aus wie eine Tiefkühltruhe. Zumindest nach dem zu urteilen, was ich auf der Verlobungsparty mitbekommen habe. »Ich bin sicher, sie wird dich mögen. Jeder mag dich. Und was ist mit seinem Vater? Wie lief es mit ihm?« Ich war ihm bloß im Vorbeigehen kurz vorgestellt worden.

»Frederick war ganz reizend und liebenswürdig. Ich kann überhaupt nicht verstehen, wie jemand, der so freundlich ist, mit einem solchen Eisblock verheiratet sein kann.«

»Vielleicht lässt sie ihn durch die Hintertür rein.«

»Ruby!« Ihre Empörung verwandelt sich in Gelächter.

»Für Analverkehr sind Männer bereit, vieles hinzunehmen.«

Amie kichert. »Bei dem Stock, den sie im Arsch hat, dürfte kaum noch Platz für etwas anderes sein.«

Das ist die Amie, die ich kenne und liebe und die keine Scheu hat, schmutzige Gespräche zu führen. Und nicht die, die verstohlen über die Schulter blickt, wenn jemand »Vagina« sagt.

»Gut, lass uns nicht weiter über die sexuellen Vorlieben meiner zukünftigen Schwiegermutter reden. Ich bin die Woche noch mit ihr zum Lunch verabredet und möchte dabei nicht unbedingt daran denken müssen, was Frederick ihr wohin steckt. Hast du dich schon eingewöhnt? Wie war es gestern Abend mit Bane?«

»Mir geht's gut. Er scheint wirklich sehr nett zu sein. Und sehr gut organisiert.« Ich erwähne weder den Vorfall unter der Dusche noch die Umarmungen oder seine merkwürdige Nachbarin.

»Armstrong meinte, er wäre mitunter ziemlich … heftig. Er war immer sehr freundlich zu mir, aber ich habe ihn ja auch nur ein paarmal getroffen. Armstrong sagt, er kann manchmal ein wenig ungehobelt sein.«

Als ehemaliger Rugby-Spieler dürfte er sicherlich weniger steife Umgangsformen pflegen, als Armstrong sie gewohnt ist.

Ich erinnere mich an seine Bemerkung darüber, dass er nicht immer höflich sei. Der Gedanke daran – sowie an seine Hand auf meinem Hintern und den Spruch über mein Spitzenhöschen – lässt mir einen Schauder über den Rücken laufen. Ich wünschte, seine rauen Kanten würden sich an mir reiben. Ich muss mich zusammennehmen, zumindest solange ich mit Amie telefoniere.

»Mir gegenüber war er sehr höflich. Leider. Ich weiß ja, wie toll er küssen kann.«

Mein Telefon summt, und ich schaue auf das Display, weshalb ich Amies Antwort nicht höre. Eine neue Textnachricht von Bancroft. Wenn man vom Knutschteufel spricht. Ich stelle das Gerät auf laut, damit ich die Nachricht lesen kann.

»… Armstrongs Freunde treffen.«

»Sorry, das habe ich nicht mitbekommen. Wen soll ich treffen?«

»Nächsten Freitag ist eine Party, zu der du kommen solltest. Ich kann dich ein paar von Armstrongs Freunden vorstellen. Alles ganz zwanglos.«

»Okay. Ich weiß noch nicht genau. Kommen da nur Pärchen? Ich hoffe, du hast nicht vor, mich mit jemandem zu verkuppeln.« Manchmal spielt Amie ganz gerne Schicksal. Besonders mochte sie es, mich mit den Freunden ihres Freundes auf der Highschool zusammenzubringen. Was selten funktionierte.

»Absolut nicht, Ehrenwort. Obwohl einige seiner Freunde echt attraktiv sind.«

»Ich werde da sein. Aber attraktiv oder nicht, ich werde mich auf gar keinen Fall mit jemandem aus deinen neuen Kreisen einlassen.« So sehr ich es auch liebe, mit Amie zusammen zu sein, auf ihren Partys fühle ich mich immer, als würde ich mich als Ersatzehefrau oder Geliebte bewerben. Die älteren Männer, die meistens bereits ziemlich kahl sind, neigen dazu, ständig ihren Kontostand zu erwähnen, wenn sie nicht gerade über ihre Sportwagen, ihre Immobilien oder ihre Börsengeschäfte reden.

Die Jüngeren reden über ihre nächste Beförderung in der XY-Firma und darüber, wie geil sie es finden, in der Toilette einen geblasen zu bekommen. Okay, den letzten Teil habe ich mir ausgedacht, aber keiner von denen würde so ein Angebot ablehnen. Nicht einmal die, die verheiratet sind.

Endlich schaffe ich es, Bancrofts Nachricht zu lesen.

Bin im Hotel. Hast du Zeit für einen Anruf?

Telefoniere mit Amie. Gib mir zwei Minuten.

Ich unterbreche Amie, um ihr zu sagen, dass Bancroft angekommen ist und mich sprechen will.

»Gut. Grüß ihn von mir. Wir reden morgen weiter. Und überleg dir mal, wann wir uns die Woche treffen können.«

»Okay. Klingt gut. Und danke nochmals für deine Hilfe gestern.«

Wir legen auf, und eine Minute später ruft Bancroft an. Als ich abnehme, habe ich vor Aufregung ein Ziehen im Bauch. »Hallo?«

Die Verbindung knackt und rauscht, aber nach ein paar Sekunden höre ich ihn klar und deutlich. »Hallo? Ruby?«

Einige Männer haben großartige Telefonstimmen. Die Art von Stimme, die für ein Kribbeln unterhalb des Bauchnabels sorgt. Bancroft Mills hat so eine Stimme. Und dabei hat er gerade einmal zwei Worte gesagt.

»Hey. Wie war dein Flug?« Ich klinge, als wäre ich völlig außer Atem. Und das nur, weil mich seine Stimme so erregt, dass ich mich nach einem Dauerorgasmus sehne.

»Ziemlich lang, aber gut. Erwische ich dich in einem ungünstigen Moment?«

Ich presse mein Gesicht in sein Kissen und atme tief durch, bevor ich antworte. »Nein, überhaupt nicht.«

»Wie war dein Tag? Läuft alles gut?«

Er versucht doch tatsächlich herauszufinden, ob ich in den zwölf Stunden seit seinem Abflug bereits seine Haustiere umgebracht habe. Einen Moment lang bin ich in Versuchung, ihm zu sagen, dass Francesca verschwunden und Tiny aus dem Terrarium entwischt ist, aber das fände er bestimmt nicht witzig.

»Uns geht's richtig gut. Francesca hat sich ausgetobt, und Tiny ist im völligen Chill-Modus.«

»Völliger Chill-Modus?«

»Mmm ja. Sie hatte keine Lust herumzutoben. Francesca ist dafür ein ziemlich freches Mädchen, wühlt in meinen Strings und macht Nackt-Selfies.« Oh mein Gott! *Was zum Teufel rede ich da bloß?*

Ich erwarte ein längeres Schweigen und ein lang gezogenes Okaaay, stattdessen ertönt ein tiefes, dröhnendes Lachen, das in mir vibriert, bis hinab zu meiner Klitoris. »Nur gut, dass du die heute Morgen nicht anhattest, als du mich verabschiedet hast.«

»Wieso?« Ich presse meine Schenkel zusammen und warte.

»Weil der Flug so schon anstrengend genug war.«

»Ich verstehe nicht ganz, wie die Wahl meiner Unterwäsche sich auf deinen Flug auswirkt.« Meine Güte, wird er jetzt wirklich aussprechen, woran ich gerade denke?

»Hast du eine Ahnung, wie fantastisch dein Arsch ist? Oder wie lange sich sieben Stunden angefühlt hätten mit diesem Bild im Kopf und ohne die Möglichkeit, sich Erleichterung zu verschaffen?«

Wenn ich mich nicht verhört habe, hat Bancroft mir eben erzählt, dass er sich einen runterholen möchte und sich dabei mich im String vorstellt. Oder dass er es gerade getan hat.

Er räuspert sich, aber das ändert nichts an seiner rauen Stimme und dem Pochen in meiner Klitoris. »Tut mir leid, das war wohl ein wenig zu deutlich. Francescas zweitliebster Platz ist in meiner Schublade mit der Unterwäsche, also ist es nicht überraschend, dass sie auch eine Vorliebe für deine hat.«

»Ich bin sicher, meine ist viel aufregender als deine.«

»Nach dem zu urteilen, was ich bisher davon gesehen habe, trifft das auf jeden Fall zu.«

Ich sollte lieber das Gesprächsthema wechseln, bevor ich mein Höschen wechseln muss oder auf die Idee komme, ihm eindeutige Bilder von mir zu schicken. »Wie spät ist es in England?«

»Zwei Uhr morgens. Ich sollte zusehen, dass ich noch ein wenig Schlaf bekomme, aber das wird wohl nichts. Mein Meeting ist um neun, und ich bin kein bisschen müde.«

»Wenn ich nicht schlafen kann, lese ich ein Wörterbuch oder einen Roman aus dem fünfzehnten Jahrhundert.«

»Wieso das denn?«

»Weil es so langweilig ist, dass ich umgehend einschlafe.«

Die Vorstellung bringt ihn zum Lachen. »Auch eine Idee.« Es klingt, als würden im Hintergrund Dinge herumgeschoben. »Was machst du heute Abend noch?«

»In einer Stunde geht die Party los, also werde ich wohl ziemlich beschäftigt sein. Ich habe übrigens die Gästeliste doch noch auf hundert Personen reduziert. Das klingt doch überschaubar, findest du nicht?«

»Deutlich überschaubarer als die ursprünglich geplanten zweihundert.«

»Das fand ich auch.«

»Du hast den Notruf der Feuerwehr zur Hand?«

»Die Gäste sind alle Feuerwehrleute, also gibt es keinen Grund zur Besorgnis.«

Er lacht erneut, auch wenn es diesmal leicht nervös klingt.

»Und worum geht es bei deinem Meeting morgen?«

»Ich muss die Pläne zum Ausbau einiger unserer Hotels hier überprüfen. In London haben wir fünf, und vier davon sollen umgebaut werden. Zusammen mit einem meiner älteren Brüder soll ich die Projekte leiten.«

»Du scheinst nicht sonderlich begeistert zu sein.«

»Na ja, wir sind uns in vielen Dingen sehr ähnlich, was die

Zusammenarbeit nicht unbedingt einfacher macht. Und für die nächsten fünf Wochen werden wir täglich miteinander zu tun haben. So sieht's aus.«

»Das klingt … anstrengend?«

»Lexington hat gerne alles unter Kontrolle. Und er glaubt, dass er alles besser weiß.«

»Es scheint, als wäre das ein allgemein verbreiteter Charakterzug in eurer Familie.« Ich muss mir auf die Zunge beißen, um nicht laut loszulachen, als ich ihn stöhnen höre.

»Lex ist viel schlimmer als ich. Wenn mein Vater Griffin geschickt hätte, wäre das Ganze viel einfacher.«

»Also arbeiten alle deine Brüder in eurer Firma?«

»Direkt vom College ins Hotelgewerbe.«

»Seht ihr euch ähnlich?« Wenn noch mehr Männer seiner Sorte frei in New York herumliefen, wäre das mehr, als die Stadt ertragen könnte.

»Nicht wirklich.«

»Wie bedauerlich.« Mal sehen, ob ich hier irgendwo Familienfotos finde.

»Lex ist nicht gerade ein Frauenheld, und Griffin hat eine feste Freundin. Ich bin ziemlich sicher, dass er ihr noch diesen Herbst einen Antrag machen wird, also vergiss das besser.«

Seine Stimme klingt leicht gereizt, so als hätte ihm meine Bemerkung nicht gefallen. »Beruhige dich, das war doch nur ein Scherz.«

»Sorry. Ich bin ein wenig gereizt wegen dem Jetlag. Und außerdem wäre ich lieber zu Hause, als die nächsten fünf Wochen hier zu verbringen.«

»Kann ich gut nachvollziehen. Ich meine, zu etwas gezwungen sein, weil man keine andere Wahl hat.«

»Ja. Aber ich konnte schließlich nicht ewig Rugby spielen, also war absehbar, dass es so laufen würde. Ich sollte besser aufhören, so selbstmitleidig zu klingen, sonst mache ich wieder Minuspunkte. Acht Komma fünf war der letzte Stand heute Morgen, richtig?«

»Du wirst dich wohl ein wenig anstrengen müssen, um den halben Punkt wieder aufzuholen.«

»Also sollte ich mich wohl besser anständig benehmen.«

»Mit dem Ozean zwischen uns dürfte dir das viel leichter fallen.«

»Du würdest dich wundern«, murmelt er. »Warte kurz, der Zimmerservice bringt gerade mein Essen.«

Ich bin überrascht, dass sie um zwei Uhr morgens noch Essen servieren, aber da seiner Familie das Hotel gehört, bekommt er wohl, was er will und wann er es will.

Ich höre seine Stimme gedämpft im Hintergrund, dann ist er wieder da. »Ich weiß gar nicht, wieso ich dich dazu bringe, hier mit mir zu telefonieren. Du hast sicherlich Besseres zu tun, als mir beim Essen zuzuhören.«

»Tatsächlich habe ich auch noch nichts gegessen, also könnte ich mir ja hier etwas aufwärmen und wir essen gemeinsam.«

»Ist es nicht schon nach neun bei dir?«

»Ich hab ein wenig verschlafen und erst spät gefrühstückt.« Ich sage natürlich nicht, dass ich erst um zwei Uhr nachmittags aufgestanden bin. Schon gar nicht, nachdem er einen anstrengenden Flug hinter sich hat.

Ich stelle das Telefon auf laut, während ich ein paar Reste zubereite und in die Mikrowelle schiebe.

»Was gibt es bei dir?«, fragt er.

»Ein paar Spaghetti und das Hühnchen mit Parmesan. Die Pasta Primavera hatte ich heute Nachmittag. Und bei dir?«

»Hamburger und Pommes frites. Das ist so ziemlich das Einzige, was es um diese Uhrzeit noch gibt.«

Ich hole den Teller aus der Mikrowelle, nehme mir ein Perrier aus dem Kühlschrank und hocke mich an den Tresen.

»Also, diese Geschäftsreisen, wie lange willst du das noch machen?« Ich wickele ein paar Spaghetti auf meine Gabel.

»Vermutlich noch eine Weile. Zumindest so lange, bis mein Vater meint, dass ich die Grundlagen beherrsche.«

»Dann ist es doch sicherlich von Vorteil, dass du daran gewöhnt bist?«

»Mich nervt nicht das Reisen an sich, auch wenn ich finde, dass es nach sieben Jahren allmählich reicht. Man fühlt sich … irgendwie einsam. Ich habe so viele Geburtstage und Ferien mit der Familie verpasst und mich darauf gefreut, mehr Zeit mit ihnen zu verbringen und mich endlich wieder heimisch zu fühlen. Aber es sieht wohl so aus, als würde sich das noch ein wenig verzögern.«

»Hast du eine enge Beziehung zu deiner Familie?«

»Sie ist mir wichtig. Vor einiger Zeit ging es meiner Mutter nicht gut, und ich konnte nicht für sie da sein wegen meines Jobs. Ich möchte einfach öfter da sein. Es gibt mehrere Projekte in New York, an denen ich gern mitarbeiten würde, aber das hängt stark davon ab, wie schnell ich mich hier einarbeite.« Er klingt ein wenig bedrückt.

»Ist das so schwierig?« Ich habe nicht die geringste Ahnung von den Anforderungen im Hotelgewerbe.

»Die Theorie hat man mir auf dem College beigebracht, aber ich habe bislang nichts davon in der Praxis anwenden können. Das ist wie ein Blindflug. Klingt das nachvollziehbar?«

»Das tut es. Das heißt also, wenn du die Grundlagen beherrschst, kannst du in New York arbeiten?«

»Nicht ausschließlich, aber ich hoffe, dass ich die Chance bekomme, einige unserer Immobiliengeschäfte in den USA zu leiten, was auch bedeutet, nicht mehr so viel reisen zu müssen.«

»Das ist es, was du möchtest?«

»Ich denke schon, ja. Aber das ist auch eine große Veränderung, und es wird einige Zeit brauchen, bis ich mich daran gewöhnt haben werde, Businessanzüge anstelle von legerer Kleidung zu tragen.«

»Das ist wirklich eine große Veränderung.« Ich lehne mich weit genug zurück, um das riesige Bild von ihm an der Wand betrachten zu können. »Wenn es dich irgendwie tröstet, Anzüge stehen dir genauso gut wie Freizeitkleidung.«

»Gut genug für neun von zehn?«

»Das würde es, wenn du nicht diese Frage gestellt hättest.«

Er lacht. »Okay, aber nun zu dir. Wie kommt es, dass eine Scott in New York landet und vom Broadway träumt? Ich dachte, in deiner Familie kommen alle mit einem Taschenrechner in der Hand zur Welt.«

Ich pruste. »Üblicherweise schon. Ich bin wohl die Ausnahme von der Regel, leider. Und ich habe schon immer das Theater geliebt. Mein Vater ließ mich bloß nach New York gehen, weil er ein schlechtes Gewissen hatte. Und vielleicht auch, um mich für eine Weile loszuwerden, damit ich ihm nicht die verlängerten Flitterwochen verderbe.«

»Ich kann dir nicht ganz folgen.«

»Meine Mutter hat nur gewartet, bis ich die Highschool abgeschlossen hatte, um meinem Vater die Scheidungspapiere in die Hand zu drücken und nach Alaska zu ziehen. Ich hatte mich vorher schon an der Randolph beworben, und sie hat mich dabei sehr unterstützt, mein Vater allerdings weniger. Aber nachdem er mir kaum zwei Wochen, nachdem meine Mutter uns verlassen hatte, seine neue Freundin vorgestellt hat, hat er sich wohl dazu verpflichtet gefühlt, meine Entscheidung zu akzeptieren.«

»Autsch.«

»Zuvor war sie zwei Jahre lang seine Sekretärin bei Scott Pharmaceuticals, und ich bin mir ziemlich sicher, dass das nicht ihre einzige Aufgabe war. Also ließ er mich nach New York ziehen.«

»Sehr praktisch für ihn.« Bancrofts Spott macht mich froh.

Zum Glück hatte mein Vater genügend Verstand, einen Ehevertrag aufzusetzen und sich nicht nur von seinem Penis leiten zu lassen.

Meine Mutter und er hatten ebenfalls einen Ehevertrag, aber Geld hat sie nie interessiert. Was sie an dieser Ehe festhalten ließ, war ich. Und als ich alt genug war, um meinen eigenen Weg zu gehen, ging sie fort. Zuerst war es schlimm, sie so zu verlieren, und ich war wütend auf sie, bis mir bewusst wurde, was sie meinetwegen auf sich genommen hatte, indem sie bei meinem Vater blieb, der ein ziemlich arrogantes Arschloch war.

»Oh, es wird noch besser. Unmittelbar nach der Scheidung hat er sie geheiratet. Und meine Stiefnutte ist nur vier Jahre älter als ich.«

»Wie bitte?« Es freut mich, dass Bancroft ehrlich entsetzt klingt.

»Ich meine natürlich Stiefmutter. Sie ist achtundzwanzig, ich bin vierundzwanzig.«

»Das ist einfach …«

»Abartig? Üblich? Wenigstens ist sie älter als ich. Auch wenn sie fünf Jahre *jünger* als meine Halbschwester und sieben Jahre *jünger* als mein Halbbruder ist.«

»Das ist völlig daneben.«

»In jeglicher Hinsicht. Und sie arbeiten alle in seiner Firma. Auch wenn sie in eine andere Abteilung versetzt wurde, damit sie ihm nicht mehr direkt unterstellt ist.«

»Das ist wirklich ein schlechter Witz«, höhnt Bancroft.

»Nicht wahr? Und er ist immer noch der Boss, und sie ist

immer noch seine Angestellte, für die er seine Frau und seine Familie verraten hat. Es ist schon eine ziemliche Ironie, dass er Medikamente für Erektionsstörungen produziert. Da benötigt er schon eine Vorzeigefrau, mit der er überall angeben kann, damit auch jeder weiß, dass er noch einen hochkriegt. Es ist ekelhaft.«

»Jetzt verstehe ich, warum dich New York gereizt hat.«

»Ganz ehrlich, wenn ich in Rhode Island geblieben wäre, hätte ich sie wahrscheinlich umgebracht. Also war die einzig akzeptable Lösung, von dort wegzuziehen.«

»Sehr praktisch. Und auch nicht annähernd so kompliziert wie ein Mord.«

Ich wünschte, dies wäre ein Video-Chat, damit ich sein Lächeln sehen könnte.

»Genau. Ich bin wohl auch nicht der Typ für einen Mord. Ich sehe mir zwar gerne Horrorfilme an, aber wenn es darum geht, ein Steak zuzubereiten, bin ich der totale Versager. Wie hätte ich also die Leiche loswerden sollen?«

Bancroft lacht und gähnt.

»Langweile ich dich mit meinen Mördergeschichten?«

»Tut mir schrecklich leid. Ich fürchte, das späte Essen und der Jetlag fordern ihren Preis.«

»Dann lasse ich dich jetzt mal in Ruhe, damit du vor dem Meeting nachher noch ein wenig Schlaf bekommst.«

»Das ist sicher eine gute Idee. Ich melde mich im Lauf der Woche, okay?«

»Okay. Bye, Bancroft.«

»Du kannst mich gerne Bane nennen.«

»Bane heißt doch übersetzt Verderben.«

Erneut erklingt sein schläfrig raues Lachen in meinem Ohr. »Bin ich etwa dein Verderben?«

»Ganz und gar nicht. Du bist mein weißer Ritter in strahlender Rüstung, der mich davor gerettet hat, in einem Karton an der nächsten Ecke zu hausen und in der U-Bahn für Kleingeld zu singen.« Auch wenn das als Witz gemeint war, hat er mich tatsächlich davor bewahrt, nach Rhode Island zurückkehren zu müssen. Zumindest für die nächsten paar Wochen.

»Ich bin mir nicht sicher, ob ich den Titel verdiene«, sagt er reuevoll. »Schließlich habe ich dein letztes Vorsprechen ruiniert.«

»Ich bin überzeugt, dass sich das ausgleicht.«

»Das beruhigt mein schlechtes Gewissen mehr, als du ahnst. Nacht, Ruby.« Die Wärme seiner Stimme umfängt mich wie eine Umarmung.

»Nacht, Bane.«

10

GLÜCKLOS

Ruby

Während der nächsten zwei Tage höre ich bis auf ein paar SMS, in denen er fragt, wie es läuft, nicht viel von Bane. Zu seiner Beruhigung schicke ich ihm Bilder von Francesca und Tiny mit Sprechblasen, in denen sie verkünden, wie toll sie mich finden. Bancroft findet das witzig.

Danach ruft er mich fast täglich an, meistens am frühen Abend. Zumindest ist es auf meiner Seite des Atlantiks früher Abend, bei ihm ist es eher mitten in der Nacht. Was mich nicht im Mindesten stört. Zumal er mich vor zwei Nächten per Video-Chat angerufen hat, weil er Francesca vermisste. Wenn sie im Zimmer ist und ich mein Telefon auf laut stelle, dreht sie jedes Mal völlig durch. Ich wollte, dass er selber sieht, wie niedlich das ist.

Bei den Video-Chats trug er beide Male ein weißes Unterhemd, das über seiner Brust spannte und die unglaublichen Bauchmuskeln unter dem dünnen Stoff erahnen ließ. Was er sonst noch anhatte, konnte ich nicht sehen, schließlich starren wir uns während unserer Telefonate nicht zwischen die Beine. Aber ich liebe die Vorstellung von ihm in Boxershorts, die seine edelsten Teile umschmeicheln und sein Prachtstück zur Geltung bringen.

Unsere Gespräche beginnen üblicherweise damit, dass ich

ihm von Francesca und Tiny berichte, bevor er mir von seinem Tag erzählt und all den Dingen, mit denen sein Bruder ihn in den Wahnsinn treibt. Woraufhin ich ihn daran erinnere, dass er sich in vielen Situationen genauso verhält.

Wenn er mich fragt, was meine Jobsuche macht, erzähle ich ihm, dass alles wunderbar läuft. Ich habe zwar für die nächste Woche zwei Vorsprechen vereinbaren können, bei denen es aber nur um kleine Rollen geht, die nicht annähernd genug einbringen, um davon eine Mietkaution bezahlen zu können, geschweige denn, meine Schulden zu tilgen.

Vor ein paar Tagen hatte ich noch einen Teilzeitjob als Kellnerin in einer Bar angenommen, aber irgendwie hatte ich von Anfang an Bedenken. Hauptsächlich deshalb, weil der Manager mich eingestellt hat, ohne auch nur einen Blick auf meinen Lebenslauf zu werfen. Und ich sollte recht behalten. Nach nur einer Schicht war Feierabend. Nicht, weil ich nicht in der Lage gewesen wäre, Drinks und Fingerfood zu servieren, sondern weil es mir nicht gepasst hat, dass mich der Geschäftsführer gleich am ersten Abend angemacht hat. Also nahm ich mir meine einhundertzwanzig Dollar Trinkgeld und kündigte.

Trotzdem versuche ich optimistisch zu bleiben. Ich habe noch zwei Vorsprechen. Und noch drängt die Zeit nicht. Zumindest versuche ich, mir das einzureden.

Die ganze nächste Woche über bin ich ernsthaft auf Jobsuche. Wenn ich nicht gerade mit Francesca spiele oder Tiny auf meinem Arm herumkrabbeln lasse, durchforste ich die meiste Zeit das Internet nach möglichen Engagements und Agenturen oder schicke meinen Lebenslauf an sämtliche auch nur im Entferntesten infrage kommende Adressen.

Das erste Vorsprechen endet in einem Gewürge. Buchstäblich. Ich bin mitten in meiner Vorführung und singe mir die

Seele aus dem Leib, als ich urplötzlich etwas in meiner Kehle spüre, mich hustend zusammenkrümme und eine Fliege ausspucke. Immerhin besser, als mich erneut auf einer Bühne zu erbrechen.

Am Abend vor dem zweiten Vorsprechen werde ich nervös. Aus gutem Grund. Ich habe das Gefühl, als wäre alles wie verhext. Den ganzen Nachmittag über habe ich meine Tanznummer bis zur Perfektion geprobt. Ich kann jeden Schritt und jede Zeile des Songs auswendig und könnte die Nummer im Schlaf aufführen. Ich gehe auch keinerlei Risiko mit dem Essen ein und beschränke mich auf eine Tütensuppe und heißes Zitronenwasser. Bancroft wünscht mir Hals- und Beinbruch, was wahrscheinlich toi, toi, toi bedeutet. Trotzdem gehe ich mit einem unguten Gefühl ins Bett.

Mitten in der Nacht fahre ich lauthals schreiend aus dem Schlaf hoch, weil ich einen Albtraum hatte, in dem ich vergessen hatte, Tinys Terrarium zu verschließen, und sie entwischt war. In meinem Traum hatte ich das Gefühl, als ob irgendwas auf mir herumkrabbelte, sprang aus dem Bett und landete auf etwas, das weich und feucht war. Auch in der Realität springe ich aus dem Bett, und das weiche und feuchte Ding ist mein Waschlappen, der dort gelandet ist, nachdem ich mir meinen allabendlichen Bancroft-Orgasmus gegönnt hatte. Bei meinem hektischen Versuch, das schreckliche Ding abzuschütteln, rutsche ich aus und lande auf meinem Hintern.

Der Mangel an Schlaf, mein Albtraum und die Prellung am Hintern sind nicht wirklich ideale Voraussetzungen für ein erfolgreiches Vorsprechen.

Am nächsten Tag fehlt nicht viel, um Bancrofts Vorschlag zu folgen und mir die Knochen zu brechen. Mitten in der Tanznummer rutsche ich in einer Wasserlache aus und schlage auf der Bühne lang hin. Als ich nach Hause – oder besser gesagt zurück in Bancrofts Wohnung – gehe, fühle ich mich, als wäre ich verflucht und mein Karma würde mir den Mittelfinger zeigen.

Als wäre diese Blamage nicht schon genug für einen Tag, bekomme ich zudem nicht nur eine, sondern gleich drei Absagen auf Bewerbungen als Kassiererin. Ein richtig mieser Tag, der mir klarmacht, dass meine Ausbildung mir nicht einmal dabei weiterhilft, einen Aushilfsjob zu finden. Ich möchte mich nur noch unter der Bettdecke verkriechen und diesen Tag aus meinem Gedächtnis streichen.

Bancroft wird in weniger als drei Wochen zurück sein, und ich habe immer noch keinen Job. Das ist nicht gut. Der Umschlag mit meinem Gehalt, den er mir dagelassen hat, hilft mir zwar, aber ich muss dringend meine Schulden abzahlen und Geld für eine Wohnung ansparen. In zwei Tagen habe ich zwar ein weiteres Vorsprechen, aber so, wie die Dinge gerade laufen, mache ich mir Sorgen, dass ich auch dieses vermasseln werde. Anscheinend bin ich nur gut darin, mich um Francesca und Tiny zu kümmern.

Als ich vor ein paar Tagen mit meinem Vater telefoniert habe, hätte ich fast klein beigegeben. Er fragte mich, wie es bei mir laufe und ob ich schon eine neue Wohnung hätte. Ich stellte mich dumm und fragte ihn, was er damit meine. Anscheinend hat seine dämliche Sekretärin ihm erzählt, dass ich wegen des Kontos angerufen habe. Auf keinen Fall wollte ich vor ihm den Eindruck vermitteln, ich würde mein Leben nicht im Griff haben. Immerhin ist meine Lage noch nicht völlig kritisch, obwohl es allmählich eng wird.

Ich schlüpfe aus meinen Schuhen und gehe zu Francescas Käfig hinüber, den ich aus Banes Zimmer in den Wohnbereich gebracht habe. Sie turnt an den Stangen entlang, springt aufgeregt umher und macht lauter possierliche Sachen.

»Hallo, meine Hübsche«, sage ich sanft. »Hast du mich vermisst?« Ich öffne die Verriegelung und hebe sie aus dem Käfig. Sie schmiegt sich sogleich an mich und schnüffelt in meinem Ausschnitt, als würde sie nach Leckereien suchen. Jedes Mal, wenn ich sie aus dem Käfig hole, ist es das Erste, was sie tut, so als könnte dort ihr Futter versteckt sein. Sie ist der einzige Lichtblick an diesem ansonsten total verkorksten Tag.

Völlig erschöpft und niedergeschlagen gehe ich mit ihr den Flur entlang und hoffe, dass irgendwas passiert, das mich aufmuntert. Im Vorbeigehen nehme ich mein Telefon, nur für den Fall, dass wir uns doch hinlegen und einen Film ansehen – eine meiner Lieblingsbeschäftigungen nach einem langen Tag, an dem alles schiefging. Francesca liebt Naturdokus, und es ist auch toll, mit ihr Horrorfilme anzusehen.

Ich gehe an meinem Zimmer vorbei, in dem ich ohnehin nur in der ersten Nacht geschlafen habe. Die Hälfte der Kartons steht noch immer unausgepackt herum und erinnert mich daran, dass ich einen Job brauche. Irgendeinen Job, und zwar schnell.

Ich öffne die Tür zu Bancrofts Zimmer. Das Bett ist ordentlich gemacht, weil es viel mehr Spaß macht, es zu zerwühlen, wenn es vorher perfekt ist. Letzte Woche habe ich mich endlich dazu durchgerungen, die Laken zu wechseln. Da sie nicht mehr nach ihm rochen, habe ich sie mit seinem Rasierwasser eingesprüht. Nicht ganz dasselbe, aber immerhin. Ich versuche, nicht darüber nachzudenken, dass mein Verhalten ziemlich schräg ist, und rede mir stattdessen ein, dass es nur zum Wohle von Francesca ist.

Ich setze sie auf das Bett, woraufhin sie schnüffelt und umherspringt, voll Vorfreude darauf, dass ich mit ihr spielen werde. Ich bin müde und schlecht gelaunt, aber das wird meine Stimmung zumindest ein bisschen aufheitern. Ich ziehe das

Laken über sie und höre, wie sie vor Aufregung piepst. Wir spielen gute zwanzig Minuten, bis sie genug hat und kuscheln will.

Es ist erst kurz nach sechs, aber die unruhige Nacht und das gescheiterte Vorsprechen haben mich völlig erschöpft. Ich schalte das Licht aus und suche im Programm nach einem Horrorfilm. Manchmal sind Folter und Angst eine gute Methode, um mich daran zu erinnern, dass mein Leben schlimmer sein könnte.

Ich habe nicht einmal genügend Energie, um an Essen zu denken. Francesca wühlt sich unter mein Shirt und streckt ihren Kopf aus meinem Ausschnitt. Sie mag es, sich zwischen meine Brüste zu kuscheln. Ich warte, bis sie es sich bequem gemacht hat, und schließe die Augen. Es dauert nur ein paar Minuten, bis ich eingeschlafen bin und die Enttäuschung schwindet.

Ein Klingeln reißt mich aus dem Schlaf. Es dauert eine Weile, bis ich die Müdigkeit abgeschüttelt habe und blinzelnd feststelle, dass das Geräusch von meinem Telefon kommt. Ich sehe auf die Uhr und stelle fest, dass es kurz nach acht ist. Verdammt. Bancroft wollte um sieben anrufen, und da er immer pünktlich ist, bedeutet das, dass er seit einer Stunde versucht, mich zu erreichen.

Ich taste nach dem Gerät und drücke auf Annehmen, wobei ich aufpassen muss, dass es mir nicht aus meinen müden Fingern gleitet.

»Ruby? Bist du da? Ruby?« Bancrofts Stimme klingt hörbar besorgt.

»Hier«, krächze ich. »War eingeschlafen, sorry. Jetzt geht's.«

»Stimmt was nicht mit der Verbindung? Ich kann nichts sehen.«

Im Zimmer ist es stockdunkel, nicht einmal der Fernseher

läuft. »Moment.« Ich taste nach der Lampe auf dem Beistelltisch und schalte sie ein. Die plötzliche Helligkeit blendet mich so, dass ich das Telefon fallen lasse und mir die Augen reibe. Ich blicke mich nach Francesca um, kann sie aber nirgends entdecken.

»Ruby?«

»Ich bin hier. Tut mir leid. Hast du oft angerufen?«

»Ein paarmal. Ist alles in Ordnung? Wie geht es dir?«

»Alles okay, mir geht's gut. Es war ein langer Tag. Und bei dir?« Ich schaffe es endlich, auf das Display zu sehen. Bancroft liegt im Bett. Mit nacktem Oberkörper. Sein Haar glänzt feucht, so als käme er gerade aus der Dusche. Hatte ich schon erwähnt, dass er im Bett liegt? Mit nacktem Oberkörper?

Ich sehe mich in dem winzigen Fenster am oberen Rand des Displays. Ich sehe furchtbar aus, mein Haar ist völlig zerzaust und mein Gesicht voller Abdrücke vom Kissen.

Bancrofts Brauen ziehen sich zusammen. »Wo bist du?«

»Hä?«, entgegne ich, weil die Frage nicht unbedingt einfach zu beantworten ist.

Er neigt den Kopf zur Seite. »Bist du in meinem Zimmer?«

»Was?« Für einen Moment steigt Panik in mir auf, während ich versuche, eine Erklärung für meine Anwesenheit hier zu finden.

»Du liegst in meinem Bett.«

Oh mein Gott. Dreht er jetzt durch? Seine Augen wirken völlig dunkel, obwohl das auch an der schwachen Beleuchtung im Zimmer liegen kann.

»Ich, äh … war beim Aufräumen und hab Francesca hier abgesetzt und dann haben wir ein wenig gespielt und dabei muss ich dann eingenickt sein. Tut mir schrecklich leid. Ich werde die Laken morgen waschen.«

Ein Lächeln umspielt seinen Mund. »Du musst dich nicht

dafür entschuldigen, dass du mit Francesca spielst. Wie geht es meiner Kleinen?«

Für den Bruchteil einer Sekunde denke ich, dass er mich damit gemeint hat, aber natürlich hat er sein Haustier gemeint, das gerade nirgendwo zu sehen ist. »Ihr geht's gut. Wir haben zusammen gekuschelt und sind dann eingeschlafen.«

»Wo ist sie jetzt?«

»Einen Moment!« Ich lege das Telefon aufs Bett, sodass er nur die Zimmerdecke sehen kann. Ich springe auf, rufe ein paarmal leise ihren Namen und sehe unter das Bett, wo sie sich gerne versteckt.

»Ruby?«

»Ich sagte ja, ich bin eingeschlafen, als wir gekuschelt haben«, rufe ich. Sämtliche Horrorgeschichten von entwischten Frettchen fallen mir wieder ein.

Ich werfe einen Blick zur Zimmertür. Sie ist geschlossen, also muss sie hier noch irgendwo sein.

Ich sehe im Badezimmer nach. Manchmal versteckt sie sich gerne zwischen den benutzten Handtüchern. Ich habe nämlich nicht nur in Bancrofts Bett geschlafen, sondern auch seine Dusche benutzt. Die ist noch schöner als die in meinem Bad, aber auch etwas komplizierter zu bedienen. Doch ich habe es geschafft, ohne mich zu verbrühen.

Aber auch hier keine Spur von Francesca.

»Ruby?«

»Sie muss hier irgendwo sein!« Ich blicke erneut über das Bett und bemerke eine leichte Bewegung bei den Kopfkissen. Ein kleiner, brauner Kopf lugt aus dem Bezug hervor. »Da ist sie ja.« Ich klettere wieder ins Bett, nehme sie hoch und lehne das Telefon an das Kopfteil, damit ich freihändig sprechen kann.

»Hast du mich erschreckt«, wispere ich mit leicht zittriger Stimme. »Dein Daddy möchte dich sehen.« Ich bin so erleichtert, dass sie nicht entwischt ist, dass ich feuchte Augen bekomme. Ich blinzele die Tränen weg, während ich Francesca vor mein Gesicht halte und mit ihrer kleinen Pfote Bancroft zuwinke.

»Hast du irgendwas?«, fragt er.

»Nein, nein. Mir geht's gut«, versichere ich ihm, obwohl das nicht stimmt. Ich habe mich fast wieder unter Kontrolle, als er diese eine Frage stellt, die mich völlig aus der Bahn wirft.

»Wie lief das Vorsprechen heute?«

Ich öffne meinen Mund, aber alles, was ich herausbekomme, ist ein Krächzen, während mir die Tränen aus den Augen schießen.

»Ruby?«

Francesca entwindet sich meinem Griff, als ich wild gestikuliere. Ich versuche Luft zu holen, doch mit jedem Atemzug gebe ich nur weitere krächzende Töne von mir.

»Was ist schiefgelaufen, Kleines?«

Ich versuche, mich zusammenzureißen. Ein wenig zumindest. »I-ich hab's v-versaut.«

»Ich bin sicher, es war nicht so schlimm.«

»Ich bin während der Tanznummer lang hingeschlagen. Meine Wange ist ganz geschwollen.« Ich lehne mich ein wenig vor, damit er den blauen Fleck sehen kann. Jede Berührung tut weh.

Bancroft macht ein besorgtes Gesicht. »Das tut mir so leid.«

»Was, wenn ich nichts auf die Reihe kriege? Was, wenn ich wieder zurück nach Rhode Island muss, zu meinem Vater und meiner Stiefnutte? Was, wenn ich gezwungen bin, für ihn zu arbeiten, und diese Schlampe meine Vorgesetzte ist?« Panik kriecht in mir empor. Ich will nicht, dass Bancroft mich in diesem Zustand erlebt. Ich will nicht, dass er denkt, ich wäre irgendeine durchgedrehte, labile Irre. Ich will mein Leben im Griff haben, so wie Amie.

Ich muss meinen Kram geregelt bekommen, bevor Bancroft zurück ist. Denn je länger ich mich mit ihm unterhalte, umso mehr wünsche ich mir, wir würden mehr tun, als uns nur zu unterhalten. Ich will seine nackte Haut auf meiner spüren, und es gibt Momente, in denen ich glaube, dass es ihm genauso geht. Aber er wird auf keinen Fall etwas mit einer arbeitslosen, obdachlosen Heulsuse anfangen wollen, die noch dazu mehr als zehntausend Dollar Schulden hat.

Mein Versuch, mir Mut zuzusprechen, hält mich nicht vom Heulen ab.

»Wahrscheinlich hat mein Vater recht, und ich bekomme es nicht geregelt. Dabei wollte ich ihm doch das Gegenteil beweisen.«

»Atme tief durch, Ruby.« Bancrofts Stimme ist ruhig und besänftigend.

Ich folge seinem Rat und hole tief Luft.

»Genau so, Kleines. Gut gemacht. Und jetzt noch einmal für mich.«

Ein weiterer tiefer Atemzug, diesmal langsamer.

Er nickt zufrieden. »Und noch einen.«

Ich atme langsam weiter, bis die Panik abklingt.

»Es ist mir schrecklich peinlich«, stammle ich, als ich mich wieder einigermaßen beruhigt habe.

»Das muss es nicht. Du hattest einen schlechten Tag und bist einfach fertig. Jetzt musst du wieder auf die Beine kommen und ihn vergessen.«

Ich lache leise.

»Ich bin ganz sicher, dass du eine Rolle bekommen wirst. Du bist viel zu talentiert.«

Er hat mich bisher weder spielen noch tanzen gesehen. Ein

paarmal hat er gehört, wie ich unbewusst vor mich hin gesungen habe. Manchmal hat er während eines Gesprächs leise Musik laufen lassen, nur damit ich mitsumme. »Ich wünschte, ich hätte so viel Vertrauen in mich wie du.«

»Weißt du, was ich jetzt tun würde, wenn ich da wäre?«

Seine Stimme wirkt so beruhigend. Ich wüsste zu gern, wie sie klänge, wenn ich dabei seinen Körper auf meinem spüren würde, ohne störende Kleidungsstücke zwischen uns.

»Was denn?«, hauche ich mit fast schon wieder normaler Stimme.

»Ich würde dich betrunken machen.«

»Und dann meine Hilflosigkeit ausnutzen?« Das war sarkastisch, nicht hoffnungsvoll. Wie demütigend.

Er wird schlagartig ernst. »Ich hoffe doch, dass ich nicht zu solchen Mitteln greifen müsste, um dich in mein Bett zu bekommen.«

»Da ich bereits in deinem Bett bin, haben wir den Teil wohl schon hinter uns, oder?«

Er befeuchtet seine Unterlippe mit der Zungenspitze. »Ich finde, du solltest dir ein Glas Wein holen. Ich hab auch eine Flasche hier, also könnten wir zusammen etwas trinken.«

»Hattest du auch einen schlechten Tag?«

»Ich hatte schon bessere.«

Ich nehme das Telefon und gehe in die Küche, um seinen Weinkühlschrank zu plündern. Ich entscheide mich für einen frischen Weißen, zumal mir seine Bettwäsche nicht dunkel genug ist, um darin Rotwein zu trinken.

Ich gieße mir ein Glas ein und gehe zurück in sein Zimmer, wo sich Francesca bereits auf der Bettdecke zusammengerollt hat. Kaum habe ich mich hingelegt, da kommt sie auch schon an und kriecht unter mein Shirt, bis ihr Kopf aus meinem Ausschnitt ragt.

Bancroft gefällt offensichtlich ihre Wahl. Er erzählt mir von seinem Tag, von dem millionenschweren Fehler, der einem seiner Mitarbeiter unterlaufen ist, und dem Telefonat mit seinem Vater. Seine Probleme sorgen zwar nicht dafür, dass es mir besser geht, aber zumindest rücken sie die Verhältnisse wieder zurecht. Mein Fehler kostet mich wenigstens keine Millionen.

11

PARTYZEIT

Ruby

Als Ausgleich für mein vermasseltes Vorsprechen drängt mich Amie dazu, sie auf die Party zu begleiten, zu der ich eigentlich gar nicht gehen wollte. Sie findet, dass ich unter Leute und mich amüsieren muss. Ich würde meinen Abend zwar bedeutend lieber mit einem Becher Ben and Jerry's verbringen als mit einer Horde hochnäsiger Bubis, aber da ich Amie in letzter Zeit kaum gesehen habe, gebe ich nach.

Als Amie »Party« sagte, nahm ich naiverweise an, es würde sich um eine größere Veranstaltung handeln, bei der ich mich unter die Leute mischen und mit hochnäsiger Miene witzige Bemerkungen fallen lassen könnte, während ich lächelnd Luftküsse um mich herum verteile. Ich war auch davon ausgegangen, die Party würde, wie üblich, in einem Festsaal stattfinden.

Womit ich überhaupt nicht gerechnet habe, ist, in einer dieser Villen zu landen und unter zwölf Gästen die einzige Frau ohne Begleitung zu sein. Habe ich erwähnt, dass außer mir nur noch ein einziger Mann ohne Begleitung anwesend ist? Das ist wohl die schlimmste und eindeutigste Form von Kuppelei, die ich je erlebt habe. Ich muss mich mit niemandem verkuppeln lassen. Ich habe zurzeit ganz andere Sorgen.

Ich habe Durst, und da es keine alkoholfreien Getränke gibt, nehme ich mir ein Glas Prosecco. Ich habe eine Stunde auf Banes Laufband trainiert und dabei sein lebensgroßes Porträt angestarrt, das sich im Fenster spiegelte. Das Training wäre viel einfacher, wenn ich ihn die ganze Zeit betrachten könnte. Und das jeden Tag.

Als der Kellner mit einem Tablett voller Appetithappen vorbeikommt, muss ich mich zusammennehmen, um nicht meine Plastiktüte aus der Handtasche zu holen. Allmählich gewöhne ich mir das ab, denn dank Banes Lieferservice weiß ich endlich wieder, wie es sich anfühlt, satt zu sein. Und zwar durch richtig gutes Essen und nicht irgendetwas, das in Plastik verpackt ist. Allmählich passt mir auch mein Kleid wieder richtig. Zu dumm, dass ich zuerst an den Hüften zunehme und nicht an den Brüsten.

Nachname-als-Vorname Nummer elf, derjenige ohne Begleitung, schwadroniert ohne Unterbrechung über seine Ausbildung an einer Eliteuniversität und darüber, wie alle davon ausgegangen sind, dass er diese Führungsposition bei Dumm & Dümmer ganz selbstverständlich bekommen würde, weil er doch so hart dafür gearbeitet hat. *Schwachsinn*, rufe ich, allerdings nur in Gedanken. Ich weiß, dass Wentworth Williams Vater fünfzig Prozent der Firmenanteile hält, was bedeutet, dass sein Depp von einem Sohn nur seinen Lebenslauf rüberzuschicken braucht, und Simsalabim wird eine neue Stelle für ihn geschaffen.

Mit meinem Vater läuft das nicht so. Zumindest ich müsste ganz unten anfangen. Was mich nicht weiter stören würde, wenn meine Geschwister nicht schon am ersten Arbeitstag große Eckbüros und nette Titel bekommen hätten. Nicht dass ich wirklich für ihn arbeiten wollte, aber wenn schon, denn schon. Wenn ich mich an dieser Vetternwirtschaft beteiligen würde, dann nur, wenn es sich für mich auch lohnen würde.

Wentworth redet ununterbrochen. Ab und zu nicke und lächele ich höflich und schalte nur solange auf Empfang, um zu registrieren, dass er noch immer über sich redet. Ich habe den Eindruck, er betet mir seinen gesamten Lebenslauf vor. Partnersuche in diesen Kreisen ist schon reichlich schräg. Man stellt sich selbst zur Schau, als wäre man auf einer Hundeshow und würde nur darauf warten, dass jemand einem die Siegerschleife anheftet.

Während er sich noch ein getrüffeltes Steak-Tatar-Blabla und Gänseleberpastete auf einem Blabla-Cracker nimmt, blicke ich mich verstohlen um. Ich stehe jetzt seit zwanzig Minuten herum. Meine hohen Absätze werden allmählich unbequem, und meine Waden schmerzen vom Training auf dem Laufband.

Amie steht in der Mitte des Raums. Armstrong hat seinen Arm um ihre Taille gelegt. So, wie ihre Augen sich plötzlich weiten und er für einen Moment dreckig grinst, bin ich mir absolut sicher, dass er an ihr herumfingert, während sie sich mit den anderen Gästen unterhält.

Als unsere Blicke sich treffen, lächelt sie entschuldigend. Ich blitze sie wütend an, und sie antwortet mit diesem großäugigen Rehblick. Ausgeschlossen, dass sie mich absichtlich mit diesem Typen verkuppeln würde. Ich wette, das verdanke ich Armstrong. Dieses Arschloch.

»Armstrong sagt, dass du beim Theater bist.« Wentworths Bemerkung hält mich davon ab, Amie weiterhin tödliche Blicke zuzuwerfen. Das war nicht unbedingt eine Frage, aber zumindest die erste Äußerung, die sich nicht um ihn dreht.

»Bin ich.«

»Aber ist deine Familie nicht in der Pharmabranche tätig?« Er neigt den Kopf leicht zur Seite, blinzelt ein paarmal und zeigt den Anflug eines Lächelns, was ein Ausdruck gespielten Interesses ist. Sein Blick wandert immer wieder nach unten, was bei meinem umwerfenden Dekolleté keine Überraschung ist. Dass ich nicht dem von meiner Familie vorgegebenen Weg folge, macht mich offenkundig zu einer seltenen Spezies. Was ich zugegebenermaßen auch bin. Für einige dieser Trottel bedeutet das allerdings, dass ich eine Beute bin, die gefangen und gezähmt werden muss.

»Mein Vater, ja.«

»Deine Mutter nicht?«

»Sie sind geschieden. Meine Mutter ist Künstlerin.« Ich hoffe, dass die Erwähnung der Scheidung ihn abschreckt, aber umsonst.

»Also hast du von ihr deine Kreativität geerbt?« Er beugt sich weiter vor und fingert an einer Haarsträhne, ziemlich nah an meinen Brüsten, weshalb er sie natürlich streift. »Hast du deine Schönheit ebenfalls von ihr?«

Offensichtlich hält er sich für empfindsam, und wahrscheinlich würden viele Frauen dümmlich lächeln und kichernd ihre Hand auf seinen Arm legen. Ich tue nichts dergleichen. Stattdessen antworte ich mit einer Gegenfrage, die ich mir in diesen gesellschaftlichen Kreisen besser verkniffen hätte. Allein schon wegen Amie.

»Wieso? Vögelst du gerne reife Frauen?«

Seine Augen weiten sich bei dieser vulgären Bemerkung, dann huscht ein fragendes, aber unsicheres Lächeln über sein Gesicht. Er ist nicht unattraktiv, ziemlich groß, aber schlaksig, durchaus sportlich gebaut, aber seine Haltung zeigt deutlich, dass er mehr Zeit hinter einem Schreibtisch verbringt als mit Fitness. Normalerweise würde mich so etwas nicht von einem Date abhalten, aber seit ich Bancroft kenne, sind meine Ansprüche gestiegen.

Wentworth beugt sich noch weiter vor, sodass sein Mund direkt an meinem Ohr ist. Er hat hochprozentigen Alkohol getrunken, aus dem Torfgeruch und seinem säuerlichen Atem zu schließen, einen teuren Scotch. »Ich möchte in dir sein.«

Ich zucke leicht zurück. Es gibt verschiedene Möglichkeiten, diesen geschmacklosen Satz zu interpretieren. Seinem Tonfall und Gesichtsausdruck nach zu urteilen, ist er wohl eindeutig im horizontalen Sinn gemeint. Ich beschließe, mich dumm zu stellen. »Wie bitte?«

Er blinzelt und versucht meine Reaktion einzuschätzen. Ich täusche Verständnislosigkeit vor. Meine Abneigung hingegen ist echt. Mit einem Lächeln versucht er seine dreckige Bemerkung zu überspielen. »Ich würde dich gerne kennenlernen.«

»Tun wir das nicht gerade?« Ich nippe an dem Rest Prosecco in meinem Glas.

»Es wäre doch schön, wenn wir dabei etwas ungestörter wären, findest du nicht auch?« Er macht eine Kopfbewegung in Richtung der anderen Gäste. Die meisten sind in angeregte Gespräche vertieft, während ich unbemerkt in die Enge getrieben werde. Und Amie hat nur Augen für Armstrong.

Bevor ich überhaupt antworten kann, erscheint der Chefkoch und verkündet, dass das Essen serviert wird. Ich versuche, mich neben Amie zu setzen, doch Wentworth weiß das zu verhindern, indem er sich genau zwischen uns setzt und mich am Tischende isoliert.

Und dann fängt die Anmache erst richtig an. Erst reibt er sein Knie mindestens zwanzig Mal an meinem, dann tut er so, als wäre er besorgt, dass meine Haare beim Essen stören würden, und streicht sie mir über die Schulter zurück. Als der Hauptgang serviert wird, Filet Mignon und Hummerschwänze, bin ich so weit, ihn mit meinem Steakmesser zu erstechen.

Inzwischen bin ich bei meinem zweiten Glas Prosecco. Oder ist es doch schon das dritte? Da die Kellner regelmäßig nachschenken, ist es schwierig, den Überblick zu behalten. Meine Wangen glühen leicht, also wäre dies sicherlich der geeignete Zeitpunkt, um auf Wasser umzusteigen.

Gerade als das Essen serviert wird, macht sich mein Telefon in der Handtasche bemerkbar. Ich ignoriere das Vibrieren. Bancroft ist geschäftlich in Amsterdam, also rechne ich nicht damit, vor morgen von ihm zu hören. Wobei der Zeitunterschied ganz schön verwirrend sein kann.

Das Summen hört auf und beginnt nach ein paar Sekunden von Neuem. Als es zum dritten Mal anfängt, entschuldige ich mich und gehe auf die Toilette.

Auf dem Weg dorthin durchwühle ich meine Tasche und hoffe, dass ich das Gerät finde, bevor es aufhört zu klingeln. Es ist ein Video-Call von Bancroft, und ich habe augenblicklich dieses Kribbeln im Bauch. Mir ist völlig egal, ob es unhöflich ist, beim Essen einen Anruf entgegenzunehmen. Ich entschuldige es vor mir selber damit, dass ich bei diesem Mann wohne, mich um seine Haustiere kümmere und es wohl wichtig sein muss, wenn er mich anruft. Aber hauptsächlich sterbe ich vor Sehnsucht danach, seine Stimme zu hören. Unser letztes Gespräch liegt schon mehr als einen Tag zurück.

Ich drücke auf Annehmen und schlüpfe in die Damentoilette. »He, hallo!« Ich taste im Halbdunkel umher, bis ich den Lichtschalter finde.

»Ruby? Wie geht es dir?«

»Mir geht es gut.« Meine Stimme ist ein atemloses Flüstern. Immerhin befinde ich mich in einer Toilette, zudem liegt Bancroft ausgestreckt auf einer Couch und trägt wieder nur ein weißes Unterhemd. Sein Haar ist frisch gewaschen, und er ist unrasiert. Er wirkt müde. Und sexy. Und müde. Aber sehr, sehr scharf.

Auch sein Stirnrunzeln ist sexy. »Bist du in einer Toilette?«

»Was?« Ich blicke mich um, als wüsste ich nicht, wo ich mich befinde. »Oh. Ja, ich bin in einer Toilette.« Ich habe das Gefühl, dass der Prosecco sich bemerkbar macht.

»Du bist nicht zu Hause?« Die Art, wie er »zu Hause« sagt, sendet einen Schauer über meinen Rücken und Wärme zwischen meine Beine. Ich stelle mir vor, wie er auf der Couch liegt und ich ihn mit meinem Körper zudecke. »Ruby? Wo bist du?«

»Ich bin auf einer Party.«

»Einer Party?« Es klingt wie ein Echo. Er richtet sich auf und stellt den Becher ab, während sich die Falten auf seiner Stirn vertiefen.

»Welche Party? Und mit wem bist du da?«

Normalerweise schätze ich es überhaupt nicht, wenn ein Mann Besitzansprüche geltend macht. Schließlich bin ich eine Frau des einundzwanzigsten Jahrhunderts und finde, dass ich das Recht habe zu tun und zu lassen, was ich will, ohne darüber Rechenschaft ablegen zu müssen. Wenn ich in einer festen Beziehung bin, ist das etwas anderes. Dann treibe ich keine Spielchen und mache mit niemandem herum. Aber irgendetwas an seiner Art zu fragen – vielleicht ein Anflug von Unsicherheit – lässt dermaßen viel Hitze in gewisse Körperteile unterhalb meiner Taille schießen, dass mein Höschen Gefahr läuft, in Flammen aufzugehen.

»Ruby? Kannst du mich noch hören?«

»Oh, sorry! Für einen Moment war die Verbindung weg«, lüge ich. »Amie hat mich überredet, auf diese Party zu gehen. Ich hätte sie besser vorher fragen sollen, weil sie nicht in einem gemieteten Saal stattfindet, sondern im Haus von irgendeinem Richie Rich. Na ja, Haus trifft es nicht ganz, es ist eher ein Herrensitz. Das Badezimmer ist so groß wie meine alte Wohnung.«

»Wer veranstaltet die Party denn? Einer von Armstrongs Freunden?« Seine Stimme klingt auf einmal seltsam leise und ruhig.

»Vermutlich. Oder einer seiner Kollegen?« Die Art, wie Bancrofts Kiefer mahlt, verstört mich. »Jedenfalls sind alle hier außer mir und ihm entweder verlobt oder bereits verheiratet. Da wollte wohl jemand Amor spielen.«

»Amalie versucht, dich zu verkuppeln?« Das klingt jetzt völlig ungläubig.

Ich bin vielleicht nicht unbedingt die zivilisierteste und kultivierteste Frau, aber eine schlechte Partie bin ich auch nicht. Vielleicht mitunter ein bisschen wild, aber das ist ja nicht unbedingt ein Nachteil.

»Das war nicht Amies Idee, sondern offensichtlich die von Armstrong. Und außerdem sollte ich nicht jeden Abend allein zu Hause verbringen«, füge ich zu meiner Verteidigung hinzu.

»Du bist nicht allein. Du hast Tiny und Francesca und mich.« Jetzt klingt er nicht mehr skeptisch, sondern verärgert. »Mit wem wollte er dich verkuppeln?«

»Wentworth irgendwer.« Ich versuche, aus Bancroft schlau zu werden. All das Flirten und die manchmal überdeutlichen sexuellen Anspielungen gehören ganz selbstverständlich zu unseren Gesprächen dazu, und um ehrlich zu sein freue ich mich darauf. Doch während er mich vor ein paar Tagen noch Kleines genannt hat, redet er jetzt auf völlig andere Art mit mir und führt sich auf, als hätte er Anlass zur Eifersucht. Um zu diesem Punkt zu gelangen, haben wir nicht gerade viel Zeit miteinander verbracht. Das verwischt ein wenig die Grenzen, die ich mir selber gezogen habe.

»Wentworth Williams?« Die Verärgerung verwandelt sich in unverhohlenen Ärger.

»Genau der.«

»Verdammt noch mal, nein. Du kannst dich nicht mit ihm verabreden.«

»Wie bitte?« Ich lege das Telefon auf den Schminktisch und suche in meiner Tasche nach dem Lippenstift. Ich hasse es, wenn man mir sagt, was ich tun soll.

»Er ist ein elitärer, abgewichster Schwanzlutscher. Ich dulde ihn nicht in meiner Wohnung. Niemals. Du wirst ihn nicht wiedersehen. Ich verbiete es dir.«

»Du *verbietest* es mir?«

»Ja.«

»Ach, wirklich?« Ich stütze eine Hand in die Hüfte, bis mir auffällt, dass Bancroft nur meine Handtasche sehen kann. Ich rücke sie zur Seite, sodass er freie Sicht auf mein Kleid hat, in das ich inzwischen perfekt hineinpasse. Der Blickwinkel ist ziemlich schmeichelhaft und lässt meine Brüste umwerfend aussehen.

Bancroft fährt sich nervös mit der Hand durch die Haare. Sie sind völlig zerwühlt, und er scheint nur noch aus zuckenden Kiefermuskeln und Stirnfalten zu bestehen. Wie kann er nur so toll aussehen und sich trotzdem wie ein Vollidiot aufführen?

»Was hast du da an?«, schnauzt er mich an.

»Ein Kleid. Gefällt es dir nicht?« Ich finde, es steht mir sehr gut.

»Dieser Ausschnitt. Ich kann deine Brüste sehen. Hast du keinen Schal? Irgendwas, um dich zu bedecken?«

»Wie bitte?« Ich schaue an mir hinunter, umfasse meine Brüste und vergewissere mich, dass sie nicht im falschen Moment heraushüpfen. Alles ist genau da, wo es sein soll. »Mein Dekolleté sieht fantastisch aus. Und es ist kein bisschen übertrieben.«

»Ich wollte … du kannst nicht. Wentworth ist ein Arsch. Er ist letztes Jahr mit der Cousine der Schwester eines Freundes ausgegangen, und sie hat herausgefunden, dass er sie mit drei Frauen betrogen hat, wovon eine ein Escort-Girl war.« So verwackelt, wie das Bild ist, scheint er unruhig hin- und herzulaufen.

»Escort-Girl? Ist das nicht eine nette Umschreibung für Nutte?«

»Ja.«

»Das ist eklig.«

»Genau das ist es. Also verstehst du wohl, warum ich dir verbiete, mit ihm auszugehen.«

Dieses »verbiete« lässt mich vor Wut kochen. Es ist eins der Wörter, die ich andauernd von meinem Vater zu hören bekam. Und obwohl ich nicht das geringste Interesse habe, irgendwas mit Wentworth anzufangen, denke ich, dass es vielleicht ganz gut wäre, Bancroft noch ein wenig weiter anzustacheln. Schon deswegen, weil ich dieses Wort hasse und er sich so herrisch aufführt. »Ich glaube nicht, dass er mit mir ausgehen will.«

»So, wie du rumläufst, liegst du garantiert falsch.«

Jetzt macht er auch noch mein Kleid mies. »Ich denke, er ist eher auf eine schnelle Nummer aus.«

Bancrofts Kiefer verkrampfen sich, seine Nasenflügel beben und die Augen verengen sich zu dunklen Schlitzen. Die Spannung lässt sich fast mit Händen greifen. »Ruby.« Das klingt nach einer eindringlichen Warnung.

Ich lächele ihn liebenswürdig an und ziehe vorsätzlich mein Kleid zurecht, um noch mehr von meinem Dekolleté zu enthüllen. »Keine Sorge, Bane. Ich würde niemals einen Lover mit in deine Wohnung bringen. Ich muss jetzt auflegen. Wir sind mitten beim Essen, und ich bin schon so lange fort, dass es unhöflich wirkt.«

»Ruby, leg nicht a…« Ich beende das Gespräch und schalte das Telefon aus, bevor er den Satz beenden kann. Mein Magen rumort, und Schweißperlen laufen meinen Rücken hinunter. Bancroft führt sich auf wie ein eifersüchtiger Idiot. Als hätte er irgendwelche Rechte, über mich und mein Dekolleté zu entscheiden. Mir wird ganz mulmig.

Auf diese Art Spiel bin ich nicht vorbereitet. Ich mag ihn. Wenn nicht ein Ozean zwischen uns läge und ich nicht von ihm abhängig wäre, würde ich liebend gern unter seinem Körper liegen, in seinem Bett, auf der Couch, dem Fußboden oder wo auch immer. Aber die gegenwärtigen Umstände halten mich davon ab. Also werde ich ihn eine Weile schmoren lassen, dafür, dass er sich wie ein Neandertaler aufgeführt hat. Auch wenn mich das anmacht. Aber das muss er ja nicht wissen.

12

MEINS

Bancroft

Sie hat tatsächlich aufgelegt. Ich starre für einen Moment auf das Display, bevor ich auf Wiederwahl drücke. Ich lande direkt auf ihrer Mailbox. Ich versuche es erneut, mit dem gleichem Ergebnis.

Obwohl es in meinem Kopf rauscht, wird mir langsam bewusst, dass ich mich irrational verhalte. Ich glaube nicht wirklich, dass Ruby sich mit Wentworth einlässt. So geschmacklos ist sie nicht. Unsere bisherigen Gespräche haben das gezeigt. Denke ich. Hoffe ich.

Bei der Vorstellung, dass dieser Wichser in meiner Wohnung ist, in meinem Gästezimmer, und sie nackt unter ihm liegt, möchte ich am liebsten ins nächste Flugzeug steigen. Und zwar verdammt noch mal genau jetzt. Was natürlich absurd ist. Meine Arbeit hier wird sich noch ein paar Wochen hinziehen, es sei denn, ich könnte die Dinge schneller abwickeln. Aber so, wie es läuft, müsste dafür schon ein Wunder geschehen.

Abgesehen von einer möglichen Affäre mit Wentworth, was ich für unwahrscheinlich halte, verabscheue ich allgemein den Gedanken, dass Ruby sich mit einem anderen Mann treffen könnte. Seit sie bei mir wohnt, sind unsere abendlichen Video-Chats der Teil des Tages, auf den ich mich am meisten freue.

Nach all den endlosen Meetings, stundenlangen Verhandlungen mit nervigen Geschäftsleuten und dem ganzen Kleinkram, den die Leitung des Projekts mit sich bringt, ist Ruby wie eine frische Brise. Sie ist diejenige, zu der ich gerne nach Hause kommen würde. Was ein Problem ist, da ich ja nicht ihr fester Freund bin und zudem geplant ist, dass sie bei meiner Rückkehr auszieht.

Ich habe keine Ahnung, ob sie sich in meiner Abwesenheit mit jemandem getroffen hat, unverbindlich oder nicht. Ich hatte jedenfalls keine Zeit für so etwas. Okay, das stimmt nicht hundertprozentig, weil es schon Frauen gab, die Interesse daran hatten, sich mit mir zu treffen, aber dem stand mein Terminplan im Weg. Vor allem, wenn in ihm ein abendliches Gespräch mit Ruby vermerkt ist. Obwohl ich mir in Amsterdam angewöhnt habe, gleich frühmorgens anzurufen, da ich ein Frühaufsteher bin und sie eine Nachteule zu sein scheint. Ich mag, dass sie im Bett bevorzugt kurze Tops und Shorts trägt, und manchmal sehe ich ihre Nippel unter dem dünnen Stoff.

Aber es geht um viel mehr als nur um den Anblick von Nippeln. Ruby ist eine hinreißende, lebhafte Frau, die ihren eigenen Kopf hat. Sie ist ein Energiebündel und ziemlich frech. Ich mag sie. Sehr sogar. Sie ist lustig, geistreich und liebenswert. Wir teilen sogar die Erfahrung, wie frustrierend es sein kann, nicht den Erwartungen der Familie zu entsprechen. Ich unterhalte mich gerne mit ihr, weil ihre Sichtweise der Dinge wohltuend anders ist. Sie versucht auch nicht, meinem Ego zu schmeicheln. Auch das ist ein angenehmer Unterschied zu einigen anderen Frauen, mit denen ich früher ausgegangen bin. Sie wäre eine großartige Begleitung bei diesen schrecklich affektierten Partys, zu denen ich gezwungenermaßen gehen muss. Ich möchte sie ausführen. Ich möchte sie verführen. In meinem Bett. In dem sie immer mit Francesca liegt.

Aber nichts davon wird jemals passieren, falls sie sich während meiner Abwesenheit mit einem anderen einlässt. Was passieren könnte. Abgesehen davon, dass sie begehrenswert ist, ist auch das Bankkonto ihres Vaters nicht zu verachten. Für viele alleinstehende Männer aus Armstrongs Kreisen wäre allein das schon ein ausreichender Grund, interessiert zu sein. Erst recht für ein Arschloch wie Wentworth.

Ich versuche erneut, sie zu erreichen, lande aber wieder nur auf der Mailbox. Sie wird das Telefon ausgeschaltet haben. Kein Problem, es gibt auch andere Möglichkeiten, sie zu erreichen. Ich rufe Armstrongs Nummer an, erreiche aber auch bei ihm nur die Mailbox. Also versuche ich es ein zweites und ein drittes Mal.

»Hallo?« Er klingt ungehalten.

»Hi, Armstrong.«

»Bane! Wie geht's dir?«

»Mir geht's gut, danke.«

Ich höre ihn etwas murmeln, dann das Rücken eines Stuhls und Stimmen im Hintergrund.

»Sehr schön. Wie ich höre, laufen deine Projekte gut. Wie gefällt dir Amsterdam? Hast du schon einige der lokalen Spezialitäten ausprobiert?«

Natürlich kommt die Frage als erste. »Wenn du damit die Coffeeshops meinst, lautet die Antwort nein.« Ich bin sicher, Lex hat sie bereits ausprobiert. Die letzten Tage war er nicht erreichbar, und ich habe noch nicht herausgefunden, warum. Davon abgesehen muss zumindest einer von uns bei den morgendlichen Meetings einen klaren Kopf haben.

»Ich dachte eigentlich an etwas anderes.«

»Ich werde sicher nicht riskieren, dass mein Schwanz Pickel bekommt, nur um das Rotlichtviertel einmal auszutesten.« Ich kann mir aber gut vorstellen, dass Armstrong das täte, zumindest bevor er verlobt war.

»Du enttäuschst mich, Bane. Du bist in einem Land, in dem Prostitution legal ist, und kannst dich nicht mal amüsieren.«

»Zu dumm, dass du nicht an meiner Stelle bist, oder?«

»Ich würde jedenfalls alles mitnehmen, was sich bietet.«

»Du scheinst zu vergessen, dass du verlobt bist.«

»Amsterdam ist eine andere Zeitzone, das zählt also nicht.«

Ich ignoriere diesen Witz. »Sag mal, Ruby erwähnte, dass sie heute mit dir und Amalie verabredet sei. Ist sie zufällig in der Nähe? Ich hab versucht, sie anzurufen, aber sie hat wohl das Telefon stumm geschaltet.«

»Sie ist hier, aber wir sind gerade beim Essen. Kann sie dich später zurückrufen?«

»Es ist eine Art Notfall. Ich müsste sie dringend sprechen.« Die Lüge steckt mir quer im Hals, und ich frage mich, was ich eigentlich gerade tue.

»Ich hole sie.« Ich höre seine gedämpfte Stimme und dann, ebenfalls kaum verständlich, die verwirrte Antwort von Ruby.

»Er sagte, es sei ein Notfall.« Das war wieder Armstrong.

»Oh? Okay.«

Offenkundig hat er ihr sein Telefon gegeben. Ich vernehme das leise Klicken von Absätzen, dann das Öffnen und Schließen einer Tür, gefolgt von Rubys gemurmeltem »Notfall, wer's glaubt!«. Im nächsten Moment höre ich ihre verärgerte Stimme direkt in meinem Ohr. »Willst du mich verdammt noch mal verarschen, Bancroft?«

Ich liebe es, wenn sie mich mit meinem Namen anspricht. Auch dass sie selten die Kurzform benutzt, und wenn, dann klingt es immer, als wäre sie außer Atem. Und ich finde es toll, dass sie wütend ist und flucht. Vermutlich habe ich ein Problem.

»Hast du dein Telefon ausgeschaltet?« Ich bin selber überrascht, dass ich mit dieser Frage beginne.

»Ja.«

»Das kannst du nicht tun.«

Ihr schweres Atmen sorgt für eine direkte Reaktion in meiner Hose. Ich grinse und rücke meinen Halbsteifen zurecht.

»Das kann ich, wenn du dich wie ein Vollidiot aufführst«, schnauzt sie zurück.

»Ich bin besorgt.«

»Worüber denn? Ich habe dir doch gesagt, dass ich nicht vorhabe, mit Mr Triebgesteuert etwas anzufangen. Was willst du denn noch?«

»Das hast du *so* nicht gesagt.«

»Das ist *genau*, was ich gesagt habe.«

Ich wünschte, ich könnte sie in diesem Moment sehen. Ich stelle mir vor, wie sie dasteht, eine Hand in die Hüfte gestemmt, das Kinn trotzig vorgereckt.

»Nein. Du hast gesagt, du würdest ihn nicht mit in die Wohnung bringen, aber alles Weitere hast du offengelassen.«

»Wovon redest du eigentlich?« Sie scheint ein wenig zu zögern.

Darauf habe ich gewartet. »Und ich bin sicher, das war pure Absicht von dir.«

»Du redest Unsinn«, sagt sie mit einem leichten Zaudern. »Hast du mir irgendwas zu sagen, oder hast du nur angerufen, um mit mir über deine Einbildung zu streiten?«

»Das ist keine Einbildung.«

»Du machst mich rasend. Worum geht es hier eigentlich?«

»Das sagte ich doch schon, ich bin besorgt.«

»Weil?«

»Weil du nicht nüchtern bist und dazu neigst, in solchen Situationen falsche Entscheidungen zu treffen.«

»Oh mein Gott! Du kotzt mich gerade richtig an.«

»Du hast in der Vergangenheit bereits nach einem Drink

einen völlig Fremden geküsst. Findest du nicht, dass das eine zweifelhafte Entscheidung war?« Mir ist klar, dass es dumm ist, sie zu provozieren, aber ich kann nicht aufhören. Ich will nicht, dass jemand wie Wentworth sie betrunken macht und das dann ausnutzt. Wenn überhaupt, dann will ich derjenige sein. Was auch in meinen Ohren ziemlich daneben klingt. Natürlich will ich, dass sie nüchtern und einverstanden ist, wenn ich sie verführe.

»Das ist also dein sogenannter Notfall? Du willst mir Schuldgefühle einreden, weil ich dich geküsst habe. Und aus welchem Grund? Nur um sicherzugehen, dass ich nicht mit einem von Armstrongs Wichskumpanen schlafe? Du kannst beruhigt sein, ich habe nicht das geringste Interesse an Wentworth. Er ist überhaupt nicht mein Typ. Aber wenn du heute noch einmal anrufst und versuchst, mir solchen Mist zu erzählen, dann werde ich mit ihm schlafen. Und wenn es nur ist, um dich zu ärgern.«

»Wirst du nicht.«

»Versuchst du *immer noch*, mir zu sagen, was ich zu tun habe?«

Wenn sie könnte, würde sie vermutlich durch das Telefon greifen und mich würgen. »Du würdest nicht mit jemandem schlafen, nur um mich zu ärgern.«

»Bist du dir da so sicher, Bane?« Ganz plötzlich ist ihre Stimme fast bedrohlich sanft. »Sollen wir herausfinden, ob deine Theorie stimmt?«

Mir fällt keine passende Antwort ein. Ich bin keinesfalls sicher. Ich denke schon, dass ich recht habe. Ich hoffe es wenigstens. Zumal ich den Eindruck habe, dass Ruby doch konservativer ist, als sie vorgibt zu sein. Oder sie ist einfach nur wählerisch.

Dass es sie so verlegen macht, mich geküsst zu haben,

scheint das zu bestätigen. Außerdem habe ich den Eindruck, dass sie weit mehr zu impulsiven Handlungen neigt, wenn sie etwas getrunken hat, wie bei unserer ersten Begegnung. Was ich keinesfalls bedauere. Allerdings bedauere ich, dass ich vor meiner Abreise meine Vorstellungen und Ansprüche nicht klar geäußert habe. Aber da ich sie zu der Zeit gerade einmal zwei Tage kannte, hätte das wohl reichlich sonderbar und überzogen gewirkt. Hätte Ms Blackwood unseren Abschied nicht unterbrochen, dann hätte ich ihr noch einige Dinge sagen können, und wir würden uns jetzt nicht streiten.

Ich atme tief durch und versuche aufrichtig zu sein. »Ruby Scott, ich weiß genau, dass ich dir nicht zu sagen habe, was du zu tun hast. Aber das Allerletzte, was ich mir wünsche, ist, dass du so einen dämlichen Typen wie Wentworth an dich ranlässt. Schon gar nicht, wenn es nur aus Trotz geschieht.«

Eine Weile höre ich nur ihr tiefes Atmen. Ein Geräusch, für das ich sehr empfänglich bin. Und das ich zu gern hören möchte, wenn sie erschöpft in meinen Armen liegt. Was durchaus sexuell gemeint ist.

»Ich leg jetzt auf, Bane. Und du rufst mich heute besser nicht mehr an. Ich denke, du willst nicht unbedingt herausfinden, wie kurz davor du bist, meine Grenzen zu überschreiten.«

Das Besetztzeichen verhindert, dass ich noch etwas entgegnen kann. So sehr ich auch in Versuchung bin, sie direkt wieder anzurufen, weiß ich doch, dass das eine schlechte Idee ist. Eine sehr schlechte. Also lasse ich den Dingen ihren Lauf. Außerdem ist es schon spät, und ich sollte besser schlafen. Aber dazu bin ich zu angespannt, weil ich mich die ganze Zeit frage, wie es sein kann, dass die bloße Erwähnung dieses dämlichen Wentworth dazu geführt hat, dass alles völlig durcheinander und zugleich in den richtigen Blickwinkel geraten ist.

Jetzt sind es schon zwei Tage. Gestern habe ich versucht, Ruby zu erreichen, aber als einzige Antwort kamen kommentarlose Bilder von Tiny und Francesca, fast wie bei einer Lösegeldforderung. Eins zeigte Tiny auf ihrem Handrücken, das andere Francesca unter meinen Laken. Meinen zerwühlten Laken. Eine kleine Erinnerung daran, dass sie nicht nur meine Haustiere hat, sondern auch Zugang zu all meinen Sachen. Und meinem Bett.

Vielleicht war meine Reaktion in Bezug auf Wentworth nicht wirklich souverän. Am nächsten Tag rief ich Armstrong an, der es amüsant und unangemessen fand. Ferner meinte er, ich hätte nichts zu befürchten, weil Ruby eine frigide Zicke sei, und er bezweifle, dass sie überhaupt jemanden zwischen ihre Beine oder Lippen lassen würde.

Wofür ich ihm mehr als deutlich die Meinung gesagt habe.

Ich weiß, dass das nicht stimmt. Sie hat mich bereits zwischen ihre Lippen gelassen, und ich hoffe, sie lässt mich bald auch zwischen ihre Schenkel.

Nach weiteren siebenundfünfzig Stunden nimmt sie schließlich meinen Videoanruf entgegen. Zuvor hatte ich ihr einen Blumenstrauß als Geste der Entschuldigung liefern lassen, in der Hoffnung, dass es sie ein wenig besänftigen würde.

»He«, sage ich zur Begrüßung.

Selbst auf dem zweidimensionalen Display ist nicht zu übersehen, wie wütend ihr Blick ist. Wäre ich jetzt bei ihr, gäbe es viele Möglichkeiten, ein Lächeln auf ihr Gesicht zu zaubern, aber zwischen uns liegt ein ganzer Ozean, und so bleiben mir nur Worte.

»Es tut mir leid.«

Ihr Mundwinkel zuckt kaum wahrnehmbar. Ich sehe ihr dabei zu, wie sie ein paar Spaghetti auf die Gabel wickelt und sie sich in den Mund schiebt, ihren sinnlichen Mund, den ich bereits mit meiner Zunge erkunden konnte und den ich an meinem … Ein Geräusch lässt sie plötzlich innehalten, und ich merke, dass ich laut gestöhnt habe. Sie lässt die Gabel sinken. Ihre Lippen glänzen von der Öl-Knoblauch-Soße, und ich bekomme weder meine Fantasie unter Kontrolle noch meine Erektion.

Sie hat eindeutig die Oberhand, und das weiß sie. Sie zieht eine Braue hoch und kaut bedächtig. Es dauert ewig, bis sie mit mir spricht. »Dir tut es leid?«

»Ja.« Meine Stimme klingt leise und kratzig. Verdammt. Ich muss mich endlich in den Griff bekommen. Nicht in *den* Griff, zumindest nicht, während ich mit ihr telefoniere, aber danach vielleicht. Warum ist sie nur so sexy? Und warum macht es mich so an, dass sie mich nicht mit dem Mist, den ich gebaut habe, davonkommen lässt? Warum reizt mich ihr Zorn so sehr?

»Was genau tut dir leid? Dass du so ein Arschloch warst?«

»Sind die Blumen angekommen?« Dass sie die Wogen glätten würden, war wohl ein Irrtum.

»Sind sie. Und sie sind wunderschön. Ich wüsste trotzdem gerne, was dir so leidtut, dass du dich verpflichtet fühlst, mir Blumen zu schicken.«

Sehr gute Frage. Und völlig berechtigt. Die beigefügte Karte bot nicht viel Platz für eine ausführliche Nachricht, also entschied ich mich für »Tut mir leid, dass ich so ein Arschloch war«. Ich versuche, die richtigen Worte zu finden, ohne mich noch tiefer hineinzureiten. »Dass ich deinen Charakter infrage gestellt habe.« Da sie mich weiterhin wortlos anstarrt, fahre ich fort. »Mir ist klar, dass du eine intelligente Frau bist, die vollkommen in der Lage ist, die richtigen Entscheidungen zu treffen. Meine Sorge betraf nicht deine mögliche Entscheidung, sondern Wentworths Neigung, jede sich bietende Gelegenheit zu seinem Vorteil auszunutzen.«

Sie kaut langsam und schweigend. Schließlich legt sie die Gabel zur Seite und tupft sich den Mund ab. »Nun, deine Befürchtung ist sicherlich nicht unbegründet. Wentworth ist ein ziemlicher Idiot und ja, ich habe eine Zufallsbekanntschaft nach nur einem Martini geküsst. Zu meiner Verteidigung, es kam völlig unerwartet, und er war unglaublich attraktiv.«

Jetzt fehlen mir die Worte. »War?«

»Mhm.«

»Ist es aber nicht mehr?«

»Sein Verhalten kürzlich hat ihn mehrere Punkte gekostet.«

»Mehrere?«

»Mit dem entsprechenden Verhalten sollte es möglich sein, zumindest ein paar davon wiederzuerlangen.«

»Wie viele Punkte habe ich verloren?«

»Du glaubst, ich rede von dir?« Sie wendet den Blick von mir ab und starrt auf ihren Teller. Als sie fortfährt, hat ihr Tonfall seine Leichtigkeit verloren. »Woher willst du wissen, dass ich nicht mit irgendeiner Zufallsbekanntschaft herumgeknutscht habe, während du dich in Amsterdam der außerberuflichen Fortbildung gewidmet hast?«

»Außerberufliche Fortbildung?«

»Komm schon, Bane. Du befindest dich in einem Land, in dem Drogen legal sind, ebenso wie Prostitution. Bestimmt bleibt neben der Arbeit auch noch reichlich Zeit für Vergnügen.«

»Du denkst, ich würde für Sex bezahlen, nur weil es nicht verboten ist?«

Sie zuckt gleichgültig die Schultern, aber ihre Haltung bleibt angespannt. Inzwischen habe ich ganz gut gelernt, ihre Signale zu deuten. Ihre Gesten, ihre Mimik und ihre Haltung verraten mir Dinge, die sie hinter ihren anklagenden Worten versteckt. Ich weiß, dass der Gedanke daran sie ärgert, was mich wiederum freut, weil ich das Gefühl habe, dass wir uns endlich auf Augenhöhe befinden.

»Ernsthaft, Ruby?«, frage ich gereizt.

Ihr Blick streift mich, und ich sehe, worauf ich gehofft habe: Beunruhigung.

»Das ist beleidigend«, sage ich. »Du solltest mich inzwischen besser kennen, meinst du nicht?«

Sie macht ein verächtliches Geräusch.

»Was sollte das jetzt bedeuten?«

»Armstrong hat angedeutet, dass du die Vorzüge dieses Aufenthalts genießen würdest.«

Dieser verfluchte Armstrong. Wenn ich das nächste Mal mit ihm Golf spiele, werde ich ihm mit dem Neunereisen eins überziehen. »Armstrong ist so ein verdammter Idiot.«

Sie zupft solange an der Papierserviette herum, bis sie zerreißt. »Also gar keine Vergnügungen? Nicht mal einen kleinen Joint in einem Coffeeshop?«

»Fände das deine Zustimmung, oder würde mich das noch mehr Punkte kosten?«

Die Andeutung eines Lächelns zeigt sich auf ihrem Gesicht. »Wenn du mir ein Foto schickst, könntest du sogar ein paar Punkte wiedergutmachen.«

Ich wünschte, ich könnte sie durch das Telefon berühren. »Du könntest es benutzen, um mich zu erpressen.«

Sie senkt die Augenlider. »Glaubst du, ich würde zu solch zweifelhaften Mitteln greifen?«

»Ich weiß es nicht. Du hast mich dazu gebracht zu glauben, dass du mit Wentworth schlafen wolltest. Mein Vertrauen ist ein wenig angekratzt.«

»Du hast versucht, mir zu sagen, was ich zu tun habe!«

»Du warst betrunken und konntest nicht mehr klar denken«, kontere ich.

Sie beugt sich vor, und in ihren Augen flackert erneut Wut auf. »Ich war nicht betrunken.«

Ich sehe sie zweifelnd an.

»Okay, ein wenig«, räumt sie ein.

»Und dann dein Dekolleté. Dieser viel zu tiefe Ausschnitt.«

»Er war nicht übertrieben, sondern sehr geschmackvoll. Und dann kamst du mit deinem ›Ich verbiete es‹. Inzwischen solltest du gemerkt haben, dass man mit Äußerungen wie ›Das darfst du nicht‹ oder ›Das ist verboten‹ bei mir das genaue Gegenteil erreicht. Weißt du, was das letzte Mal passierte, als mir jemand etwas verbieten wollte?«

»Hoffentlich bist du nicht mit einem Blödmann im Bett gelandet.« Mir schwirren lauter unpassende Gedanken durch den Kopf, was ich ihr alles verbieten könnte und wie sie darauf reagieren würde.

Ruby wirft mir einen zweideutigen Blick zu, als ob sie meine Gedanken gelesen hätte. »Falsch. Ich bin nach New York gezogen, um meine Träume zu verwirklichen. Egal. Wenn du noch ein wenig Zeit hast, um dich auch ohne Prostituierte zu amüsieren, dann setz dich für ein paar Stunden in einen Coffeeshop und rauch etwas. Das könnte dich ein wenig entspannen.«

Ich fahre mir durch die Haare. »Normalerweise bin ich sehr entspannt.«

»Außer, wenn es um mein Dekolleté und Wentworth geht.«

»Mit dem Dekolleté habe ich keine Probleme. Solange es nicht mit Wentworth in Berührung kommt.«

»Aber ansonsten ist es annehmbar?«

»Darauf antworte ich nicht. Ich versuche gerade, mir wieder ein paar Pluspunkte zu erarbeiten, und das klingt doch sehr nach einer Fangfrage.«

Sie deutet mit der Gabel in meine Richtung und lächelt hinterlistig. »Du lernst dazu.«

»Wie geht es meinen anderen beiden Mädchen?«, frage ich, um zu einem unverfänglicheren Thema zu wechseln.

»Deine *anderen* beiden Mädchen?«

»Tiny und Francesca?«

»Oh, richtig. Willst du sie sehen?«

»Wenn du fertig bist. Lass dein Essen deswegen nicht kalt werden.«

»Ich bin satt. Kein Problem.« Sie trägt das Telefon hinüber zum Terrarium, in dem Tiny auf einem Stein sitzt. Dann begibt sie sich zu Francescas Käfig, nimmt sie heraus und geht mit ihr in mein Zimmer. »Tut mir leid, dass dein Bett nicht gemacht ist. Wir haben vorhin hier gespielt.«

Ich höre Geraschel und wie etwas auf den Boden fällt, dann lehnt sie das Telefon gegen die Kissen und klettert auf das Bett. Mein Bett. Sie trägt wieder diese winzigen Shorts und ein Top. Ihre Beine sind einfach umwerfend, und ich stelle mir vor, sie wäre nackt und ihre Fesseln lägen auf meinen Schultern. Nicht dass ich viel daran denken würde.

Francesca flitzt über das Bett und spielt Verstecken unter den Laken, bis sie irgendwann erschöpft ist. Dann krabbelt sie auf Rubys Schoß und wühlt ihren Kopf unter ihr Top.

»Was geht denn da vor?«

»Sie liebt es, sich zwischen meinen Brüsten zu verstecken.« Francescas Kopf schaut aus dem Ausschnitt hervor.

»Schlaues Mädchen«, antworte ich.

Ich kann es kaum erwarten, endlich wieder nach Hause zu kommen. Wenn ich Glück habe, sogar früher als geplant. Ich habe nur noch einige Dinge in Amsterdam zu erledigen, und dann geht es wieder nach London. Lexington fährt schon ein paar Tage vor mir, um einige offene Fragen zu klären. Ich muss gestehen, dass ich darüber ganz froh bin, weil mich seine Detailversessenheit die Wände hochgehen lässt.

Außerdem habe ich den Eindruck, dass seine Unfähigkeit, den Versuchungen zu widerstehen, sich auf seine Arbeit auswirkt. Normalerweise kann er sich ganz gut beherrschen, aber hier scheint das nicht zu funktionieren. Ein paar Tage zur Ausnüchterung täten ihm sicher ganz gut.

Ich habe inzwischen alles gesehen, was ich wollte, und sehne mich nach meinem Zuhause, meinem eigenen Bett, danach, in meiner eigenen Küche zu kochen, am liebsten gemeinsam mit Ruby. Nur dass sie bei meiner Rückkehr ausziehen wird. Ein Gedanke, der mir nicht sonderlich gefällt. Ich mag es, Zeit mit ihr zu verbringen.

»Was macht die Jobsuche?«

Ruby knabbert an ihrer Unterlippe und wendet den Blick ab. »Geht so. Ich habe Ende der Woche noch ein Vorsprechen. Und auch noch einige Vorstellungsgespräche für Teilzeitjobs. Nichts, was mit dem Theater zu tun hat, nur um ein regelmäßiges Einkommen zu haben.«

»Das ist doch gut, oder?« Ihr Tonfall erweckt den Eindruck, dass das Gegenteil der Fall ist. Dass sie sich um Jobs bewirbt, die nichts mit dem Theater zu tun haben, bedeutet wohl, dass sie Schwierigkeiten hat, ein Engagement zu bekommen. Was wirklich grotesk ist. Nach allem, was ich von ihr weiß, ist sie die geborene Schauspielerin. Seit sie sprechen kann, hat sie auf der Bühne gestanden, bei Weihnachtsvorführungen in der Schule, in Schauspielkursen, außerdem hatte sie Hauptrollen in sämtlichen Schulinszenierungen. Selbst ihren allerersten Kuss bekam sie auf einer Bühne. Was sie schrecklich fand, weil der Hauptdarsteller einen Hamburger mit rohen Zwiebeln gegessen hatte, bevor er die Kussszene mit ihr probte. Wenn sie vom Theater erzählt, erinnert mich das immer daran, wie es bei mir mit dem Rugby war. Außer, dass sie am Anfang ihrer Karriere steht und ich meine bereits hinter mir habe.

»Oh ja, ganz sicher. Wird schon klappen.«

»Und wie sieht es mit einer Wohnung aus? Hast du schon was Passendes gefunden?« Noch ein Grund, warum ich möglichst schnell wieder nach Hause will. So kann ich zumindest noch ein wenig Zeit mit ihr verbringen, bevor sie auszieht.

»Oh, also … ich suche noch. Aber ich kann bei Freunden unterkommen, wenn du zurück bist.« Sie spielt mit den Fingernägeln an ihrer Lippe und macht den Eindruck, als würde sie am liebsten an ihnen knabbern.

»Das klingt nach unnötigem Aufwand.«

»Was meinst du damit?«

»Schon wieder mit deinen ganzen Sachen umzuziehen.«

»Ich habe ja nicht viel zu transportieren.«

»Trotzdem. Das ist doch witzlos. Ich meine, dass du ausziehst, wenn ich zurückkomme. Du kannst genauso gut solange bleiben, bis du was Richtiges gefunden hast. Wenn du möchtest.«

»Danke, dass du mir das anbietest, Bancroft, aber ich will niemandem zur Last fallen. Du hast bereits mehr als genug für mich getan.«

»Du fällst mir nicht zur Last, Ruby. Ich habe genügend Platz, und Francesca mag dich. Und mir gefällt die Vorstellung nicht, dass du mit deinen ganzen Sachen umziehst, nur um dann ein weiteres Mal umziehen zu müssen. Es gibt keinen Grund zur Eile. Ich will auch nicht, dass du in irgendeinem Loch landest, nur weil du befürchtest, dass du eine Last bist. Das bist du nicht.«

Ruby stützt ihr Gesicht in die Hand. Francesca ist immer noch in ihren Ausschnitt geschmiegt, nur ihr Kopf schaut heraus.

»Bist du sicher, dass du das willst?«

»Ganz sicher. Es gibt genügend Platz für uns beide.«

»Aber dann beteilige ich mich auch an den Kosten für die Wohnung und die Lebensmittel.«

»Darüber können wir später noch reden. Das ist nichts, worüber ich mir Gedanken mache.«

»Ich will keine Vergünstigungen.«

Ich wäre überglücklich, ihr sämtliche Vergünstigungen zu gewähren, die sie möchte, aber das behalte ich für mich. »Wir reden darüber, wenn ich zurück bin, okay?«

»Okay. Danke Bancroft. Du bist unglaublich nett zu mir. Besonders wenn man bedenkt, dass ich zwei Tage lang kein Wort mit dir gesprochen habe.«

»Ich versuche nur, wieder ein paar Pluspunkte zu sammeln. Wie ist der aktuelle Stand?«

Sie lächelt und krault Francesca am Kinn. Ich hätte nicht gedacht, dass ich auf ein Frettchen eifersüchtig sein könnte. Zumindest habe ich eine Entschuldigung, um in ihren Ausschnitt zu starren. Sie blickt auf und schenkt mir ein vorsichtiges Lächeln. »Eine glatte Neun Komma fünf. Du bist fast wieder da, wo du am Anfang warst.«

»Hervorragend.« Ich bin selber überrascht, dass ich ihr dieses Angebot gemacht habe. Aber das wird mich nicht davon abhalten, mein eigentliches Ziel zu verfolgen.

13

JOBS FÜR DIE ARBEITSLOSEN

Ruby

Vorerst ist das Thema Wohnen vom Tisch. Das ist beruhigend, weil ich bei dem Gedanken, wie es nach Bancrofts Rückkehr weitergehen soll, schon fast im Panikmodus war. Ich wünschte, die Zeit würde nicht so schnell vergehen.

»Okay, also weißt du erst mal, wo du wohnen kannst. Das ist gut.« Amie klingt beruhigt.

Ich nicke, auch wenn ich mir nicht sicher bin, ob die Situation wirklich so gut ist.

Bancroft lässt mich bei sich wohnen, bis ich eine neue Bleibe gefunden habe. Was verglichen mit den Alternativen natürlich die beste Lösung ist. Bis jetzt war ich auch durchaus optimistisch, obwohl mittlerweile meine Sorge wächst, dass ich doch nach Rhode Island zurückgehen und für meinen Vater arbeiten muss.

Darüber hinaus fühlte sich das ganze Flirten und Geplänkel mit ihm viel vertretbarer an, als es noch ein festgelegtes Datum für meinen Auszug gab. Als sein zeitweiliger Tiersitter schien es harmlos, sich darauf einzulassen. Jetzt, wo ich seine Mitbewohnerin sein werde, bin ich mir nicht sicher, wie harmlos es wirklich sein wird. Es könnte ziemlich vertrackt werden, vor allem wenn wir uns doch nicht verstehen sollten und ich weiterhin gezwungen wäre, hier zu wohnen.

»Und mit den Jobs wird es auch gut laufen. Morgen ist das nächste Vorsprechen, oder? Es wird schon alles klappen.« Irgendwie klingt Amie jetzt genau wie ich.

»Und ich habe auch noch ein paar Vorstellungsgespräche für andere Jobs.« Ich bin froh, dass wenigstens einer von uns optimistisch wirkt.

Sie nippt an ihrem Gesundheitstee. Seit Kurzem hat sie ein Programm zur gesunden Ernährung, was für mich eher wie eine Diät klingt. Was völlig lächerlich ist. Amie ist klein und zierlich. Sie hat von Natur aus eine Modelfigur und musste kaum etwas dafür tun oder auf ihr Gewicht achten. Was sie aber seit einiger Zeit dennoch tut, und ich denke, das hat mit Armstrongs fortwährenden dummen Sprüchen zu tun. Je mehr ich ihn kennenlerne, desto unsympathischer wird er mir. »Wo bewirbst du dich?«

»Zum einen in einem Restaurant und dann in einem Café. Ich brauche einfach Geld, um über die Runden zu kommen.« Bislang habe ich es vermieden, mich in Nachtclubs zu bewerben, weil ich nicht schon wieder in eine Situation geraten wollte, in der ich angemacht werde.

»Oh.« Amie sieht mich missbilligend an. »Ich könnte doch Armstrong bitten, dir einen Job zu besorgen.«

»Danke, aber lieber nicht.« Wenn Armstrong mir einen Job besorgt, wird mein Vater das erfahren, und das will ich nicht.

»Komm schon, Ruby. Es wäre doch nur solange, bis du endlich die Rolle bekommst, die du verdienst.«

Ich schlürfe meinen Kaffee. Momentan brauche ich alle Energie, die ich bekommen kann. Bevorzugt in flüssiger Form. Dann werde ich mich wieder daran machen, meinen Lebenslauf zu verteilen und mich um Jobs zu bewerben, die eher für eine Collegestudentin geeignet sind.

»Wie wird das nach Bancrofts Rückkehr weitergehen? Ich

kann zwar noch eine Weile bei ihm bleiben, aber letztendlich muss ich einen Ort zum Wohnen finden, der nicht sein Gästezimmer ist.« Wie beispielsweise sein Schlafzimmer.

»Du wirst schon was finden.«

Ich bin mir da nicht so sicher, aber damit will ich Amie nicht belasten. Es ist mein Fehler, dass ich in dieser Klemme stecke. Durch sie habe ich immerhin diesen Platz, an dem ich bleiben und versuchen kann, mein Leben auf die Reihe zu bekommen. Es wäre toll, wenn ich dabei endlich Fortschritte machen würde.

»Riechst du das auch?« Amie rümpft die Nase, als ich mein Telefon aus meiner Tasche hervorhole.

Ich nehme einen schrecklich ranzigen Gestank wahr und halte mir spontan den Mund zu, um ihn nicht einzuatmen. »Was kann das sein?« Ich sehe mich um, ob die Müllabfuhr in der Nähe parkt.

»Keine Ahnung. Wir sollten besser gehen. Das riecht ja grauenhaft.«

Ich schnappe mir meine Sachen. Ich muss eh meine Stellensuche fortsetzen, und Verabredungen zum Kaffee sind ja auch hauptsächlich für Leute gedacht, die eine Pause von ihrer Arbeit benötigen.

Ich weiß nicht, warum, aber dieser schreckliche Gestank scheint den ganzen Tag lang an mir zu haften. Überall, wo ich hingehe, scheinen die Leute einen großen Bogen um mich zu machen, und ich frage mich, ob mein Geruchssinn daran Schaden genommen hat.

Ich kontrolliere meine Schuhsohlen, ob ich vielleicht in einen Kadaver oder Hundekot getreten bin, aber außer Steinchen findet sich nichts. Es ist äußerst merkwürdig.

Am Ende des Tages habe ich das Gefühl, dass ich kurz vor

einem emotionalen Zusammenbruch stehe. In dem einen Café bin ich sogar so weit gegangen, um einen Job zu betteln. Was umso peinlicher war, weil der Geschäftsführer aussah, als wäre er gerade mal siebzehn. Zumindest nach dem spärlichen Flaum auf seiner Oberlippe zu urteilen, der wohl einen Schnurrbart darstellen sollte.

Heute ging wirklich alles schief. Dabei will ich doch nur einen Job. Egal, was für einen, solange er mir ein regelmäßiges Einkommen garantiert. Von dem Geld, das Bancroft mir dagelassen hat, ist zwar noch einiges übrig, aber das reicht nicht auf Dauer. Umso weniger als ich demnächst ja auch meinen Anteil an der Miete zahlen muss.

Meinen Vater anzurufen, ist auch keine Option, wie er mir ja bereits deutlich gemacht hat. Ich muss dringend meinen Kopf freibekommen, also nehme ich die nächste U-Bahn und fahre Richtung Central Park.

Bancroft fliegt heute wieder zurück nach London, deshalb werde ich entweder erst sehr spät oder auch erst morgen von ihm hören. Das gleichmäßige Rattern der U-Bahn wirkt beruhigend auf mich. Ich schließe die Augen, erschöpft von den Sorgen und dem Gedanken, dass Bancroft bald zurück sein wird und ich nach den ganzen Wochen nichts vorzuweisen habe.

Das Ruckeln des Zuges lässt mich hochschrecken. Offensichtlich war ich weggedöst, denn ich weiß nicht, an welcher Station ich mich befinde. Desorientiert und verwirrt steige ich aus der nahezu leeren U-Bahn.

Während meines Nickerchens ist die Dämmerung hereingebrochen. Ich muss wirklich schrecklich müde gewesen sein. Und nun befinde ich mich in einem mir unbekannten, zwielichtigen Teil der Stadt, und mir platzt fast die Blase.

Ich finde eine Bar namens *EsQue*, die geöffnet hat, und gehe hinein. Der Eingangsbereich ist in einem dunklen Burgunderrot gestrichen, und eine steile Treppe führt hinab zu einer Neonreklame mit einem blinkenden Pfeil. Hier haben sich vermutlich schon einige Betrunkene die Knochen gebrochen. Die Vernunft rät mir, einen anderen Ort zu suchen, aber der Drang zu pinkeln ist stärker.

Ich stolpere die Stufen hinunter und werde von einem Türsteher aufgehalten. »Ihren Ausweis, bitte«, sagt er mit ausgestreckter Hand.

Ich trete unruhig von einem Fuß auf den anderen, um ein Unglück zu verhindern, während ich in meiner Tasche meine Brieftasche suche, als mir plötzlich ein beißender, ekelerregender Gestank entgegenschlägt. Derselbe, der mich schon den ganzen Tag verfolgt. Als wenn ein Nagetier in meine Tasche gekrochen wäre, um darin zu verenden. Ich muss würgen, als ich etwas ertaste, das sich matschig anfühlt, und lasse meine Tasche fallen. Ich bücke mich, wobei ich mein Gesicht in meine Ellenbeuge presse, damit mir der Gestank nicht noch mehr in die Nase steigt.

Der Türsteher blickt unbeeindruckt und macht keine Anstalten, mir zu helfen, während ich auf Höhe seiner Eier in meiner Tasche wühle und versuche, mich weder vollzupinkeln, noch das zu berühren, was diesen entsetzlichen Gestank verursacht. Die Tasche weiter zu öffnen, macht die Angelegenheit nur noch schlimmer.

Während ich da hocke, lässt er drei Männer hinein, ohne nach ihrem Ausweis zu fragen. Vielleicht liegt es daran, dass sie bereits alt und grau sind.

»Was ist jetzt mit dem Ausweis?«, fragt er mich genervt.

»Haben Sie eine Taschenlampe? Ich kann hier nichts sehen!«

Er blendet mich mit dem Licht seines Smartphones, bevor er es auf meine Handtasche richtet.

Zwischen Lippenstiften, einigen Kugelschreibern, Notizzetteln und zusammengeknüllten Servietten erspähe ich meine Brieftasche. Und drei Plastiktüten.

In dem Moment fallen mir die Appetithäppchen wieder ein, die ich auf Amies Verlobungsparty abgestaubt hatte. Vor mehreren Wochen. Durch meine Erkältung hatte ich sie völlig vergessen. Und seitdem hatte ich auch die Tasche nicht mehr in der Hand gehabt. Also haben sie wochenlang hier drin vor sich hingegammelt. Es sieht so aus, als hätten sie sich während der Zersetzung verflüssigt. Eine der Tüten ist ganz glänzend und scheint die Hauptquelle des fauligen Geruchs zu sein. Ich fingere meine Brieftasche heraus, ohne die Tüten anzufassen, und strecke dem Türsteher meinen Ausweis hin.

»Zwanzig Dollar Eintritt.«

»Ich müsste nur kurz auf die Toilette.«

»Zwanzig Dollar Eintritt«, wiederholt er ungerührt.

Meine Lage ist mittlerweile ziemlich schlimm, und ich habe nicht die Zeit, eine andere Toilette zu suchen. Widerwillig zahle ich die zwanzig Dollar und eile in Richtung Toiletten. Zum Glück gibt es keine Warteschlange. In meinem ganzen Leben musste ich noch nie so dringend pinkeln. Die Erleichterung ist so groß, dass es das Geld wert war.

Hinterher entferne ich vorsichtig die Stinkbomben aus meiner Handtasche und werfe sie in den Mülleimer. Danach wasche ich mir vier Mal die Hände. Der Geruch hat sich in meiner Nase festgesetzt, und ein kleines Loch in einer der Tüten hat einen Fleck auf dem Boden der Tasche hinterlassen. Ich versuche, ihn mit Papierhandtüchern zu entfernen, und bin froh, dass die Tüten nicht richtig ausgelaufen sind. Trotzdem fürchte ich, dass ich die Tasche entsorgen muss. Was bedauerlich ist, weil ich sie mag und mir im Augenblick keine neue leisten kann.

Als ich die Damentoilette verlasse, stoße ich beinahe mit einer anderen Frau zusammen. Ich murmele eine Entschuldigung und bemerke, wie sie angewidert das Gesicht verzieht und sich die Hand vor den Mund hält.

»Grauenhaft, nicht wahr?« Sie soll bloß nicht denken, dass ich dafür verantwortlich bin. Da ich schon mal den Eintritt gezahlt habe, kann ich auch einen Drink nehmen und dabei überlegen, wie ich am besten nach Hause komme.

Eigentlich hätte es mich wundern sollen, dass vor der Damentoilette kein Andrang herrschte, aber es ist ja noch nicht so spät am Abend. Außerdem hat meine Blase mich davon abgehalten, mich näher umzusehen, was ich jetzt nachhole. In der Bar sind hauptsächlich Männer und nur wenige Frauen. Zuerst denke ich, dass ich in einem Stripclub gelandet bin, aber die Frauen auf der Bühne ziehen sich nicht aus. Zumindest nicht völlig. Auch wenn die Kostüme sie nur äußerst notdürftig verhüllen. Zudem gibt es keine Pole-Dance-Stangen.

Es dauert ein paar Sekunden, bis mir klar wird, dass ich mich in einer Art Burlesque-Show befinde. Die Kostüme sind zwar knapp und extravagant, aber bei den Auftritten geht es vor allem um Sinnlichkeit. Kein nacktes Herumturnen oder Reiben an einer Stange. Kürzlich hatte ich ein Vorsprechen für ein Burlesque-Stück. Jenes, bei dem ich auf der Bühne ausgerutscht und lang hingeschlagen bin. Danach habe ich mich gefragt, ob mir das Schicksal damit einen Gefallen erweisen wollte, aber jetzt, wo ich hier sitze, weiß ich, dass es mir nur den ausgestreckten Mittelfinger gezeigt hat.

Ich setze mich an die Bar und bestelle ein Sodawasser. Ein Drink wäre zu teuer, und ich wäre versucht, ihn in einem Zug hinunterzustürzen. Die Show hat deutlich mehr Klasse als das Stück, für das ich vorgetanzt habe. Das Ablegen der Kleidungsstücke geschieht sehr raffiniert und wirkt in keinem Moment billig oder pornografisch. Die Tänzerinnen, jedenfalls die meisten, wissen genau, was sie tun, und ich habe den Eindruck, dass es sich nicht um Amateure handelt. Dennoch ist etwas seltsam an der Show. Es macht fast den Eindruck, als würde jemand fehlen.

Ich bin so durstig, dass mein Glas schnell leer ist. Die Barfrau kommt herüber und fragt, ob ich noch ein Sodawasser möchte. Ich blicke auf mein Telefon und tue so, als hätte ich nicht mehr die Zeit für ein weiteres alkoholfreies Getränk.

Sie stellt ein Sodawasser vor mich hin, ohne meine Antwort abzuwarten. Ich öffne meine Handtasche, aber sie winkt ab. »Das geht auf mich.«

»Danke.« Ich blicke sie fragend an, aber sie zuckt nur die Achseln. »Ich muss ziemlich mitleiderregend wirken.«

Sie grinst leicht, während sie den Tresen abwischt. »Ich hab gesehen, was an der Tür passiert ist. Offensichtlich wolltest du hier nicht wirklich landen. Und ja, mitleiderregend und niedlich würde ich sagen.«

Ich lache, dann seufze ich und werfe wieder einen Blick auf die Bühne. »Das sind alles Profis, nicht wahr?«

»Die meisten. Zwei der Hauptdarstellerinnen haben es richtig gelernt, die anderen Mädchen kommen vom Tanz.«

Ich beobachte die Tänzerin in der Bühnenmitte, die eine unglaubliche Figur hat. »Was verdienen die Tänzerinnen hier so im Schnitt?«

»Das hängt von ihnen ab, von der Anzahl der Auftritte, davon, wie voll der Laden ihretwegen ist.«

»Also bekommen sie nicht nur einen Stundenlohn?«

»Bei den Solonummern kommt ziemlich viel Trinkgeld zusammen. Wieso? Suchst du einen Job?«

Ich sehe an ihrem Gesichtsausdruck, dass das ein Witz sein soll.

Ich konzentriere mich wieder auf die Bühne. Ich habe sowohl die Grundlagen als auch das Talent, um mir diese speziellen Bewegungen anzueignen. Sie sind nichts, was mir wirklich fremd wäre. Ich kann gar nicht mehr zählen, wie oft ich mir den Film *Burlesque* angesehen habe. Wenn mein Vater wüsste, dass ich überlege, in einer Burlesque-Show mitzumachen, um meine Miete zu zahlen, würde er einen Herzinfarkt bekommen. Aber das mit dem Job wäre vielleicht gar nicht so schlecht. Wenn ihm mein Lebenswandel zu peinlich wäre, würde er mir möglicherweise sogar verbieten, für ihn zu arbeiten.

»Weißt du, ob hier gerade was frei ist?«

Sie taxiert mich von Kopf bis Fuß. »Was hast du denn für Erfahrungen?«

»Ich habe eine professionelle Ausbildung«, antworte ich vage.

Sie blickt mich skeptisch an. »Welche Art von Ausbildung?«

»Ich hatte Tanz, Stimmbildung und Schauspiel auf dem College.« Ich drehe das Glas zwischen meinen Handflächen.

»Ach ja? Auf welchem College?«

»Eine kleine Kunstakademie außerhalb der Stadt.« Da ich nicht will, dass sie nachhakt, plappere ich einfach weiter. »Ich habe vor zwei Jahren meinen Abschluss gemacht, aber es ist schwierig einen Job beim Theater zu bekommen, außer man kennt jemanden. Ich hatte ein paar kleinere Rollen, aber nichts von Dauer. Doch wir haben ja alle den Traum von der großen Karriere, nicht wahr?«

»Den haben wir.« Ihr Blick fällt auf meine Handtasche; zum Glück ist das Markenlogo nicht sichtbar. »Komm morgen Mittag vorbei, wenn du es ernst meinst.«

»Ernsthaft?«

»Ich kann nichts versprechen.« Sie schnippt ihre Karte auf

den Tresen, und ich greife danach wie nach einem Einhundertdollarschein.

»Sie suchen gerade eine Neue, und du könntest passen. Sofern du dich bewegen kannst.«

Bevor ich die Bar verlasse, lege ich noch Trinkgeld für das Sodawasser auf den Tresen, aber nicht so viel, dass es nach Bestechung aussieht. Draußen tippe ich die Adresse in mein Telefon und stelle fest, dass ich richtig weit weg von zu Hause bin. Tatsächlich bin ich fast in meinem alten Viertel. Der Job ist nicht toll, aber immerhin. Für eine Weile könnte es ganz amüsant sein, etwas Gewagtes zu tun, abgesehen von meinen Versuchen, mich in einem der unsichersten Berufe überhaupt durchzusetzen.

Es wäre ja nur vorübergehend. Bis ich eine passende Rolle gefunden habe, die es mir ermöglicht, meine Schulden abzuzahlen.

Für die Fahrt mit der U-Bahn brauche ich mehr als eine Stunde. Die Zeit nutze ich, um einige Artikel über Burlesque zu lesen. Viele Shows sind ziemlich unzüchtig, aber dieser Club legt eher Wert auf die klassische, konservative Form der Darbietung. Was gut ist, weil ich keinen Wert darauf lege, einen Job anzunehmen, der mir das Gefühl gibt, dass ich eigentlich fast schon eine Stripperin bin. Die Grenze will ich keinesfalls überschreiten. Da ich eine Ausbildung in Jazztanz habe, sollte es beim Vortanzen keine Probleme geben. Ich werde die Angelegenheit einfach behandeln wie jedes andere Vorsprechen auch.

Zu Hause gehe ich meine Musikvideos durch und probe die Tanznummer aus *Burlesque*, die ich immer wieder geübt habe, seit ich den Film das erste Mal gesehen habe. Ich stelle mir vier Wecker, gehe in Gedanken noch mal die direkteste Verbindung mit der U-Bahn durch und lösche das Licht. Mögen die Götter der finanziellen Sicherheit mir gewogen sein.

Kurz bevor ich aus dem Haus muss, erhalte ich eine SMS von Bancroft. Ich schreibe ihm kurz, dass ich auf dem Weg zu einem Vorsprechen bin, woraufhin er mir als Antwort drei Kleeblätter und ein Hufeisen schickt.

Um kurz vor zwölf treffe ich bei der Bar ein und hoffe, dass ich das passende Outfit gewählt habe. Unter meinem schlichten Etuikleid trage ich ein schwarzes Trägerhemdchen und passende Jazzpants. Sehr einfach, aber hoffentlich offenherzig genug. In meiner Tasche habe ich sowohl flache Schuhe als auch welche mit Absätzen.

Bei Tag wirkt die Bar viel heruntergekommener. Ich rüttele an der Klinke, aber die Tür ist verschlossen. Vielleicht gibt es ja einen Hintereingang, von dem ich nichts weiß. Ich suche in meiner Handtasche nach der Karte, die mir die Barfrau gegeben hat. Bevor ich aus dem Haus gegangen bin, habe ich noch die Handtasche gewechselt. Ich könnte immer noch heulen, weil die stinkenden, verfaulten Appetithäppchen die Tasche ruiniert haben. Vielleicht hilft es ja, dass ich eine ganze Packung Backpulver hineingeschüttet und sie außerdem mit Bancrofts Rasierwasser eingesprüht habe.

Bevor ich die Karte finde, öffnet sich die Tür und die Barfrau von gestern Abend begrüßt mich. Statt Jeans und einer Korsage trägt sie heute einen Anzug. »Wow, ich bin überrascht, dich zu sehen. Du musst ja wirklich verzweifelt sein.«

»Ich will einfach nur einen festen Job«, sage ich mit einem hoffentlich angemessenen Lächeln. Was hätte ich auch sonst antworten sollen?

Sie lacht und hält mir die Tür auf. Bei normaler Beleuchtung wirkt die Bar völlig verändert. Die Wände könnten dringend einen neuen Anstrich gebrauchen, und die Tische sind abgewetzt. Aber es ist ja nur vorübergehend. Die Barfrau, von der ich immer noch nicht den Namen kenne, hat sich hingesetzt und deutet auf die Bühne. Ein paar Angestellte laufen umher, ein Mann schleppt Kisten, eine Frau ist mit einem Notizblock beschäftigt, aber niemand nimmt mich zur Kenntnis.

»Möchtest du einen bestimmten Song?«, fragt sie mich.

Ich hole meinen tragbaren Lautsprecher aus der Tasche. »Ich habe Musik dabei, nur für den Fall.«

Sie blickt skeptisch, aber mit dem Anflug eines Lächelns. »Du bist also vorbereitet?«

Es klingt herablassend, aber das kenne ich schon zur Genüge von meinem Vater. Und ich brauche dringend einen Gehaltsscheck.

Ich lege meine Tasche auf einen Tisch, schlüpfe aus meinem Etuikleid und stelle den Lautsprecher auf. Ich stelle die Musik an und nehme die Ausgangsposition ein.

Die ganze Fahrt über habe ich versucht, mich selbst aufzumuntern und mir vorzustellen, dass es sich um eine Probe für das Vorsprechen Anfang nächster Woche handelt, unmittelbar vor Bancrofts Rückkehr. Wenn das klappen würde, bräuchte ich den Job hier gar nicht.

Während der Nummer vermeide ich es, zu ihr hinüberzusehen. Ich habe zu viel Angst davor, es zu vermasseln. Und wenn ich mitbekäme, dass sie mich mit Geringschätzung ansähe, würde genau das passieren. Erst als ich meine Nummer beendet habe, sehe ich sie an.

Sie hat das Kinn in die Hände gestützt und blickt mich nachdenklich an. »Was hast du gesagt, auf welchem College du warst?«

»Ich hab gar nichts gesagt.«

Ihr ernster Gesichtsausdruck weicht einem Lachen. »Auf jeden Fall hast du eine verdammt gute Ausbildung gehabt.«

Ich verschränke meine Hände, um nicht nervös mit ihnen herumzufuchteln. »Ich tanze schon seit meiner Kindheit.«

»Die Nummern unterscheiden sich schon ziemlich von dem, was du wahrscheinlich gewohnt bist.«

»Das bekomme ich hin.« Oh Gott, heißt das, ich habe den Job?

Ich drücke mir heimlich die Daumen, während sie sich mit einem lackierten Nagel über die Lippen fährt. Dann steht sie auf und kommt zu mir herüber. »Zeig mir deine Arme.«

»Wie bitte?«

»Deine Arme. Ich will sie sehen. Zeig mir die Innenseiten.«

Ich strecke ihr meine Arme entgegen. Sie hält mich an den Handgelenken fest und betrachtet eingehend meine Unterarme. Ich brauche ein paar Sekunden, bevor mir klar wird, dass sie nach Einstichen sucht. Verdammt, wo bin ich denn hier gelandet? »Ich nehme keine Drogen.«

»Man kann niemals vorsichtig genug sein.« Sie lässt meine Handgelenke wieder los. »Also gut, du hast den Job. Du musst noch ein paar Formulare ausfüllen, und ich gebe dir auch ein paar Videos, die du dir ansehen solltest. Du kannst dich bewegen, aber wenn du wirklich Geld machen willst, musst du noch einen Zahn zulegen.«

Sie tänzelt den Flur entlang und verschwindet hinter einer Tür, während ich meine Sachen wieder einpacke. Das war das merkwürdigste Vortanzen, das ich jemals erlebt habe.

Kurz darauf ist sie zurück und reicht mir drei Blatt Papier und einen Stapel Videos. »Schau sie dir an und bring das morgen ausgefüllt wieder mit. Gleiche Uhrzeit. Wenn du mit meiner Cheftänzerin klarkommst und sie findet, dass du gut genug bist, hast du den Job.«

»Wann reden wir über das Gehalt?«, rufe ich ihr hinterher.

»Wenn mir die Mädchen sagen, dass du geeignet bist.«

Dottie ist nicht nur die Barfrau, ihr gehört der Laden. Am nächsten Tag werde ich nicht von ihr empfangen, sondern von Diva, der Cheftänzerin. Keine Ahnung, ob das ihr richtiger Name ist oder nicht oder irgendwas dazwischen. Jedenfalls war sie diejenige, die nach meinem Tüten-Desaster auf der Toilette war. Ich hoffe nur, sie merkt nicht, dass ich dafür verantwortlich war.

Nach vier Stunden Tanzen auf hohen Absätzen, ziemlich viel Gebrüll und zahlreichen Bemerkungen darüber, dass ich mich so plump wie ein Walross bewege, habe ich den Test bestanden.

Ich bin eins sechsundsechzig und voll durchtrainiert. Kein Walross kann das von sich behaupten. Diva ist gnadenlos direkt, aber da sie auch eine hervorragende Tänzerin ist, schlucke ich die Beleidigungen hinunter. Das Ganze ist fast so erniedrigend wie das Aufnahmeritual einer Studentenverbindung. Kannst du es ertragen, gehörst du dazu. Nur wüsste ich allmählich gerne, wie es mit der Bezahlung aussieht. Wenn die ausreicht, um mich aus der selbstverschuldeten Misere zu befreien, halte ich es auch mit Diva aus.

Bevor für heute Schluss ist, legen wir noch meinen Wochenplan fest. Die Proben sind von drei bis fünf, und meine Auftritte sind während der ersten und zweiten Vorstellung, die von acht bis neun und von halb zehn bis halb elf dauern. Die dritte und vierte Vorstellung beginnen um elf und enden um halb zwei. Das ist auch die Zeit, zu der die spendabelsten Gäste kommen.

Bei den Spätvorstellungen darf ich laut Diva erst dann auftreten, wenn ich gezeigt habe, was ich kann. Aber da ihnen eine Tänzerin fehlt, dürfte das wohl nicht allzu lange dauern. Das Grundgehalt ist nicht umwerfend, aber zusammen mit den Trinkgeldern sollte es ausreichen. Auf jeden Fall ist es mehr als die zweihundert pro Woche von Bancroft. Es ist immerhin ein Anfang.

»Wie lange wird es wohl dauern, bis ich in der dritten Vorstellung auftreten kann?«, frage ich.

Diva zuckt die Achseln. »Kommt darauf an, wie lange du brauchst, bis du die Nummern endlich drauf hast.«

Als ich in die U-Bahn steige, um nach Hause in meine vorübergehende Unterkunft zu fahren, sollte ich eigentlich zufrieden sein. Aber irgendwie ist alles in meinem Leben momentan genau das: vorübergehend.

In ein paar Tagen ist bereits das nächste Vorsprechen. Vielleicht habe ich ja endlich Glück. Und vielleicht geht es ja auch endlich voran. Und das besser früher als später.

14

TANZSCHUHE

Ruby

Auch wenn der Job eher zweifelhafter Natur ist, ist er doch gut für mein Selbstwertgefühl. Um mich mit dem Ganzen anzufreunden, habe ich beschlossen, es als eine Art Nebenrolle in einer drittklassigen Produktion zu betrachten. Ich habe einen Job. Alles andere ist nebensächlich. Wichtig ist, dass ich regelmäßig Geld verdienen werde. Und dass es nicht von Bancroft kommt. Was bedeutet, dass ich nach seiner Rückkehr finanziell nicht auf ihn angewiesen sein werde. Ich bin echt neugierig, ob sich aus unserem Flirt etwas entwickelt. Das geht aber nur, wenn ich nicht das Gefühl habe, gekauft oder ausgehalten zu werden.

Genau so fühlte sich das bei meinem Vater an. Er bezahlte zwar meine Ausbildung und meinen Unterhalt, aber das war von Anfang an ein zeitlich begrenztes Abkommen, das mit sehr viel schlechtem Gewissen verbunden war. Genauso lief das auch lange Zeit zwischen ihm und meiner Mutter. Er sorgte für ihre Bequemlichkeit, bis sie schließlich fand, dass der Preis, den sie dafür zahlte, zu hoch war. Nach Alaska zu ziehen war ein extremer Schritt, aber jetzt, wo ich beginne, mich von seinem Geld unabhängig zu machen, kann ich sie besser verstehen. Und ich möchte nie, nie wieder in so einer Situation sein.

Als Bancroft schließlich anruft, bin ich total gut drauf. Bis mir einfällt, dass ich mir noch eine nette Umschreibung für meinen Job einfallen lassen muss. Theater ist ja schön und gut, aber in einer Burlesque-Show aufzutreten, entspricht nicht unbedingt dem, was in meinen Kreisen als angemessen gilt, und ich möchte nicht, dass mein Vater davon etwas mitkriegt. Und auch Bancroft nicht. Er ist ja schon fast durchgedreht, als er dachte, dass ich Armstrongs Freund zu viel von meinem Dekolleté zeigen würde. Wenn er wüsste, wie meine Arbeitskleidung aussieht, würde er vermutlich einen Herzinfarkt erleiden. Und das kann ich im Moment überhaupt nicht gebrauchen.

»Du bist ja richtig gut drauf«, bemerkt er.

Ich liege auf seinem Bett, während Francesca mit meinen Haaren spielt. Meine Füße schmerzen höllisch, aber das ist mir egal. Ich habe einen Job.

»Ich habe eine Anstellung gefunden.«

»Das ist fantastisch, Ruby. Hattest du ein Vorsprechen oder ein Vorstellungsgespräch? Egal, das müssen wir feiern. Ich bestelle hier Champagner, und du machst bei dir eine Flasche auf.«

»Kein Champagner, nicht bei dem Job.«

»Was zählt, ist, dass du einen Job hast. Komm, hol dir was zu trinken.«

»Zu Befehl.« Ich habe keine Lust auf eine Diskussion, und ein Drink wäre gar nicht so schlecht. Und manchmal muss man auch die kleinen Erfolge feiern. Während er mit dem Zimmerservice telefoniert, gieße ich mir ein Glas ein und habe es schon halb ausgetrunken, als seine Flasche gebracht wird. Bancroft besteht darauf, dass ich mir nachschenke, also gehorche ich.

»Dann erzähl mir mal von deinem Job«, sagt er, während ich mich wieder in sein Zimmer zu Francesca begebe.

Eine Rolle in einem Theaterstück wäre kein Problem. Aber dies hier ist nicht ganz dasselbe. »Es ist so eine Art … Restaurant mit Bühnenshow.« Da in der Bar auch Essen serviert wird, ist das nicht gelogen. Nicht ganz.

»Das ist doch gut, oder?«

»Es ist ein Anfang, und ich verdiene Geld.«

»Zwei wichtige Punkte.«

»Genau. Und bei dir? Wie läuft es in London?« Ich lehne mich auf dem Bett zurück.

»Hier ist alles so weit geregelt. Ich freue mich auf zu Hause und darauf, in meinem eigenen Bett zu schlafen.«

»Darauf wette ich. Es ist sehr bequem, kein Wunder, dass du es vermisst.«

»Besonders jetzt.«

»Wieso gerade jetzt?«

»Weil du darin liegst.«

Ich lehne das Telefon gegen das Kissen, stütze mein Kinn auf die Hand und bemühe mich, das jetzt nicht so zu verstehen, wie ich es gerne würde. »Bist du eifersüchtig?«, hauche ich mit verführerischer Stimme.

Er schaut mich böse an. »Ein wenig vielleicht.«

»Nur ein wenig?« Ich strecke alle viere soweit ich kann von mir. »Sieh mal, wie viel Platz ich habe.« Ich rolle dramatisch von einer Seite zur anderen. »Es ist so schön hart«, stöhne ich und rolle erneut hin und her, bis ich wieder flach vor dem Telefon liege. »Und so groooß.« Ich dehne das Wort absichtlich, klimpere dabei mit meinen Wimpern und muss mir auf die Lippe beißen, um nicht zu grinsen.

Bancrofts Mund öffnet und schließt sich wieder. »Dir ist schon klar, dass ich bald zurück sein werde und es dir dann heimzahlen kann, dass du mich so quälst.«

»Findest du, dass ich dich quäle?«

»Ist das etwa keine Absicht, so wie du stöhnst und auf meinem Bett herumrollst, und das in dieser Aufmachung.«

Ich stütze mich auf die Unterarme und hocke mich dann auf die Fersen, wobei ich ihm einen tiefen Einblick in meinen Ausschnitt gewähre. Ich fahre mit der Hand über das Top mit dem eingearbeiteten BH. »Was stimmt nicht mit meiner Aufmachung?«

»Willst du mich verarschen, Ruby?«

»Ich bin doch nur fertig für's Bett.«

»Ich kann deine Nippel sehen.«

Ich bedecke meine Brüste. »Mir ist kalt. Die Klimaanlage hier drin ist die ganze Zeit voll aufgedreht.«

»Trägst du überhaupt einen BH?« Seine Hand kommt hinter seinem Kopf hervor, fährt seine Brust entlang und verschwindet aus meinem Blickfeld.

Ich beuge mich vor, als ob ich dadurch mehr sehen könnte. »Was machst du da?«

»Willst du meine Frage nicht beantworten?«

Sein Bizeps spannt sich an. Was zum Kuckuck macht er da bloß?

»Ruby?«

Ich blicke wieder auf. »Hm?«

»Meine Frage. Antwortest du mir nun oder nicht?«

Ich bin zu sehr damit beschäftigt herauszufinden, wo seine Hand abgeblieben ist, um mich auf Fragen zu konzentrieren. »Äh … wie war die Frage noch mal?«

»Ob du einen BH trägst.«

»Nein.« Das Spiel seiner Oberarmmuskeln ist faszinierend.

»Und wie ist es mit einem Höschen?«

Himmel! Beim Klang seiner tiefen Stimme möchte ich mir am liebsten die Kleider vom Leib reißen.

»Dann tu es.«

»Was?«

»Dir die Kleider vom Leib reißen.«

Verdammt, ich muss das laut gesagt haben. »Du willst also, dass ich mich nackt auf deinem Bett wälze?«

»Ja.«

»Und du siehst mir dabei zu?« Ich bin mir nicht ganz sicher, ob er das ernst meint oder nicht.

»Ja, verdammt. Oder nur in deinem Höschen, falls du zu schüchtern bist.«

Oh Gott! Es sieht ganz danach aus, als ob wir heute Abend sämtliche Grenzen der Zurückhaltung überschreiten würden. Außerdem gefällt es mir, dass Bancroft ziemlich schmutzig veranlagt ist. »Und wenn ich gar keins trage?« Ich richte mich so weit auf, dass mein Unterkörper genau in seinem Blickfeld ist.

»Noch besser.«

Ich lasse meine Hände bis zum Bund meiner Shorts herabgleiten. Die Shorts sind so knapp, dass sie ohnehin kaum etwas verhüllen, weshalb ich sie häufig als Unterwäsche trage. Wie jetzt auch. Ich hake meine Daumen in den Bund und ziehe sie über meine Hüften.

»Verdammt!«, stöhnt Bancroft auf.

Ich ziehe sie ganz langsam weiter herunter, aber nicht so weit, dass er wirklich etwas Entscheidendes zu sehen bekäme. Dann fahre ich mit der einen Hand wieder hinauf bis zum Saum meines Tops und ziehe es bis über meinen Nabel hoch.

»Erzähl mir was über diesen Ring in deinem Nabel«, sagt er.

»Den hier?« Ich blicke an mir hinab, genau dorthin, wo auch er hinsieht, und spiele mit dem kleinen Schmuckstein, der an dem Piercing hängt.

»Wann hast du das machen lassen?«

»Schon als Teenager. Mein Vater war dagegen, aber du siehst ja, was das gebracht hat.« Ich grinse ihn breit an.

»Natürlich hast du nicht auf ihn gehört.«

Ich schüttle den Kopf und ziehe das Top bis über den Ansatz meines Rippenbogens hinauf.

»Du bist ein richtig böses Mädchen, nicht wahr?«, sagt Bancroft, während seine Blicke über meine entblößte Haut wandern.

Als ich die Unterseite meiner Brüste berühre, halte ich leise stöhnend inne. Das ist nicht gespielt. Bancrofts volle Lippen sind geöffnet, und ich spüre seinen Blick auf meiner Haut. Wenn wir jetzt im selben Raum wären, würde ich schon längst nackt unter ihm liegen. Trotzdem habe ich noch immer keine Ahnung, was er mit seiner Hand außerhalb meines Blickfelds anstellt. Und in dem Moment wird mir klar, dass das, was ich hier gerade tue, vielleicht doch keine so gute Idee ist. Wie soll es weitergehen, wenn ich mich jetzt hier für ihn ausziehe? Er ist nicht da, um es mir zu besorgen, und ich werde auf gar keinen Fall für ihn vor der Kamera masturbieren. So intim ist unsere Beziehung nicht. Überhaupt, welche Beziehung?

Ich lasse das Top wieder sinken.

»Warte. Was machst du?«

Das Gummiband meiner Shorts rutscht wieder über meine Hüften.

Ich kann mich nicht daran erinnern, jemals einen so komischen Gesichtsausdruck gesehen zu haben. »Nein, nein, nein, Babe. Was tust du da?« Er greift nach dem Telefon, als könnte er hindurchklettern. »Warum hörst du auf?«

»Es ist bereits nach Mitternacht. Ich muss jetzt schlafen und du musst arbeiten.«

»Scheiß auf die Arbeit. Zieh dich aus, wie du es gesagt hast.«

»Ich habe nie gesagt, dass ich mich ausziehen würde. Das war allein deine Idee.« Ich nehme das Telefon und drehe mich auf den Rücken, mache eine Schnute und werfe ihm einen Luftkuss zu. »Hab einen schönen Tag, wir sprechen uns später.«

»Nicht, warte!« Seine Augen sind geweitet, und er blickt unruhig hin und her. »Ich … ich verbiete dir, dich auszuziehen.« Sein Lächeln ist breit und siegessicher.

Ich muss laut lachen. »So läuft das nicht, Bane.«

»Komm schon, Ruby. Das ist nicht nett.«

»Ich bin auch nicht immer nett.« Damit beende ich das Gespräch und stelle das Gerät auf Flugmodus.

Die nächsten zwanzig Minuten verbringe ich damit, es mir selber zu besorgen. Es ist die verdammt noch mal beste Fantasie, die ich jemals hatte.

Während der nächsten Tage spielen wir am Telefon Verstecken. Weder er noch ich erwähnen, was an dem Abend vorgefallen ist. Dafür ändern sich unsere üblichen Anrufzeiten. Wir telefonieren nicht mehr, während er sich für die Arbeit fertig macht, sondern während er zu Abend isst. Und das meistens an seinem Schreibtisch mit ziemlich viel Lärm im Hintergrund, was ein richtiges Gespräch unmöglich macht. Für mich ist es Zeit für mein Mittagessen, was bedeutet, dass ich möglichst viele Kohlenhydrate zu mir nehme, um stundenlang auf Absätzen tanzen zu können.

Als das Wochenende näher rückt, werde ich zunehmend unruhig und angespannt. Allein schon deshalb, weil ich Sonntagabend das erste Mal in der dritten Vorstellung auftreten werde. Sonntag ist zwar weniger los als Samstag, aber es kommen immer noch eine ganze Menge Leute.

Und ich bin nervös, weil Bancroft Ende nächster Woche eintrifft. Die Ankunftszeit seines Fluges habe ich fett im Kalender markiert. Ich muss nur noch den Termin für die Putzfrau vorverlegen und Lebensmittel bestellen, damit er bei seiner Rückkehr keinen leeren Kühlschrank vorfindet.

Bei *EsQue* läuft es ziemlich gut. Je öfter ich auftrete, desto besser werde ich und desto höher sind die Trinkgelder. Wenn das so weitergeht, könnte ich in ein paar Wochen genügend Geld beisammen haben, um eine Anzahlung für ein Apartment leisten zu können. Mir wird sogar eine kleine Rolle in einer Off-Off-Broadway-Produktion angeboten. Aber nachdem ich ausgerechnet habe, wie hoch die Gage wäre, verglichen mit dem Verdienst im *EsQue*, verzichte ich lieber auf die Rolle.

Als ich Montag früh aufwache, habe ich einen totalen Heißhunger auf S'Mores – Cracker mit gerösteten Marshmallows und geschmolzener Schokolade – und laufe schnell zu dem kleinen Lebensmittelladen an der Ecke. Zweifellos nicht das gesündeste Frühstück, aber bei den Kalorien, die ich in meinem neuen Job verbrenne, kann ich den Zucker gut gebrauchen.

Ich jongliere mit meiner Handtasche und drei Tüten voll Lebensmitteln, während ich gleichzeitig versuche, Marshmallows aus der Tüte zu naschen, noch bevor ich wieder in der Wohnung bin. Meine Gier nach Marshmallows ist schon reichlich absurd. Außerdem habe ich mir noch Graham-Cracker und ein Glas Nutella geleistet. Leider kann ich kein Lagerfeuer machen, also werde ich die Schoko-Marshmallow-Cracker in der Mikrowelle erhitzen. Da ich genauso ungeduldig wie hungrig bin, ist das wohl die beste Lösung.

Bevor ich den Türcode eintippe, stecke ich mir noch zwei Marhsmallows in den Mund. Kaum bin ich in der Wohnung, höre ich auch schon das Telefon klingeln. Nicht mein Mobiltelefon, das hinten in der Tasche meiner Jeans steckt, sondern das Festnetztelefon, das an den antiken Anrufbeantworter angeschlossen ist.

Es ist das erste Mal, dass ich das Gerät klingeln höre. Zwar sind einige Nachrichten auf dem Band, aber die habe ich ignoriert. Da es sicher nicht für mich ist, lasse ich es einfach klingeln. Nach dem fünften Mal ertönt ein Piepton, dann dröhnt

Bancrofts männlich tiefe Stimme, bei der mein Höschen feucht wird, durch die ganze Wohnung. Okay, sie dröhnt nicht, aber es klingt schon so, als wäre er im selben Raum.

»Das ist der Anrufbeantworter von Bancroft Mills. Ich kann Ihren Anruf gerade nicht entgegennehmen, aber wenn Sie mir nach dem Signalton Ihren Namen, Ihre Nummer und eine Nachricht hinterlassen, rufe ich Sie umgehend zurück.«

Die übliche Standardansage, aber ich könnte sie mir endlos anhören, nur wegen seiner Stimme. Ich stelle die Einkaufstüten auf dem Tresen ab und nehme die Packung mit den Marshmallows, die ich weiter in mich hineinstopfe, während ich zu dem Anrufbeantworter hinübergehe. Ich starre auf die kleine Kassette und warte darauf, dass sie zu spulen beginnt. Ich weiß selber nicht, warum mich das Gerät so fasziniert, aber vermutlich weil ich es irgendwie liebenswert finde, dass Bancroft seine Großmutter so sehr vermisst, dass er an diesem alten Ding festhält. Es passt genauso wenig in seine Wohnung wie mein hässlicher alter Sessel. In dem ich seit Bancrofts Abreise übrigens kein einziges Mal gesessen habe.

Ich bin enttäuscht, dass niemand eine Nachricht auf dem Band hinterlässt, und wende meine Aufmerksamkeit stattdessen Francesca zu, die in ihrem Käfig herumflitzt. Ich nehme sie heraus, und sie kuschelt sich an mich. »Hast du gut geschlafen, hübsches Mädchen?« Sie macht ein fröhliches, kleines Geräusch, springt von meinem Arm und quer durch den Raum zu dem Tisch mit dem Anrufbeantworter. Es wird höchste Zeit, dort endlich einmal aufzuräumen. Ich habe Bancrofts Post einfach auf dem Tischchen abgeworfen, und mittlerweile hat sich ein ziemlich unordentlicher Stapel aufgetürmt.

»Hast du Bancrofts Stimme gehört? Ich wette, du vermisst

ihn schon sehr.« Ich packe meine Einkäufe aus und öffne die Schachtel mit den Graham-Crackern. Ich lege vier auf einen Teller, kröne jeden mit einem Marshmallow und schiebe das Ganze in die Mikrowelle, als das Telefon erneut klingelt. Ich unterbreche meine Frühstücksvorbereitungen, um seiner sexy Stimme zu lauschen.

Ich weiß nicht mehr genau, welche Uhrzeit wir ausgemacht hatten, aber eigentlich müsste er demnächst anrufen. Als wir gestern telefonierten, trug er einen Anzug und eine gelockerte Krawatte, und alles, was ich die ganze Zeit hörte, war »Zieh deine Kleider aus, Ruby, und dann darfst du mich ausziehen«. Ich bin ziemlich sicher, dass sich das nur in meinem Kopf abgespielt hat, aber seit ich mich neulich auf seinem Bett herumgewälzt habe, läuft meine Fantasie auf Hochtouren.

Das Band schaltet sich an, und in Gedanken ändere ich den Ansagetext.

»Dies ist der Anrufbeantworter von Bancroft Mills. Ich bin gerade damit beschäftigt, die wunderschöne Frau, die in meiner Wohnung lebt, oral zu verwöhnen. Sie brauchen also keine Nachricht zu hinterlassen, da ich ohnehin nicht dazu kommen werde zurückzurufen.«

Meine Tagträume werden unsanft durch eine piepsige, näselnde Frauenstimme unterbrochen.

»Hi Banny! Hier ist Brittany. Ich weiß, dass du noch auf Geschäftsreise bist, aber da du ja bald wieder hier sein wirst, wollte ich sagen, dass ich viel an dich gedacht habe und mich über ein weiteres Date freuen würde.«

»Date?«, schnaube ich. »Als ob Bancroft *dich* daten wollte.« Ich würde zu gern das Glas mit Nutella nach dem Gerät werfen, aber da ich weiß, welchen sentimentalen Wert es hat und dass es entweder kostspielig oder unmöglich sein wird, es zu ersetzen, lasse ich es sein.

Brittany faselt etwas davon, wie nett es doch sei, seine Zeit mit jemandem zu verbringen, der so solide und beruflich erfolgreich sei, und wie sehr sie hoffe, dass es ihm das nächste Mal besser gehe, damit sie herausfinden könnten, ob die Chemie zwischen ihnen stimme.

»Bancroft *pfeift* auf deine Chemie!« Ich schleudere einen Marshmallow nach dem Gerät und dann noch einen und noch einen. Mit dem Nutella-Glas wäre das Ergebnis wesentlich befriedigender ausgefallen.

Ein lauter Knall lässt mich so sehr aufschrecken, dass ich die Tüte mit den Marshmallows fallen lasse. »Oh, Scheiße!«

Mein Frühstück ist in der Mikrowelle explodiert, wie Mr Stay Puft in *Ghostbusters*. Anscheinend habe ich den Timer nicht auf zwanzig Sekunden, sondern auf zwei Minuten gestellt. Das bedeutet verdammt viel Arbeit.

»… Okay. Gut, bis bald, Banny. Byeee!«

»Sein Name ist Bancroft, du dämliche Kuh«, grummle ich.

Ich lasse die Mikrowelle ein paar Sekunden abkühlen, bevor ich mich traue, sie zu öffnen und nachzusehen, wie schlimm der Schaden ist. Das Innere sieht aus, als hätte sich ein Marshmallow-Massaker abgespielt. Ich fahre mit einem Finger über den Teller und jaule auf, weil er kochend heiß ist.

Zu allem Überdruss klingelt auch noch mein Mobiltelefon. Ein Video-Call von Bancroft. Es in der Situation einfach klingeln zu lassen, wäre sicherlich deutlich schlauer, als den Anruf entgegenzunehmen.

»Hey! Hi! Hallo!« Damit habe ich alle gängigen Begrüßungsformeln abgehakt.

»Hey. Ist es gerade ungünstig?« Er trägt ein weißes Hemd und eine schwarze Krawatte, deren Knoten er gelockert hat. Seine Haare sind leicht zerzaust, als wäre er sich gerade mit der Hand hindurchgefahren. Er sieht deutlich appetitlicher aus als mein Frühstück.

»Nein, gar nicht. Ich mache gerade Frühstück und spiele nebenbei mit Francesca.«

»Wie geht es meinem Mädchen? Kann ich sie sehen?« Immer wenn er »mein Mädchen« sagt, werde ich ganz wuschig. Es ist so bezaubernd, wie sehr er sein Frettchen liebt. Und das ist keine Übertreibung.

»Aber sicher doch. Bleib kurz dran, ich hole sie.« Ich lege das Telefon auf den Tresen und rufe nach ihr. Sie hockt auf den Briefen neben dem Anrufbeantworter und knabbert an einem Marshmallow. »Franny, nein! Das ist nichts für dich!«

Sie springt mit einem Satz davon und verstreut die Post über den ganzen Boden. Ein Umschlag öffnet sich dabei, und ein Bündel Zwanzig-Dollar-Scheine flattert durch die Gegend. Ich kann mich gerade nicht mit diesem unverhofften Geldregen befassen, weil Francesca schon den nächsten Marshmallow entdeckt hat.

»Ist alles okay bei euch? Macht sie Probleme?«

»Alles gut! Mir sind beim Auspacken der Lebensmittel ein paar Marshmallows heruntergefallen.« Ich sammle rasch die Naschbomben auf, bevor Francesca noch eine in die Pfoten bekommt. Sie sind leicht klebrig, als wenn sie an jeder einzelnen geknabbert hätte. Ich entsorge sie im Mülleimer, schnappe mir eine leicht verstimmte Francesca und trage sie zum Tresen hinüber, während ich Marshmallow-Krümel aus ihren Tasthaaren entferne.

»Da wären wir!« Ich nehme das Telefon und versuche gleichzeitig, eine sich windende Francesca zu bändigen. Was ihr überhaupt nicht gefällt, weil sie viel lieber die Tüten mit den Einkäufen durchstöbern würde.

Ich lehne das Telefon an ein paar Bananen, um die Hände frei zu haben, und greife mir Francesca. »Sag hallo zu Daddy!« Ich winke mit ihrer kleinen Pfote und murmele piepsend »Hi Daddy!«. Das strahlende Lächeln auf Bancrofts Gesicht könnte wohl sämtliche Höschen auf der Welt in Flammen aufgehen lassen.

»Macht sie Dummheiten?«

»Keine, mit denen ich nicht zurechtkäme.«

»Dachte ich mir. Wie geht's Tiny?«

»Sehr gut. Gestern gab es eine fette Heuschrecke zum Abendessen, und seitdem ruht sie sich aus.«

Bancroft lacht, was ich nicht oft genug hören kann.

»Und du? Wie geht es dir?«

»Mir geht es gut.« Mein Blick fällt auf die ganzen Papiere, die auf dem Boden verstreut sind. Da gerade keine Mikrowelle explodiert und auch keine Schlampe auf seinen Anrufbeantworter quasselt, kann ich wieder klar denken und sehe, dass in dem Umschlag nicht nur Zwanziger waren, sondern auch Fünfziger und Hunderter auf dem Boden liegen. Wer schickt so viel Geld mit der Post? »Kann ich dir mal eine Frage stellen?«

»Ja?« Er runzelt die Stirn. »Was für eine Frage?«

»Keine schmutzige, falls du gerade an so etwas denkst.«

»Hm, bedauerlich. Ist alles in Ordnung?«

»Ich denke schon. Aber vorhin ist die Post runtergefallen, und jetzt liegt da ein Haufen Bargeld auf dem Boden. Kannst du dir das erklären?«

»Ein Haufen Bargeld?«

»Genau. Francesca hat die Post vom Tisch geschubst, und auf einmal regnete es große Scheine. Ich dachte, du solltest das besser wissen. Nur für den Fall, dass ein durchgeknallter

Drogendealer hier auftaucht und seinen Stoff sucht. Oder was auch immer.«

»Kannst du mir das zeigen?«

»Klar.« Ich halte das Telefon über den Haufen Briefe und Bargeld.

»Weißt du noch, in welchem Umschlag das Geld war?«

»Warte kurz.« Ich lege das Telefon beiseite, hocke mich hin und sammele alles auf. Sämtliche Umschläge sind verschlossen, bis auf einen, auf dem mein Name steht und eine zwei. Die Handschrift sieht aus wie die von Bancroft, und im Umschlag stecken noch ein paar Zwanziger. Ich halte ihn hoch, damit er ihn sehen kann. »Warum steht da mein Name drauf?«

Bancroft runzelt erneut die Stirn, und ich frage mich wieder einmal, wie ein Stirnrunzeln nur so sexy sein kann.

»Verdammt. Das Geld war für dich gedacht. Ich hatte es vor meiner Abreise in den Notizen gelassen.«

Es dauert einen Moment, bis mir klar wird, wovon er redet. »Meinst du dein Gekrakel?«

»So schlimm ist meine Handschrift nicht.«

»Ansichtssache. Ich verstehe nur nicht, warum du mir noch einen Umschlag mit Bargeld dagelassen hast. In dem ersten war schon zu viel.« Ich fische die Geldscheine aus der Post. Es sind verdammt viele.

»Ich fand, es wäre besser als ein Scheck.«

»Ein Scheck wofür?« Ich sortiere die Scheine nach ihrem Wert. Leider kann ich nicht gleichzeitig zählen und mich auf das Gespräch konzentrieren.

»Dafür, dass du dich um Francesca und Tiny kümmerst. Dein vereinbartes Honorar.«

Ich unterbreche das Zählen und sehe ihn an. Jedes Mal, wenn er Begriffe wie »Honorar« und »vereinbart« verwendet, verspüre ich das dringende Verlangen, mich über ihn lustig zu machen. »Aber schon in dem ersten Umschlag war das Doppelte von dem, worauf wir uns geeinigt hatten.«

»War es nicht.«

»War es doch. In dem Umschlag waren zweitausend Dollar«, halte ich ihm entgegen.

»Genau. Zweitausend Dollar die Woche mal fünf Wochen.«

»*Zweitausend die Woche?* Dafür, dass ich mich um deine Haustiere kümmere? Das ist verrückt. Ich dachte, wir reden von zweihundert.«

Bancroft wirkt angespannt, als er seine Krawatte zurechtrückt. »Das ist nicht verrückt, sondern angemessen. Du kümmerst dich um das, was mir wichtig ist, also kümmere ich mich im Gegenzug um dich.«

Es fühlt sich an, als würden seine Worte alle empfindlichen Stellen meines Körpers auf einmal streicheln. Solche Sätze machen mich normalerweise einfach nur wütend, aber so, wie er es formuliert, wirkt es überhaupt nicht anzüglich.

»Das musst du nicht.«

»Doch. Und ich schulde dir auch noch das Geld für die letzten beiden Wochen. Wenn du mir deine Kontodaten schickst, kann ich es direkt überweisen.«

»Das ist nicht nötig. Du musst mir nicht noch mehr zahlen, es ist ohnehin schon zu viel.« Ich könnte damit zwar einen großen Teil meiner Kreditkartenschulden tilgen, aber das will ich nicht. Die zweitausend sind schon mehr als genug.

»Wie hast du denn bis jetzt ohne eigenes Einkommen überlebt, Ruby? Sag jetzt bitte nicht, du hast dich auf zweihundert Dollar die Woche beschränkt.«

»Ich brauchte ja kein Geld für Lebensmittel, also hatte ich kaum Ausgaben.«

»Hast du das Geld aus dem ersten Umschlag trotzdem genutzt?«

»Etwas davon, ja.« Ich konzentriere mich darauf, die Lebensmittel auszupacken, damit ich ihn nicht ansehen muss. Ich kann nicht genau sagen, warum, aber bei diesem Thema fühle ich mich unwohl.

»Betrachte es doch einfach als normales Gehalt«, sagt er leicht verärgert.

»Zweitausend Dollar die Woche für Tierpflege sind kein normales Gehalt.« Dass er bereit ist, ohne mit der Wimper zu zucken zweitausend Dollar pro Woche zu zahlen, macht mir deutlich, wie unterschiedlich unsere Lebensumstände sind. Der Mindestlohn am Broadway ist nicht annähernd so hoch.

»Das sehe ich nicht so.«

»Damit liegst du falsch. Aber du hast selbstverständlich das Recht auf deine eigene Meinung.«

»Ruby.«

»Bane.« Ich gehe aus dem Blickfeld des Telefons, um Kartons mit gesüßten Cerealien einzuräumen, die ich mir geleistet habe.

»Du hast nicht vor, das Geld anzunehmen, oder irre ich mich?« Er klingt frustriert.

»Nein.« In dem Punkt bin ich uneinsichtig. Vielleicht sollte ich einen Teil des Geldes nehmen. Es wäre eine große Hilfe, um meine Schulden abzutragen. Aber der Betrag ist einfach völlig übertrieben für fünfwöchiges Haustierhüten. Besonders wenn man bedenkt, dass ich umsonst in diesem Luxusapartment wohne und die Verpflegung ebenfalls frei ist.

Etwas in mir sträubt sich dagegen, mich wieder daran zu gewöhnen, Geld zu haben. Der Gedanke erschreckt mich irgendwie. Ich bin es auch leid, auf milde Gaben angewiesen zu sein. Schon gar nicht von einem Mann, mit dem ich mich am liebsten nackt vergnügen würde. Das fühlt sich einfach falsch an.

»Du weißt, dass ich es schaffen werde, dir das Geld zu überweisen.«

»Ohne meine Kontonummer wird das wohl kaum gelingen.«

»Du glaubst also nicht, dass ich die herausfinden kann?«

Ich drehe mich zu ihm herum, eine Hand in die Hüfte gestützt. Er sieht verärgert aus. Das muss wohl seine anstrengende Seite sein, von der Armstrong gesprochen hat. Ich denke, das könnte mir gefallen. »Bist du nebenbei ein professioneller Hacker?«

»Ich weiß wirklich nicht, warum du in dem Punkt so aggressiv reagierst. Aber du kannst sicher sein, dass ich es schon hinbekommen werde.«

»Dann viel Glück dabei.«

»Dir ist schon bewusst, dass du ganz schön anstrengend bist, Babe?« Mein Blick wird von seinen unruhig trommelnden Fingern abgelenkt.

»Ich bin nur vernünftig. Du versuchst mir, zu viel Geld zu geben, für das ich viel zu wenig getan habe.« Ich sehe auf die Uhr. Es ist bereits nach eins, und ich muss noch die Mikrowelle säubern und mich fertig machen, um rechtzeitig auf der Arbeit zu erscheinen. »Ich muss auflegen. Die Arbeit ruft.«

»Warte noch.«

»Ich muss wirklich los.«

»Bist du mir böse?«

Ich seufze. Natürlich bin ich ihm nicht böse. Es ist mir nur peinlich, so pleite zu sein, dass mir sein Angebot maßlos übertrieben erscheint. Es ist wichtig zu lernen, dass man auch um Dinge kämpfen muss und einem nicht einfach alles in den Schoß fällt.

»Nein, ich bin nicht böse. Deine Großzügigkeit ist einfach überwältigend. Dadurch bist du glatt bei zehn Komma fünf. Aber ich kann damit nicht gut umgehen.«

»Zehn Komma fünf.« Sein seriöser Ausdruck wirkt durch den Anflug eines Grinsens noch anziehender.

»Und wieder runter auf zehn. Bye, Bancroft.«

»Bye, Ruby.«

Als ich dabei bin, Marshmallows aus der Mikrowelle zu kratzen, klingelt erneut das Telefon. Schon wieder Brittany, die nur sichergehen will, dass Bancroft ihre Nummer nicht verloren hat.

Ich lösche die Nachricht. Und auch die davor. Und das ohne einen Hauch von schlechtem Gewissen.

Zwei Tage danach schaue ich bei der Bank vorbei, um einen Teil eines Trinkgelds auf meine Kreditkarte einzuzahlen, und entdecke, dass mein Konto nicht länger fast im Minus ist. Nicht einmal annähernd.

Sobald ich wieder zu Hause bin, rufe ich umgehend Bancroft per Video-Call an. »Das kostet dich sechs Punkte«, sage ich anstelle einer Begrüßung.

»Sechs? Was könnte ich getan haben, um mich so tief reinzureiten?«

»Wie bist du an meine Kontodaten gelangt? Das ist doch Betrug.«

»Betrug ist es nur, wenn ich versuche, Geld abzuheben, nicht, wenn ich welches einzahle.«

»Das war hinterhältig von dir.«

»Ich sagte dir doch, dass ich dir das Geld zukommen lasse, so oder so. Ich war auch nicht hinterhältig, sondern ganz offen zu dir.«

Ich schnaube vor Wut.

»Du kannst mir deswegen nicht böse sein, Ruby.«

»Schreibst du mir etwa vor, wie ich mich zu fühlen habe?« Verdammt, ich sollte mich nicht so aufregen. Das ist keine passende Reaktion. Ich sollte mir nicht so viele Gedanken darüber machen, dass er versucht, mich zu entschädigen, auch wenn der Betrag völlig übertrieben ist.

»Sei nicht verärgert, bitte. Ich fühle mich einfach verantwortlich dafür, dass dein Vorsprechen schiefgegangen ist, Ruby. Durch meine Schuld hast du womöglich monatelang kein Einkommen. Lass mich einfach versuchen, wiedergutzumachen, dass ich dir diesen furchtbaren Virus angehängt habe.«

»Also machst du das alles aus einem Schuldgefühl heraus?«

Bancroft seufzt. »Ich habe das Gefühl, dass ich nichts sagen kann, ohne dass du mich auflaufen lässt. Ich möchte einfach nicht, dass du auf mich wütend bist, weil ich etwas getan habe, was *ich* für richtig halte.«

Urplötzlich wird mir klar, warum diese Geldgeschichte mich so aufregt. Während der letzten Wochen habe ich aufgehört, Bancroft als eine Art Arbeitgeber zu sehen. Wenn ich ehrlich bin, habe ich ihn noch nie wirklich als meinen Arbeitgeber wahrgenommen. Dass er mir Unterkunft, Verpflegung und Zugang zu seinem bevorzugten Lieferservice gewährt, selbst die geringe Summe, die wir vereinbart hatten, könnte ich noch als Kleinkram ansehen. Aber eine nicht unerhebliche Bezahlung für die Pflege seiner Haustiere zerstört die Illusion, dass das hier mehr ist. Oder dass die Möglichkeit besteht, dass mehr daraus werden könnte. Ich fühle mich ausgehalten, genau wie von meinem Vater. Und ich will nicht, dass sich das wiederholt.

»Tut mir leid, ich bin nicht wütend auf dich. Es ist nur, dass ich es allein schaffen will.«

»Aber das tust du doch.«

Ich deute auf meine Umgebung. »Soweit ich mich erinnere, ist dies nicht meine Wohnung. Außer, du hast sie in der Zwischenzeit auf mich überschreiben lassen.«

»Du kannst wirklich froh sein, dass ich gerade nicht da bin.«

»Warum das?«

»Weil du ziemlich schwierig bist. Und wenn ich da wäre, würde ich dir das austreiben.«

Ich stütze eine Hand in meine Hüfte. »Ach? Denkst du?«

»Ich weiß es.«

»Und wie genau stellst du dir das vor?« Die Art, wie er mich ansieht, lässt mich erschauern.

Er fährt sich mit der Zunge über die Lippen und lächelt mich boshaft an. »Die Frage kann ich kaum ehrlich beantworten, ohne meine übrig gebliebenen Punkte aufs Spiel zu setzen.«

Donnerstagnachmittag ruft mich Bancroft an. Ich bin noch nicht ganz wach, weil es gestern spät geworden ist. Ich bin erst gegen drei Uhr morgens nach Hause gekommen. Das ist ungewöhnlich für einen Mittwoch, aber der Club war für eine Privatparty gemietet worden, und die Trinkgelder waren üppig. Es hat eine ganze Weile gedauert, bis ich von der aufgedrehten Stimmung wieder heruntergekommen bin, und so habe ich nicht meine acht Stunden Schlaf bekommen.

Er ruft mich per Video-Call an, was schrecklich ist, weil ich bestimmt furchtbar aussehe. Ich habe mich gestern Nacht noch nicht einmal abgeschminkt und ähnle vermutlich einer abgetakelten Nutte.

Ich nehme den Anruf entgegen, lege das Telefon aber so hin, dass es an die Decke zeigt.

»Ruby?«

Ich riskiere einen Blick, bleibe aber außerhalb seines Blickfelds. »Hey.« Meine Stimme klingt kratzig und verschlafen.

»Habe ich dich geweckt?«

»Ja, aber das ist schon okay. Ich muss sowieso allmählich aufstehen.« Um mich dann gleich wieder hinzulegen.

»Es gibt gute Neuigkeiten.«

»Oh?« Ich beuge mich über das Telefon und erhasche einen flüchtigen Blick auf meine völlig verstrubbelte Frisur. Für meine Auftritte muss ich eine unglaubliche Menge an Haarspray verwenden, und ich bin heute ins Bett gefallen, ohne vorher zu duschen.

»Warum kann ich dich nicht sehen?«

»Weil ich furchtbar aussehe.«

»Dazu bist du viel zu hübsch.«

»Lass uns das jetzt lieber nicht überprüfen. Was sind die guten Neuigkeiten?«

»Ich bin auf dem Heimweg.«

»Was meinst du?«

»Wir sind früher fertig geworden. Ich werde also bald zu Hause sein.«

Ich greife nach dem Telefon und lasse es umgehend wieder fallen. Ich sehe aus wie eine Clownsnutte auf Crack. Ich schnappe mir das nächstliegende Kleidungsstück, ein Top, und wickele es um meinen Kopf. Das ändert zwar nichts an meinem verschmierten Make-up, aber wenigstens sind meine zerzausten Haare nicht mehr zu sehen.

Ich bin aufgeregt. Nach viereinhalb Wochen regelmäßiger Telefonate voller Zweideutigkeiten werde ich ihn endlich wiedersehen. Aber die Wohnung ist noch völlig unaufgeräumt und der Kühlschrank fast leer, weil ich erst in zwei Tagen mit ihm gerechnet habe.

Schließlich nehme ich das Telefon in die Hand. Als er mich sieht, lacht er laut auf. »Was ist das denn? Sind Turbane etwa wieder in Mode?«

Ich ignoriere die Bemerkung. »Meine Haare sehen furchtbar aus.«

»Und was ist mit deinem Gesicht passiert?«

»Bühnen-Make-up. Wann bist du denn da? Heute Abend?«

»In ungefähr einer Stunde. Kommt drauf an, wie dicht der Verkehr ist.«

»In einer Stunde?«, kreische ich laut auf. So laut, dass meine Panik nicht zu überhören ist. »Aber du solltest doch erst in zwei Tagen kommen. Ich bin überhaupt nicht auf dich vorbereitet.«

Bancroft lächelt mich herausfordernd an. »Es reicht völlig, wenn du dich abschminkst. Mehr Vorbereitung ist überhaupt nicht nötig, Babe.«

Oh mein Gott! Wenn ich nicht gerade völlig in Panik wäre, würde ich seinen tiefen Bariton und den heißen Blick genießen, doch im Moment kann ich nur daran denken, dass sein Zimmer in völliger Unordnung ist. Und der Rest der Wohnung sieht auch nicht viel besser aus.

Ich springe aus dem Bett. »Bye, ich muss aufräumen.«

»Hey, bist du in meinem Zimmer?«

»Äh …« Verdammt. *Verdammt.* Was antworte ich ihm bloß? »Ich bin mit Franny vor dem Fernseher eingeschlafen. Bis bald! Gute Fahrt!« Ich lege auf und hoffe nur, dass der Verkehr so dicht ist, dass man zu Fuß schneller wäre.

»Oh mein Gott!«, schreie ich, werfe das Top in eine Ecke und renne durch die Wohnung, wobei ich überlege, wo ich anfangen soll. Meine Kleidungsstücke liegen verstreut auf dem Boden. In den letzten paar Tagen war ich ziemlich schlampig, und auch im Bad liegen überall meine Sachen herum. Ich bräuchte einen Bulldozer, um hier durchzukommen. Die Haushaltshilfe kommt erst in ein paar Stunden, also hilft mir das auch nicht weiter.

Ruhig. Vielleicht ist es ja gar nicht so schwierig. Das Wichtigste ist, Bancrofts Zimmer in Ordnung zu bringen. Ich nehme mir einen leeren Wäschekorb und stopfe alles hinein, was herumliegt. Und das ist eine ganze Menge.

Ich wechsele Bettwäsche, Laken und Kopfkissenbezüge und zucke zusammen, als ich die verschmierten Spuren von Mascara an ihnen entdecke. Als ich fertig bin, kann ich den Wäschekorb kaum noch hochheben.

Ich werfe alles in die Waschmaschine und laufe mit dem leeren Korb zurück in sein Zimmer. Ich schnappe mir meine Sachen vom Nachttisch und aus seinem Badezimmer und bringe sie in mein Zimmer. Wegräumen kann ich sie später noch.

Ich mache sein Zimmer so gut ich kann sauber und flitze dann in die Küche, um mich um das Chaos dort zu kümmern. Es ist nicht so schlimm wie befürchtet, aber es bleibt genügend zu tun. Allein schon die ganzen Sachen, die endlich eingeräumt werden müssen. Ich weiß, dass er in diesem Punkt sehr eigen ist, und ich will nicht, dass er eine unordentliche Wohnung vorfindet.

Ich gebe mein Bestes, auch wenn die Zeit knapp ist. Weniger als eine Stunde, um genau zu sein. Ich kämpfe gerade damit, auch noch den letzten Kaffeebecher in den überfüllten Geschirrspüler zu stellen, als ich das *Ping* vom Fahrstuhl höre. Ich halte den Atem an und warte angespannt. Als ich höre, wie der Türcode eingetippt wird, erwache ich aus meiner Starre.

Ich sehe immer noch aus wie ein perverser Clown auf Crack. Also lasse ich den Geschirrspüler offen, sprinte durch die Küche und den Flur entlang, rutsche quer durch mein Zimmer bis ins Bad und knalle die Tür hinter mir zu, als ich bereits Bancrofts tiefe Stimme in der Wohnung hören und in meiner Klitoris spüren kann. Oh Gott, er ist wieder da. Und ich bin viel zu aufgeregt.

Ich drücke auf alle Knöpfe in der Dusche gleichzeitig, weil ich vergessen habe, wie sie funktioniert.

»Ruby?«, höre ich seine gedämpfte Stimme.

»Hey! Ich bin gleich da, nur ein paar Minuten«, rufe ich durch das Rauschen des Wassers.

Das ist die schnellste und schmerzhafteste Dusche meines Lebens, weil ich die Düsen erst unter Kontrolle bekomme, als ich schon fast fertig bin. Ich schrubbe eilig die Schminke vom Gesicht, fahre kurz mit der Bürste durch mein Haar und verlasse, nur in ein Handtuch gehüllt, das Badezimmer.

Natürlich ist das genau der Moment, in dem Bancroft an der offenen Tür vorbeigeht. Er hat Francesca auf dem Arm und sieht einfach fantastisch aus, und – Himmel! – ich bin fast nackt und da steht er vor mir.

Sein Blick gleitet von meinen nackten Füßen langsam nach oben, bis er meinem Blick begegnet. »Hi.« Ein einziges Wort nur, aber es beinhaltet unzählige Fragen.

Er ist einfach umwerfend, wie er da so steht, mich anstarrt und geistesabwesend Francesca krault. Ich starre zurück und sauge den Anblick in mich auf. Er ist unrasiert und sein Hemd ein wenig zerknittert, wodurch er nur noch unwiderstehlicher wirkt.

Mein Herz rast vor Aufregung. Ich möchte auf ihn zustürmen und mich ihm in die Arme werfen. Ich will, dass er zu mir kommt, mich hochnimmt und auf das Bett wirft. Ich will seine Lippen auf meinen spüren, ich will sie überall spüren, aber ich sage und tue nichts davon. Stattdessen sage ich einfach »Hi«.

Nach einem Monat Geplänkel und Flirten, mehr oder weniger bekleidet, im Bett oder sonst wo, ist diese Situation an Peinlichkeit kaum zu überbieten. Dass ich fast nackt bin, macht es auch nicht besser.

»Du hast dir das Gesicht gewaschen.«

»Den Rest ebenfalls.«

Sein Blick senkt sich, und seine Zungenspitze fährt über seine Lippen. »Das sehe ich.«

Ich ziehe das Handtuch fester um meinen Körper, obwohl ich es liebend gern fallen lassen würde, nur um zu sehen, wie er reagiert.

Er macht einen Schritt auf mich zu, und ich tue das Gleiche. Mein Körper vibriert vor Anspannung. Francesca windet sich in seinen Armen, woraufhin er sie loslässt. Sie springt zu Boden und jagt in den Flur davon. Bancroft achtet nicht darauf und kommt immer näher. Wird er mich küssen? Und wäre das eine gute Idee? Ich habe keine Ahnung und will nicht darüber nachdenken.

Er ist nur noch eine Armlänge entfernt, als ein lautes Geräusch uns beide zusammenzucken lässt. Er hält für eine Sekunde inne, blickt sich um und entscheidet, dass es ohne Bedeutung ist. Währenddessen habe ich mein Handtuch gelockert, sodass der Ansatz meiner Brüste sichtbar wird. Noch ein paar Zentimeter mehr und es enthüllt meine Nippel. Als er sich mir wieder zuwendet, ertönt ein weiteres lautes Geräusch. »Verdammt«, murmelt er. »Ich bin gleich zurück.«

Er wirbelt herum, die Hände zu Fäusten geballt, und verschwindet im Flur.

Ich atme tief aus und schaue auf die Uhr. Gottverdammt, es ist schon nach zwei. Ich bin spät dran, also bleibt mir keine Zeit, um Bancroft anzuhimmeln, während er mir von seiner Reise berichtet.

Ich schließe die Tür und ziehe eilig ein Paar Shorts, einen Sport-BH und ein weites Shirt an, weil das so ziemlich die einzigen sauberen Sachen sind, die ich noch habe.

Ich überprüfe die Tasche mit meiner Arbeitskleidung und bin froh, dass ich sie gestern nicht ausgepackt habe.

Dann atme ich ein paarmal tief durch. Wir müssen nur die anfängliche Peinlichkeit unseres Wiedersehens überwinden, dann wird alles gut. Ich muss ihn ja nicht gleich bespringen.

Aber ich bin so erregt. Viel zu erregt. Ich muss unbedingt gelassener werden.

Ich öffne die Tür und kann Bancroft in seinem Zimmer hören, während ich überprüfe, ob ich den Reisverschluss an meiner Tasche zugezogen habe. Nicht einmal Amie habe ich gesagt, welche Art von Job ich habe, damit nicht Armstrong zufällig davon erfährt. Er ist mir zu geschwätzig.

Die Tür steht einen Spalt offen, und ich kann sehen, wie Bancroft seine Kleider aus dem Koffer in den Wäschekorb wirft, darunter ein Paar rote Boxershorts.

Ich klopfe an und blicke um die Türkante herum ins Zimmer. »Alles in Ordnung?«

»Ja. Francesca ist auf den Tresen gesprungen und hat ein paar Sachen heruntergeworfen, aber alles okay, es ist nichts kaputtgegangen. Komm doch rein.«

Oh Gott, diese Stimme. So tief. Wie der Ozean. Wie … ich weiß auch nicht. Auf jeden Fall klingt sie in der Realität noch viel besser als am Telefon. Und was sie mit meinem Körper anstellt, ist einfach unglaublich.

Er hört auf herumzuräumen, als ich in das Zimmer trete, und sieht mich an. »Musst du irgendwohin?«, fragt er mit einer Kopfbewegung in Richtung meiner Tasche.

»Ich habe einen Job.«

»Oh.« Er sieht mich missbilligend an. »Ich dachte, du müsstest erst später los.«

»Die Proben sind nachmittags.« Ich werfe einen Blick durch das Zimmer, um sicherzugehen, dass ich alle meine Sachen entfernt habe. Es sieht gut aus.

»Wirst du zum Abendessen hier sein?«

Ich schüttle den Kopf. »Es wird spät werden.«

»Oh.« Eine Hose landet neben dem Wäschekorb, aber er hebt sie nicht auf. »Und morgen Abend?«

»Da arbeite ich ebenfalls.«

Er streicht sich mit der Hand über den Nacken. »Das ist schlecht. Wann sollen wir dann das Versäumte nachholen?«

Ich bin mir nicht sicher, was es da noch gäbe. Immerhin haben wir fast jeden Tag miteinander telefoniert. Doch ich habe nichts dagegen, dass er Zeit mit mir verbringen möchte. Ich hätte auch nichts dagegen, meine Zeit mit ihm zu verbringen, nackt, in seinem Bett. Es reicht. Ich muss endlich meine Gedanken unter Kontrolle bekommen. Was viel einfacher war, als noch ein Ozean zwischen uns lag.

»Montag- und Dienstagabend habe ich frei.«

»Das sind noch vier Tage.«

»Und was ist mit vormittags?«

»Ich muss sehr früh aufstehen.«

»Hm. Immerhin wohne ich ja noch hier, also werden wir uns ja vermutlich über den Weg laufen, nicht wahr?« Warum ist das nur so peinlich? Ich will nicht, dass so eine angespannte Stimmung zwischen uns herrscht. Liegt das an mir, an ihm oder an uns beiden?

»Stimmt. Natürlich, du hast recht.« Er nickt, nagt missmutig an seiner Unterlippe und wirkt sehr unzufrieden. »Ich werde wohl gleich mal im Büro vorbeischauen.«

»Aber du bist doch gerade erst angekommen. Kannst du dir nicht einen Tag freinehmen?«

Er zuckt die Achseln. »Wenn ich ausgepackt habe, gibt es hier nicht mehr viel zu tun. In den nächsten Tagen finden eine Menge Meetings und Nachbesprechungen statt, da kann ich auch schon jetzt mit den Vorbereitungen beginnen. Außerdem wird mich das davon abhalten, am Nachmittag einzuschlafen.«

»Klingt nach einer guten Idee.« Ich fühle mich völlig unbehaglich. »Okay. Also, ich muss jetzt los. Vielleicht sehen wir uns ja morgen früh?«

»Klingt gut. Hals- und Beinbruch.«

Ich verziehe das Gesicht. Nicht weil ich befürchte, mir irgendwas zu brechen, sondern weil mich das an meine Lügen bezüglich meines Jobs erinnert.

»War das falsch formuliert?«, fragt Bancroft.

Ich zwinge mich zu einem Lächeln. »Nein, gar nicht. Danke. Danke dir.« Ich stolpere über meine eigenen Worte. Ich muss dringend los, aber es fällt mir schwer zu gehen, ohne ihn zu umarmen.

Wie sich zeigt, muss ich mir darüber keine Gedanken machen. Als ich an ihm vorbeigehe, schließt sich seine riesige Hand um mein Handgelenk. Das Gefühl ist einfach magisch. Es ist fast fünf Wochen her, dass er mich berührt hat, und noch länger, seit er mich geküsst hat. In der ganzen Zeit habe ich mit ihm geflirtet wie verrückt. So viel Geflirte und so viel Selbstbefriedigung nach unseren Telefonaten.

Und jetzt spüre ich seine Berührung und muss irgendeinen Ton von mir geben, weil er mich ansieht und zu zögern scheint. Auch wenn es nur für einen winzigen Moment ist. Ich will nicht, dass diese Gelegenheit einfach so vorübergeht, also schmiege ich mich an ihn, woraufhin er mich fest an sich zieht und mich mit seiner freien Hand umarmt.

Jetzt spüre ich nicht nur seine Hand an meinem Arm, sondern auch seinen kräftigen Körper, der sich an mich presst. Er umfasst meine Taille, wobei seine Handfläche über meinen unteren Rücken streicht und mich noch enger an ihn drückt. Ich stelle mir vor, wie sich das angefühlt hätte, als ich nur ein Handtuch umhatte.

Tief aus seinem Innern höre ich ein Brummen, und ich muss mich beherrschen, um nicht seinen Hintern zu packen und zu kneten.

Ich fühle seinen Atem in meinem Haar und an meinem

Hals, bevor er mich loslässt, einen Schritt zurücktritt und seine Hände in die Hosentaschen steckt.

»Ich bin froh, dass du wieder da bist«, sage ich, »sicher wieder zu Hause angekommen.« Ich bin ganz atemlos vor Aufregung, und jeder einzelne Nerv in meinem Körper vibriert.

»Ich auch.« So kratzig, wie seine Stimme klingt, scheint es ihm ähnlich zu gehen.

»Okay. Jetzt muss ich aber wirklich los.«

»Okay.« Er nickt ein paarmal.

»Ich sehe dich morgen früh.« Was nur möglich ist, wenn ich noch wach bin, wenn er aufsteht.

»Auf jeden Fall.«

Ich verlasse die Wohnung, bevor ich noch etwas Dummes sage oder tue. Es ist völlig klar, dass ich unbedingt eine eigene Wohnung finden muss. Dieser Mann weckt Gefühle in mir, die weit darüber hinausgehen, mich einfach nur nackt mit ihm zu vergnügen. Diese Gefühle sind während der letzten Wochen erwacht, zumindest was mich betrifft.

Wenn ich weiterhin meine Trinkgelder spare, sollte ich nächsten Monat oder so genügend für eine Anzahlung beisammen haben. Je länger ich hierbleibe, desto komplizierter wird es, die sexuelle Anspannung zwischen uns beiden unter Kontrolle zu halten. Wie ja die Verabschiedung eben gezeigt hat.

Unter diesen Umständen möchte ich lieber hier ausgezogen sein, bevor ich mit ihm im Bett lande. Mit ihm zu schlafen, solange ich noch von ihm abhängig bin, schafft eine Unausgewogenheit, mit der ich nicht klarkommen will. Ich will nicht in einer Situation sein, in der ich mich ausgehalten fühle. Und genau das wäre es für mich.

15

KUSCHELN AUS VERSEHEN

Ruby

Als ich von der Arbeit nach Hause komme, ist es fast zwei Uhr morgens. Das Apartment ist still. Bancroft schläft wahrscheinlich. Als ich ins Bett gehen will, laufe ich beinahe an meinem Zimmer vorbei zu seinem. Das wäre ein wahnsinnig peinlicher Irrtum.

Zum ersten Mal, seit er verreist war, schlafe ich in dem Gästezimmer, das eigentlich meins ist. Es fühlt sich wirklich seltsam an.

Bancroft läuft in Boxershorts durch die Wohnung.

Abgesehen von den Boxershorts hat er nichts an. Kein Shirt. Keine Socken. Nur Boxershorts. Und aus irgendeinem Grund sind sie nass und kleben an ihm. Ich weiß nicht, weshalb sie nass sind, doch ich biete ihm an, ihm aus dem nassen Ding herauszuhelfen, das jetzt auf den Boden tropft und eine Pfütze um seine Füße bildet. Ich greife nach seinem Bund, wobei mir bewusst ist, dass das meinem Vorhaben, nicht mit ihm zu schlafen, widerspricht, und sehe, wie er Gänsehaut bekommt. In dem Moment, als ich sie ihm über die Hüften ziehe, wache ich auf.

Wie schade!

Der Traum verblasst, und mir bleibt nur ein trockener Mund und eine pochende Klitoris. Ich greife nach dem Glas auf dem

Nachttisch, doch es ist leer. Es ist vier Uhr morgens. Ich habe nur zwei Stunden geschlafen. Ich kann mich nicht daran erinnern, es ausgetrunken zu haben, bevor ich eingeschlafen bin. Allerdings erinnere ich mich daran, an meiner Murmel gespielt zu haben, während ich mit den Gedanken an Bancroft den Kopf in meinem Kissen vergrub, bevor ich einschlief. Diese zusätzliche Kraftanstrengung hat nicht gerade geholfen, meinen Durst zu löschen. Außerdem habe ich Kopfschmerzen, wahrscheinlich weil ich dehydriert bin. Diva hat mir gestern Abend gesagt, dass ich mehr Wasser trinken soll, doch es war wohl nicht genug.

Ich werfe die Decke zurück und hieve mich aus dem Bett. Ich greife nach der Aspirinflasche in meinem Nachttisch und meinem Glas und mache mich auf den weiten Weg in die Küche – der im Kühlschrank eingebaute Wasserspender liefert großartiges und wunderbar kaltes Wasser. Und genau das brauche ich jetzt.

Ich lehne den Kopf gegen den Kühlschrank, während das Wasser ins Glas läuft, spüle zwei Aspirin damit hinunter und fülle das Glas erneut, bevor ich mit halb geschlossenen Augen zurück in mein Bett gehe.

Ich schlüpfe unter die kühle Decke – was mich ein wenig frösteln lässt – und bette meine Wange auf das Kissen. Als ich die Augen schließe, versuche ich den Traum wiederzubeleben, den ich hatte, bevor ich vor Durst aufgewacht bin. Ich kehre zum Anfang zurück, an dem er noch angezogen war, denn es macht mir großen Spaß, ihn in Gedanken seines Anzugs bis auf sein Adamskostüm zu entledigen. Ich stelle mir Bancroft – Bane – vor, wie er in seinem Button-down-Hemd mit gelockerter Krawatte aussieht. Oder in seinem eng anliegenden Unterhemd.

Als ich ihn in Gedanken ausziehe, kann ich ihn auf einmal

riechen. Ich muss wieder an der Schwelle zu einem Traum sein, denn es ist unglaublich intensiv. Ich kuschle mich fester ins Kissen, bereit, meine Gedanken dem Willen meines Körpers unterzuordnen. Ich höre ein Stöhnen, leise und tief, und dann bewegt sich das Bett, und ein schwerer Arm legt sich auf meine Hüfte.

Ich klappe die Augen auf. *Was war das?* Das ist auf keinen Fall ein Traum. Zumindest glaube ich das nicht. Das Bett bewegt sich. Die Laken rascheln, und die Matratze neigt sich, als die Hand, die zu dem Arm auf meiner Hüfte gehört, über meinen Körper gleitet.

»Mmm. Das fühlt sich schön an«, murmelt eine männliche Stimme, die zu der Hand gehört, die mich über der Decke berührt.

Heilige Scheiße. Bane liegt bei mir im Bett. *Was tut Bane da mit mir im Bett?*

Ich bin wie erstarrt. Ich bin mir nicht ganz sicher, was ich tun soll, denn so sehr ich es auch genieße, berührt zu werden – selbst durch die Decke hindurch –, bin ich mir noch immer nicht im Klaren darüber, warum das genau passiert ist. Oder wie.

Plötzlich drückt Bane seine gestählte warme Brust an meinen Rücken. Und Moment mal. Oh mein Gott. *Oh mein Gott.* Ist das … das kann nicht sein. *Oh doch*. Kann es.

Bane ist nackt. Woher ich das weiß? Weil ich ihn unten am Rücken spüren kann, wo mein Schlaftanktop hochgerutscht ist und mehrere Zentimeter bloßer Haut frei lässt. Und seine Erektion – seine steinharte Erektion – ist direkt an mich gedrückt. Meine Theorie über große Hände ist auf jeden Fall richtig.

Er schmiegt sich in mein Haar, wühlt sich so tief hinein, bis sein stoppeliges Kinn meinen Nacken berührt. Ich glaube nicht, dass er richtig wach ist. Also halte ich still und warte darauf, dass er … ich weiß nicht … aufhört sich zu bewegen? Ich will nur, dass er still liegt, dann kann ich überlegen, was ich tun soll. Nun, das weiß ich bereits, aber ich genieße das hier im Augenblick zu sehr.

Er liegt außerdem nicht still. Stattdessen zieht er an der Bettdecke, sodass seine Hand, die mich durch die Decke hindurch berührt hat, jetzt darunter liegt. Sein Arm schlingt sich um meine Taille, und dann schlüpfen seine warmen Finger unter den Saum meines Tanktops, und er spreizt sie auf meinem Bauch und bewegt sie aufwärts. Bei dem Bralette mit Elastikband kommt er nicht weiter und zieht den Stoff hoch. Er umfasst eine meiner Brüste durch mehrere Schichten Baumwolle und stöhnt. Ich kann mein eigenes Stöhnen kaum unterdrücken, als er seine Hüften wiegt.

Ich öffne den Mund, um etwas zu sagen, so etwas wie: »Hey, Bane. Wieso bist du in meinem Bett und befummelst mich?« Oder: »Wenn du mit mir Sex haben willst, gibt es bessere und weniger seltsame Methoden, als mitten in der Nacht in mein Bett zu kriechen und mich damit zu überraschen.« Oder sogar: »Was dagegen, wenn ich nachsehe, wie sehr dieser Ständer unten gegen meinen Rücken drückt?«

Doch nichts dergleichen kommt über meine Lippen. Stattdessen stöhne ich nur leise »Bancroft«.

Es scheint keinen Einfluss auf seine Hand zu haben, die meine Brust umfasst. Vom Umfassen ist er sogar zum Kneten übergegangen. Er unternimmt einen zweiten Versuch, unter das Elastikband zu kommen.

Ich sollte das unterbinden. Mein Gehirn denkt das zwar, verwirft es aber augenblicklich als unnötig.

Ich sollte wirklich etwas tun, anstatt nur dazuliegen. Das sollte nicht mitten in der Nacht ohne Erwachsenengespräch passieren. Einem Gespräch, bei dem wir die Konsequenzen meines Aufenthaltes hier, meines Tiersitterjobs und dieser kleinen Nummer abwägen. Vor allem weil er erwähnt hat, dass er nicht an einer Beziehung interessiert ist, solange er so viel reisen muss. Doch weil ich mir genau dieses Szenario in der Fantasie ausgemalt habe, bin ich ein bisschen zu nachgiebig.

Diesmal schafft er es unter das Elastikband, und seine breite, warme Hand legt sich um meine Brust. Dann spüre ich seinen heißen Atem auf meinem Hals, gefolgt von seinen Lippen auf meiner Haut. Herrje, er ist dabei … oh nein … oh ja, er dreht meine Nippel zwischen Daumen und Zeigefinger. Sein Stöhnen vibriert auf meiner Haut, als er seine Lippen öffnet und mir mit der Zunge darüber fährt.

Okay, an diesem Punkt habe ich keine Ausrede mehr, ihn nicht an dem zu hindern, was er tut, nur weil das anscheinend unbewusst geschieht. Und anstatt das zu tun, was ich tun sollte, wölbe ich den Rücken und presse meinen Hintern gegen seine Erektion. Sie schmiegt sich der Länge nach in meine Pospalte, wo meine Unterwäsche zwar den Weg versperrt, aber bei Weitem nicht alles bedeckt, weshalb ich eine Menge Haut spüre. Mit einem letzten Drehen meines Nippels lässt er meine Brust los und gleitet mit der Hand kräftig über meinen Bauch.

Ich reiße die Augen auf, als mir bewusst wird, dass er ein bestimmtes Ziel hat. Ich würde gern sagen, dass meine nächste Handlung aus dem Empfinden resultiert, dass das wirklich zu weit geht. Doch hat sie mehr damit zu tun, dass ich denke, ich müsse mich unten herum rasieren. Ich packe seine Hand, als sie meinen Bauchnabel passieren will.

»Halt!«, rufe ich krächzend.

Das scheint ihn aus seiner Lustdämmerzone aufzuschrecken. Er zieht seine Hand zurück und rollt herum, als ich aus dem Bett springe.

Und in diesem Moment stelle ich fest, dass ich nicht in meinem Zimmer bin. Ich bin in *seinem*.

»Ich habe nur … Ich wollte nicht … Ich habe …« Ich stammele herum wie eine Idiotin, während mich ein völlig verschlafener Bancroft verwirrt anblinzelt. Gott, ist er sexy, wenn er gerade erst aufgewacht ist. Mein Blick folgt seiner Hand, mit der er sich über den Bauch streicht. Da bemerke ich, dass die Laken seinen fantastischen Körper nicht mehr bedecken. Er ist nackt. Und ich kann jeden Zentimeter von ihm sehen. Bis auf seinen rechten Oberschenkel.

Bancroft ohne Hemd ist ein Traum. Bancroft nackt ist einfach nur phänomenal.

»Oh Gott, der ist ja riesig!«, sage ich, als ich schließlich Erektopia – meinen visuellen Bestimmungsort – erreicht habe.

Dank der Nachteulen, die im Gebäude gegenüber noch wach sind, ist der Raum nicht völlig dunkel. Ich kann sehen, wie groß seine Erektion tatsächlich ist. Und ich kann nicht anders als glotzen. Zu meiner Verteidigung muss ich sagen, dass es eine Menge zu glotzen gibt. Mir läuft das Wasser im Mund zusammen, so phänomenal ist dieser Anblick.

Bis zu diesem Moment war ich von einem Penis noch nie sonderlich beeindruckt. Gäbe es ein Bewertungssystem für Penisse, hätte der von Bancroft eine eigene Kategorie. Teilweise liegt das vielleicht an den Schatten, die durch das Umgebungslicht auf seinen nackten Körper fallen. Teilweise vielleicht auch am Gesamtpaket, das seinen Penis umgibt, den ich gerade anstarre.

Ich betrachte seinen nackten Körper und wünsche mir sehnlichst, ein fotografisches Gedächtnis zu haben, denn sein Körper ist ein Geschenk des Himmels. Und diese Erektion ist göttlich.

Auf einer Skala von eins bis zehn, wobei eins erbärmlich wenig und zehn von göttlicher Inspiration ist, ist sein Schwanz so schön, dass er die Engel zum Weinen und die Jungfrauen dazu bringen könnte, sich freiwillig zu opfern. Okay, Letzteres vielleicht nicht. Aber es ist ein prachtvoller Penis, und ich bin wirklich rattenscharf.

Ich möchte gern wieder mit ihm unter die Decke schlüpfen und so tun, als wäre ich nicht aus Versehen in sein Bett gekrochen und hätte mich von ihm eine ganze Weile berühren lassen.

»Ruby?« Er zieht ein Laken um sich, um sein Geschlecht zu bedecken. »Was macht du …« Er betrachtet mich. Seine Hand liegt auf seiner Erektion. Die er umfasst hält. Das könnte ich jetzt sein, wenn ich so schlau gewesen wäre, das Spiel weiterzuspielen.

Ich versuche selbst, mich zu bedecken, weil mein Schlafoutfit nicht sehr viel der Fantasie überlässt. Nun, mehr als bei Bane vielleicht, trotzdem ist es recht dürftig.

»Es war ein Versehen! Entschuldige!« Ich wirble herum, renne hinaus und schlage die Tür hinter mir zu. Ich renne den ganzen Weg bis zu meinem Schlafzimmer und bin diesmal viel vorsichtiger, als ich die Tür hinter mir zumache. Und natürlich schließe ich ab. Meine Verlegenheit ist riesig – größer noch als der Schwanz, den ich gerade angestarrt habe –, und ich kann Bane jetzt unter keinen Umständen unter die Augen treten.

16

SCHWER ZU KONTROLLIERENDE STÄNDER

Bancroft

Ich liege in meinem Bett mit der Hand auf meinem Ständer, während ich zur Tür starre und mich frage, was zum Teufel gerade passiert ist.

Nun, ich weiß, was gerade passiert ist, doch die Frage ist, weshalb Ruby in meinem Bett war und es jetzt nicht mehr ist. Sowohl ich als auch meine Erektion, die ihre eigenen, wenn auch sehr einseitigen Vorstellungen hat, hätten gern eine Antwort auf diese Frage.

Ich überlege, ob ich aufstehen und nach ihr schauen soll, doch ich bin so schmerzhaft hart, dass ich im Augenblick nirgendwohin gehen kann. Angesichts ihres überstürzten Abgangs und ihrer Unfähigkeit, auch nur einen klaren Satz rauszubringen, schien ihr die Sache ziemlich peinlich zu sein. Wahrscheinlich kann ich bis morgen warten, was bereits in zwei Stunden ist, bevor wir uns damit befassen können.

Während ich daliege und mir das Geschehen ins Gedächtnis zu rufen versuche, frage ich mich, wie viel ich davon geträumt habe und wie viel tatsächlich geschehen ist. Ich erinnere mich hauptsächlich daran, eine Brust geknetet und einen Nippel stimuliert zu haben, und an ein bisschen Schwanzreiben an einem Hintern. Ich würde das gern mit ihr fortsetzen, wenn ich bei klarem Verstand bin.

Nachdem ich weitere fünf Minuten im Bett gelegen und an Ruby gedacht habe, gebe ich die Hoffnung auf, dass sie wie von Zauberhand wieder an meiner Tür auftaucht, und hole mir einen runter. Allein. Diesmal habe ich reales Futter, das mir hilft, zum Ende zu kommen. Besser wäre noch, wenn Ruby mir dabei helfen würde, anstatt es selbst zu tun.

Normalerweise ist ein Orgasmus ein geeignetes Schlafmittel, doch diesmal funktioniert das nicht so, wie ich es gern hätte. Ich kann irgendwie nicht mehr einschlafen, und anderthalb Stunden später klingelt mein Wecker. Ich ziehe ein Paar Boxershorts an, bevor ich mein Zimmer verlasse – etwas, das ich mir angewöhnen muss, solange Ruby hier wohnt. Jedenfalls bis wir diese peinliche Rückkehrphase hinter uns haben. Als ich aufgewacht bin und beinahe meine Hand in ihrem Höschen hatte, dachte ich, wir stünden kurz vor einer Lösung des Problems, doch dann ist sie weggerannt.

Ich setze Kaffee auf und schaue, was im Kühlschrank ist. Er muss aufgefüllt werden; die Auswahl ist ziemlich gering. Ich habe nicht einmal nachgesehen, bevor ich gestern Nachmittag ins Büro gefahren bin.

Wie ich hier empfangen wurde, entsprach nicht meinen Erwartungen. In meiner Vorstellung hatte mich Ruby voller Begeisterung und mit fast nichts am Leib an der Tür begrüßt. Das mit dem fast nichts am Leib war dann mein Part, doch anstelle von Begeisterung herrschte Unbehagen. Und ich hatte nicht bedacht, dass sie arbeiten muss, schon gar nicht die nächsten vier Tage.

Anstatt in meiner Wohnung herumzusitzen und mich selbst zu bemitleiden war ich arbeiten gegangen. Das war die beste Ablenkung. Und das gab mir einen Vorsprung vor Lex, der erst vier Stunden später auftauchte. Da war ich schon Tabellenkalkulationen, Marketingpläne und Entwicklungskosten mit meinem Vater durchgegangen. Er schien beeindruckt zu sein von meinem Engagement beim Team und den Projekten. Nachdem ich erst vor ein paar Stunden aus dem Flugzeug gestiegen war, hatte er erwartet, dass ich mir den Tag freinähme. Und wenn Ruby zu Hause gewesen wäre, hätte ich das auch getan.

Ich begutachte den Inhalt des Kühlschranks und überlege, was ich zum Frühstück will. Zutaten für Pfannkuchen sind da. Ich habe mich daran gewöhnt, den Tag mit Ruby zu beginnen oder zu beenden, und ich würde das gern fortsetzen.

Sobald der Kaffee fertig ist, klopfe ich an ihre Tür. Es bleibt völlig still. Ich versuche es erneut, wobei der komische Knoten in meinem Bauch fester wird. »Ruby«, rufe ich, als es nach dem zweiten Klopfen noch immer still ist.

Ich drehe den Knauf, doch es ist abgeschlossen. Scheiße. Hat sie etwa gedacht, dass ich wieder mit ihr ins Bett wollte letzte Nacht? War das präventiv oder war ihr das einfach nur peinlich?

Seit meiner Abreise hatte ich bis auf ein paar Ausnahmen jeden Tag mit ihr gesprochen. In den Gesprächen hatte es zahlreiche sexuelle Anspielungen gegeben. In vielerlei Hinsicht hatte es sich wie Fern-Dating angefühlt. Ich hatte wochenlang Zeit gehabt, mehr über Ruby zu erfahren, ihren Sinn für Humor und ihre Eigenheiten kennenzulernen. Zeit herauszufinden, wie sie tickt, wo sie unsicher ist, wie stark sie ist, wie sehr sie meine Haustiere liebt, wie sehr mir die Sachen, in denen sie schläft, gefallen.

Möglicherweise habe ich manches falsch verstanden, doch ich hatte erwartet, dass sich dieses ganze zweidimensionale Flirten in ein dreidimensionales verwandeln würde, wenn ich nach Hause komme. Mit Nacktsein. Dass ich dieser Realität letzte Nacht so nah war, lässt mich diesen Moment ungeduldig herbeisehnen. Nur dass ich das Gefühl habe, dass es nicht jetzt passieren wird.

Ich versuche es ein letztes Mal. Ich habe keine Ahnung, wann sie nach Hause gekommen ist. Ich bin gestern Abend auf dem Sofa eingeschlafen und erst nach Mitternacht wieder aufgewacht. Zu dem Zeitpunkt war sie noch nicht zu Hause gewesen, obwohl ich nicht in ihrem Zimmer nachgesehen hatte. Ihre Schuhe, ein Paar abgetragene, flache Dinger, stehen direkt neben der Tür. Ich erinnere mich nicht, ob sie bereits neben der Tür gestanden haben, als ich vom Sofa in mein Schlafzimmer umgezogen bin.

Ich gebe es auf, Ruby wecken zu wollen. Ich mache mich für die Arbeit fertig und hoffe, sie taucht auf, bevor ich gehen muss. Tut sie nicht.

Ich verbringe den ganzen Tag in Meetings, wo ich die PowerPoint-Präsentation zeige, die ich auf dem Heimflug angefertigt habe, während mein Bruder schlief. Entschlossen, eigene Ergebnisse zu liefern, habe ich Lex deswegen nicht konsultiert. Im Augenblick schmort er auf dem Platz mir gegenüber. Jedes Mal, wenn er versucht, mich mit einer Frage aus dem Konzept zu bringen, habe ich die richtige Antwort oder zumindest eine, die meinen Vater zufriedenstellt. Zwischen uns hat immer Konkurrenz geherrscht, und meine Herangehensweise an die Sache hat nichts daran geändert. Doch ich lasse mir nicht gern alles vorschreiben, und so hat in den letzten fünf Wochen unsere Zusammenarbeit ausgesehen.

Meine Hoffnung ist, dass diese Auslandsreise für eine Weile meine letzte war und dass ich genug getan habe, um in der Lage zu sein, ein paar der Projekte in New York zu managen. Wir haben zehn, also sollte das machbar sein.

Als das Meeting zu Ende ist, nimmt mich mein Vater beiseite.

Ich sollte wirklich um das bitten, was ich möchte. Doch ich muss zuerst die Fühler ausstrecken. Mein Vater hat immer einen Masterplan, und ich mache mir Sorgen, dass ich darin für weitere Reisen vorgesehen bin.

Ich setze mich in einen seiner Klubsessel in seinem Büro, und er setzt sich lieber mir gegenüber als hinter seinen Schreibtisch. »Gute Arbeit das in London.«

Das ist viel Lob von meinem Vater. »Danke. Es war sehr lehrreich. Ich bekomme langsam ein Gefühl für solche Sanierungsmaßnahmen.«

»Ich halte es für eine gute Idee, dass du, sobald du dich damit vertraut gemacht hast, mit dem Designteam an den neuen Gestaltungskonzepten in Deutschland arbeitest.«

Das ist besser, als mit Lex zu arbeiten, doch wenn ich zum Designteam gehöre, besteht die Möglichkeit, dass mein Vater mich auch im Innovationsteam haben möchte. Was eine weitere Arbeitsphase im Ausland bedeutet, was ich nicht will.

»Layla leitet das Projekt, nicht wahr? Soll ich stattdessen nicht lieber eine Weile mit Griffin zusammenarbeiten?« Er kümmert sich um mehrere Hotels in Chicago. Das ist viel näher als Deutschland.

»Hast du Sorge, dass du dich in Laylas Nähe nicht konzentrieren kannst?«

»Wie bitte?« Ich streiche meine Krawatte glatt. Layla ist schon eine ganze Weile Mitglied des Designteams. Sie ist unglaublich karrierebewusst und fokussiert, weshalb ich nicht verstehe, wie er darauf kommt, ich könnte nicht mit ihr arbeiten.

Mein Vater rollt mit den Augen. »Komm schon, Bancroft. Du hast die letzten sieben Jahre mit einem Haufen Groupies im Schlepptau verbracht. Ich erinnere dich nur daran, dass es hier ums Business geht und du einen kühlen Kopf bewahren musst, selbst bei Schönheiten wie Layla.«

»Attraktivität ist nicht das Problem, Dad. Ich habe Profi-Rugby gespielt und nicht in einer Spartakus-Arena gekämpft.

Ich komme mit attraktiven Frauen klar. Außerdem ist Layla nicht mein Typ.« Bis jetzt ist mir ihre Attraktivität noch nicht einmal aufgefallen. Sie ist blond und zierlich. Ich bevorzuge dunkle Haare und einen durchtrainierten Körper, wie der von Ruby. »Was ist mit Sanierungen vor Ort? Es wäre schön, mit dir an ein paar Projekten zu arbeiten.« Am besten wirkt man auf meinen Vater durch sein Ego ein.

Er lächelt und klopft mit seinem Stift auf die Sessellehne. »Das kommt noch, sobald du genügend Erfahrungen gesammelt hast.«

»Glaubst du nicht, dass ich von deiner Fachkenntnis profitieren könnte?« Ich versuche, meine Enttäuschung zu verbergen. Ich will nicht, dass er die Tür zuschlägt, bevor ich einen Fuß drin habe.

»Meine Fachkenntnis steht dir jederzeit zur Verfügung. Ich überwache sämtliche Projekte, die du betreust. Aber du brauchst ein gutes Jahr, bis du genug Erfahrungen gesammelt hast und mit der Firmenstrategie vertraut bist. Ich will, dass du dich mit den Mitarbeitern an der Spitze wohlfühlst.«

»Wann soll das Projekt in Deutschland starten?«

»Wenn alles glattgeht, im Spätherbst. Es gibt noch andere Projekte, um die du dich kümmern sollst. Die Hotels in Kalifornien brauchen Aufmerksamkeit, und es gibt Bauland in Costa Rica, an dem wir interessiert sind.«

Er spricht über weitere Reisen, als hätte ich's gewusst. Ich will das nicht. Außer dass Reisen bedeutet, dass ich jemanden bräuchte, der bei mir wohnt und sich um Tiny und Francesca kümmert. Es ist ein Vorwand, damit Ruby länger bleibt, oder zumindest zeitweise bei mir wohnt. Wenn sie das überhaupt noch will. Sobald dieses Meeting zu Ende ist, muss ich mit ihr sprechen. Hoffentlich ist sie inzwischen wach.

»Was ist mit den Sanierungen in New York?«

Er blickt bereits auf sein Telefon und tut so, als würde er E-Mails checken. Das macht er, wenn er entweder mit einem Gespräch fertig ist oder einem Thema aus dem Weg gehen will. Leider bin ich sein Sohn und ähnle ihm in vielerlei Hinsicht, weshalb ich den Hinweis ignoriere.

»Soll damit nicht im neuen Jahr begonnen werden? Arbeitet Griffin nicht an dem Sanierungsprojekt am Times Square? Jetzt, wo ich an Bord bin, könnten wir zusammenarbeiten. Mit dem Projekt würde es schneller vorangehen, oder nicht? Wir könnten gleich nach Neujahr damit anfangen, so würden wir die Tourismussaison im Sommer nicht versäumen und trotzdem das Feiertagsgeschäft noch mitnehmen.«

Mein Vater hört auf zu tippen und blickt mich an. »Du hast dir Gedanken darüber gemacht?«

»Natürlich. New York hat so viel Wachstumspotenzial. Ich wäre an dem Projekt gern beteiligt.« Ich beiße mir auf die Zunge, bevor ich sagen kann, dass ich es zu meinem Mittelpunkt machen will.

»Das dauert noch ein Weilchen. Wir können ein andermal darüber sprechen.«

Es ist kein Nein. Ich gebe mich damit zufrieden.

Ich würde gern sagen können, dass ich Ruby treffe, als ich nach Hause komme. Tue ich aber nicht. Ich schicke ihr eine Nachricht und frage sie, wie es ihr geht, dann schlafe ich auf der Couch ein und schleppe mich gegen ein Uhr morgens ins Bett.

Ich habe noch immer keine Antwort, als ich am nächsten Morgen aufwache. Ich überlege, ob ich an ihre Tür klopfen soll, aber ich habe keine Ahnung, wann sie nach Hause gekommen ist. Außerdem hat sie meine Nachricht nicht beantwortet, also lasse ich es sein, auch wenn ich es eigentlich nicht will.

Mein Vormittag ist erneut mit Meetings vollgepackt, mit Gesprächen über die Projekte in Großbritannien und anderswo, und ich bin ganz eingetaucht in das Gebäudemanagement der Firma. Ich verstehe, was mein Vater vorhat. Er will nicht, dass ich mich jetzt schon auf einen Geschäftsbereich konzentriere, weil es so viele gibt, und wenn ich die Firma irgendwann gemeinsam mit meinen Brüdern führen will, muss ich diese ebenfalls kennen. Und ich muss mit beiden arbeiten können, egal wie schwierig das ist.

Um die Mittagszeit habe ich noch immer nichts von Ruby gehört. Ich brauche entweder einen Drink oder muss jemanden verprügeln. Oder mit Ruby sprechen. Letzteres wäre mir am liebsten.

Ich habe einen vernünftigen Grund, sie zu kontaktieren, der auf jeden Fall eine Antwort verdient. Francescas Fütterungsplan.

Jetzt, wo ich wieder zu Hause bin, müssen wir über solche Dinge reden, damit wir sie nicht überfüttern. Ich hatte eine gewisse Routine, doch mit Rubys seltsamem Stundenplan hat sich diese im vergangen Monat wahrscheinlich stark verändert.

Meine erste Nachricht ist so kompliziert, dass sie bestimmt eine Erklärung braucht, um zu verstehen, was ich meine.

Es funktioniert. Ihre Antwort kommt Minuten später in Form mehrerer Fragezeichen.

Ich schließe meine Bürotür ab und drücke auf Videoanruf. Ruby geht beim dritten Klingeln dran.

»Hey.« Ihre Stimme klingt rau und tief.

Ich schaue sie jedoch nicht an, sondern starre an die Decke ihres Schlafzimmers. »Hab ich dich geweckt?«

»Ja, aber ich muss sowieso aufstehen. Was gibt's? Diese Nachricht war schlimmer als deine Handschrift. Sie ergibt keinen Sinn.«

»Tut mir leid. Jetzt, wo ich wieder da bin, ist Francescas Fütterungsplan vielleicht ein wenig aus dem Gleichgewicht. Ich dachte, es wäre am einfachsten, das direkt zu bereden.«

Ich höre, wie eine Schublade geöffnet wird. Sie quietscht ein wenig. »Daran habe ich gar nicht gedacht. Ich habe sie gefüttert wie immer. Soll ich nicht? Willst du das übernehmen?«

»Warum lassen wir es nicht so, wie es ist, bis wir uns zusammensetzen?«

»Okay. Dann mach ich das.«

Ich blicke noch immer an die Decke und kann das Tappen von Füßen und ein Rascheln hören. »Was machst du?«

»Mich anziehen.«

»Bist du nackt ans Telefon gegangen?«

Es gibt eine Bewegung, und plötzlich schaue ich auf Rubys hochgezogene Braue. »Fragst du mich das im Ernst?«

Ich unterdrücke ein Grinsen. »Eine legitime Frage.«

An der Raumperspektive erkenne ich, dass sie das Telefon auf die Kommode gelegt hat. »Du kannst mich auch ohne Video anrufen, wie andere Leute auch.«

»Es ist eine Angewohnheit. Ich sehe dich gern.« Und spüre dich auch gern, wie vor Kurzem in meinem Bett, doch dazu komme ich noch.

»Ich bin so attraktiv, wenn ich im Halbschlaf bin.«

Das ist die perfekte Überleitung für mich. »Apropos im Halbschlaf sein, willst du über neulich Nacht reden?«

Sie wendet den Blick ab und beschäftigt sich mit etwas außerhalb meines Blickfelds, weshalb ich nur ihr Kinn sehe. »Tut mir leid, neulich Nacht?« Ihre Stimme klingt überraschend ruhig.

»Tun wir etwa so, als wäre nichts geschehen?«

»Was ist denn geschehen?« Sie stellt noch immer keinen Blickkontakt her.

»Du. In meinem Bett.«

Sie runzelt die Stirn. »Du meinst, während du weg warst? Ich hab dir erzählt, dass ich ein paarmal dort eingeschlafen bin. Ich habe die Bettwäsche gewechselt, bevor du nach Hause gekommen bist. Wenn das für dich eine große Sache war, hättest du was sagen sollen.«

»Ich rede von dir mit mir in meinem Bett.«

Sie blinzelt ein paarmal. Sie geht nicht darauf ein. Ein verschmitztes Lächeln erscheint auf ihrem Gesicht, und ihre Stimme wird zu einem sinnlichen Flüstern. Mit einem Finger gleitet sie über ihren Hals. Ich folge der Bewegung in der Hoffnung, dass sie noch tiefer hinabführt, bis zu ihrer Brust, die ich vor nicht allzu langer Zeit umfasst habe. »Hast du von mir geträumt, Bane?«

Mein Blick schnellt zu ihrem Gesicht zurück. Die Antwort auf die Frage ist ja. In den letzten Wochen habe ich fortwährend von ihr geträumt. »Du warst in meinem Bett neulich Nacht.«

Sie lacht. »Ach ja?«

Jetzt ist es an mir, die Stirn zu runzeln. Unmöglich, dass ich das geträumt habe. Es war viel zu körperlich. Ein Klopfen an meine Bürotür hält mich davon ab, weitere Fragen zu stellen, um herauszufinden, ob ich wegen dieser Frau meinen Verstand verliere. Griffin steht vor der Glastür und tippt auf seine Uhr. Mist. Ich habe in fünf Minuten ein Meeting. »Ich muss los.«

»Soll ich Francesca füttern?«

»Das habe ich heute Morgen getan. Du musst nur ein bisschen mit ihr spielen.«

»Ich liebe es.« Ihr Grinsen ist die reine Sünde, bevor das Bild verschwindet.

Sieht so aus, als würde das Flirten per Video noch immer funktionieren. Ich muss unauffällig meine Hose zurechtrücken, bevor ich von meinem Stuhl aufstehe.

Ich schnappe mir Laptop, Notizblock und Ordner und halte sie auf Hüfthöhe. Es ist schon eine Weile her, dass ich etwas in meiner Hose tarnen musste.

Am Samstag gehe ich ins Büro, und am Sonntag arbeite ich von zu Hause aus. Ich stehe früh auf, weil ich nicht mehr länger schlafen kann, und laufe eine Runde auf dem Laufband. Um neun Uhr bin ich geduscht, doch aus Rubys Zimmer kommt noch immer kein Lebenszeichen. Dass sie zu Hause ist, weiß ich nur, weil ihre Schuhe neben der Tür stehen.

Ich setze mich mit einem Kaffee an meinen Computer und öffne meine Recherche-Dateien. Die letzten Wochen waren mental ziemlich anstrengend gewesen. Ich gewöhne mich langsam daran, mein Gehirn für diese Art von analytischen Aufgaben zu benutzen, doch es war zuerst ungewohnt. Ich bin umgeben von Tortendiagrammen und Grafiken. Vergleichende Datenanalyse war nie mein Lieblingsfach in Marketing, aber ich habe gelernt, gut darin zu sein.

Es ist Mittag, als sich etwas in der Küche rührt. Ich höre Gemurmel und das Öffnen der Kühlschranktür. Ich bleibe, wo ich bin, und lausche.

Ich überlege, ob ich mich bemerkbar machen soll, als ich ein lautes Gähnen und das Tappen von Füßen höre. »Guten Morgen, Tiny«, sagt sie und fügt hinzu: »Guten Morgen, du sexy Kerl.«

Vielleicht meint sie ja mich, doch als ich meinen Stuhl in ihre Richtung drehe, sehe ich, wie sie vor der Wand mit dem protzigen Foto von mir steht; es ist von der Meisterschaft im letzten Jahr, als ich ein Tor gemacht habe. Das Foto entstand zehn Minuten, bevor ich mir das Knie ruiniert habe.

Ruby blickt zu dem Bild hinauf. Sie nimmt einen Schluck aus ihrem Glas. »Wieso hast du ein Shirt an?«

»Wenn ich ohne Shirt gewesen wäre, hätte niemand gewusst, welche Nummer ich bin«, erwidere ich.

Sie schreit vor Schreck auf, und das Glas gleitet ihr aus den Fingern. Es zerbirst zu ihren Füßen, Orangensaft und Scherben bilden einen gefährlichen Ring um sie herum.

Ich stehe ruckartig auf. »Shit. Tut mir leid. Nicht bewegen.«

Ihr Gesicht hat die Farbe meines Rugby-Trikots auf dem Bild, doch sie tut, was ich sage, und bleibt, wo sie ist. Ich gehe um die Sauerei auf dem Boden herum in Richtung Eingangstür und schlüpfe in das erstbeste Paar Schuhe, das ich finde. Dann kehre ich dorthin zurück, wo Ruby noch immer steht, ein umwerfender, peinlich berührter Schatz inmitten von Glassplittern und einer Saftpfütze.

»Dann holen wir dich mal aus der Gefahrenzone.« Ich packe sie um die Taille und hebe sie hoch. Sie umklammert meine Schultern und beugt sich nach vorn, wobei sie ihre Brust gegen meine presst.

»Ich wollte dich nicht erschrecken.« Ich setze sie ab, lasse sie aber nur widerstrebend los.

»Ich habe nicht bemerkt, dass du da bist.« Sie kann mir nicht in die Augen sehen. Ihre Hände gleiten an meiner Brust herab, und sie stößt sich ab. »Lass mich Besen und Wischlappen holen, damit ich aufwischen kann.«

»Ich hole sie. Du läufst hier ohne Schuhe nicht herum.« Ich lasse sie endlich los, damit ich mich um den Fußboden kümmern kann. Gut, dass Francesca in ihrem Käfig schläft. Nun, sie schläft nicht mehr, aber zumindest ist sie sicher.

Ruby sieht wohl ein, dass ich recht habe, und bleibt, wo sie ist, während ich mir Handtücher und einen Mülleimer schnappe.

»Kannst du mir bitte meine Flip-Flops bringen?«

Ich reiche sie ihr, und wir beseitigen schweigend das Chaos.

Sobald der Saft aufgewischt und ein Großteil des Glases verschwunden ist, holt Ruby den Staubsauger, während ich den Wischlappen besorge und einen Eimer mit Seifenlauge fülle.

»Es tut mir so leid. Ich dachte, ich wäre allein«, murmelt sie noch immer verlegen, als sie das Staubsaugerkabel aufwickelt.

»Das habe ich mir gedacht, als du angefangen hast, mit meinem Poster zu reden, als würde es dir antworten.«

Sie zieht eine Grimasse und schaut mich böse an. »Danke, dass du das auf sich beruhen lässt.«

»Würde es dir ein besseres Gefühl geben, wenn ich mich über dich lustig mache, indem ich mein Shirt ausziehe?«

»Bäh. Ich geh wieder ins Bett.« Sie wendet sich zum Gehen, doch ich packe sie am Handgelenk. Ich weiß nicht, was passiert ist, seit ich aus London zurück bin, aber mir gefällt diese unbehagliche Atmosphäre zwischen uns nicht.

»Warte. Nicht. Ich höre auf. Komm, iss etwas mit mir.«

»Ich muss zur Probe.«

»Wann musst du dort sein? Ich kann dich fahren. Setz dich zu mir. Du musst was essen, bevor du gehst, oder? Essen wir zusammen zu Mittag.« Shit. Ich klinge gerade ziemlich verzweifelt. Vielleicht weil ich es bin. »Ich habe dich nicht gesehen, seit ich zurück bin, Ruby. Es ist, als würdest du mir aus dem Weg gehen.«

Sie senkt den Blick.

»Tust du das?«

Sie knetet ihre Finger. Das ist nicht die Ruby, die ich kenne. »Ich arbeite, und du ebenfalls.«

»Ist es wegen dem, was neulich Nacht passiert ist? Als du in mein Bett gekommen bist?«

»Ich war nicht ganz wach.«

»Du gibst es also zu.« Dem Himmel sei Dank. Ich dachte schon, ich verliere den Verstand.

Das beschert mir einen verärgerten Blick, was mir viel lieber ist als diese plötzliche Unsicherheit. »Meinst du das im Ernst?«

»Wegen dir frag ich mich, ob ich mir Dinge einbilde. Ich wusste, dass es viel zu körperlich war, um ein Traum zu sein.«

Ruby schürzt die Lippen. »Willst du mich jetzt auch noch damit behelligen? Es war ein Unfall.«

»Du bist eingeladen, weitere solcher Unfälle zu haben, jederzeit.«

Ruby steht mit offenem Mund da. Ich möchte den Abstand zwischen uns überwinden. Ich möchte ihr meinen Daumen in den Mund schieben und spüren, wie sie ihre Lippen darum schließt. Ich will wissen, ob sie saugt oder beißt, doch habe ich das Gefühl, dass ich den Abstand nur vergrößere, wenn ich das tue.

»Es wäre nicht passiert, wenn du so schlau gewesen wärst, deine Zimmertür abzuschließen!«, kontert sie.

»So wie du deine abgeschlossen hast?«

Sie blinzelt. »Wieso versuchst du in mein Zimmer zu kommen, während ich schlafe?«

»Weil du mir aus dem Weg gegangen bist.«

»Bin ich nicht!«

»Bist du doch.«

Sie stemmt die Fäuste in die Hüften. »Ist das ein Kindergartenstreit? Streckst du mir die Zunge raus und sagst ätschi bätschi?«

Ich kann und will mein Grinsen nicht länger unterdrücken. Ich sehe, dass sie ein ernstes Gesicht zu machen versucht, was ihr nicht gelingt. Ihr Lächeln ist genau das, was ich sehen muss.

»Ich habe dich diese Woche vermisst.« Ich nehme ihre Hand und ziehe sie in Richtung Küche. »Komm, leiste mir ein wenig Gesellschaft, bis du wegmusst.«

Ihre Finger umfassen meine und drücken sie kurz. »Okay.«

Am nächsten Freitag folgen mir Armstrong, sein Freund Drew, den ich noch nie gesehen habe und der mir irgendwie unsympathisch ist, und meine Brüder den Flur zu meinem Apartment entlang. Es ist lange her, dass die Jungs da waren, um ein Spiel zu sehen, und wegen der Art, in der Lex bei jeder Gelegenheit Armstrong gegenüber spitze Bemerkungen macht, bin ich mir nicht sicher, wie das laufen wird. Die beiden stehen in Konkurrenz zueinander, vor allem, was Frauen betrifft, und ich habe wirklich nie verstanden, wieso.

Doch weil Ruby heute Abend wieder bis in die Puppen unterwegs sein wird, dachte ich, es wäre gut, wenn ich etwas anderes täte, als darauf zu warten, dass sie nach Hause kommt. Es wird langsam zum Problem. Nun, das ist es schon seit einer Weile, doch es wird schlimmer. Seit der Nacht, in der sie in meinem Bett gelandet ist.

Ich würde gern sagen können, ich hätte die Situation im Griff, doch das stimmt nicht. Rubys Stundenplan steht meinem diametral entgegen, weshalb wir selten zur selben Zeit zu Hause sind. Zudem war ich diese Woche beinahe jeden Abend bis spät im Büro, weshalb wir uns kaum gesehen haben, und wenn, dann huscht sie immer davon, als würde ich sie nervös machen. Selbst das erotische Geplänkel hat seit meiner Rückkehr aufgehört. Ich kann sie nicht lange genug in die Ecke drängen, um herauszufinden, was eigentlich los ist.

Heute Abend gibt es keine erotische Spannung, mit der ich fertigwerden muss, denn Ruby ist arbeiten gegangen. Ich lege den Daumen auf den Sensor und warte darauf, dass mein Fingerabdruck erkannt wird. Armstrong unterbricht seinen Monolog, als der Klang von tiefen Bässen ertönt. Ich spüre die Vibration in meinen Füßen und meiner Hand, als ich den Knauf drehe. Vielleicht hat Ruby den Fernseher oder die Stereoanlage angelassen.

Als ich die Tür öffne, muss ich feststellen, dass ich mit beiden Annahmen falschliege.

Der Anblick, der sich mir bietet, wird augenblicklich im Tresorraum meines Gehirns unter »Masturbationsfantasien« abgelegt. Mitten in meinem Wohnzimmer sind fünf Frauen. Fünf spärlich bekleidete Frauen in High Heels, den Hintern der Tür zugewandt.

Ich erkenne den von Ruby augenblicklich. Sie steht ganz rechts. Mir am nächsten. Sie trägt meine verdammten Lieblingsshorts.

»Ist das eine Überraschungsjunggesellenparty? Hast du mir Stripperinnen besorgt?« Armstrong klingt etwas zu begeistert.

»Das sind keine Stripperinnen«, fauche ich.

Nur dass die Art, in der diese Frauen sich bewegen, in der sie sich in den Hüften wiegen und mit ihrem Hintern wackeln, die Frage aufwirft, ob stimmt, was ich gerade gesagt habe.

Sie machen eine Drehung, bei der sie anzüglich das Becken vorschieben, bis sie zur Tür blicken. Sie sind so auf ihre synchronen Bewegungsabläufe konzentriert, bei denen sie der Frau in der Mitte folgen, die Anweisungen ruft, dass sie uns nicht gleich bemerken. Ich bin ganz auf Ruby konzentriert, darauf, wie sie mit dem Bein eine kreisende Bewegung macht, es dann hochwirft und neben ihrem Ohr ihren Fußknöchel umfasst.

Dieses Maß an Beweglichkeit ist im Bett bestimmt großartig. Falls ich sie wieder in meins kriege. Am liebsten wäre mir das sofort.

»Die am Ende kenne ich.« Drew zeigt auf Ruby.

Als sie ihr Bein loslässt, bemerkt sie mich und die anderen Jungs, die im Türrahmen stehen.

Ihr perfekter, voller Mund formt die Worte »Oh Scheiße«, doch ich kann sie nicht hören, weil die Musik zu laut ist. Sie gerät leicht ins Stolpern und macht große Augen. Sie rennt in High Heels, die ziemlich gefährlich aussehen, durch den Raum und macht die Musik aus.

»Was tust du da?«, ruft die Frau in der Mitte. »Wir sind mitten …«

Ruby schneidet ihr mit einem Blick auf mich das Wort ab. »Ich dachte, du wärst heute Abend unterwegs.«

»Ich dachte, du auch«, erwidere ich. Meine Stimme knirscht leise wie Reifen auf Kies.

»Du hast gesagt, du schaust dir das Spiel mit den Jungs an.« Rubys Stimme ist ungewohnt hoch.

»Das habe ich vor. Du hast gesagt, du hast Probe.«

»Habe ich. Wir sind gerade dabei. Es tut mir wirklich leid. Als du gesagt hast, du schaust dir das Spiel an, habe ich an eine Bar gedacht, nicht an deine Wohnung.« Ruby ist ein wenig verschwitzt, ihr Pony ist feucht und klebt an ihrer Stirn. Ihre Haut glänzt, und ihre Wangen sind gerötet. Ich stelle mir vor, dass sie so ähnlich aussieht, wenn ich sie mehrmals hintereinander intensiv zum Orgasmus bringe.

Sie hat so wenig an, dass es nicht schwer ist, sich das lebhaft vorzustellen. Sie trägt einen Sport-BH zu ihren winzigen Shorts. Ihre Bauchmuskeln sind unglaublich. Alles an ihr sieht unglaublich aus. Der BH gehört nicht zu der Sorte, die vorn aus einem Stück Stoff besteht. Er hat Träger und sieht sexy aus, und es könnte kompliziert sein, ihn auszuziehen. Was ich am liebsten sofort tun würde.

»Ruby?« Beim Klang von Drews Stimme wenden wir den Blick voneinander ab und sehen zu ihm hin.

Sie reißt die Augen auf. »Drew?«

»Ihr zwei kennt euch?«, frage ich. Es klingt eher wie ein Knurren.

Ihr Blick schnellt kurz zu mir.

»Wow.« Drew lässt seinen Blick über ihren Körper gleiten, der ihm viel zu vertraut zu sein scheint. »Ist eine Weile her. Du hast dich gut entwickelt.«

Rubys Brauen schießen hoch. »Gut entwickelt?«

»Woher kennt ihr zwei euch?«, frage ich erneut, und diesmal ist es ein richtiges Knurren.

»Wir sind vor ein paar Jahren mal miteinander ausgegangen«, sagt Drew abwesend, während er Ruby noch immer anstarrt. Er hat diesen Blick, bei dem ich mich frage, ob er weiß, wie sie aussieht, wenn sie nichts anhat.

Angesichts der Rötung von Rubys Wangen habe ich den Eindruck, dass er es bedauerlicherweise weiß. »Ja, ein Mal. War keine große Sache«, sagt sie.

»Ich sollte dich nach deiner Nummer fragen«, schlägt Drew vor.

Rubys Lippen kräuseln sich. »Äh, nein danke. Ich erinnere mich noch gut daran, wie das letzte Date geendet hat. Ich bin nicht wirklich daran interessiert, diese drei lustlosen Minuten zu wiederholen.«

»Autsch!«, sagt eins der Mädchen hinter Ruby, während die anderen kichern.

Ich hingegen möchte Drew den Kopf abreißen und vom Dach meines Gebäudes schlagen.

»Deine gewinnende Persönlichkeit hat sich wirklich nicht geändert«, kontert Drew.

»Wie ich sehe, hassen dich deine Kopfhaare so sehr, dass sie auf deinen Körper emigriert sind«, erwidert Ruby scharf.

Es ist eine durchaus treffende Beleidigung. Lexington kichert.

Drew streicht sich verlegen durchs Haar. »Vulgär und gehässig, jetzt weiß ich wieder, weshalb ich dich nie wieder angerufen habe.«

Ruby will sich auf Drew stürzen. Ich packe sie um die Taille, und sie tritt nach ihm, wobei sie nur knapp seine Eier verfehlt. Ich wünschte mir beinahe, sie hätte getroffen.

Ich strecke Drew meinen Zeigefinger direkt ins Gesicht. »Pass auf, was du sagst, wenn du deine Zähne behalten willst.«

»Oh scheiße. Ist sie deine Freundin?«, fragt Drew.

Ruby legt mir die Hand auf die Brust und stemmt sich dagegen, um sich zu befreien. »Lass mich runter, Tarzan.«

»Tut mir leid, dass ich sie … so genannt habe.« Drew ist ein bisschen blass um die Nase, wahrscheinlich weil ich mindestens fünfundzwanzig Kilo schwerer bin als er und im Gegensatz zu ihm keine Angst habe, eins auf die Schnauze zu kriegen.

Ich lasse Ruby herunter, woraufhin sie augenblicklich zu ihm herumfährt, eine Faust in die Hüfte gestützt. »Ich bin hier, du Schwachkopf. Falls du dich entschuldigen willst, dann tu das gefälligst bei mir.«

Ihre Shorts sind auf der einen Seite hochgerutscht, weshalb ihre Hinterbacke zu sehen ist. Es scheint immer die rechte zu sein. Ich lasse meinen Finger unter den Stoff gleiten und ziehe ihn herunter.

Sie macht einen Satz und schlägt meine Hand weg. »Was tust du da?«

»Nur deinen Hintern bedecken, Babe.«

Sie starrt mich an. Der Blick ist wirklich sexy.

»Vielleicht sollten wir in eine Bar gehen, solange …« Griffin verstummt. Man merkt ihm an, wie unwohl er sich fühlt.

»Wir müssen sowieso gleich los.« Ruby dreht sich zu den Mädchen um. Mir entgeht nicht, dass sowohl Drews Blick als auch der von den anderen, Armstrong eingeschlossen, zu Rubys Hintern wandert. »Tut mir leid, Mädels, ich hol schnell meine Sachen.«

»Die Ladys brauchen sich nicht zu beeilen. Wir teilen uns den Platz sehr gern«, sagt Lex.

Ich unterdrücke ein Augenrollen. Sie schauen ihn nur wütend an, als sie Tanktops oder eng anliegende Shirts über den Kopf ziehen und ihre Handtaschen vom Sofa nehmen. Die Größte von ihnen kommt mit wiegenden Hüften herübergeschlendert, während sie uns in Augenschein nimmt. Dann fällt ihr Blick auf mich. »Du musst Bancroft sein.«

»Bin ich. Und du?«

»Diva. Tut mir leid, dass es ein Missverständnis gegeben hat. Danke, dass wir deine Räume benutzen durften. Ihr Jungs solltet später zur Show kommen.« Sie blickt Drew an. »Außer dir vielleicht.« Sie wühlt in ihrer Tasche und zückt eine Visitenkarte, die sie mir reicht. »Wir fangen um zehn an. Ruby hat ein Solo um elf.«

»Danke, mal sehen.« Ich stecke die Karte ein, ohne sie mir anzusehen. Ich weiß nicht, ob ich möchte, dass die Jungs Ruby dabei zusehen, wenn sie sich so bewegt. Vor allem nicht dieser Drew, der anscheinend bereits das Vergnügen hatte zu spüren, wie sich Ruby von innen anfühlt. Arschloch.

Einen Augenblick später taucht Ruby wieder auf, in einem überdimensionierten Sweater, der ihr von einer Schulter hängt und ihre Shorts fast vollständig bedeckt. Ihre Tasche hat sie über die Schulter geworfen. Die High Heels hat sie gegen flache Schuhe getauscht.

»Tut mir leid, dass ich das falsch verstanden habe«, sagt sie zu mir und dreht sich dann zu Drew um. »Ich finde, ich sollte wirklich ehrlich zu dir sein. Wenn du mich wegen einer weiteren Nummer« – sie macht Anführungszeichen in der Luft – »angerufen hättest, hätte ich das wegen deiner miesen Performance beim ersten Mal auf keinen Fall in Erwägung gezogen. Es war wie Sex mit einem Presslufthammer.« Sie geht eilig an ihm vorbei, und die anderen Mädchen folgen ihr, wobei jede Drew im Vorbeigehen einen wütenden Blick zuwirft.

Die namens Diva zwinkert Armstrong zu, und er zwinkert zurück.

Ein schrilles Kläffen lässt mich zusammenzucken. Ms Blackwood steht im Flur und hält Precious beschützend in den Armen. Ihre Augen sind tellergroß, ihr Mund ist ein schmaler, roter Strich. Sie sieht furchtbar empört aus, als Diva zu ihr hintänzelt und Precious' Nase einen Stups gibt, als diese knurrt.

Während die Mädels den Flur entlangschlendern, wendet sie sich an mich. »Ich habe gar nicht mitbekommen, dass Sie wieder da sind, Bancroft. Sind das«, sie scheint nach dem richtigen Wort zu suchen, »Freundinnen von Ihnen?«

»Ich bin letzte Woche zurückgekommen. Es sind Freundinnen von Ruby.« Auf ihren fragenden Blick hin füge ich hinzu: »Sie hat auf meine Wohnung aufgepasst, während ich weg war. Erinnern Sie sich?«

»Oh. Ja. Natürlich. Ist sie denn noch immer da?«

»Das ist sie.«

»Nun, ich hoffe, ihre Freundinnen machen keinen Ärger.«

Ich lächle sie an und zwinkere. »Keine Sorge, Ms Blackwood. Ich weiß, wie man mit Ärger umgeht.«

Sobald die Tür zugeht, stößt Lex einen leisen Pfiff aus. »Jetzt weiß ich, warum du sie bei dir einquartiert hast. Die Kleine ist echt heiß.«

»Ich hab sie hier nicht einquartiert, weil sie heiß ist. Ich habe jemanden gebraucht, der sich um Francesca und Tiny kümmert.«

Armstrong schnaubt.

»Das ist Schwachsinn, Alter.« Lex zeigt auf seinen Schritt. »Ich würde sie auf jeden Fall mit meinem Frettchen spielen lassen.«

Ich rücke ihm auf die Pelle. »Halt dein verdammtes Frettchen von ihr fern, wenn du es nicht verlieren willst.«

Er schenkt mir sein typisches Schlaumeierlächeln. »Das erklärt wirklich alles.«

»Was meinst du?«

»London, du Blödmann. Du hast das Angebot für einen Zimmerschlüssel ausgeschlagen, als wir an der Hotelbar saßen. Du wolltest immer früh auf dein Zimmer gehen. Die ganzen Anrufe, die du nicht verpassen durftest. Du treibst es mit ihr.«

»Ich hab's mit ihr getrieben«, sagt Drew.

Er grinst beinahe höhnisch, bis ich mich umdrehe und mit dem Finger auf ihn zeige. »Du solltest wirklich die Klappe halten, wenn du nicht wissen willst, wie sich eine gebrochene Nase anfühlt.«

Er nickt. »Die Klappe halten.«

»Du treibst es doch mit ihr, oder?«, fragt Lex noch einmal. Ich weiß nicht, warum er auf dieser Information besteht.

Ich schaue ihn warnend an. »Mit Ruby *treibt* man es nicht, und ich schlafe nicht mit ihr.« Noch nicht.

Er glotzt mich an. »Im Ernst, Bane, wir müssen uns zusammensetzen und reden. Wie kannst du es *nicht* mit ihr treiben? Hast du gesehen, was sie mit ihren Beinen machen kann? Hast du ihren Hintern gesehen?« Er hebt seine Hände, als wollte er ihn packen. Sein Gesichtsausdruck wäre amüsant, wenn er nicht über Ruby reden würde. Seine Augen beginnen zu leuchten. »Wir sehen uns ihre Show heute Abend an, stimmt's?«

Ich ziehe die Visitenkarte aus meiner Gesäßtasche und überfliege sie. Die Adresse steht unten.

Griffin schaut mir über die Schulter. »Du hast doch gesagt, Ruby wäre beim Theater.«

»Das ist sie.«

»Aber das …«

Ich stoße ihn in die Rippen. Die Karte wirbt nicht für Dinner-Theater, es ist eine Burlesque-Show.

»Willst du vielleicht, dass wir zu mir gehen, um das Spiel anzuschauen?«, fragt Griffin.

»Das ist wahrscheinlich eine gute Idee.« Auf gar keinen Fall wird sich hier irgendjemand außer mir Rubys Show ansehen.

17

DAS SPIEL IST AUS

Ruby

Ich könnte im Erdboden versinken. Und ich bin stinksauer. Wie kommt es, dass Drew mit Bane abhängt? Wahrscheinlich ist das gar nicht so ungewöhnlich, wenn man bedenkt, dass die ganzen wohlhabenden Leute in der Stadt gern zusammenglucken. Es ist wie Inzest der Wohlhabenden.

Ich bin in einer furchtbaren Stimmung, als ich mein Kostüm anziehe. Es ist wunderschön, durchsichtig, hauchdünn und fließend. Es zeigt mehr, als es verbirgt, was für eine Burlesque-Show nicht ungewöhnlich ist, doch die Art, wie Drew mich angeschaut hat – als wäre ich ein Stück Fleisch, in das er erneut seine Zähne schlagen kann –, macht mir erst recht bewusst, dass dieser Job auf Dauer nichts ist.

In den Wochen, die ich jetzt hier arbeite, habe ich eine Menge Hemmungen fallen lassen. Das war in verschiedener Hinsicht gut für mich. Doch die Heimlichtuerei nagt an mir.

Diva sitzt neben mir und legt wie ich Make-up auf. Sie verteilt großzügig Lipgloss auf ihrer Unterlippe, tupft es mit Puder ab und macht mit Lipliner weiter. Das macht sie drei Mal hintereinander. Ihre Lippen sehen stets großartig aus. Ich lerne von den Frauen die tollsten Tricks. Am wenigsten mag ich Glitter. Er verteilt sich überall. Und damit meine ich *überall*. Jedes Mal.

»Wie stehen die Chancen, dass du mir die Nummer von einem der Jungs beschaffst?«

Ich höre auf, Mascara aufzutragen, und werfe ihr einen Blick zu. »Ich bin mir nicht sicher, ob du mit einem von denen ausgehen willst. Außer Bancroft vielleicht, aber der ist nicht zu haben.«

»Ich will mit keinem von denen ausgehen. Ich will, dass sie sich in meine Muschi verlieben, damit sie mir hübsche Sachen kaufen. Und mach dir keine Sorgen, Kleines, in dem Moment, als der Mann zur Tür reinkam, war klar, dass er total auf dich steht.«

»Wie meinst du das?« Die Dinge sind nicht mehr dieselben, seit er aus London zurück ist. Ich bin schuld daran, dass das so ist. Ich bin innerlich zerrissen. Ich will ihn, aber ich will mich nicht wie eins seiner Haustiere fühlen – noch etwas, worum er sich kümmern muss. Doch wenn ich in seiner Nähe bin, fällt es mir furchtbar schwer, mich daran zu erinnern, also gehe ich ihm aus dem Weg, was überhaupt nicht hilfreich ist.

Diva schnaubt. »Ich bin überrascht, dass er dich nicht im Höhlenmenschen-Stil über die Schulter geworfen und ins Schlafzimmer getragen hat, sobald er reingekommen ist. Wie ist er denn im Bett?«

»Ich habe keine Ahnung.«

Jetzt ist sie an der Reihe, beim Schminken kurz innezuhalten. »Entschuldigung. Könntest du das wiederholen?«

»Wir schlafen nicht miteinander.«

»Ich wette, das ändert sich, sobald er gesehen hat, wie du dich bewegst.«

»Vielleicht sollte ich meine Solonummer üben, während er sich nächste Woche ein Spiel anschaut.« Ich lache bei der Vorstellung und denke dann darüber nach, wie er mich heute Abend angesehen hat.

»Ich glaube nicht, dass du so lange warten musst.«

»Wieso sagst du das?«

Diva rückt ihre Tiara zurecht und holt dann ihren Glitzerstaub hervor. »Ich habe ihm und seinen Freunden gesagt, dass sie heute Abend kommen sollen.«

»Du hast was getan?«

Diva schenkt mir einen von ihren Jetzt-beruhig-dich-mal-Blicken. »Kleines, der Typ wird dahinschmelzen, wenn er dich dort oben sieht.«

Ich kann ihr nicht sagen, dass Bancroft von meinem wirklichen Job nichts weiß. Ich mag Diva. Ich mag alle Mädchen, mit denen ich arbeite. Sie sind viel authentischer als viele der Mädchen, mit denen ich aufgewachsen bin, oder als diejenigen, mit denen ich gezwungenermaßen bei gesellschaftlichen Anlässen der Oberschicht zusammenkomme. Sie zum Proben zu Bancroft einzuladen war eine große Sache gewesen. Ich erzählte ihnen, dass es nur vorübergehend sei, dass er der Freund eines Freundes sei, der ein bisschen Hilfe brauche und so weiter. Ich wollte keine ausgefeilte Geschichte erzählen, nur eine, die plausibel war.

Das Einzige, was sie interessierte, war der riesige Raum, in dem wir proben konnten und der nicht nach schalem Bier roch.

Doch jetzt, wo ich hier sitze, muss ich erst einmal damit klarkommen, dass ich alle belogen habe: Diese Mädchen, die in den letzten Wochen meine Freundinnen geworden sind. Meine beste Freundin, den Mann, in dessen Apartment ich seit ein paar Wochen hause und der mir gegenüber einfach nur großzügig gewesen war. Der Mann, in dessen Bett ich geschlafen habe. Der Mann, mit dem ich gern regelmäßig schlafen würde.

Oh Gott. Ich will, dass er mein fester Freund ist oder zumindest mein Freund, der seinen Penis regelmäßig mit mir teilt – gern täglich. In den letzten Wochen ist er mir wirklich ans Herz gewachsen. Sehr sogar. Mehr als das. Und jetzt wird er erfahren, dass ich gelogen habe.

Käme ich nicht aus einer Familie mit einem Haufen Geld, wäre das hier wahrscheinlich keine große Sache. Aber das tue ich, also ist es eine. Ich habe es außerdem geheim gehalten, weil sich ein Teil von mir schämt. Das sollte ich nicht. Das sind anständige Frauen, die hart arbeiten.

Und jetzt wird mich Bancroft auf dieser Bühne sehen. Und Armstrong vielleicht auch. Und dieser schlecht ausgestattete Schwachkopf Drew. Es sei denn, Bancroft hat ihn zusammengeschlagen. Das wäre schön.

Ich greife nach meinem Telefon und schicke eine Warnnachricht an Bancroft:

WEHE, DU KOMMST HEUTE ABEND

Es dauert keine Minute, bis ich eine Antwort erhalte. Es ist ein Foto der Clubkarte, gefolgt von der Nachricht:

Das sieht nicht wie Dinner-Theater aus.

Ich kann sein Missfallen beinahe hören. Verdammter Mist. Ich brauche seine Meinung nicht. Ich habe selbst schon eine.

Gut gemacht, Sherlock.

Die nächste Nachricht von ihm ist ein Smiley mit finsterem Blick. Bei der nächsten geht mir der Arsch auf Grundeis.

Bis später

»Scheiße.«

»Was ist?«, fragt Diva, die von meiner Notlage nichts ahnt. Denn sie gehört zu denjenigen, denen ich die Wahrheit verschwiegen habe. Ich bin ein schrecklicher Mensch. Und ich drehe gleich durch.

»Bancroft kommt heute Abend.«

»Hoffentlich ist er nicht der Einzige.« Sie zwinkert. »Du wirst großartig sein dort draußen, Ruby, das bist du immer. Deine Bewegungen sind ein Traum.«

Damit will sie mich aufmuntern. Sie denkt, ich sei nervös. Und das bin ich auch, aber nicht aus den Gründen, die sie vermutet.

»Komm schon, wir müssen in zehn Minuten auf der Bühne sein.« Sie tätschelt meine Schulter.

Ich schreibe Bancroft ein letztes Mal, doch er antwortet nicht. Mein Magen ist ein einziger Knoten. Das ist wirklich schrecklich. Ich muss das irgendwie verhindern. Doch das geht nicht. Ich muss irgendwie damit klarkommen. Wie es scheint, muss ich mit einer Menge Dinge klarkommen.

Ich mache mich fertig und wappne mich dafür, von allen Seiten verurteilt zu werden. Mit einem hat Diva allerdings recht. Ich bin wirklich gut. Ich habe sonst ziemlich brave Rollen gespielt. Das Tanzen war mehr klassisches Jazz-Ballett als dieser zeitgenössische sexy Kram, den ich in kurzer Zeit lernen musste. Auch wenn das vom Broadway weit entfernt ist, so ist es auf jeden Fall eine unvergessliche Erfahrung.

Als die erste Vorführung zur Hälfte vorbei ist, entdecke ich ihn. Es ist einfach unmöglich, ihn zu übersehen. Die Türsteher, die Leute abweisen, wirken zwergenhaft neben ihm. Sämtliche Tische sind bereits besetzt, weshalb er sich an der Rückseite des Raums an die Wand lehnt, die Arme vor der Brust verschränkt. Er ist stinksauer. Und sexy. Und wütend. Wow, dass er überhaupt einmal wütend aussieht.

Und seine Wut macht mich wütend. Er hat kein Recht, wegen des Jobs auf mich sauer zu sein. Er kann sich seinen vernichtenden Blick sonst wohin stecken. Warte … das klingt falsch.

Die Vorführung ist zu Ende, und ich habe ausreichend Zeit für einen raschen Kostümwechsel. Mein Solo ist anders. Es ist nicht ganz so unzüchtig und etwas mehr an den klassischen Elementen orientiert, in denen ich geübt bin. Doch dank des lächerlich spärlichen und kunstvollen Kleidchens, das ich trage, ist es trotzdem sexy.

Bancroft steht noch am selben Platz, als ich die Bühne allein betrete. Er kann mich nicht sehen, weil es dunkel ist, aber ich kann ihn sehen. Er schaut nach rechts, zu der Tür, die zu den Garderoben und hinter die Bühne führt.

Und dann gehen die Scheinwerfer an, und sein Blick ist auf einmal auf mich gerichtet. Ich kann ihn nicht ansehen. Ich bin furchtbar nervös. Es fühlt sich an, als wäre es mein erster Auftritt. Ich erinnere mich an das Kribbeln. Ich erinnere mich daran, dass ich mich nach dem ersten Auftritt übergeben habe, und nach dem zweiten auch. Es fühlt sich ein wenig so an. Ich sollte mich lieber nicht übergeben. Ich brauche den Job.

Es sind die längsten vier Minuten und siebenunddreißig Sekunden meines Lebens. Der Applaus entlockt mir normalerweise ein ehrliches Lächeln. Ich blicke hinaus in die Menge, und ich habe ein Lächeln im Gesicht, doch es ist gezwungen.

Bancroft applaudiert, langsam und gleichmäßig, doch sein Ausdruck ist finster. Ich weiß nicht, was das zu bedeuten hat. Wird er auf mich warten, wenn ich hier rausgehe? Wird er den Code ändern und mich rauswerfen? Mein zweiter Gedanke ist ziemlich fatalistisch. Er hat keinen echten Anlass für eine solche Reaktion. Er kann sauer sein, weil ich gelogen habe. Er kann mich für meine Entscheidung verurteilen, doch wenigstens habe ich nicht nachgegeben und bin zu Daddy gerannt. Noch nicht.

Dottie hält mich auf dem Weg aus der Garderobe auf. »Da draußen ist ein Typ, der nach dir fragt. Er behauptet, er sei dein Mitbewohner und wolle dich abholen, könne aber nicht lange warten. Ich wollte nur sichergehen, dass das kein Blödsinn und er kein aufdringlicher Fan ist.«

»Groß, dunkle Haare, kräftiger als die Türsteher, wahnsinnig attraktiv?«

»Das muss er sein.«

»Ich komme in fünf Minuten. Kann er bitte am Bühneneingang auf mich warten?«

»Wenn du das willst. Er sieht nicht gerade glücklich aus.«

»Das kann ich mir vorstellen. Ich bin gleich da.« Ich mache mir nicht einmal die Mühe, mich umzuziehen. Ich packe meine Sachen, stopfe sie in meine Tasche und schlüpfe in meinen übergroßen Sweater. Mein Make-up lasse ich, wie es ist. Ich werde mich darum kümmern, wenn ich zu Hause bin, nachdem ich Bancroft eine Szene dafür gemacht habe, dass er ein voreingenommenes Arschloch ist.

Er steht am Bühneneingang des Clubs und sieht aus, als fühlte er sich unbehaglich. Als er mich sieht, lässt er seinen Blick über mich wandern, doch ich bekomme kein Lächeln. Nur einen kühlen Blick. »Ab nach Hause?«

Ich sage nichts. Stattdessen gehe ich hocherhobenen Hauptes und mit verkrampftem Magen an ihm vorbei. Als ich oben am Treppenabsatz bin, wird mir bewusst, dass ich keine Ahnung habe, wo er parkt, weshalb ich mein arrogantes Herumstolzieren unterbrechen und warten muss.

Du meine Güte. Er sieht einfach zum Anbeißen aus. Er trägt dunkle Anzughosen und ein dunkles Button-down-Hemd, das am Kragen offen ist. Er ist gerade ganz Johnny Cash, sogar sein

Ausdruck ist ängstlich. Und heiß. Ich wünschte, ich würde gerade nicht versuchen, sauer auf ihn sein, um ihn ausgiebig bewundern zu können.

Er sieht mich kaum an, als er nach links geht und ich ihm folge. Er geht schnell. Ich habe meine High Heels nicht gegen flache Schuhe getauscht. Ich kann sehr gut in ihnen gehen, doch es ist dunkel, und ich kann die kleinen Schlaglöcher und Risse im Bürgersteig nicht gut genug sehen, um mich bei dem Tempo sicher zu fühlen.

»Machst du bitte mal langsam? Wir laufen schließlich keinen Marathon.«

Bancroft wirbelt herum, und ich laufe beinahe in ihn hinein. Ich muss die Hände ausstrecken, um nicht mit dem Gesicht gegen seine Brust zu prallen. Seine Hände sind zu Fäusten geballt. Seine Nasenlöcher sind gebläht. Seine Brust hebt und senkt sich schwer. Und alles, was ich tun will, ist, ihm die Kleider vom Leib reißen und ihn wie einen Rodeo-Bullen reiten. Wie schade, dass das eher unwahrscheinlich ist.

Seine linke Wange zuckt. »Auf der Bühne schienst du mit den Schuhen kein Problem zu haben.«

»Es ist eine glatte, gleichmäßige Oberfläche.« Ich zeige auf den Gehsteig. »Das hier nicht.«

»Soll ich dich vielleicht tragen?«

»Ich bin für Huckepack nicht richtig angezogen«, fauche ich.

Er lässt seinen düsteren Blick über mich gleiten. »Nein, ganz sicher nicht.«

Damit macht er einen Schritt auf mich zu, fällt beinahe auf die Knie und legt seinen Arm um meine Oberschenkel – so weit oben, dass sein Daumen mich beinahe an Stellen berührt, die er in seiner momentanen Wut wahrscheinlich nicht berühren will.

»Was tust du da?«

»Nach Hause gehen.« Und damit steht er auf.

Wenn ich keine trainierte Tänzerin mit wirklich starken Bauchmuskeln wäre, würde ich wahrscheinlich einfach über seine Schulter fallen. Das ist eindeutig sein Plan: mich wie ein Höhlenmensch fortzutragen. Genau wie Diva es vorhergesagt hat. Ich frage mich, ob sie Hellseherin ist.

»Willst du mich verscheißern?«, fauche ich zornig. Ich bin gefährlich nah dran, meine Tasche fallen zu lassen. Ich überlege, ob ich ihn damit schlagen soll, doch wenn er mich loslässt, ist das ein weiter Weg nach unten. Einen verstauchten Knöchel kann ich mir nicht leisten. Und Blutergüsse kann man nur schwer mit Make-up kaschieren. Ich lasse sie von meiner Schulter herabgleiten und schlage sie ihm gegen den Hintern. Wenn ich mich entspannen und ihm erlauben würde, seinen Cro-Magnon-Schwachsinn mit mir abzuziehen, würde ich wahrscheinlich mit dem Gesicht gegen seinen Hintern stoßen, aber dann bekäme er, was er wollte, nämlich … nun, ich weiß es nicht genau, außer dass er mich zu seinem Truck bringen will. Und mir gegenüber den rechtschaffenen Kerl spielen will.

Ich halte mich aufrecht und stemme mich mit dem Handballen mit aller Kraft gegen seine Schulter, um diese unnatürliche Position beizubehalten. Auf dem Weg zum Wagen gehen wir an einem halben Dutzend Pärchen vorbei. Bancroft ist ausgesprochen liebenswürdig ihnen gegenüber und fragt sie, wie ihr Abend denn so sei, wünscht ihnen eine gute Nacht und kommentiert das Wetter. Die ganze Zeit ist sein Daumen irritierend nah an meinen empfindlichsten Stellen, die nicht zu erkennen scheinen, dass diese Situation nicht in irgendeinen Spaß münden wird.

Weniger als eine Minute später trägt mich Bancroft über einen Parkplatz. Er ist ein wenig zwielichtig, wie das gesamte Viertel, doch er hat einen Wächter. Als wir an ihm vorübergehen, starrt er uns an. Bancroft hebt die Hand und winkt, während ich nur mit den Augen rolle.

Es beunruhigt mich etwas, dass von den Leuten, an denen wir vorbeigegangen sind, nicht einer gefragt hat, ob es mir gut gehe. Nur weil Bancroft attraktiv und gut angezogen ist, heißt das nicht, dass er mich nicht kidnappt. Wahrscheinlich würde es helfen, wenn ich mich stärker wehren würde.

Er lässt mich neben dem Truck herunter. Ein Piepton ertönt und die Scheinwerfer leuchten auf, bevor er um mich herumgreift, um die Tür zu öffnen. Ich drehe mich zu ihm um, weshalb sie an meinen Hintern stößt.

Ich verschränke die Arme vor der Brust. »Das war total überflüssig.«

»Da bin ich anderer Meinung. Würdest du bitte einsteigen, Ruby?«

»Nein, eigentlich nicht.«

Bancroft schenkt mir ein schmales Lächeln. »Würdest du bitte einsteigen, bevor wir von einer Verbrecherbande umzingelt werden, die dich entführen will?«

»Niemand will mich entführen.«

Er tritt ziemlich dicht vor mich hin. »Ich würde dich entführen, wenn ich ein Verbrecher wäre.«

Das ist ein bisschen befremdlich. »Warum sollte mich jemand entführen wollen?«

»Würdest du jetzt bitte in den Truck steigen?«

Ich hasse es, wenn jemand eine Frage mit einer weiteren Frage beantwortet. Ausweichendes Verhalten ist nervtötend. Als ob ich ein Recht hätte, mich über ausweichendes Verhalten zu beklagen. »Wenn du mir ein bisschen Platz lassen würdest, ginge das vielleicht.«

Er schlingt seinen Arm um meine Taille und zieht mich fest an sich. Ich schnaube, und dann stöhne ich ein bisschen. Ich könnte schwören, dass ich etwas Hartes an meinem Bauch spüre, was nicht sein Gürtel ist.

Er lässt mich allerdings rasch wieder los, nimmt meine Tasche und hält mir die Tür auf. Er wartet, bis ich eingestiegen bin, bevor er sie schließt – fester als nötig.

Sein Kiefer mahlt, und er macht ein finsteres Gesicht, als er um den Wagen herumgeht. Er gleitet auf den Fahrersitz und lässt wortlos den Motor an. Ich bin jetzt wirklich sauer. Er fährt auf die Straße. Noch immer ohne etwas zu sagen. Also breche ich das Schweigen. »Du hast kein Recht, mich zu verurteilen.«

»Ich verurteile dich nicht.«

Ich schnaube.

Er hält an einer roten Ampel. Es herrscht so dicke Luft, als würde man durch Jell-O-Gelee waten. Langsam dreht er den Kopf und sieht mich an. Wütend erwidere ich seinen Blick. »Wieso sollte ich das tun?«

»Komm schon, Bancroft. Schau mich an.« Ich ziehe mir den Sweater über den Kopf und zeige auf mein Outfit. Mein knappes, durchscheinendes Outfit. Genau genommen habe ich mich noch nie so sexy gefühlt wie bei meinen Auftritten in diesem Kostüm, doch darum geht es nicht.

»Oh, ich schaue.« Die Ampel wird grün, und er legt den Gang ein. Ich habe nie gelernt, mit manueller Gangschaltung zu fahren – jedenfalls nicht diese Sorte Wagen.

Ich schäume weiter vor mich hin.

»Willst du wissen, was ich denke?«

»Ich bin sicher, du wirst es mir sowieso mitteilen.«

»Du bist es doch, die sich verurteilt.«

Ich beiße mir auf die Innenseite meiner Lippe und suche krampfhaft nach einer passenden Erwiderung. Doch ich habe keine. Denn er hat recht. Ich verurteile mich selbst. Ich bin so besorgt darüber, was die Menschen in meinem Leben von dieser Berufsentscheidung halten – ein völliger Abstieg angesichts dessen, was ich im Theaterbusiness zu erreichen versucht habe –, dass ich mich selbst als gescheitert ansehe und das auch von allen anderen erwarte. Obwohl es eigentlich nicht stimmt.

»Natürlich verurteile ich mich selbst. Meine Karriere sollte anders verlaufen. Doch das erklärt nicht, weshalb du so wütend auf mich bist.«

»Willst du wissen, warum?« Bancroft klingt kritisch.

Ich werfe die Hände in die Luft. Es ist dramatisch. »Ja. Warum?«

»Du hast mich angelogen.«

»Ich habe die Wahrheit ein wenig verdreht.«

Bancroft stößt einen langen, langsamen Seufzer aus. Er umklammert das Lenkrad. »Das ist alles andere als Dinner-Theater, Ruby.«

»Was sollte ich denn sagen? Ich habe einen Job, bei dem ich halb nackt auf einer Bühne in einer Burlesque-Show tanze?«

»Ja, Ruby. Genau das möchte ich. Die Wahrheit.«

»Ich verstehe nicht, weshalb dir das so wichtig ist. Ich bin nur dein Haustiersitter.«

Bancrofts Kiefer zuckt. Ich bin mir ziemlich sicher, dass ich ihn mit den Zähnen knirschen höre. Er murmelt etwas.

»Entschuldige. Was hast du gesagt?«

»Denkst du das wirklich? Dass du nur mein Haustiersitter bist?«

»Bin ich das nicht?« Mein Magen zieht sich zusammen. Dieses Gespräch ist gefährlich. Ich weiß, dass ich nicht nur sein Haustiersitter bin. Dass sich das zwischen uns in etwas anderes verwandelt hat, aber ich bin so besessen von meiner Angst, finanziell von ihm abhängig zu sein, dass ich das eigentliche Thema ignoriert habe. Ich bin bereits emotional abhängig von ihm, was vielleicht noch schlimmer ist.

Er geht nicht auf die Frage ein und spricht einfach weiter. »Du wohnst bei mir. Du hast zu allem Zugang, meinen Codes, meinen persönlichen Informationen. Ich habe dir vertraut, und du hast das mit Füßen getreten. Und wieso? Weil du glaubst, dass ich die Wahl deines Jobs nicht gutheißen würde?«

»Tust du das denn? Sie gutheißen?«

»Wenn du mein Haustiersitter bist, wieso sollte meine Zustimmung dann eine Rolle spielen?«, schießt er zurück.

»Hör auf, Fragen mit noch mehr Fragen zu beantworten«, schreie ich.

Er leckt sich die Lippen, den Blick starr auf die Straße gerichtet. »Mir gefällt der Stadtteil nicht, in dem du arbeitest. Mir gefällt nicht, dass du nach der Arbeit die U-Bahn nach Hause nehmen musst.«

Ich starre auf das Armaturenbrett. »Manchmal nehme ich auch ein Uber, wenn es sehr spät geworden ist.«

»Bringt dich jemand vor die Tür? Sorgt jemand dafür, dass du sicher bist? Oder bist du auf dich gestellt?« Sein Tonfall ist unnachgiebig und wütend.

Meine Antwort ist ausweichend. »So schlimm ist der Stadtteil nun auch nicht …«

»Aber auch nicht so toll.« Sein Kiefer zuckt frustriert.

»Meine letzte Wohnung war auch nicht gerade in einem gehobenen Viertel, und nie hat mich jemand zu verschleppen versucht.«

Er zeigt auf mein Outfit. »Warst du so angezogen?«

»Normalerweise ziehe ich mich um, bevor ich gehe. Heute Abend ist eine Ausnahme.«

Bancroft biegt nach rechts ab und fährt in die Tiefgarage. Ich war noch nie hier unten, weil ich nur ein Mal in seinem Wagen gesessen habe, als ich bei ihm eingezogen bin. Ich hoffe, das ist kein schlechtes Omen.

Er hält beim Parkwächter, teilt ihm jedoch mit, dass er den Wagen selbst einparken würde, und setzt geschickt in eine Parklücke. Er lässt mich allein aussteigen. »Willst du mich diesmal nicht über deine Schulter werfen?«

Er betrachtet mich von oben bis unten. Sein Blick hinter seiner Wut ist erregt. Das lässt meine Haut prickeln, was lästig ist.

»Soll ich?«

»Nein.«

Ich folge ihm zur Eingangshalle. Er dreht sich so, dass ich teilweise von seinem breiten Körper verdeckt werde, als wir an den Wachleuten vorbeigehen.

»Besorgt, dass dich jemand verurteilt, wenn er dich mit mir sieht?«, murmele ich.

Er wirft mir einen eisigen Blick zu, lässt seine Schlüsselkarte über den Sensor des Aufzugs gleiten, der uns zum Penthouse hinaufbringt, und scheucht mich hinein. Er ist nur für wenige Parteien gedacht, deshalb wird er selten benutzt. Die Fahrt mit dem Aufzug zu seinem Apartment verläuft ebenfalls schweigend und angespannt.

Ich bin froh, dass wir im Flur niemandem begegnen. Vor allem nicht Ms Blackwood. Ich habe sie ein paarmal getroffen, und sie ist stets höflich, aber auf die Art und Weise, wie es reiche Leute sind, wenn sie sich wirklich für etwas Besseres halten. Was exakt der Grund dafür ist, dass ich diesen Job geheim gehalten habe, denn ich bin in einem Umfeld aufgewachsen, in dem das die Regel und nicht die Ausnahme ist.

Bancroft lässt die Tür hinter sich laut ins Schloss fallen. Er wirft die Schlüssel auf den Beistelltisch, streift die Schuhe ab und marschiert den Flur entlang.

»Wohin gehst du?«, rufe ich ihm hinterher.

»In mein Zimmer.«

Ich stemme eine Faust in die Hüfte. »Das war's?«

Er knöpft die Manschetten seines Hemds auf. »Ich möchte mich gern umziehen.«

»Bist du zu meinem Club gekommen, um mich böse anzuschauen, den Genervten zu spielen und mich dann nach Hause zu fahren, um ins Bett zu gehen?«

Er kommt mit großen Schritten zurück, wobei er mich wütend anblitzt. Warum ist er nur so sexy, wenn er sauer ist? »Nein. Ich bin gekommen, um herauszufinden, wie groß deine Lüge war. Ich bin gekommen, weil ich wegen der Location und deiner Sicherheit besorgt war. Ich bin gekommen, weil ich deinen Auftritt sehen wollte. Jetzt würde ich mich gern umziehen, und du solltest das vielleicht auch tun.«

»Und wenn ich nicht will?« Ich mache ganz auf kampflustige Zicke. Wahrscheinlich weil ich Angst habe – vor diesem Gespräch und dass ich sämtliche Chancen ruiniert habe, dass mehr daraus wird.

»Ich kann mich wahrscheinlich nicht vernünftig mit dir unterhalten, wenn du angezogen bist wie … wie …« Er gestikuliert mit beiden Händen in Richtung meines Outfits.

Ich strecke die Brust heraus. Ich habe ein mordsmäßiges Dekolleté. Dieses Outfit überlässt nicht viel der Fantasie. Sein Blick senkt sich, und er hat Mühe, ihn wieder auf mein Gesicht zu richten.

»Wie was?«, belle ich.

»Wie das!«, faucht er.

»Und wie bin ich angezogen?« Ich kenne die Antwort auf die Frage, doch ich will es aus seinem Mund hören. Ich will einen Grund dafür, ihn anzugreifen, denn er ist ein verlogener Hund, wenn er mit jemandem wie Brittany ausgeht, die absichtlich knappe, nuttige Sachen trägt, und dann einen Knoten in die Eier bekommt, weil mein Kostüm so offenherzig ist. Ich meine, man sieht viel Haut, und mein Hintern ist ebenfalls zur

Hälfte sichtbar, aber ich kann es mir bei dem Auftritt nicht gerade aussuchen. Und schließlich trage ich es auch nicht außerhalb der Show.

Bancrofts Gesicht ist gerötet. Er schließt die Augen und verharrt so eine Weile, bevor er sie wieder öffnet. »Alle haben dich angesehen!«

Ich kapiere nicht, weshalb er eine Frage nie direkt zu beantworten scheint. Ich werfe die Hände in die Luft. »Das sollen sie ja! Ich stehe schließlich auf der Bühne.«

»Aber wieso musst du das da tragen? Warum musst du so … so …« Er kommt auf mich zu, die Hände zu Fäusten geballt.

Ich hebe trotzig das Kinn, um ihn aufzufordern, endlich das auszusprechen, was er sagen will. »So was?«

»So verdammt scharf aussehen!« Die Worte klingen wie ein Knurren.

Und es sind nicht die, die ich erwartet habe. Überhaupt nicht. Ich habe erwartet, dass er sagt »nuttig« oder »wie ein Strichmädchen« oder »eine Liebesdienerin«. »Ich muss scharf aussehen. Auf diese Weise verdiene ich gerade mein Geld. Ist das ein weiterer Grund dafür, dass du so wütend bist? Weil ich zu provozierend bin?«

»Ja. Nein. Du hast gelogen. Das hier. Du. Du treibst mich in den Wahnsinn. Ich will …« Bancroft keucht schwer.

Ich habe keine Ahnung, was los ist. Vor zwei Minuten war er noch sauer, weil ich gelogen habe, und jetzt ist er wütend, weil ich scharf bin. »Du willst was?« Wir stehen beinahe Nase an Nase, ich auf Zehenspitzen und Bancroft vorgebeugt, sodass er die Schultern hängen lässt.

Er bewegt die Hände an seiner Seite. »Dich. Verdammt. Will ich.«

»Soll das einen Sinn ergeben?« Ach du Heiliger, sagt er etwa, was ich denke?

Seine Stimme wird zu einem rauen Flüstern. »Ich will dich.«

Er hat es zugegeben. Laut. Gott sei Dank. Doch er rührt sich nicht, weshalb ich seinen hoffentlich allerletzten Knopf drücke. »Und was willst du deswegen unternehmen?«

»Du kannst es einem nicht leicht machen, oder?« Seine Hand schießt vor, Finger gleiten in mein Haar und packen meine Strähnen. Sein Griff wird fester, als er meinen Kopf zurückzieht, und dann ist sein Mund auf meinem.

Es ist überhaupt nicht wie das eine Mal, als er mich auf der Verlobungsfeier aus Versehen geküsst hat. Wenn jener Kuss eine heruntergebrannte Kerze war, dann ist das hier ein Laden voller Feuerwerkskörper, die alle auf einmal losgehen.

Wochen angestauter Spannung entladen sich, als er seine Zunge zwischen meine Lippen stößt und in meinen Mund stöhnt. Ich packe ihn an den Haaren, weil es keine Möglichkeit gibt, das hier zu stoppen, nachdem es erst einmal begonnen hat.

Im Hinterkopf sagt die Stimme der Vernunft, dass das eine ganz schlechte Idee ist. Ich wohne noch immer hier. Er ist wütend auf mich, weil ich ihn angelogen habe. Ich bin wütend auf mich selbst, weil es mir etwas ausmacht, was die anderen denken, und weil ich mich in eine solche Situation gebracht habe. Wir müssen uns unterhalten. Mit Worten und etwas Vernunft. Doch die Vernunft ist aus dem Fenster. Ist im ungefähr zwanzigsten Stockwerk hinausgesprungen und befindet sich im freien Fall.

Beim Lustknopf in meinem Höschen, dieser Mann kann mit seiner Zunge die erstaunlichsten Dinge tun. Ich wette, seine Talente gehen weit über seine Fertigkeiten mit dem Mund hinaus, und ich bin ziemlich sicher, dass ich sie gleich kennenlernen werde.

Bancroft lässt seine Hand unter meinen Rock gleiten. Das

erfordert keine große Anstrengung, weil er so verdammt kurz ist. Er packt meine rechte Pobacke, die von einem Glitzerhöschen bedeckt ist, und zieht mich an sich. Wie beim letzten Mal, als ich seine Zunge in meinem Mund hatte, kann ich seinen großen Ständer an meinem Bauch spüren. Ich kann es kaum erwarten, ihn zu berühren. Mehr noch, ich kann es kaum erwarten, ihn zu reiten. Vergiss Argumente und Gespräche. Hör auf, dir über eine Wohnung Sorgen zu machen.

Ich habe eine Hand frei, weshalb ich es ihm nachmache und ihn am Hintern packe, wie er es mit meinem gemacht hat. Sein Griff wird fester, und er dreht seine Hüfte so, dass er sich an mir reiben kann. Ich kann dieses Bedürfnis völlig nachempfinden.

Er unterbricht den Kuss, um zu sagen: »Ich will dich in meinem Bett.«

Ich stöhne an seiner Zunge, die schon wieder in meinem Mund ist.

»Wenn du an dem Abend, als ich wieder nach Hause gekommen bin, in meinem Bett geblieben wärst, hätten wir das schon viel früher machen können.«

»Ich habe jede Nacht darin geschlafen, während du weg warst.«

Er hält mich weiter an den Haaren fest, löst sich aber von meinem Mund. »Du hast was?«

Oh Mist. Vielleicht hätte ich das nicht verraten sollen. »Ich äh … ich habe in deinem Bett geschlafen.« Es klingt eher nach einer Frage als nach einer Feststellung.

»Was hast du sonst noch in meinem Bett getan, außer darin zu schlafen?« Seine Lippen schweben direkt über meinen. Ich komme nicht an sie heran, weil er noch immer mein Haar umklammert. Nicht stramm, nur fest.

»Ich habe mit Franny Verstecken gespielt«, flüstere ich, denn es stimmt.

»Noch etwas?«

»Wie zum Beispiel?« Ich beiße mir auf die Lippe.

Seine Nase streift meine Wange, seine Lippen sind an meinem Ohr: »Bist du in meinem Bett gekommen?«

»Ja«, stöhne ich.

»Fuck.« Er beißt in mein Ohrläppchen und stöhnt. Seine Hand gleitet an meiner Seite abwärts. »Wie?«

Ich hole zischend Luft, als seine Finger an meinem Höschen entlanggleiten und er dem Stoff zur Innenseite meines Oberschenkels folgt.

»Ich will, dass du mir sagst, wie«, murmelt er.

»Wie ich gekommen bin?«, frage ich nach, denn ich bin von seinen Fingern gerade ein wenig abgelenkt.

»Bist du gekommen, während du an mich gedacht hast?« Er fährt mit der Zunge an meinem Hals entlang.

Ich gebe ein Stöhnen von mir, das ein Ja bedeuten soll.

Er umfasst mich über meinem Slip. »Hast du?«

Ich nicke so gut ich kann, denn er hält noch immer mein Haar umklammert.

»Wie oft?«

»Jeden Abend«, gestehe ich.

Er lässt seine Hand in mein Höschen gleiten. Seine Finger wandern über meine Klitoris, und dann schiebt er einen Finger in mich hinein. »So?«

Ich nicke energisch und packe ihn an den Schultern, als meine Knie nachzugeben drohen. »Aber fester und mehr.«

»Mehr Finger?« Seine Lippen streichen erneut über meine Wange, dann lehnt er sich so weit zurück, dass er mir in die Augen schauen kann.

Dieser Mann ist flammend heiß. »Ja.«

Er fügt einen weiteren Finger hinzu, den er langsam hineinstößt. Gott, seine Finger sind lang und dick. Viel länger und dicker als meine. Seine Lippen berühren meine, als er fragt: »Wie ist das?«

»Schneller, bitte, und fester.«

Sein Lächeln ist wirklich teuflisch. »Was sind das nur für Manieren.« Doch er tut, was ich sage, und pumpt fester und schneller.

Ich schreie auf und umklammere sein Hemd, um mich aufrecht zu halten. »Bane.« Es klingt gequält.

»Ich kann es kaum erwarten zu hören, wie es klingt, wenn du an meinen Fingern kommst.«

»Fuck. Oh Mist. Oh mein Gott, ich will deinen Schwanz.« So viel zu Manieren.

Bane lacht leise. »Da ist ja das Schandmaul, das ich so sehr liebe.«

Er küsst mich leidenschaftlich und bewegt weiter seine Finger, wobei er an Geschwindigkeit zulegt, bis ich zittere, als der Orgasmus durch mich hindurchfährt. Dann sind seine Hände auf einmal verschwunden, und ich werde von Bancrofts Hüften an die Wand gepinnt. Er beginnt sich an mir zu reiben, und natürlich tue ich es ihm gleich.

Nachdem ich ihm das Shirt über den Kopf gezogen habe, lasse ich meine Hände über seine Brust gleiten. Sie ist beeindruckend. So fest. So muskulös.

»Gefällt dir, was du siehst?«, fragt er.

»Und wie.«

»Mir auch.« Er packt den Saum meines Kleids – wenn man es überhaupt so nennen kann, weil es hauptsächlich aus zusammengenähten Fetzen besteht – und zieht es mir über den Kopf. BH und Slip sind weiß und glitzernd, wie es für Burlesque-Tänzerinnen typisch ist.

Bancroft geht auf die Knie, das Gesicht auf Höhe meines Schritts. Er hebt den Blick und schnippt gegen meinen Nabelschmuck. »Ich mag das wirklich.« Dann wandert er tiefer zu meinen Hüften und zieht mir meinen Glitzerslip über die Beine. »Oh verdammt, ja.«

Anscheinend schätzt Bancroft meine Fellpflege. Ich poche noch immer vom Orgasmus.

Er hebt seinen Blick so weit, dass er meinem begegnet, während er seine Zunge über seine Unterlippe gleiten lässt. »Weißt du, was ich jetzt tun werde?«

Die Vorahnung ist erregend. Ich denke, ich weiß, was er meint, aber ich will, dass er es ausspricht, um herauszufinden, wie unverschämt er sein kann. Seinem bisherigen Verhalten nach zu urteilen, kann er bestimmt ein böser Junge sein. Ich schüttele den Kopf. Vielleicht beiße ich mir auch auf die Lippe und wölbe meinen Rücken, damit meine hübschen Körperstellen näher an seinen Lippen sind.

»Nein?« Bancroft lässt seine Handflächen kraftvoll über die Außenseiten meiner Oberschenkel gleiten. »Du weißt es nicht?«

Ich schüttele erneut den Kopf. »Wieso erzählst du es mir nicht.«

Das Lächeln, zu dem sich sein rechter Mundwinkel verzieht, bringt mich dazu, meine Beine zu schließen. Es lenkt Bancroft ab und lässt seinen Blick abwärts wandern – zu dem Teil meines Körpers, der sich über seine Aufmerksamkeit freuen würde.

Er reibt mit der Nase über mein Schambein, ganz sanft. Er hebt den Blick und schaut mich erneut an. »Ich werde dich lecken, bis du an meinem Gesicht kommst.« Er hält einen Moment lang inne. »Möchtest du das?«

»Ja, bitte.«

»So verdammt höflich.« Er schiebt einen Daumen unter mein Bein, hebt es an und legt es über seine Schulter. Und dann leckt er mich. Es ist nichts Sanftes und Zärtliches daran, wie Bancroft mich verschlingt. Jeder Zungenstrich ist schnell und aggressiv, und – oh Gott – knurrt er etwa dabei? Oh ja, das ist auf jeden Fall ein Knurren. Wenn das Vorspiel mit ihm so ist, dann kann ich es kaum erwarten, zum Hauptteil zu kommen.

Ich packe ihn an den Haaren, weil es eine gute Stelle zum Festhalten zu sein scheint. Trotz der Art, wie er mich geöffnet und gegen die Wand gepresst hat, brauche ich einen festen Halt. Meine Tanzerfahrung ermöglicht mir eine bessere Balance, doch es ist ziemlich anstrengend, so zu bleiben, während seine Zunge mir einen Orgasmus entlockt, vor allem weil meine Knie vom ersten noch ganz weich sind.

Sie geben nach, was angesichts der Art, wie er meine Klitoris bearbeitet, keine Überraschung ist. Ich gebe unkontrollierte Geräusche von mir und stöhne zwischendurch seinen Namen. Und dann komme ich. Noch einmal. Es ist so ein Mach-mich-fertig/Stiehl-mir-meine-Seele-Orgasmus.

Als die hellen Lichter am Himmel erlöschen und ich wieder atmen und sehen kann, merke ich, dass ich am Boden liege und zu dem Licht im Flur hinaufblicke – das mich blendet.

Und Bancroft macht weiter. Es versetzt mich in einen überdrehten Zustand. Ich kann nichts dagegen tun, dass die Empfindungen jeden klaren Gedanken übertrumpfen. Nicht dass noch viele davon übrig wären. Ich glaube, ich habe mich in die Zunge dieses Mannes verliebt. Wenn er mit seinem Schwanz genauso talentiert umgeht, gründe ich vielleicht eine neue Religion. Die Kirche des heiligen Bane-Schwanzes.

Ich lache, ein wenig ihm Wahn, und dann stöhne ich, als mich die Berührung seiner Zähne über die Schwelle zu Orgasmus Nummer drei taumeln lässt. Ich wusste nicht einmal, dass es möglich ist, so oft hintereinander zu kommen.

Meine Augen rollen nach hinten, und meine Sicht verschwimmt zu einem Gemisch aus schwarz und weiß und Sternen, als ich mich aufbäume und gegen seinen Mund presse. Als ich schließlich wieder ein wenig Kontrolle über meine Muskeln erlange, mache ich ein Auge auf und stelle fest, dass ich auf einer Türschwelle liege. Als ich den Hals recke, schaue ich auf die Füße von Bancrofts Bett. Ein paar Kleidungsstücke liegen darunter. Eins davon könnte eine Unterhose sein. Oder Socken. Seine Reinigungskraft macht wohl nicht den besten Job.

Das raue Kratzen seiner Bartstoppeln auf meiner Klitoris lenkt meine Aufmerksamkeit zurück auf Bancroft. Sein Haar ist verstrubbelt. Weil meine Hände darin waren. Seine Lippen sind geschwollen, weil er an meiner Klitoris gesaugt hat. Wir haben es geschafft, uns vom einen Ende des Flurs zum andern vorzuarbeiten – wobei der Endpunkt ziemlich passend erscheint –, wie bei einer Runde Curling-Cunnilingus.

Sein Lächeln ist voller schmutziger Versprechen. »Wenigstens haben wir's bis zum Schlafzimmer geschafft.«

Er geht auf Hände und Knie, schlingt einen Arm um meinen Rücken und hebt mich vom Boden hoch. Mit zwei geschmeidigen Schritten ist er beim Bett und wirft mich auf die Matratze. Ich federe ein Mal zurück, bevor er auf mir ist und sich zwischen meine Schenkel legt, die ich auf wundersame Weise für ihn gespreizt habe. Sein Mund ist erneut auf meinem, während er mit den Hüften kreist. Oh Gott. Ich kann ihn direkt dort spüren, wie er sich an mir reibt. Das wird der beste Sex meines Lebens. Das weiß ich bereits. Die Vor-dem-Sex-Orgasmen sind ein ziemlich guter Indikator dafür.

Er lässt seine Lippen an meinem Hals hinabgleiten, knabbert dabei mit den Zähnen an mir und leckt mit der Zunge über meine Haut. »Ich kann es kaum erwarten, in dir zu sein«, murmelt er an meinem Ohr.

»Sollte ich dir vorher nicht einen blasen?«, schlage ich vor.

Er hört auf, mich zu küssen, und hebt den Kopf, um mich anzuschauen. Meine Wangen sind wahrscheinlich gerötet.

»Sag das noch mal.«

Ich will Nein sagen, doch so, wie er mich anschaut, ist das kaum realisierbar. »Ich sollte dir einen blasen.« Ich ziehe das Wort »blasen« in die Länge, wodurch es total heiß klingt.

Sein Lächeln ist so lasziv wie meine Worte. »Mit diesem hübschen, unartigen Mund?« Er streicht mir mit dem Daumen an meiner Unterlippe entlang, bevor er ihn mir einfach hineinschiebt.

Und natürlich sauge ich daran, weil er genau das von mir will. Und es ist ein Vorgeschmack auf das, was gleich folgen wird. Ich werde seinen Schwanz wiedersehen. Ganz aus der Nähe und persönlich diesmal. Ich finde das ziemlich prickelnd.

Ich beiße ihn ganz leicht.

Sein Ausdruck wird ernst. »Ich hoffe, du tust das nicht, wenn ich meinen Schwanz in deinem hübschen Mund habe.«

Ich lecke mit der Zunge über seine Daumenkuppe. »Wahrscheinlich muss ich meinen Kiefer aushängen, um meine Lippen um dein Teil zu bekommen.«

Sein Grinsen ist beinahe ein Feixen. »Denkst du, du schaffst es nicht?«

»Bring ihn hier herauf, mal sehen, ob er hineinpasst.«

Bancroft stützt sich auf seine Arme, sein Lächeln ist wunderbar dunkel. Ich ziehe eine Braue hoch und lecke mir über die Lippen.

Er murmelt etwas Unverständliches, zieht sich die Hose herunter und schleudert sie weg.

Ich blicke an seinem Körper hinab und bemerke, dass er noch immer seine Socken trägt. Sie sind schwarz und reichen halb über die Schienbeine. »Die musst du erst ausziehen.«

»Was?«

»Deine Socken. Sie müssen verschwinden.«

Er blickt mich böse an. »Du hattest bereits drei Orgasmen und lässt dich von meinen Socken stören?«

Er versucht sich auf mich zu setzen, doch ich hebe eine Hand. »Solange diese Socken nicht weg sind, nehme ich deinen Schwanz nicht in den Mund. Ich tue es selbst, wenn das zu schwierig für dich ist.«

Bevor ich die Chance habe zu reagieren, dreht er mich auf den Bauch und gibt mir einen Klaps auf den Hintern. »Ich habe auf einen Grund gewartet, um das zu tun.«

Ich schreie auf, doch nicht vor Schmerz, sondern vor Überraschung. Und dann spüre ich, wie er mich in die andere Pobacke beißt, bevor er mich erneut umdreht. »Und das auch.«

Er setzt sich auf mich, sodass seine Knie auf beiden Seiten meiner Brust sind. Ich werfe einen Blick nach unten, die Socken sind verschwunden. Ich grinse und nehme dann Bancroft in Augenschein. Ich habe so noch nie jemandem einen geblasen, doch wenn es funktioniert, wird es ziemlich scharf.

Er schwebt über mir. Seinen Schwanz hält er mit der Hand umklammert. Du liebe Güte. Dieser Mann bringt mich dazu, ihm den besten Blowjob meines Lebens geben zu wollen. Und genau darin liegt das Problem: Bancroft ist ziemlich gut ausgestattet. Dass ich meinen Kiefer aushängen muss, war gar keine so abwegige Idee. Dieser Winkel wäre vielleicht tatsächlich vorzuziehen, weil er ein tiefes Penetrieren nicht erlaubt. Aber das sind nur Vermutungen. Ich hoffe, ich habe recht damit.

Er drückt seine Erektion hinunter, sodass die Spitze dicht vor meinem Kinn ist. Seine Eichel ist mit Glitter gesprenkelt. Was keine Überraschung ist. Mein Glitterhöschen und -BH hinterlassen eine magische Spur.

Er drückt seinen Penis noch weiter hinunter, bis die Spitze seines Schwanzes meine Unterlippe antippt, so als würde er an die Tür zu meinem Mund klopfen, um hineingelassen zu werden. Dann streicht er damit wie mit Lipgloss darüber. Schwanzgloss gewissermaßen. Ich lächle, kann ein Kichern jedoch unterdrücken.

Sein Ausdruck ist angestrengt, seine Lippen teilen sich gemeinsam mit meinen, als er seine Hüften vorschiebt und seine Eichel in meinen Mund gleitet. So weit, so gut.

Er stöhnt, als ich meine Zunge dagegen presse, um die Spitze damit zu umkreisen. »Ich kann dir gar nicht sagen, wie oft ich daran gedacht habe.«

Ich würdige das mit einem Summen. Mit seinem Schwanz in meinem Mund kann ich keine Wörter bilden. Obwohl ich definitiv selbst daran gedacht habe, bezweifle ich doch, dass es genauso oft war.

Ich halte meinen Blick auf sein Gesicht gerichtet, während er sich auf die Lippe beißt und ihn ein Stückchen weiter hineinschiebt. »Wie viel kannst du aufnehmen?«

Großartige Frage. Eine, auf die ich keine Antwort weiß, weil ich noch nie versucht habe, etwas so Großes in meinen Mund zu befördern. »Finden wir es heraus«, sage ich mit dem Mund um seine Eichel. Es klingt ein wenig undeutlich, doch er scheint zu verstehen.

Er schiebt einen weiteren Zentimeter hinein, und ich lasse meine Hände an den Außenseiten seiner unglaublich muskulösen Oberschenkel hinaufgleiten. Sie sind wie Baumstämme. Ich bewege meine Hände nach hinten, um ihn am Hintern zu packen. Seinem nackten Arsch. Er ist so fest. Ich hebe den Kopf leicht an, als er seinen Schwanz einen weiteren Zentimeter hineinschiebt.

Er flucht, als ich seinen Hintern drücke und ihn so noch ein Stück weiter hineinbefördere. Mit der Hand, die er nicht um seinen Schwanz gelegt hat, fährt er in mein Haar. Er versucht nicht, einen Würgereflex bei mir auszulösen, sondern umfasst stattdessen meinen Hinterkopf, um ihn zu stützen, was nett von ihm ist, weil ich mir sonst den Hals verrenken müsste. Ich beginne leicht zu saugen, was ihm einen weiteren schmutzigen Fluch entlockt.

»Du bist echt umwerfend mit meinem Schwanz in deinem Mund, weißt du das?«

Sein Lob löst den Wunsch in mir aus, herauszufinden, wie tief ich ihn aufnehmen kann. Ich mache den Mund weiter auf und nehme noch mehr davon auf, bis ich spüre, wie sein Daumen meine Lippe berührt und seine Eichel an meinem Gaumen angekommen ist. Ich packe ihn an den Hüften und schiebe ihn zurück. Dann wiederhole ich das Ganze, nehme ihn beim nächsten nassen Saugen noch tiefer in mich auf. Ich wiederhole das Ganze zwei oder drei Mal, bevor er mein Haar loslässt.

»Das genügt.« Er umfasst seinen Schwanz und zieht ihn aus meinem Mund, wobei er die Eichel bedeckt.

Zum ersten Mal überhaupt will ich weitermachen. »Ich habe gerade erst angefangen.« Ich werde noch ganz wehleidig.

Er streicht mir mit dem Daumen über die Unterlippe. »Ein andermal komme ich gern in deinem unglaublichen Mund.«

Er lässt seinen Schwanz los, schiebt seine Hände unter meine Arme und zieht mich hoch, sodass ich nicht länger mit dem Gesicht auf Schwanzhöhe bin. Er kniet jetzt über meinen Hüften, als er sich herunterbeugt und mich küsst, wobei er mit der Zunge über meine Lippen fährt. Ich winde mich und versuche, meine Beine unter ihm hervorzuziehen, ohne seinem köstlichen Schwanz Schaden zuzufügen.

Er hört auf, mich zu küssen, lehnt sich zurück und streicht mit seinen Fingerspitzen über meine Brüste, umkreist meine

Nippel, bevor er seine Hände an meinen Seiten hinabgleiten lässt. Jetzt kommen wir zum besten Teil. Nicht dass der andere nicht gut gewesen wäre, doch auf das hier habe ich gewartet, habe davon seit dem ersten Abend, an dem wir uns geküsst haben, fantasiert.

Er umkreist meinen Bauchnabel und gleitet dann auf direktem Weg zu meinem Schambein hinab. Wenn er einfach zwischen meine Beine fassen würde, würde das die Sache vereinfachen. Während er auf dem Bett zurückweicht, lässt er seine Hände an den Außenseiten meiner Oberschenkel hinabgleiten, bis er bei meinen Knien angelangt ist. Er schiebt seine Finger darunter und signalisiert mir, sie anzuziehen, dann lässt er sie an der Rundung meiner Waden hinabgleiten, bis er meine Fußknöchel erreicht hat. »Wie biegsam bist du?«

»Äh, ziemlich, wieso?«

Er hebt meine Beine an, hält sie jedoch geschlossen, als er meine Fußsohlen an seine Brust legt. »Ich überlege nur gerade, in welcher Stellung ich dich gern vögeln würde.«

Grundgütiger. Dieser Mann und sein Mundwerk. Diese Wochen erotischen Geplänkels und meist zivilisierten Benehmens scheinen sich angesichts von Orgasmen und nackter Verheißung in Luft aufzulösen.

»Habe ich dabei ein Wörtchen mitzureden?« Es soll schneidend klingen, was jedoch nicht gelingt, stattdessen kommt nur ein leises Hauchen aus meinem Mund.

»Sicher, wenn du willst.« Bancroft lässt die Hände über meine Schienbeine gleiten. Als er bei meinen Knien angekommen ist, streicht er mit ihnen wieder nach unten und legt seine breiten Handflächen um meine Fußknöchel. Er hebt den Blick und schaut mich an. »Spreize sie für mich.«

Obwohl das ein Befehl und keine Bitte ist, gehorche ich bereitwillig. Ich meine, er hat mich leckenderweise quer über den Fußboden geschoben. Ich bin bereits gekommen, als wäre meine Klitoris die Feuerwerkzentrale vom vierten Juli. Wenn er gern seinen fantastischen Schwanz dazu verwenden will, einen weiteren Orgasmus aus mir herauszuhämmern, bin ich dazu bereit.

Manchmal ist es gut, sich ein wenig schüchtern zu geben. Ein leichtes Zögern und Unsicherheit zu zeigen. Ich tue weder das eine noch das andere.

Ich kann Bancrofts Zähneknirschen hören, als sein Blick nach unten wandert. Ich weiß nicht genau, ob es an meiner Fellpflege oder der Gestalt meiner Vagina liegt, dass er dieses tiefe Stöhnen von sich gibt, doch was immer es auch ist, ich bin gerade sehr froh darüber.

Ich bin seinem Blick vollständig ausgeliefert. Entblößt. Verwundbar. Doch es erzeugt nichts von der erwarteten Befangenheit, denn der Ausdruck auf seinem Gesicht spiegelt absolutes, unverhülltes Verlangen.

Mit den Händen um meine Fußknöchel beugt er sich nach vorn und spreizt meine Beine weiter auseinander. Ich weiß nicht genau, was er vorhat, bis er mich erneut leckt, mit einem langsamen Zungenschlag, gefolgt von einem schnellen Wirbel und einem kräftigen Saugen an meiner Klitoris.

Ich schreie und bäume mich auf, doch er hält noch immer meine verdammten Fußknöchel fest, weshalb ich der Intensität seines Munds nicht ausweichen kann. Er hält mich mit gespreizten Beinen fest, sein Mund auf mir, und bringt mich wieder an die Schwelle.

Bevor ich jedoch in den seligen Abgrund stürze, lässt er einen meiner Fußknöchel los, aber nur einen, und blickt zwischen meinen Beinen auf. Dann umfasst er seinen Schwanz. »Bist du bereit?«

»Oh Gott. Ja. Bitte.« Es wäre mir lieber, wenn ich ein bisschen weniger scharf darauf wäre, doch er hat mich wieder hängen lassen, und jetzt kann ich nur noch daran denken, wie fantastisch es sein wird, wenn er mich ausfüllt.

Sein Grinsen verrät mir, dass er genau weiß, was ich denke. Oder vielleicht ist es auch meine belegte Stimme oder die Art, wie ich meine Hüften anhebe, obwohl er noch immer meinen Knöchel festhält.

Als er mit seiner Eichel über meine Klitoris streicht, zucke ich zusammen und stöhne. Schließlich lässt er meinen Knöchel los, schiebt seinen Arm unter mein Knie und zieht es hoch, während er sich über mir ausstreckt.

Ich kann ihn spüren, groß und fest an meinem Schambein. Ich versuche unsere Position zu korrigieren, doch ich habe nicht viel Glück. »Ich dachte, du wolltest in mir sein.« Ich klinge ein wenig gereizt.

Er ist selbstgefälliger als nötig. »Dazu komme ich noch. Das ist eine Geduldsprobe, Ruby.«

»Ich warte schon wochenlang.«

»Dann kannst du auch noch ein bisschen länger warten.« Er zieht seine Hüften zurück, wobei sein großer Ständer über meine Klitoris gleitet. Er greift hinüber zum Nachttisch und tastet einen Moment umher, bevor er die Kondome findet. Rasch reißt er die Packung auf und streift sich eins über. Und dann stößt er in mich hinein, wobei er stöhnt und ich wimmere.

Die ersten Stöße sind langsam. Doch das sind die einzigen, die in die Kategorie langsam und sanft fallen, denn danach lässt Bancroft jegliche Höflichkeit fallen. Er bohrt sich in mich hinein, während seine Hüften schnell und hart gegen meine klatschen. Ich komme. Und dann komme ich noch einmal, während er mir schmutzige Sachen ins Ohr knurrt. Mir sagt, dass ich ihm gehöre und niemand außer ihm mich haben dürfe.

Das gefällt mir sehr.

Nachdem er gekommen ist, sinkt er auf mich herab – nicht vollständig, denn er stützt sich noch auf seine angespannten, zuckenden Unterarme. Ich glaube, ich war in meinem ganzen Leben noch nie so befriedigt.

Ich bin völlig verschwitzt. Bestimmt ist überall auf Bancrofts Laken Glitter. Und auf Bancroft. Ich kann mich aber nicht dazu aufraffen, irgendetwas dagegen zu unternehmen. Es würde sowieso nichts bringen.

Mir ist aufgefallen, dass der Glitter überall haften bleibt. Egal, wie oft ich die Sachen wasche, er bleibt eine schimmernde Erinnerung an meinen vorübergehenden Job.

»Soll das heißen, du bist nicht mehr sauer?«, frage ich, als er mich an sich zieht.

»Vorübergehend.«

»Hast du vor, später wieder sauer auf mich zu sein?«

»Ich verschiebe es auf morgen.«

»Ebenfalls.« Ich schmiege mich an ihn und entspanne mich. Wir können uns um all die ungesagten Dinge später kümmern. Im Augenblick will ich das hier nur genießen. Und dann schlafen. Und dann vielleicht mehr Sex haben.

18

AHNUNGSLOS

Bancroft

Sex mit Ruby ist ganz anders als der Sex, den ich bisher in einer Beziehung hatte. Er ist nicht anständig, aber er ist auch nicht wild. Ruby ist das ideale Gleichgewicht zwischen hübsch fügsam und ausgesprochen unanständig, und sie weiß genau, wann das eine funktioniert und das andere notwendig ist. Sie ist wirklich perfekt.

Unser größtes Problem scheint zu sein, dass unsere Terminpläne nicht zusammenpassen. Ein oder zwei Stunden, bevor ich aufstehe, geht sie zu Bett. Wenn ich von der Arbeit nach Hause komme, ist sie gerade am Gehen oder schon längst weg.

Zwei Tage nach unserem ersten Streit, gefolgt von unserem Jahrhundertsex, wache ich zwanzig Minuten vor dem Wecker wegen eines Blowjobs auf. Diesmal komme ich in Rubys hübschem, perfektem Mund.

Montag ist einer von Rubys freien Tagen. Am Morgen gehe ich ins Büro, habe aber vor, am Nachmittag von zu Hause aus zu arbeiten. Allerdings steht nicht viel Arbeit auf meinem Plan, sondern Ruby. Mehrmals. Auf jeder zur Verfügung stehenden Oberfläche.

Kurz nach zwei bin ich zu Hause und treffe sie in der Küche an, wo sie trällernd Kaffee und Mikrowellen-S'mores macht. Ist anscheinend ihr Lieblingsgericht. Ich schlinge einen Arm um ihre Taille, ziehe sie an mich und stecke meine Nase in ihr Haar. »Ist das deine Version von einem gesunden Frühstück?«

Sie dreht sich in meinen Armen um. »Gesund nicht. Frühstück schon. Willst du einen?«

»Das ist nicht das, worauf ich Appetit habe.«

»Ach nein?«

Ich schüttele den Kopf, hebe sie hoch und setze sie auf den Tresen. Sie trägt ihren Bademantel. Er ist weiß mit roten Blumen und aus irgendeinem seidigen Material. »Es würde mich mehr interessieren, was hier drunter ist.« Ich ziehe an der Schleife an ihrer Taille und beobachte, wie sich die Vorderseiten teilen und straffe Muskeln und spitze Nippel zum Vorschein kommen. Sie ist nackt und prachtvoll. Wir machen es auf dem Tresen. Den Rest des Tages verbringen wir im Schlafzimmer und genießen einander.

Ich merke sofort, wenn sie zu mir ins Bett kriecht. Es spielt keine Rolle, dass es zwischen zwei und vier Uhr morgens ist. Es spielt keine Rolle, dass ich um halb sechs meinen Hintern aus dem Bett schwingen und einen Zwölfstundentag hinter mich bringen muss. Sie muss nur ihren Körper an meinen schmiegen, und ich bin augenblicklich wach. Wir haben Sex, bis der Wecker klingelt. Als die zweite Schachtel Kondome leer war und sie mir versichert hat, dass sie die Pille nimmt, habe ich mich nicht weiter um Kondome gekümmert.

Was am selben Tag geschah, an dem sie beschloss, diese eine spezielle Tanznummer zu proben. Während sie nackt war. Wir schafften es nicht weiter als bis auf den Wohnzimmerboden. Ich habe davon blaue Flecken an meinen Knien.

Wichtige Themen wie die Tatsache, dass sie noch immer hier wohnt und wir zusammen schlafen, sprechen wir nicht an. Ich will das, was wir haben, nicht zerstören, jetzt wo wir es haben. Was ein Problem ist. Denn es gibt Dinge, die wir klären müssen. Ich will nicht unbedingt, dass sie auszieht, aber ich weiß auch, dass sie nie vorhatte, unbegrenzt hierzubleiben. Ich will nicht, dass sie ausflippt, wenn ich sie darum bitte, dauerhaft bei mir einzuziehen, obwohl ich darüber nachgedacht habe. Es ist ein wenig verfrüht.

Eine Woche genügt nicht, um eine wohlüberlegte Entscheidung über ein Zusammenleben zu treffen. Doch ich genieße es wirklich, Ruby jede Nacht in meinem Bett zu haben. Sie verpasst mir die unglaublichsten Blowjobs. Sie hat ein unanständiges Mundwerk. Und sie mag es, wenn ich schmutzige Sachen zu ihr sage. Doch das ist nur die sexuelle Kompatibilität, was nichts darüber sagt, wie gut wir außerhalb des Schlafzimmers zusammenpassen.

Es ist zwei Stunden her, dass ich Ruby schlafend in meinem Bett zurückgelassen habe. Vier Stunden, seit ich in ihr war. Ich bin jetzt schon auf Entzug.

Noch nie zuvor haben sich Stunden wie eine Ewigkeit angefühlt. Je länger wir das tun, desto bewusster wird mir, dass wir uns nicht länger um ein Gespräch drücken dürfen und herausfinden müssen, was das ist. Es gibt keinen Zeitplan, bis wann sie ausziehen soll, aber ich bin mir wohl bewusst, dass sie nach einem neuen Agenten sucht und Vorsprechen für Rollen hat, die sie dem Broadway näherbringen.

Es ist eine etwas chaotische Situation, in die ich mich selbst gebracht habe. Wenn ich ehrlich sein soll, bin ich noch immer ein wenig sauer auf sie, weil sie mich wegen ihres Jobs angelogen hat, obwohl ich verstehen kann, warum. Es hat lange gedauert, bis ich mich damit abgefunden habe, dass die Menschen im gesellschaftlichen Umfeld meiner Familie meine Karriere als Rugby-Spieler nicht guthießen, obwohl es völlig seriös war und ich bestens dafür bezahlt wurde. Zugegebenermaßen ist ihre Situation ähnlich.

Allerdings komme ich nur schwer darüber hinweg, dass ich geglaubt hatte, ich hätte mir so viel ihres Vertrauens erworben, dass sie ehrlich zu mir ist, und ich mache mir Sorgen darüber, dass sie noch immer meint, Dinge für sich behalten zu müssen.

Leider wird dieses Gespräch nicht jetzt stattfinden, weil ich in meinem Büro sitze und darauf warte, dass mich mein Vater in ein Meeting ruft. Ich habe den Anruf heute Morgen um acht bekommen, zu einer Zeit, zu der ich normalerweise wach bin. Doch Ruby und ich waren letzte Nacht ziemlich beschäftigt, und es war spät, als ich ihr sämtliche Orgasmen entlockt hatte. Außerdem ist heute Samstag. Ins Büro gerufen zu werden ist also an sich schon lästig. Und wenn jemand einen dann noch warten lässt, ist es richtig ärgerlich. Das Bürotelefon klingelt, und ich drücke auf Lautsprecher in der Annahme, dass mich mein Vater endlich in das eilig einberufene Meeting holt. Doch es ist meine Mutter.

»Hallo Bancroft, wie geht's dir heute Morgen?« Telefongespräche mit meiner Mutter sind aus irgendwelchen Gründen stets ziemlich förmlich. Sie ist ein guter Mensch, doch manchmal lässt sie sich von dem Klatsch, der in ihrem Freundeskreis kursiert, zu sehr vereinnahmen. Die meisten Gespräche drehen sich um die jüngsten Skandale.

»Gut. Ich warte darauf, dass Vater mich in sein eilig einberufenes Meeting holt.«

»Ah. Ja. Es dauert bestimmt nicht mehr lang. Er ist gerade gegangen.«

»*Gerade* gegangen? Er hat mich vor zwei Stunden angerufen und umgehend ins Büro bestellt.«

»Ja. Nun, er war … abgelenkt. Er ist jetzt auf dem Weg.«

Ich schaudere. »Abgelenkt« kann Dinge bedeuten, über die ich gar nicht nachdenken will.

»Rufst du deswegen an? Um mir zu sagen, dass er spät dran ist?«

»Oh! Nein. Ich wollte mich vergewissern, ob du am Wochenende zum Abendessen kommen kannst.«

»Natürlich. Ich hab's schon in meinem Kalender vermerkt. Soll ich irgendetwas mitbringen?«

»Es ist bereits vorbestellt.«

»Okay.« Natürlich ist es vorbestellt. Meine Mom verbringt nicht viel Zeit in der Küche, außer sie schenkt sich ein Glas Wein ein. Als Heranwachsende hatten wir stets einen Koch. Und ein paar Kindermädchen haben es ihr ermöglicht, zu ihren Spenden-Meetings zu gehen, während meine Brüder und ich unseren Unterricht genommen haben. Meiner hatte immer etwas mit Sport zu tun.

»Ein paar Freunde kommen auch, also ist es nicht nur Familie.«

»Oh.« Ich klopfe mit dem Stift auf den Schreibtisch. Ich frage mich, wen meine Mutter einlädt und warum. »Könnte ich dann vielleicht ein Date mitbringen?« Es ist an einem Wochenende, weshalb Ruby wahrscheinlich arbeitet, also bin ich mir nicht sicher, wieso ich überhaupt frage.

Am anderen Ende der Leitung herrscht ein paar Sekunden Stille.

»Mimi?« Ich habe sie selten Mom genannt, auch wenn ich sie in ihrer Abwesenheit so bezeichne.

»Es wäre besser, wenn du das nicht tätest.«

»Wird Griffin nicht Imogen mitbringen?«

»Natürlich, sie ist schließlich seine Freundin.«

»Wieso kann ich dann kein Date mitbringen?«

»Die Thortons kommen.«

Ich dachte, es wäre mir gelungen, Brittany und einem zweiten Date aus dem Weg zu gehen. »Mom.«

Sie gibt ein missbilligendes Geräusch von sich.

»Ich dachte, wir hätten bereits darüber gesprochen«, rufe ich ihr in Erinnerung.

»Du warst krank beim letzten Mal. Brittany ist ein reizendes Mädchen.«

Brittany ist verhätschelt und eine Nervensäge. Ich habe ihre Anrufe nicht erwidert, seit ich vor Wochen mit ihr ausgegangen bin.

»Ich treffe mich mit jemandem.« Ich kann es genauso gut direkt ansprechen, vielleicht hilft es ja, weitere Treffen mit Brittany zu vermeiden.

»Seit wann?«

»Seit Kurzem.«

»Es ist also nichts Ernstes? Es wäre peinlich für Brittany, wenn du sie mitbringen würdest, außerdem habe ich das schon vereinbart, bevor du dich mit jemandem eingelassen hast. Ich kann die Sache jetzt nicht mehr rückgängig machen. Und dein Vater macht Geschäfte mit ihrem Vater«, fleht sie mich jetzt an.

Natürlich geht es mal wieder ums Geschäft. Mein Vater kann nicht anders. Es widerstrebt mir, wegen meiner Mutter klein beizugeben, aber Ruby kann sowieso nicht mitkommen. »Na schön. Ich mache das für dich, doch das ist das letzte Mal.«

»Um mehr bitte ich nicht.«

Es ist ein Abendessen mit Familie und ein paar Freunden, also ist es nicht einmal ein Date. Trotzdem ist es frustrierend.

Ein weiterer Anruf unterbricht den meiner Mutter. Ich habe die Hoffnung, dass es mein Vater ist. Ich würde dieses Meeting gern hinter mich bringen, um nach Hause zu Ruby zu fahren, bevor sie heute Abend arbeiten muss.

»Ich muss Schluss machen, ich bekomme einen weiteren Anruf.«

»Okay. Danke, dass du mir das so leicht gemacht hast. Einen schönen Tag. Wir sprechen bald, Banny.«

»Bye, Mom.« Ich lege rasch auf. Sie weiß, wie sehr ich es hasse, Banny genannt zu werden.

Es ist die persönliche Assistentin meines Vaters, die mich darauf hinweist, dass das Meeting in fünf Minuten im Konferenzraum beginnt. Nur zwei Stunden und zwanzig Minuten später als ursprünglich geplant. Ich hätte die ganze Zeit bei Ruby im Bett liegen können.

Ich nehme meine Sachen und gehe den Flur entlang. Mein Vater sitzt bereits am Kopfende des Konferenztischs. Seine Assistentin stellt ihm einen Kaffee hin und legt mehrere Aktenordner daneben.

»Also. Wo brennt's denn?«, frage ich, als ich mich neben Griffin auf einen Stuhl sinken lasse.

»Mit einem der Objekte in London gibt es ein Problem.«

Ich fühle mich auf einmal unbehaglich. »Eins von meinen?«

Er schüttelt den Kopf, und ich seufze erleichtert. Mein Vater hasst Fehler.

»Das war Lex' Sache.«

Das ist eine Überraschung. Ich hatte keine Ahnung, dass er außer den vier Hotels, die wir während unseres Aufenthalts dort managen sollten, noch etwas anderes übernommen hat.

»Welches Hotel?«

»Das *Concord*.«

Wir hatten dort einen kurzen Zwischenstopp eingelegt, damit ich mich mit dem Gebäude vertraut machen und das Führungspersonal kennenlernen konnte, während wir in der Gegend waren. Es ist ein etabliertes Hotel, das in gutem Zustand ist. Soweit ich weiß, besteht kein Bedarf, irgendetwas zu sanieren. »Was ist das Problem? Ich wusste gar nicht, dass wir an dem Hotel etwas machen.«

»Eigentlich nicht vor nächstem Jahr. Es liegen noch gar nicht alle Genehmigungen vor.«

Das ist nicht gut. Ich frage mich, ob er sich darum gekümmert hat, als er vor mir wieder nach London gefahren ist. Lex schlüpft mit unwirscher Miene in den Besprechungsraum.

Er lässt sich neben unseren Vater auf den Stuhl fallen. »Entschuldigt die Verspätung. Was habe ich verpasst?«

Mein Vater schlägt den Ordner auf und schiebt ihn zu ihm hinüber. »Warum schaust du es dir nicht selbst an.«

Lex' Lächeln verschwindet, und er wird blass.

Drei Stunden später sitze ich noch immer in der Besprechung. In der ersten Stunde hat mein Dad Lex zusammengestaucht. Es gab nichts, womit ich ihm hätte helfen können, weil ich überhaupt nicht wusste, dass er an dem Projekt dran war. Die letzten beiden Stunden sind mit der Überprüfung der ursprünglichen Pläne für die Renovierung von Ballsaal und Schwimmbad des *Concord* draufgegangen, die erst für das kommende Jahr vorgesehen war. Genehmigungen für diese Art von Nachrüstungen einzuholen hätte keine Hürde sein sollen.

Das Problem scheint beim Schwimmbad zu liegen. Ich höre schon kaum mehr zu. Es ist bereits nach Mittag. Ich wage es nicht, irgendwelche Nachrichten zu verschicken, weil mein Vater wahrscheinlich ausrasten würde. Er ist in übler Stimmung. Ich hätte wirklich gern etwas Zeit, um mit Ruby zu sprechen. Wenn ich hier nicht vor zwei rauskomme, werde ich sie nicht mehr antreffen, bevor sie zur Arbeit geht.

»Stimmt das nicht, Bancroft?«

Ich blicke von dem Blatt Papier auf, auf dem ich herumgekritzelt habe. Ich habe einen Kreis gemalt. Mit einem weiteren Kreis darin. Und noch einem in diesem. Es sieht aus wie eine Brust.

»Tut mir leid. Wie bitte?«

Mein Vater sieht genervt aus. Das ist nicht gut. Ich will ihn nicht noch mehr verärgern.

»Du wirst die neuen Genehmigungen einholen.«

»Ich habe keinerlei Hintergrundwissen über das Projekt.«

Er klopft drei Mal in Folge mit seinem Stift auf den Tisch und lässt ihn dann in seine Handfläche schnellen. Einer seiner Ticks. Wenn er verärgert oder frustriert ist, zeigt sich das an kleinen, kontrollierten Körperbewegungen. Das hätte ich auf keinen Fall sagen sollen. »Du kennst die Grundlagen aus diesem Meeting. Ich werde Griffin gemeinsam mit dir hinschicken.«

Griffin und ich blicken einander an. Er scheint genauso überrascht zu sein wie ich.

»Ich bringe das wieder in Ordnung«, sagt Lexington. »Ich fliege selbst hin.«

Unser Vater richtet einen wütenden Blick auf Lex. »Du wirst nichts dergleichen tun. Du bleibst hier, im Büro, und gehst die Baunormen durch, bis das geklärt ist.«

Lex' Mund wird zu einem dünnen Strich, doch er erwidert nichts. Niemand von uns traut sich, unserem Vater Widerworte zu geben. Zumindest nicht hier, wo es zahlreiche Zeugen geben könnte.

»Ihr fliegt noch heute Abend.«

»Heute?«, fragen Griffin und ich im Chor.

Mein Vater sieht uns mit dem gleichen strengen Blick an, mit dem er uns schon als Kinder bedachte, wenn er uns bei etwas Verbotenem erwischte. »Das muss sofort geklärt werden, und das geht nur vor Ort. Die Investoren müssen sicher sein können, dass wir die Situation im Griff haben.«

»Wie lange sollen wir bleiben?«

»Bis die Probleme ausgeräumt sind. Wenn ihr euch beeilt, könntet ihr gegen Ende der Woche wieder hier sein.«

Ich beiße die Zähne zusammen. Ich will nicht schon wieder verreisen. Ich will in meinem Apartment sein, mit meinen Haustieren. Und Ruby. Wir müssen uns unterhalten. Ernsthaft. Leider sieht es so aus, als wäre das schon wieder verschoben.

19

ICH HASSE BRITTANY

Ruby

Ich wache in einem leeren Bett auf, was keine große Überraschung ist, denn der Vormittag ist bereits vorbei. Mein ganzer Körper tut weh, dank des zusätzlichen Trainingsprogramms in Form von Bancroft.

Ich strecke mich lächelnd und rufe Bancrofts Namen. Stille begrüßt mich. Das ist seltsam. Es ist Samstag, und er hat nichts davon gesagt, dass er ins Büro muss. Ich werfe die Decke zurück und richte mich auf. Meine Muskelschmerzen werden stärker, als ich aufstehe und – nackt – den Flur entlang in die Küche gehe. Die Stempelkanne auf dem Tresen ist halb voll. Ich berühre die Kanne. Der Kaffee ist kalt, was bedeutet, dass er schon vor Stunden gemacht wurde.

»Bancroft?«, rufe ich erneut. Noch immer keine Reaktion.

Vielleicht sitzt er in seinem Büro und hat Kopfhörer auf. Er tut das manchmal aus Rücksichtnahme, damit ich länger schlafen kann. Ich gehe auf Zehenspitzen hinüber und spähe um die Ecke. Da ist er auch nicht. Was ist nur los?

Wieder in der Küche, wühle ich in meiner Handtasche, bis ich endlich mein Handy finde. Vielleicht holt er ja etwas zu essen für uns. Er ist auch in dieser Hinsicht fürsorglich. Die neuen Nachrichten sind alle von Amie. Sie war die ganze Woche für einen Flitterwochen-Testlauf verreist. Genau, sie und

Armstrong haben eine Woche lang herauszufinden versucht, ob ihnen die Location, wo sie ihre Flitterwochen verbringen wollen, gut genug gefällt. Es ist ein *Mills Hotel*, weshalb ich mir nicht vorstellen kann, dass es ihnen nicht gefällt. Ich sehe auf dem Tresen nach, wo ich eine von Bancrofts krakelig geschriebenen Nachrichten finde.

Dringendes Meeting. Weiß nicht genau, wann ich zurück bin.
Bane

Ich runzle die Stirn, enttäuscht, dass meine Nacktheit verschwendet ist und mein Tag nicht annähernd so schön beginnt, wie er geendet hat. Ich gehe Amies Nachrichten durch.

Sie ist von ihrem Flitterwochen-Testlauf zurück, und wir sind zum Lunch verabredet. Ich schaue auf die Uhr. So ein Mist. Ich habe weniger als eine Stunde, um mich fertig zu machen und sie in Midtown zu treffen. Duschen muss sein, ich rieche nach Bancroft und Sex.

Nachdem ich Amie mitgeteilt habe, dass ich unterwegs bin, husche ich in mein Bad, um zu duschen. Zwanzig Minuten später bin ich sauber und angezogen. Meine Haare sind noch feucht, doch sie trocknen auf dem Weg. Ich verteile ein wenig Make-up im Gesicht, schnappe mir meine Handtasche und stürme hinaus.

Amie ist bereits im Restaurant, als ich dort ankomme. Sie kommt niemals zu spät. Sie legt ihr Telefon weg, als ich ihr gegenüber auf den Stuhl gleite.

»Ich wollte dir gerade schreiben. Wie geht es dir? Wie läuft es denn, seit Bancroft wieder da ist? Ich habe das Gefühl, wir haben eine Ewigkeit nicht miteinander gesprochen.« Sie sieht sich um, beugt sich zu mir herüber und senkt die Stimme. »Ist er ohne Shirt in der Wohnung rumgelaufen?«

Ich habe ein schlechtes Gewissen, weil ich seit einer Woche auf Bancrofts Schwanz reite und meine beste Freundin nichts davon weiß. Obwohl das im Grunde nicht mein Fehler ist, weil sie nicht da war, um es ihr erzählen zu können. Und ich habe auch ein schlechtes Gewissen, weil ich ihr gegenüber nicht ehrlich war, was andere Dinge betrifft. Also erzähle ich ihr alles. Nun, fast alles. Wir sind an einem öffentlichen Ort, weshalb ich bestimmte Dinge nicht laut sage aus Angst, belauscht zu werden. Doch ich erzähle ihr von dem Job und davon, dass Bancroft letzte Woche in den Club gekommen ist und sauer war, weil ich gelogen habe.

Der Kellner bringt uns unser Mittagessen, kurz bevor ich zum besten Teil komme. Ich mache eine Pause, als er die Teller vor uns hinstellt. Ich habe »Steak frites« bestellt, was nur ein schicker Name für Pommes frites ist, und Amie einen Salat.

»Sie haben dein Dressing vergessen«, merke ich an.

»Ich brauche keins.«

»Ohne Dressing ist es nur ein Teller voll Blätter.«

»Ich mag den natürlichen Geschmack.« Sie wedelt mit ihrer Gabel herum. »Bancroft hat dich also nach Hause gefahren, was ist dann passiert?«

Ich lasse das Thema Salatdressing fallen und erzähle weiter. Ich zensiere den besten Teil – die Orgasmushascherei, den Dirtytalk und den tollen Blowjob, den ich ihm verpasst habe – und ende mit: »Und dann hatten wir Sex.« Ich stecke mir eine Fritte in den Mund und warte.

Amie starrt mich sekundenlang reglos an. Sie sieht sich um und hebt dann ihre Hand, damit niemand sehen kann, was sie sagt, obwohl sie die Worte praktisch nur mit dem Mund formt: »Du hast mit ihm geschlafen?«

Ich nicke.

»Oh mein Gott.« Sie hat die Augen weit aufgerissen, dann

zwinkert sie ungläubig und legt ihre Gabel weg. »Du hast mit ihm vor einer Woche geschlafen und erzählst mir das erst jetzt?« Sie sieht gekränkt aus, was ich nicht will.

Ich beuge mich weiter vor und senke die Stimme, als ich sie anflehe, doch zu verstehen. »Ich hatte keine Gelegenheit. Du warst verreist. Das ist das erste Mal, dass ich dich seither sehe, und ich wollte am Telefon nichts sagen, weil das, na ja, keine Neuigkeiten sind, die man am Telefon erzählt.«

Sie lehnt sich auf ihrem Stuhl zurück. »War es nur das eine Mal?«

Ich schüttle den Kopf.

»Wie oft?«

Ich zucke mit den Achseln. »Ich habe den Überblick verloren. Oft.«

»Klingt, als wäre deine Woche aufregender gewesen als meine«, murmelt sie »Ist das jetzt eine Beziehung?«

Ich spieße eine Fritte mit der Gabel auf. »Ich weiß es nicht. Wir haben noch nicht darüber gesprochen.«

»Ihr habt euch die ganze Woche nackt miteinander ins Bett gelegt und noch kein Beziehungsgespräch geführt?«

Ich zucke erneut mit den Achseln. Ich habe keine Antwort darauf. Die einzigen Gespräche, die wir über Beziehungen geführt haben, fanden vor seiner Reise statt, und vielleicht ein Mal am Telefon, als wir darüber gesprochen haben, wie schwierig es wäre, eine Beziehung zu führen, wenn er die ganze Zeit auf Reisen wäre. Doch er ist jetzt zu Hause, und von Reisen ist keine Rede – auch wenn wir uns in der letzten Woche abgesehen von Stöhnen und Orgasmen nicht viel ausgetauscht haben.

Ich überlege, wie viel Zeit ich in den letzten Wochen mit ihm verbracht habe. Wenn ich ehrlich bin, hat es sich schon wie eine Beziehung angefühlt, bevor er aus Großbritannien zurückgekommen ist.

»Du wirst wohl mit ihm reden müssen, um herauszufinden, ob ihr auf derselben Wellenlänge seid«, sagt Amie und reißt mich damit aus meinen Gedanken.

Ich nicke.

»Glaubst du das denn?«

»Ob ich das glaube? Vielleicht. Gott, ich hoffe, dass unverbindliche Affären nicht sein Ding sind.«

»Ich bin sicher, er will das, was du willst. Du musst jetzt wirklich eine eigene Wohnung finden. Kannst du dir das inzwischen leisten?« Amie tätschelt tröstend meine Hand. Kann sein, dass ich gleich ein bisschen in Panik gerate.

»Ich kann dort nicht wohnen bleiben.« Das steht außer Frage. Es ist, als würde mich die Wirklichkeit plötzlich einholen, so als würde ich von einem riesigen Penis mitten ins Gesicht geschlagen. Bancrofts riesigem Penis.

»Es ist vielleicht einfacher, wenn du deine eigene Wohnung hast, jetzt wo ihr miteinander schlaft.«

Ich nicke stumm. Sie hat zu hundert Prozent recht damit. Ich kann nicht mit Bancroft zusammenleben, wenn wir noch am Anfang einer Beziehung sind. Wenn es das überhaupt ist. Darüber hinaus führt meine finanzielle Abhängigkeit von ihm zu einem Kräfteungleichgewicht, auf das ich nicht besonders scharf bin. Ich will nicht das Gefühl haben, dass meine Dienste käuflich sind, selbst wenn sie so unglaublich sind, wie er behauptet.

»Und?«

»Was?« Ich war mit meinen Gedanken woanders.

Sie formt mit dem Mund »der Sex« und sagt dann: »Ist er gut?«

Ich denke an letzte Nacht. Daran, dass ich um drei von der Arbeit nach Hause gekommen bin und ihn mit einem Blowjob geweckt habe, und an den zweistündigen Vögelmarathon, der daraufhin stattgefunden hat. Bancroft testet meine Gelenkigkeit sorgfältig aus. Wir hatten Sex an Orten und in Stellungen, die ich nie für möglich gehalten hätte. Und dieser Mund – du meine Güte. »Der beste.«

Ihre Augenbrauen schnellen in die Höhe. »Wirklich? Wie ist Bancroft?«

»Intensiv.« Ich beuge mich vor, um zu flüstern: »Er hat ein schmutziges Mundwerk und ein unglaubliches Durchhaltevermögen. Er kann es stundenlang tun.«

Amie beißt sich auf die Lippe und schaut etwas wehmütig. »Bist du nicht wund?«

»Nur im besten Sinne.« Ich bin mir ziemlich sicher, dass andere Männer für mich nicht mehr infrage kommen. Die Messlatte für sie hängt unvernünftig hoch. Bancroft Mills, sein schmutziges Mundwerk und sein erstaunlich großer Penis sind mein neuer Mindeststandard.

»Ist er …« Sie verstummt und zieht mehrmals die Brauen hoch.

Ich tue es ihr gleich mit fragendem Blick.

»Gut ausgestattet?«

»Mehr als das«, erwidere ich.

»Mehr als das?« Sie berührt die Halskette, die sie trägt. Es ist eine Goldkette mit Diamanten. Amie mag kein Gelbgold, sie zieht Weißgold vor. Ich nehme an, die Kette ist ein Geschenk ihres aufmerksamen, ahnungslosen Verlobten.

»So viel mehr.«

Sie schluckt ihren Mundvoll Kopfsalat hinunter und beugt sich weiter vor. »Wie viel mehr?«

Ich habe keine Ahnung, weshalb Amie sich so sehr für Bancrofts Penisgröße interessiert. »Fragst du mich nach den ungefähren Maßen?«

Sie nickt ein Mal. Ich schaue mich auf dem Tisch nach Dingen um, die ungefähr vergleichbar sind. Da ist nichts. »Dicker als die Papprolle von Toilettenpapier und ungefähr sooo lang.« Ich zeige mit den Händen den Abstand in der Luft.

»Wow«, haucht Amie. »War das nicht … unangenehm?«

»Er ist unglaublich versiert im Vorspiel.«

Ihre Wangen werden rosa, und sie starrt in ihren Salat und schiebt die trockenen Blätter hin und her.

»Es ist nie zu spät, dein aktuelles Modell gegen eins mit mehr Umfang oder Länge oder beidem einzutauschen.« Ich spieße eine Fritte auf und beiße ein Stück davon ab.

Amie schnaubt und schlägt sich die Hand vor den Mund, während ihr Blick hin und her schnellt, vielleicht wegen des Geräuschs, das sie gemacht hat. Ich vermisse die Freundin, die sich nicht so sehr darum gekümmert hat, was die Leute denken. Wir hätten in ein weniger schickes Lokal gehen sollen, um nicht gezwungen zu sein, uns im verschämten Flüsterton zu unterhalten. Ich wünschte, es würde mich ebenfalls weniger kümmern.

Es ist halb drei, als ich wieder zu Hause bin – beziehungsweise in Bancrofts Apartment. Ich bin nervös. Ich habe diese Sexblase, in der wir gelebt haben, genossen, doch Amie hat recht, wir müssen reden, und ich muss meinen Auszug in Angriff nehmen. Ich hoffe wirklich, dass ich nichts missverstanden habe und das hier mehr als Sex bedeutet. Ich denke, das tut es. Unsere bisherigen Gespräche machen mir da Hoffnung.

Das Apartment sieht genauso aus wie zu dem Zeitpunkt, als ich es verlassen habe, was bedeutet, dass Bancroft noch immer nicht zu Hause ist. Ich sollte nach der Sexkapade letzte Nacht wohl die Laken waschen. Ich gehe zuerst zu Francescas Käfig. Anscheinend ist sie erst vor Kurzem gefüttert worden. Vielleicht hat Bancroft das gemacht, bevor er zu seinem eiligen Meeting gegangen ist.

»Hallo, hübsches Mädchen.« Ich streichle ihren Kopf, als ich sie den Flur entlangtrage.

Als ich in Bancrofts Zimmer komme, stelle ich fest, dass das Bett nicht mehr so ist, wie ich es zurückgelassen habe. Es ist noch immer ungemacht, doch ein paar Kleidungsstücke sind darauf verstreut, genauer gesagt die Teile eines Anzugs. Und seine Schranktür steht offen.

Mein Magen krampft sich kurz zusammen, und ich gehe zurück in die Küche und wühle in meiner Handtasche, bis ich mein Telefon finde. Ich habe vor zwanzig Minuten einen Anruf von ihm verpasst. Er hat eine Sprachnachricht hinterlassen.

»Hey. Hallo Ruby. Ähm … hör mal, ich bin am Flughafen. Ich muss wieder nach London, es gibt ein Problem dort, um das ich mich kümmern muss. Ich weiß nicht genau, wann ich wieder da sein werde, aber wir müssen uns unterhalten, und das ist wahrscheinlich nichts, was man am Telefon besprechen sollte …«

Es folgt eine kurze Pause, in der ein Seufzen zu hören ist.

»Wir müssen unser Arrangement ein wenig verändern. Das ist alles etwas schneller passiert als erwartet. Ich denke, vielleicht … Ach Mist. Ich versuche wieder anzurufen, wenn ich in London bin.«

Mein Magen fühlt sich an, als würde er mir gleich hochkommen. Das klingt nicht gut. Ich setze mich an die Kücheninsel und bemerke den Umschlag, der an den Bananen lehnt. Ich erröte bei der Erinnerung daran, was ich gestern Nachmittag mit einer gemacht habe, um Bancroft von seinem Telefonat abzulenken. Es hatte zur Folge, dass ich über die Insel gebeugt den Hintern versohlt bekommen habe und dann gevögelt wurde.

Auf dem Umschlag steht in seiner krakeligen Schrift mein Name. Ich öffne ihn und finde ein Bündel Geldscheine. Ich nehme sie heraus und zähle sie. Zwei Mal. Herrje. Er hat mir fünftausend Dollar dagelassen. Ich versuche einen Grund für diese exorbitante Summe zu finden, doch bei seiner Nachricht macht es eher den Eindruck, als wollte er mich für den Sex bezahlen.

Ich halte noch immer Francesca auf dem Arm. Sie windet sich, um freizukommen. Ich tätschle sie ein paarmal und setze sie anschließend auf den Fußboden.

Vielleicht interpretiere ich zu viel in Dinge hinein. Vielleicht dramatisiere ich. Vielleicht sorgt er einfach vor für den Fall, dass er länger weg sein wird als angenommen.

Als ich an Bancrofts Retro-Anrufbeantworter vorbeigehe, bemerke ich die blinkende rote Eins. Eine Nachricht. Ich drücke auf Play.

»Hi, Banny, hier ist Brittany! Ich habe gerade mit Mimi gesprochen, und auf deinem Handy geht keiner dran, also hab ich gedacht, ich versuch's mal mit dieser Nummer. Es tut mir so leid, dass du diese Woche geschäftlich unterwegs bist. Wie schade, nachdem du gerade erst zurückgekommen bist. Ich hoffe wirklich, du bist zum Dinner am Wochenende wieder da. Aber mach dir keine Gedanken, falls nicht. Wir können unser Date jederzeit nachholen. Mimi meinte, du würdest dich genauso freuen wie ich, wenn wir wieder Zeit füreinander hätten. Ich kann es kaum erwarten, dort weiterzumachen, wo wir aufgehört haben. Ruf mich an, wenn du kannst!«

Ich starre auf die Maschine. Drücke auf Zurückspulen und dann erneut auf Play und höre mir die Nachricht ein zweites Mal an. Dann höre ich Bancrofts Sprachnachricht auf meinem Handy ab.

Es gibt wirklich nichts mehr zu spekulieren. Ich kann nicht

glauben, dass er mich die ganze Woche kreuz und quer durch sein Apartment gevögelt und mir gesagt hat, dass ich ihm gehöre, während er ein Date mit einer anderen Frau geplant hat. Ausgerechnet mit Brittany.

Ich höre mir die Nachricht noch einmal an und achte auf irgendeinen Hinweis darauf, dass es nicht das ist, wonach es aussieht. Hat er die ganze Zeit ein falsches Spiel mit mir gespielt? Ich erinnere mich an unser Gespräch über Brittany, als ich hier eingezogen bin, daran, wie er gesagt hat, dass sie nicht so schlimm sei. Hatte er Sex mit ihr in der Nacht, nachdem er mich geküsst hat? Hat er mit ihr so geredet, wie er mit mir geredet hat, während er weg war? In Anbetracht ihrer Vorfreude sieht es ganz danach aus. Und was zum Henker bedeutet dort weitermachen, wo sie aufgehört haben?

Verdammtes Arschloch.

Redet mit mir über Vertrauen und Ehrlichkeit, und dann schläft er mit mir und wird am kommenden Wochenende wahrscheinlich auch mit Brittany schlafen.

Es steht wirklich außer Frage, dass ich eine neue Unterkunft finden muss. Je früher, desto besser.

20

NEUE BLEIBE

Ruby

Alles geschieht aus einem bestimmten Grund. Ich hasse diesen Spruch, auch wenn er meistens zutrifft. Die Leute sagen ihn, wenn man so richtig Pech gehabt hat. Aber es ist schließlich nicht ihr Pech, weshalb es leicht ist, einen idiotischen Spruch loszulassen in dem Versuch, den anderen aufzumuntern. Doch die Wahrheit ist: Jemandem zu sagen, dass alles aus einem bestimmten Grund passiert, muntert mich überhaupt nicht auf. Danach fühle ich mich nur noch schlechter.

Weshalb ich froh bin, dass ich eine beste Freundin wie Amie habe. Sobald ich mit dem Weinen aufgehört habe – es dauert gut zwanzig Minuten, bis ich mich wieder im Griff habe –, rufe ich sie an und erzähle ihr, was passiert ist. Ich bin stinksauer, aber nicht genug, als dass es nicht wehtun würde.

»Willst du mich verarschen?« Amie benutzt neuerdings selten Schimpfwörter. Ihre Wut muntert mich mächtig auf.

»Ich brauche eine neue Wohnung. Am besten morgen.«

»Willst du bei mir wohnen, bis du eine hast? Ich weiß, es ist ein bisschen eng, aber ist es nicht besser, als dort zu bleiben? Wieso packst du nicht deine Sachen, und morgen schaffen wir alles zu mir.«

»Was ist mit Armstrong?«

»Was soll mit ihm sein?«

»Was willst du ihm erzählen? Er wird fragen, weshalb ich bei dir wohne.«

»Er wird es nicht erfahren. Er kommt nie hierher. Meine Matratze ist nicht weich genug, und ich habe nicht viel Platz. Ich werde nächste Woche wahrscheinlich zwei Mal bei ihm übernachten – ich kann auch versuchen, öfter zu bleiben, aber er besteht auf seinem Freiraum. Wenigstens wirst du in den Nächten nicht auf dem Sofa oder einer Luftmatratze schlafen müssen. Soll ich dich heute Abend abholen?«

»Nein. Nicht nötig. Er ist nicht einmal im Land. Und er kommt heute oder vielleicht sogar die nächsten paar Tage nicht zurück, also ist es nicht nötig. Ich muss sowieso packen.«

»Okay. Ich muss vormittags arbeiten. Soll ich mir freinehmen, um dir zu helfen?«

»Ich habe morgen Abend eine Schicht, aber tagsüber habe ich frei. Ich kann mir einen Uber-Van oder so etwas besorgen.«

Einen Moment lang ist es still. »Oh! Was ist mit Bancrofts Truck? Sind die Schlüssel da?«

»Du bist ein Genie. Ich weiß nicht, weshalb ich nicht daran gedacht habe. Außerdem wette ich, dass ich die Angestellten hier im Gebäude dazu bringen kann, mir die Sachen auf den Truck zu laden.«

»Bestimmt kannst du das, und das solltest du auch.«

Ich bin so wütend, dass ich keine Sekunde zögere, Bancrofts Truck ohne seine Erlaubnis zu benutzen.

Ich verbringe den restlichen Nachmittag mit Packen. Was heißt, dass ich Sachen in meine Koffer stopfe und dann weine, wenn ich sie nicht zubekomme. Ich bin so blöd. Ich habe etwas daraus gemacht, was es nicht war. Ich war überzeugt, dass da mehr zwischen uns war, doch ich lag offensichtlich falsch. Und ich muss arbeiten gehen, was nervt. Egal, wie lange ich die Gurkenscheiben auf den Augen habe, sie sind noch immer rot und verquollen.

Bancroft hat sich als weiteres Nachname-als-Vorname-Arschloch entpuppt. Ich hätte wissen müssen, dass man Sex nicht mit Gefühlen gleichsetzen kann. Ich schlafe miserabel und stehe nach wenigen Stunden wieder auf. Egal, ich muss von hier verschwinden. Ich finde Bancrofts Wagenschlüssel und rufe bei dem Typen am Empfang an, damit er mir einen Gepäckwagen oder so etwas heraufbringt, sodass ich meine Kartons wegschaffen kann.

Ms Blackwood kommt heraus, um nachzusehen, was es mit dem Lärm auf sich hat. Sie hat Precious unter den Arm geklemmt. Sie knurrt mich an. Alles, was ich tun kann, ist, sie nicht ebenfalls anzuknurren.

»Oh, Renee, ziehen Sie aus?« Sie blickt an mir vorbei in die Wohnung. Ich trete einen Schritt zurück und ziehe die Tür ein Stück zu, weil Francescas Käfig im Wohnzimmer steht.

Ich korrigiere sie nicht. Sie benutzt jedes Mal einen falschen Namen, obwohl es ihr gelingt, immer einen mit dem richtigen Anfangsbuchstaben zu wählen.

»Das tue ich. Es war wirklich sehr nett, Ihnen gegenüber zu wohnen!«, sage ich mit falscher Herzlichkeit und strecke ihr die Hand entgegen.

Sie nimmt sie, obwohl sie der Körperkontakt ein wenig zu verunsichern scheint, was perfekt ist. Sobald sie in ihrer Wohnung verschwunden ist, zeige ich ihr den Stinkefinger.

Stan – der Empfangstyp – braucht fünfzehn Minuten, um meine Kartons auf den Gepäckwagen zu laden. Als er sie zum Truck bringt, sehe ich nach Francesca. Doch sie ist nicht in ihrem Käfig. Einen Moment lang, oder länger, gerate ich in Panik, als ich die Wohnung nach ihr absuche. Ich finde sie auf Bancrofts Kissen, wo sie sich eingekuschelt hat.

Ich weine vor Erleichterung darüber, dass sie mir nicht entlaufen ist. Außer Bancroft werde ich vor allem sein Frettchen vermissen. Francesca, nicht das in seiner Hose. Ich weine, während ich mit ihr zwischen seinen Laken spiele. Ich weiß, dass ich sie vor Bancrofts Rückkehr noch einmal sehen werde – aber ich bin aufgewühlt, und ich werde sie vermissen.

Es gibt keine Garantie dafür, dass ich Franny je wiedersehen werde, wenn er zurück ist. Es ist auch irgendwie ein Symbol für Banes Verlust – den ich im Grunde nie richtig besessen habe. Ich gebe Tiny frisches Wasser und füttere sie mit einer Grille, obwohl ich das erst vor zwei Tagen getan habe. Ich bin ein Häuflein Elend mit verquollenen Augen, als ich bereit bin, in Bancrofts Truck zu steigen.

Stan sieht ein wenig besorgt aus, als ich mit dem Truck manövriere, während ich noch immer schniefe. Zum Glück hat der Wagen eine Rückfahrkamera mit Piepton, der mir verrät, wenn ich zu dicht an etwas dran bin. Mit dieser Kiste passiert das anscheinend häufig. Es gelingt mir, die Tiefgarage zu verlassen, ohne etwas zu schrammen.

In den Straßen von New York mit einem Truck zu fahren ist wahnsinnig. Ich habe keine Ahnung, wie Bancroft mit ihm klarkommt. Er ist riesig, und die Straßen sind so schmal. Doch das Gute daran ist: Wenn ich die Spur wechseln und keiner mich reinlassen will, kann ich mich einfach dazwischendrängen, sodass die Leute keine andere Wahl haben, als mich vorzulassen. Es hilft, dass es mir ziemlich egal ist, wenn der Truck eine Beule bekommt.

Ich habe einen Schlüssel zu Amies Wohnung. Die ganzen Sachen in den zwölften Stock zu schaffen ist ganz schön anstrengend, zumal ich fünf Mal fahren muss, plus Gepäck. Ich staple meinen jämmerlichen Haufen Kartons an der einzigen freien Wand. Sobald ich damit fertig bin, parke ich den Truck in der Tiefgarage, die Amies Gebäude zum Glück ebenfalls hat, und besorge mir dafür einen Ausweis. Den bezahle ich mit dem Sexgeld, das ich von Bancroft bekommen habe. Ich bringe den Wagen heute nicht zurück. Das mache ich morgen früh. Ich kann mir nicht vorstellen, dass Bancroft bis dahin zurück ist.

Als ich fertig bin, bin ich verschwitzt und hungrig. Ich schaue in Amies Kühlschrank und werde schwer enttäuscht. Das Angebot ist mager. Es gibt Kopfsalat und ein wenig Obst, doch ich bin es gewohnt, mit einem ehemaligen Rugby-Spieler zusammenzuwohnen, der seine Kohlenhydrate und sein Fleisch liebt. Außerdem bewege ich mich in meinem derzeitigen Job sehr viel. Ich brauche die Kalorien, um den Hintern zu bewahren, den ich schwenke.

Amie lebt ähnlich wie Bancroft in der Nähe des Theaterviertels, weshalb die Wohnungen nicht allzu weit voneinander entfernt sind. Es ist eine großartige Gegend, und diese Wohnung kostet ein Vermögen. Doch sie verdient einen Haufen Geld dort, wo sie arbeitet, weshalb sie für sie erschwinglich ist. Solange ich keine Hauptrolle in einer Broadway-Produktion ergattere, habe ich keine Chance auf so etwas. Allein das verursacht mir schlechte Laune.

Ich schnappe mir meine Handtasche und verlasse die Wohnung. Es ist früher Nachmittag, und ich bin am Verhungern. Vielleicht ist das ja der Grund für meine Laune. Ich überprüfe mein Telefon, während ich die Straße entlanggehe. Ich habe Nachrichten von Amie, aber keine von Bancroft. Er müsste inzwischen in London angekommen sein. Dass ich noch nicht von ihm gehört habe, ist ein weiterer Tritt in die Vagina.

Ich brauche Trostessen. Etwas Fettiges und Ungesundes. Ich gehe weiter die Straße entlang, entschlossen, etwas zu finden, wo ich mich nicht hinsetzen muss. Ich will nur etwas zu essen und dann zurück zu Amies Wohnung, duschen und vielleicht ein Nickerchen machen, bevor ich zur Arbeit gehe.

Als ich an einem der kleinen Theater in den Seitenstraßen vorbeigehe, entdecke ich ein Schild für ein offenes Casting an der Tür. Es ist heute. Ich schaue nach der Uhrzeit. Es ist jetzt.

Dies ist einer jener Momente, in denen der Spruch »Alles geschieht aus einem bestimmten Grund« passend erscheint. Ich gebe die Suche nach etwas Essbarem auf. Es ist ein Vorsprechen für ein Stück, von dem ich noch nie gehört habe. Was an sich keine Rolle spielt. Solange ich das Skript lesen und die Zeilen in der Zeit, die sie mir geben, auswendig lernen kann, ist es einen Versuch wert. Ich habe einen leeren Magen, also werde ich mich bestimmt nicht auf den Regisseur übergeben. Das Schlimmste, was passieren kann, ist, keinen Rückruf zu erhalten.

Ich betrete das Theater. Sein Inneres sieht prachtvoll aus. Die hohen Decken und verzierten Säulen lenken meinen Blick zu einem Klapptisch. Dahinter sitzt eine Frau mit einer Hornbrille und blutroten Lippen.

Ich setze mein strahlendstes und breitestes Lächeln auf. »Findet hier heute ein offenes Casting statt?«

Ihre Augen weiten sich, als sie mich bemerkt. »Ja«, sagt sie ein wenig zögernd.

Ich blicke an mir hinunter. Ich sehe etwas schlampig aus. Mein Shirt ist schmutzig, und in meiner Jeans sind Löcher. Ich bin nicht gerade präsentabel. Aber ich bin hier. »Okay. Großartig. Dann würde ich gern vorsprechen.«

Sie schenkt mir ein herablassendes Lächeln und schiebt mir ein Formular hin. »Füllen Sie das bitte aus.«

Ich arbeite mich durch den Papierkram und reiche ihn ihr zurück im Tausch gegen ein Skript. »Sie werden in Kürze hineingerufen. Sie sind die Letzte vor der Nachmittagspause.«

»Danke.« Nun, das ist Glück. Ich folge ihrer Wegbeschreibung zum Theatersaal und werfe dabei einen Blick auf das Skript.

Die Szene, die sie ausgesucht haben, ist sehr emotional. Die weibliche Hauptfigur ist wütend, frustriert und geladen. Ich empfinde all das gerade. Zumindest wird das Vorsprechen kathartisch sein.

Ich weine echte Tränen. Die von echter Frustration herrühren, wegen meiner Zwangslage, wegen der Rolle, die ich will. Vielleicht bin ich ein bisschen zu melodramatisch, aber es hat auf jeden Fall eine therapeutische Wirkung.

Als ich das Theater verlasse, bin ich nicht mehr so wütend und wirklich furchtbar hungrig. Ich entdecke einen Pizzaladen und verschlinge zwei Stücke. Dann kehre ich in mein neues, vorübergehendes Zuhause zurück, dusche und mache mich für die Arbeit zurecht.

Ich muss morgen eine Wohnung finden. Ich will Amie das nicht länger als nötig zumuten. Doch vor allem will ich mein Leben selbst im Griff haben, ohne auf die Hilfe anderer angewiesen zu sein – zumindest nicht in finanzieller Hinsicht. Auch wenn die Situation nervt, bringt mir mein Job wenigstens genügend Geld für Miete und Grundkosten ein. Ich brauche und will keinen Luxus, der mit solch einem Preisschild versehen ist.

Die Arbeit fühlt sich heute Abend anders an. Ich erwarte irgendwie, dass Bancroft hinten an der Wand auftaucht, mit wütender Miene. Doch er ist nicht da, weil er sich in einem anderen Land aufhält. Ich bin genauso traurig, wie ich wütend bin. Er war ein Freund. Jemand, der mich nicht verurteilt und mich so akzeptiert, wie ich bin.

Am Morgen bin ich enttäuscht, dass ich noch immer keinen Kontakt zu ihm habe. Das verrät mir wohl eindeutig, wo wir stehen.

Ich bringe seinen Truck zurück in die Tiefgarage und lasse jemanden vom Servicepersonal einparken. Er ist heil geblieben, bis auf den Latte, den ich auf der Mittelkonsole verschüttet habe. Ich habe mir beim Wegwischen keine besondere Mühe gegeben. Ich hoffe, dass der Wagen nach saurer Milch riecht, wenn er wieder zurück ist. Das ist ein rachsüchtiges Verhalten, doch aufgrund seiner Verlogenheit bin ich nicht besonders freundlich gestimmt.

Ich spiele eine ganze Stunde mit Francesca und vergewissere mich, dass es Tiny gut geht – bis zum Wochenende braucht sie nicht mehr gefüttert zu werden, und bis dahin wird Bancroft wahrscheinlich wieder zurück sein. Ich hoffe es jedenfalls. Hierher zu kommen tut weh. Und Francesca zu verlassen, ist ein zusätzlicher Schmerz.

Ich streichele ihr den Bauch, während sie auf dem Fußboden herumrollt. »Ich werde dich so sehr vermissen.«

Sie schmiegt sich in meine Hand und knabbert an meinen Fingern, klettert dann in meinen Schoß und steckt ihren Kopf unter mein Shirt. Als sie sich auf ihren Hinterbeinen aufstellt, kommt ihr Kopf aus dem Halsausschnitt meines Oberteils, zwischen meinen Brüsten zum Vorschein. Ich lache und beginne zu weinen.

Sie stupst mich mit der Nase am Kinn und reibt ihr kleines Gesicht an meinem Hals. Ich schmuse mit ihr und lasse meinen albernen Tränen freien Lauf, bis sie sich windet und sich frei zu machen versucht. Nie hätte ich gedacht, dass ich eine solche Zuneigung zu ihr entwickeln würde, oder zu Tiny oder Bancroft.

Ich brauche etwas Ablenkung, also verbringe ich den Rest des Tages damit, nach einer Wohnung zu suchen. Einfach wird es bestimmt nicht, etwas ab sofort und zu einem vernünftigen Preis zu finden. Ich bin nicht gerade auf eine Diät aus Ramen-

Nudeln erpicht, aber ich bin dazu bereit, wenn es bedeutet, meinen Traum zu verfolgen.

Als ich beinahe schon wieder bei Amies Wohnung bin, bekomme ich einen Anruf von einer unbekannten Nummer. Sie ist von hier, also kann es nicht Bancroft sein. Ich gehe beim dritten Klingeln dran.

»Hallo, kann ich bitte mit Ruby Scott sprechen?«

Es ist eine unbekannte, männliche Stimme. Oh Gott. Ich hoffe, es ist kein Inkassounternehmen. Ich bin wirklich konsequent dabei, meine Darlehen und Kreditkartenschulden zurückzuzahlen. »Am Apparat.«

»Hier ist Jack Russell. Sie haben gestern bei mir vorgesprochen.«

Mein Herz macht einen Satz. Ich drücke mir die Daumen.

»Ja. Das hab ich.«

»Wir waren alle sehr beeindruckt von Ihrem Vorsprechen.«

»Vielen Dank.«

»Leider ist die Rolle, für die Sie vorgesprochen haben, schon vergeben«, sagt er.

Natürlich ist sie das. Weil ich einfach vom Pech verfolgt bin. Weil ich versage. Weil ich das nicht hinkriege. Weil ich dazu bestimmt bin, eine fleißige Firmenmitarbeiterin zu sein, die sich den Rest ihres Lebens mit schwanzstimulierenden Mitteln befassen wird. Oder ein Knastflittchen, weil ich meine Stiefnutte umgebracht habe, als ich gezwungen war, mit ihr zusammenzuarbeiten. Genau so wird mein Leben aussehen.

Ich klinke mich gerade rechtzeitig wieder in das Gespräch ein, um zu hören »… heute zu einem Vorsprechen für eine andere Rolle.«

»Tut mir leid, könnten Sie das noch mal wiederholen?«

»Es ist eine etwas anspruchsvollere Rolle, doch aus Ihren Unterlagen geht hervor, dass sie Gesangserfahrung haben.

Falls Sie interessiert sind, hätten wir gerne, dass Sie heute Nachmittag zum Vorsprechen kommen.«

»Das kann ich machen. Auf jeden Fall. Ich bin interessiert. Um wie viel Uhr soll ich da sein?«

»Schaffen Sie vierzehn Uhr? Wir haben eine Lücke.«

»Ich werde da sein. Ist es im selben Theater?«

»Nein, es ist ein paar Häuser weiter. Nicht sehr weit weg.«

Ich notiere mir die Adresse und begreife, dass er von den *New World Stages* in der West Fiftieth spricht. Das ist eine große Sache. Sie sind nicht so berühmt wie der Broadway, aber als Off-Broadway bedeutend. Es ist ein riesiger Schritt in die richtige Richtung. Diese oder irgendeine andere Rolle in der Produktion zu bekommen wäre großartig für meine Karriere.

Ich rufe Amie an, um meine Begeisterung mit ihr zu teilen, doch die Mailbox geht an. Traurigkeit überfällt mich, als ich auf der Liste der kürzlich getätigten Anrufe Bancrofts Nummer sehe. Wäre das vor ein paar Tagen passiert, wäre er der Erste gewesen, den ich angerufen hätte. Wahrscheinlich noch vor Amie. Das verrät mir, wie sehr ich inzwischen an ihm hänge. Ich schüttle die Traurigkeit ab und beeile mich, zu Amie zu kommen, um mich für mein Vorsprechen umzuziehen.

Ich bin eine halbe Stunde früher da in der Erwartung, Zeit für das Skript zu haben – ich habe nicht einmal gefragt, um welches Stück oder welche Rolle es sich handelt, so aufgeregt war ich.

Zehn Minuten später werde ich hineingerufen, weshalb ich kaum Zeit habe, das Skript durchzugehen oder den Song, den ich vorsingen soll, zu lernen. Ich habe nicht einmal die Gelegenheit, nervös zu werden.

Vielleicht ist das genau der Grund, weshalb ich es schaffe. Es wird eine wirklich coole Produktion, und die Akustik in dem Theater ist hervorragend. Ich bin erneut obenauf, als ich hinaus in die Wärme und Sonne trete. Als ich an dem kleinen Theater vorbeikomme, in dem ich gestern vorgesprochen habe, bemerke ich einen Flyer in Warnschild-Gelb. Er ist nicht zu übersehen. Und darauf steht: ZU VERMIETEN.

Ich habe keine Ahnung, wie lange er schon dort hängt, doch angesichts meiner Glückssträhne rufe ich die Nummer an.

Ein Anrufbeantworter geht an, also hinterlasse ich eine Nachricht und mache ein Foto von der Adresse. Ich glaube, es ist gar nicht so weit weg. Es wäre toll, wenn ich eine Wohnung finden würde, die nur ein paar Gehminuten oder eine kurze U-Bahnfahrt von meiner besten Freundin entfernt wäre. Jedenfalls solange sie noch in ihrem Apartment wohnt.

Ich muss gegen sechs im Club sein, und es ist beinahe vier Uhr, weshalb ich in die Puschen komme und mir etwas zu essen besorge. Ich muss einen Besuch auf dem Markt einplanen. Amies Salatauswahl ist nicht sehr inspirierend oder sättigend.

Ich erwäge, früher zum Club aufzubrechen, um nicht wie vor ein paar Tagen herumzusitzen und darüber nachzudenken, wie ich meine Freude mit Bancroft hätte teilen können, was jetzt nicht mehr möglich ist. Mit den Mädchen im Club geht das ebenfalls nicht.

Wenn ich diese Rolle bekomme, muss ich kündigen oder zumindest meine Schichten reduzieren. Kündigen ist wahrscheinlicher. Und das macht mich traurig, denn so skandalös mein Job auch sein mag, es war eine befreiende Erfahrung. Mehr noch, es macht sogar Spaß – abgesehen von den schrecklichen Blasen und Wadenkrämpfen. Die werde ich nicht vermissen.

Doch für die Rolle gibt es einen anständigen Gehaltsscheck. Einen, von dem ich leben kann. Und für die Produktion ist eine lange Laufzeit geplant. Dafür habe ich so hart gearbeitet. Es ist genau das, was ich will. Ich versuche mir nicht allzu viele Hoffnungen zu machen, was schwierig ist.

Als ich in meine Schuhe schlüpfe, klingelt das Telefon. Ich erkenne die Nummer des Maklerbüros. Ich erwarte, dass die Person am Telefon wie Darth Vader klingt oder dass der Aushang veraltet und die Wohnung längst vermietet ist, und bin überrascht, dass das nicht der Fall ist. Es handelt sich um eine Untervermietung, die nur für zwei Monate gedacht ist.

Das muss nicht unbedingt schlecht sein. Mit etwas Befristetem komme ich klar. Damit verschaffe ich mir Zeit, etwas Langfristiges zu suchen. Ich vereinbare einen Termin für den nächsten Tag, um mir die Wohnung anzusehen. Vermutlich befindet sie sich im Untergeschoss irgendeines Verlieses.

Am nächsten Tag fahre ich die kurze Strecke mit der U-Bahn, um sie mir anzusehen. Es ist eine wunderschöne, knapp vierzig Quadratmeter große Wohnung, die zweckmäßig eingerichtet ist. Eine Schiebewand teilt das Zimmer und erweckt den Eindruck eines abgetrennten Bereichs für das Schlafzimmer, das über ein Schrankbett verfügt.

Die gesamte Wohnung würde in mein Schlafzimmer bei Bancroft passen, das nicht mehr meins ist. Es nie war. Wie das hier war es nur vorübergehend. Ein Zwischenstopp, bis ich mein Leben wieder im Griff hätte.

»Ich weiß, dass es klein ist«, sagt Belinda entschuldigend, als wäre sie daran schuld, dass es nicht mehr Quadratmeter sind.

»Es ist okay. Ich bin allein. Wie hoch wäre die Miete?« Ich fürchte mich vor der Zahl, die sie nennen wird. Ich bezweifle, dass ich mir diese Unterkunft leisten kann.

»Ich möchte gern achtzehnhundert im Monat, plus fünfhundert Dollar Kaution, die du zurückbekommst, wenn nach meiner Rückkehr alles in gutem Zustand ist.«

Ich starre sie an, das kann sie einfach nicht ernst meinen. Ich habe gesehen, für wie viel diese Einzimmerwohnungen weggehen. Bei meinem aktuellen Einkommen wäre es unmöglich für mich, hier zu wohnen, weshalb das ein Schnäppchen ist.

Ich muss wirklich nicht darüber nachdenken. Ich kann hier die nächsten beiden Monate bleiben, mein Leben ordnen und dann irgendetwas auf Dauer finden.

21

SCHLIMMER GEHT'S NICHT

Bancroft

Es ist die schlimmste Flugreise, die ich je erlebt habe. Selbst das eine Mal, als ich verdorbene Tacos gegessen habe und mir auf dem gesamten neunstündigen Flug nach Hause schlecht war, ist nicht damit zu vergleichen.

Erstens müssen wir umsteigen, wobei mein Gepäck verloren geht. Als wäre das nicht genug, kann Griffin, der bei Flugreisen ziemlich unorganisiert ist, seinen verdammten Reisepass nicht finden, als wir gelandet sind, weshalb es eine Ewigkeit dauert, bis wir aus dem blöden Flughafen raus sind. Und sobald wir im Hotel sind, merke ich, dass ich mein Handy und mein iPad im Flugzeug vergessen habe.

Es ist ein einziges Chaos. Hinzu kommt, dass ich kein Backup meiner iCloud gemacht habe, weshalb die Kontakte, die ich in den letzten drei Monaten hinzugefügt habe, nicht mehr existieren. Was Ruby einschließt. Mit der ich noch nicht gesprochen habe. Ich habe ihr Privatnachrichten auf Facebook und Instagram hinterlassen, doch ich habe keine Antwort bekommen. Weshalb ich wahnsinnig besorgt bin.

Ich hinterlasse Armstrong eine Nachricht, doch er ruft zu den unmöglichsten Zeiten zurück. Allerdings habe ich kaum Gelegenheit, mir darüber Gedanken zu machen, weil wir viel größere Probleme haben – zu denen auch gehört, Griffin einen neuen Reisepass zu besorgen, damit wir in London nicht die ganze Woche festsitzen.

Das Problem mit den Baugenehmigungen erweist sich als viel größer, als mein Vater behauptet hat. Oder vielleicht ist es auch viel größer, als er gewusst hat. Wir waren ein problematisches Gespräch von einer Klage entfernt. Lex war während der gesamten Reise in keiner guten Verfassung. Er trifft normalerweise vernünftige geschäftliche Entscheidungen, doch diesmal ist er wirklich neben der Spur. Ich habe mehr Zeit mit meinem Vater am Telefon verbracht als in den letzten fünfzehn Jahren.

Das einzig Positive an dieser Reise ist, dass wir eine Klage abwenden konnten und mein Vater zu schätzen weiß, dass wir dieses Problem gelöst haben.

Als ich am darauffolgenden Samstagnachmittag meine Wohnung betrete, bin ich erschöpft und gestresst. Ich habe von Ruby überhaupt nichts gehört, was so gar nicht ihrer Art entspricht. Ich hatte erwartet, dass sie mir Nachrichten schickt, aber da waren keine, und Armstrong hat es nicht fertiggebracht, mir ihre Nummer zu schicken. Ich lasse meine Koffer an der Tür fallen und rufe nach ihr, obwohl sie vielleicht schon auf dem Weg zur Arbeit ist.

Ich bleibe vor Rubys offener Zimmertür stehen. Sie macht sie normalerweise zu, weshalb ich überrascht bin, dass sie sperrangelweit offen steht und das Licht an ist. Etwas ist anders. Es ist aufgeräumter als sonst. Sie ist nicht da, weshalb ich zu meinem Schlafzimmer gehe, doch dieses komische Gefühl im Bauch, das ich seit ein paar Tagen habe, wird nur schlimmer. Dabei sollte genau das Gegenteil passieren, jetzt, wo ich zu Hause bin.

Mein Bett ist noch genauso, wie ich es verlassen habe, ungemacht und mit meinen Sachen darauf verstreut. Das ist seltsam. Ich dachte, Ruby würde auch ohne mich hier schlafen, wo sie die ganze Zeit geschlafen hatte, als ich zuvor schon verreist war. Etwas stimmt nicht.

Wieder habe ich dieses bange Gefühl, als ich mich umdrehe und zu ihrem Zimmer zurückkehre. Ich mache das Licht wieder an, gehe zum Schrank und mache die Türen auf. Die Kartons. Das ist es, was fehlt. Sie sind weg. Vielleicht hat sie sie ins andere Gästezimmer gebracht. Doch im selben Moment weiß ich, dass das nicht stimmt. Ich gehe eilig in ihr Badezimmer und reiße die Schranktüren auf. Bis auf die Handtücher sind sie leer. Alles ist weg.

Was zum Henker ist passiert, während ich weg war?

Ich muss sie finden. Ich muss mit ihr reden. Ich will, dass sie hier ist.

Aber das geht nicht ohne ihre Nummer, die ich noch immer nicht habe. Ich habe Amalies irgendwo, ich muss sie nur finden. Ich kann jederzeit klein beigeben und Armstrong noch einmal anrufen, auch wenn er kein bisschen hilfsbereit war.

Ich gehe hinüber zu dem Tisch, wo ich Post, Telefonnummern und verschiedene Papiere, die ich noch sortieren muss, aufbewahre. Ich hatte ein größeres Durcheinander erwartet, weil Ruby meine ganze Post dort stapelt, doch es ist überraschend ordentlich. Auf meinem Anrufbeantworter ist eine Nachricht, weshalb ich auf Play drücke, bevor ich die Papiere durchsehe und nach einer Nummer suche, die ich vielleicht nicht finden werde. Mein Telefon zu verlieren war eine echte Katastrophe.

Beim Klang von Brittanys nasaler, quakender Stimme erschauere ich und halte inne.

»Hi, Banny, hier ist Brittany! Ich habe gerade mit Mimi gesprochen, und auf deinem Handy geht keiner dran, also hab ich gedacht, ich versuch's mal mit dieser Nummer. Es tut mir so leid, dass du diese Woche geschäftlich unterwegs bist. Wie schade, nachdem du gerade erst zurückgekommen bist. Ich hoffe wirklich, du bist zum Dinner am Wochenende wieder da. Aber mach dir keine Gedanken, falls nicht. Wir können unser Date jederzeit nachholen. Mimi meinte, du würdest dich genauso freuen wie ich, wenn wir wieder Zeit füreinander hätten. Ich kann es kaum erwarten, dort weiterzumachen, wo wir aufgehört haben. Ruf mich an, wenn du kannst!«

Es ist »unser Date«, woran ich hängen bleibe. Ich habe mit Brittany nicht gesprochen, seit ich sie zu der Verlobungsfeier mitgenommen habe. Kein einziges Mal. Die Tatsache, dass sie ein Abendessen als Date bezeichnet – das ich übrigens völlig vergessen habe und bei dem meine gesamte Familie anwesend sein wird –, ist ziemlich besorgniserregend. Der Dort-weitermachen-wo-wir-aufgehört-haben-Teil gibt ebenfalls Anlass zur Sorge. Scheiß Abendessen. Ich werde nicht hingehen.

Ich hoffe, Ruby hat diese Nachricht nicht gehört. Die Maschine ist so alt, dass sie Datum und Uhrzeit der Nachrichten nicht aufzeichnet.

Ich setze meine Suche nach Amalies Telefonnummer fort, doch nach weiteren fünfzehn Minuten gebe ich auf und rufe Armstrong an. Endlich geht jemand dran, doch es ist nicht Armstrong, sondern Amalie.

»Bane.« Sie sagt meinen Namen, als handelte es sich um eine Obszönität.

»Ich hoffe, ich störe dich nicht.«

»Tust du nicht. Armstrong ist gerade nicht da.«

»Ich wollte eigentlich mit dir sprechen.«

»Ach ja?« Amalie ist normalerweise eine warmherzige und charmante Frau. Heute ist sie das Gegenteil davon: kühl und schnippisch.

»Ich bin auf der Suche nach Ruby.«

»Da kann ich dir nicht helfen.«

Irgendetwas stimmt hier wirklich nicht. »Kannst du nicht, oder wirst du nicht?« Auf ihr Schweigen hin seufze ich. »Weißt du, wo sie ist?«

»Das kann ich dir nicht sagen.«

»Als ich heute Nachmittag nach Hause kam, war ihr Zimmer ausgeräumt, alle ihre Sachen sind weg.«

»Was für eine Überraschung.«

Was habe ich verdammt noch mal getan, um so behandelt zu werden. »Geht es ihr gut? Ist alles in Ordnung? Kannst du mir wenigstens das verraten?«

»Es geht ihr so weit gut.«

»Was soll das heißen.«

»Es ist alles in Ordnung.«

Wenigstens beruhigt mich das ein wenig. »Du willst mir wahrscheinlich nicht verraten, wo ich sie finden kann.«

»Wahrscheinlich schläft sie. In ihrem Bett. Oder dem von jemand anders, wenn sie meinem Rat gefolgt ist.«

»Was? Ich …« Es dauert einen Moment, bis ich weitersprechen kann.

Was ist nur los? Was ist nur in der Zwischenzeit passiert, dass sie einfach so verschwunden ist?

Um diese Zeit ist sie wahrscheinlich schon im Club. Wo ich hinfahren werde. Ich mache mir nicht die Mühe, meinen zerknitterten Anzug loszuwerden. Ich nehme meinen Truck statt Uber, weshalb ich nicht warten muss. Eine Frau, die ich als eine der Damen erkenne, die bei mir im Wohnzimmer mit ihren High Heels meinen Holzfußboden zerkratzt haben, begrüßt mich am Eingang des Clubs.

Sie stemmt eine Faust in die Hüfte. »Falls du Ruby suchst, sie ist nicht hier.«

Sie arbeitet jeden Samstagabend und müsste längst da sein. »Kommt sie später?«

Sie sieht mich komisch an. »Sie arbeitet hier nicht mehr. Ich muss mich fertig machen. Wir haben ein neues Mädchen. Die Kleine ist genauso ahnungslos wie Ruby Tuesday es war, als ich sie trainiert habe.«

Sie knallt mir die Tür vor der Nase zu.

Was zum Teufel ist nur los? Wurde sie gefeuert? Ich bin mir sicher, dass Amalie eine Antwort darauf hat. Wenn sie nicht zum Abendessen käme, würde ich absagen, um Brittany aus dem Weg zu gehen. Im Moment habe ich aber keine andere Wahl, als hinzugehen, um herauszufinden, was inzwischen passiert ist.

Natürlich komme ich eine halbe Stunde zu spät. Meine Mutter ist verärgert. Ich erkenne es am Zucken ihres linken Auges.

»Bancroft. Du bist zu spät«, faucht sie, während ich mich hinunterbeuge, um mir einen Kuss auf die Wange geben zu lassen.

»Tut mir leid, Mimi, der Verkehr.«

»Allen anderen ist es gelungen, nicht im Verkehr stecken zu bleiben.«

»Ich habe wahrscheinlich einen anderen Weg genommen.«

Meine Stimmung ist zu mies, um meine Mutter zu besänftigen, und natürlich überfällt mich Brittany in dem Augenblick, in dem ich das Wohnzimmer betrete. Sie steht in der Nähe des Eingangsbereichs, weshalb sie herbeigeeilt kommt und sich mir an den Hals wirft, sobald ich die Türschwelle übertrete.

»Banny!« Ihre schrille Stimme jagt mir einen Schauer über den Rücken. Sie küsst mich auf die Wange, tritt einen Schritt zurück und wischt mir kichernd den Lippenstift ab. »Ich freu mich so, dass du es geschafft hast. Mimi meinte, deine Maschine sei erst vor ein paar Stunden gelandet. Du bist wirklich tapfer.«

»Ich bin so schnell wie möglich hergekommen«, lüge ich. Ich packe sie an den Schultern und trete zurück, um es so aussehen zu lassen, als würde ich ihr Kleid bewundern. »Du siehst hübsch aus, wie immer.« Das ist nicht wahr. Ähnlich wie beim letzten Mal ist sie wie für einen Clubbesuch angezogen. Und diesmal sind auch noch ihre Eltern hier.

Ich spüre ein Prickeln im Nacken und blicke auf. Ich entdecke Amalie, wie sie mich über den Rand ihres Martiniglases hinweg wütend anstarrt.

Als ich es schließlich zu ihrer Seite des Raums geschafft habe, schenkt sie mir ein schmales Lächeln.

»Ich muss mit dir reden«, sage ich leise.

»Du hast nichts zu sagen, was ich hören will«, presst sie zwischen zusammengebissenen Zähnen hervor.

Meine Mutter bittet uns zu Tisch. Natürlich gelingt es Brittany, den Platz neben mir zu ergattern. Lexington setzt sich auf die andere Seite. Es ist bedauerlich, dass meine Mutter nicht versucht hat, Brittany mit ihm zu verkuppeln. Ich habe den Eindruck, dass er nicht abgeneigt wäre. Jedenfalls nicht, was den späteren Abend betrifft.

Während des Abendessens muss ich Brittanys Hand vier Mal von meinem Oberschenkel schieben. Sie denkt wohl, sie ist raffiniert. Ich denke, sie ist aufdringlich. Wenn es Ruby wäre, die mich unter dem Tisch begrapschen würde, wäre das etwas anderes.

Ein Mal entschuldigt sie sich, um auf die Toilette zu gehen. Sie zwinkert mir unverhohlen zu und verlässt den Tisch. Das soll wohl eine Art Einladung sein. Ich ignoriere sie. Irgendwann kapiert sie wohl, dass ich ihr nicht folge, denn sie kehrt schmollend zum Tisch zurück.

Amalie ist während des gesamten Abendessens distanziert, und ich ertappe sie mehrmals dabei, wie sie mich wütend anstarrt. Sie schiebt ihr Essen auf dem Teller hin und her und nimmt kaum etwas zu sich. Nach dem Essen entschuldigt sie sich. Ich gebe ihr zwei Minuten Vorsprung, bevor ich dasselbe tue.

Ich warte vor der Toilette, was unter anderen Umständen seltsam wäre. Sie hat Informationen, die ich sofort brauche. Ich will sie außerdem über Brittany ins Bild setzen, weil nicht zu übersehen ist, dass sie glaubt, ich hätte ein Date mit ihr.

Sobald sich die Badezimmertür öffnet, trete ich auf sie zu und hindere sie daran, mir zu entwischen. »Ich muss mit dir reden.«

Sie schnaubt und verschränkt die Arme vor der Brust. »Ich trete dir in deine Kronjuwelen, falls du mir nicht aus dem Weg gehst.«

»Vielleicht würde ich das sogar zulassen, wenn du mir endlich erzählen würdest, was zum Henker eigentlich los ist.«

Sie versucht nicht mehr, an mir vorbeizukommen. Sie runzelt die Stirn und blickt mich seltsam an. »Du würdest zulassen, dass ich dir in die Eier trete?«

»Wenn es bedeutet, dass du mir verrätst, weshalb mich Ruby die ganze Woche nicht kontaktiert hat und nicht mehr in diesem Club arbeitet, tue ich das vielleicht.« Ich blicke auf ihre Füße. »Aber nicht, solange du diese Schuhe trägst. Sie sind gefährlich.« Sie trägt dieselbe Art Schuhe, die Ruby getragen hat, als sie zu dem Lied auf der Bühne getanzt hat. Sie sehen tatsächlich so aus, als wären es dieselben.

Ich lenke meinen Blick wieder auf ihr Gesicht. Mann, ihre verärgerte Miene macht mir Angst, vielleicht weil sie sonst eine so sanfte und warmherzige Person ist. Sie war mir gegenüber noch nie frech, wie Ruby es immer ist. Herrje, ich vermisse sie.

Amalie tritt dicht vor mich hin, ein Lodern im Blick, wie ich es bei ihr noch nie gesehen habe. »Ruby hat mir alles über die Nachricht erzählt, die du ihr geschickt hast, und über die, die Brittany für dich hinterlassen hat. Was für ein Mensch bist du nur, dass du sie auch noch bezahlst. Das ist widerlich.«

»Sie bezahlen? Wofür denn?«

»Für den Sex.« Es klingt, als wäre ich der dümmste Mensch auf dem Planeten. Das bin ich anscheinend auch.

»Hoppla. Jetzt mal langsam. Wie zum Teufel kommt sie auf die Idee, dass ich sie bezahle?«

»Weil du ihr fünftausend Dollar dagelassen und ihr in deiner Nachricht erklärt hast, dass sich euer Arrangement verändert hat, du Arschloch. Währenddessen vereinbarst du Dates mit dieser Schlampe Brittany. Ruby schläft nicht einfach mit jemandem. Sie hat dich wirklich gemocht, und dann tust du so etwas und verschwindest obendrein für eine Woche. Was für ein Blödmann bist du eigentlich?«

Oh Scheiße. So langsam ergibt das alles einen Sinn. »Okay, der Reihe nach, ich habe nicht versucht, Ruby für Sex zu bezahlen. Ich hatte keine Ahnung, wie lange ich weg sein würde, und ich musste ihr Geld dalassen, weil ich keine Zeit hatte, Nachschub für Francesca und Tiny zu kaufen. Zweitens kenne ich Brittany seit meiner Kindheit, und sie ist hier, weil meine Mutter will, dass ich mit ihr ausgehe, nicht ich. Wieso hat Ruby mich nicht angerufen, bevor sie ausgezogen ist? Und sie arbeitet nicht mehr im Club. Bitte sag mir, dass sie nicht nach Rhode Island zurückgegangen ist.« Daran hatte ich bisher noch gar nicht gedacht. Es verschlimmert meine Panik nur noch.

»Sie ist ausgezogen, weil sie nicht verletzt werden will.« Sie presst die Lippen aufeinander. »Ich weiß gar nicht, wieso ich überhaupt mit dir rede. Ich sollte dir kein Wort glauben.«

Amalie versucht sich an mir vorbeizudrängen, doch ich packe sie am Arm. »Ich brauche nur ihre Nummer. Ich muss sie anrufen, um es ihr zu erklären. Oder du verrätst mir, wo sie ist.«

»Was genau erklären? Dass du sie und wer weiß wen noch gevögelt hast, während sie bei dir gewohnt hat? Du hast nicht einmal versucht, sie zu kontaktieren, während du weg warst. Was soll sie denn denken?«

»Ich vögle keine andere, und ich habe es auch nicht vor. Ich habe mein Telefon im Flugzeug vergessen, und ich hatte meine iCloud nicht aktualisiert, weshalb ich sie nicht kontaktieren konnte. Und entweder reagiert sie nicht auf meine Nachrichten, die ich ihr über die sozialen Medien geschickt habe, oder sie bekommt sie nicht. Ich will einfach nur mit ihr reden, Amalie. Ich wollte nicht, dass sie auszieht. Ich will sie. Ich will mit ihr zusammen sein. Ich vermisse sie, verdammte Scheiße.«

Amalie reißt angesichts meiner Ausdrucksweise erschrocken die Augen auf. »Nun, das erklärt die fehlenden Nachrichten, aber das mit Brittany …«

»Ich bin kein Arschloch, Amalie. Ich hatte nie die Absicht, mit Brittany auszugehen. Ich denke, das bildet sie sich ein. Sag mir bitte einfach, wo Ruby ist, damit ich das in Ordnung bringen kann.«

Amalie schaut mich lange an, bevor sie ihr Telefon aus der Handtasche nimmt. »Sie ist bei mir. Ein Vorsprechen letzte Woche war erfolgreich. Es ist wirklich eine großartige Rolle. Sie zieht nächste Woche in ihre eigene Wohnung.«

»Sie hat bereits was gefunden?«

»Das war wirklich Glück. Eine Untervermietung.«

Das Telefon in meiner Tasche pingt. Ich nehme es heraus und füge den Kontakt zu meiner kurzen, doch länger werdenden Liste hinzu. »Kann ich deine Adresse haben?« Mein Telefon pingt erneut.

»Ich kann noch mehr tun.« Sie wühlt in ihrer Clutch und nimmt einen Schlüssel heraus. »Ich hoffe, ich werde es nicht bereuen, dass ich dir den gegeben habe. Und jetzt kitte bitte das Herz meiner besten Freundin wieder zusammen.«

22

EISCREME SCHMECKT WIE HERZSCHMERZ

Ruby

Ich bin bei meinem zweiten Becher Ben and Jerry's. Der erste war Cookie Dough, der zweite ist einfach nur Vanille. Amie ist zum Abendessen bei Bancrofts Eltern. Er wird auch da sein, falls er von seiner Reise zurück ist.

Sie hat angeboten, so zu tun, als wäre sie krank, und als Zeichen der Solidarität bei mir zu bleiben Doch ich habe das Angebot abgelehnt. Ich will, dass sie mir berichtet. Außerdem will ich wissen, ob diese Schlampe Brittany mit ihm dort ist. Ich habe Amie gebeten, ihr eine ordentliche Dosis Abführmittel ins Essen zu tun. Zu Letzterem war Amie nicht bereit. Ich habe es ihr trotzdem in die Handtasche gesteckt, für den Fall, dass sie ihre Meinung ändert.

Um sieben bekomme ich die erste Nachricht von Amie.

Die Schlampe ist da. Angezogen wie eine Nutte. Bancroft ist nicht da.

Eine Dreiviertelstunde später kommt die nächste.

Bancroft ist da. Die Schlampe hängt an ihm wie eine Klette. Ich habe das Abführmittel in meiner Handtasche entdeckt. Vielleicht kippe ich ihm was davon in den Kaffee.

Auf einmal schmeckt die Eiscreme nicht mehr. Ich warte auf weitere Nachrichten, aber nach einer halben Stunde knicke ich ein und schreibe ihr eine.

Ist sie sein Date?

Es dauert ein paar Minuten, bis sie antwortet.

Ich glaube schon. ☹

Ich kann nicht glauben, dass wir vor noch nicht einmal einer Woche Sex auf sämtlichen Oberflächen seines Apartments hatten. Ich hätte bei meiner Sieben-Dates-Regel bleiben sollen. Bei ihm zu wohnen, hat alles ruiniert.

Mein Telefon pingt erneut. Es ist noch einmal Amie.

Wir haben uns geirrt.

Nachdem ich ihr zurückgeschrieben und um Klarstellung gebeten habe, erhalte ich keine Antwort. Ich schreibe verzweifelt fünfzig Ein-Wort-Nachrichten in der Hoffnung, dass die Nachrichtenflut sie dazu bringt, mir zu antworten, um mich zum Schweigen zu bringen. Sie schreibt:

Was Bancroft betrifft. Du wirst es bald verstehen.

Das hilft mir auch nicht weiter. Es ist viel zu kryptisch. Meine restlichen Nachrichten bleiben unbeantwortet. Ich glaube, ich bin am Rande einer Panikattacke, als es an der Tür klopft. Es ist noch nicht einmal zehn. Ich bin überrascht, dass das Abendessen schon vorbei ist. Die Dinnerpartys reicher Leute dauern mit dem geschäftlichen Teil nach dem Essen normalerweise bis Mitternacht. Was mir ziemlich rückständig vorkommt. Vielleicht ist Amie früher gegangen, um bei mir zu sein. Vielleicht hat sie Neuigkeiten. Mein Magen krampft, und ich nehme mein Eis, um mich damit zu trösten.

Nur dass nicht Amie durch die Wohnungstür kommt. Es ist Bancroft.

»Was zum Teufel willst du denn hier?«, fauche ich.

Bancroft nimmt mich in Augenschein. Ich unterdrücke das Bedürfnis, ins Badezimmer zu huschen und mich ein wenig zurechtzumachen. Bestimmt sehe ich schrecklich aus. Meine Haare sind achtlos zu einem Pferdeschwanz zusammengebunden, und ich trage meinen bequemen Pyjama. Und keinen BH.

Er kommt auf mich zu. Er wirkt angespannt. Und sexy. Zum Teufel mit ihm.

»Wir müssen reden.«

Ich umklammere das Sofakissen, um ihn nicht damit zu bewerfen. »Es gibt nichts zu bereden.«

»Da bin ich anderer Meinung. Ich glaube, dass es sogar eine Menge zu bereden gibt.«

»Womit willst du anfangen? Dass du dich mit Flittchen Brittany triffst? Wie gefällt ihr denn, dort weiterzumachen, wo ihr aufgehört habt? Hast du uns die ganze Zeit etwas vorgemacht?«

Er hebt die Hände. »Ich habe niemandem etwas vorgemacht.«

»Ach nein? Wie oft hat sie angerufen, während du in London warst? Hast du sie beim Video-Chat gebeten, sich auszuziehen? Hast du mit ihr über ihr Höschen gesprochen?«

»Ehrlich gesagt, glaube ich nicht, dass sie überhaupt welche besitzt«, grummelt er.

Mir bleibt der Mund offen stehen, und ich werfe den nächstbesten Gegenstand nach ihm, was ein Kissen ist und leider nicht wehtut. »Wie wenig Klasse hast du nur, um sie zu vögeln, während ich in deinem blöden Apartment wohne?«

»Hoppla. Langsam, du hast da etwas missverstanden.« Er fährt sich mit einer Hand durchs Haar. »Ich hatte noch nie Sex mit Brittany. Ich habe sie noch nicht einmal geküsst.«

Als würde es mir deswegen besser gehen. »Woher willst du dann wissen, dass sie kein Höschen trägt?«

»Weil sie mir beim letzten Mal, als wir ausgegangen sind, einen Blick gewährt hat.«

»Wieso sollte ich dir glauben?« Ich stehe vom Sofa auf, um meine Faust in die Hüfte zu stemmen. Es wäre viel wirkungsvoller, wenn ich nicht so erbärmlich aussehen würde. »Was spielt das überhaupt für eine Rolle, da wir ›unser Arrangement ja verändern‹ müssen? Und vielleicht sollten wir über das Geld sprechen, das du für erbrachte Dienste dagelassen hast.«

Bancroft schüttelt den Kopf. »Erbrachte Dienste? Ich weiß nicht einmal …«

»Ich muss im falschen Gewerbe sein, wenn meine Muschi fünf Riesen die Woche wert ist.« Ich weise auf meinen Schritt.

Bancroft sieht völlig verwirrt aus.

»Was soll ich denn denken, wenn du einen Umschlag mit Geld dalässt, um mich für Sex zu bezahlen? Hast du überhaupt eine Ahnung, wie erniedrigend das ist? Du kannst mich nicht kaufen, Bane.« Oh Scheiße. Ich glaube, ich heule gleich.

Sein Ausdruck wird verschlossen, und er verschränkt die Arme vor der Brust. »Glaubst du wirklich, dass ich dich für Sex mit mir bezahlen würde?«

»Wofür war es denn sonst? Nur für den Fall, dass ich eine Kiefersperre kriege, nachdem ich versucht habe, mir deinen Schwanz in den Hals zu stecken?« Okay, das ging vielleicht ein bisschen zu weit.

»Ich war besorgt, dass ich länger weg sein könnte, als ich

wollte. Ich wollte, dass du genug Geld hast. Ich versuche nicht, dich zu kaufen, Ruby. Ich versuche mich um dich zu kümmern.«

»Um mich braucht sich niemand zu kümmern. Und du hast gesagt, wir müssten eine Korrektur vornehmen, dass alles viel zu schnell gehe. Und das Erste, was du nach deiner Rückkehr tust, ist, mit Brittany auszugehen!« Ich gestikuliere unglaublich viel. Wenn ich mich hinsetzen würde, könnte ich meine Hände unter die Oberschenkel schieben, um sie still zu halten.

»Mist. Deswegen hasse ich Sprachnachrichten.« Bancroft reibt sich die Stelle zwischen den Augen, als würde ihm das Gespräch Kopfschmerzen bereiten. »Ich habe kein Date mit Brittany vereinbart. Das war mal wieder ein Versuch meiner Mutter, mich zu verkuppeln. Ich bin nicht daran interessiert, mit Brittany auszugehen. Bei dem Abendessen war ich nur, um von Amalie zu erfahren, wo du bist. Als ich gesagt habe, die Dinge würden sich schneller entwickeln als erwartet, war das nicht negativ gemeint. Ich war nervös, weil ich wieder nach London geschickt wurde.«

»Oh.« Das klingt ganz anders, als ich es erwartet habe. »Aber du hast mich nicht einmal angerufen, während du weg warst.«

»Ich habe mein Handy im Flieger vergessen, und ich hatte meine iCloud nicht aktualisiert, weshalb ich deine Nummer nicht mehr hatte. Ich habe dir in den sozialen Medien eine Nachricht hinterlassen in der Hoffnung, du würdest darauf antworten, aber ich habe nichts bekommen. Hast du eine Ahnung, wie verwirrt ich war, als ich nach Hause kam und feststellen musste, dass du ausgezogen bist?«

Wahrscheinlich war es ein wenig übereilt, seine Nachrichten zu löschen, ohne sie vorher zu lesen. Er muss meine schuldbewusste Miene bemerkt haben. Nach seinem lauten Seufzen zu urteilen.

»Ich wusste, dass wir reden müssen, und wahrscheinlich hätte ich schon viel früher etwas sagen sollen, aber dann musste ich wieder nach London, und mir blieb nichts anderes übrig, als damit zu warten. Ich hatte wirklich nicht vor, dich so schnell nach meiner Rückkehr ins Bett zu kriegen, aber dann ist das mit dem Club passiert, und ich konnte mich nicht mehr beherrschen.«

Ich hebe eine Hand, um ihn zu unterbrechen. »Du hast geplant, mit mir zu schlafen?«

Er macht einen Schritt auf mich zu, bis meine offene Handfläche auf seiner Brust liegt. »Geplant klingt so hinterhältig und berechnend.«

Ich bewege mich nicht, doch ich hebe mein Kinn an, um ihm ins Gesicht zu sehen. »Warst du hinterhältig und berechnend?«

Bancroft zuckt mit den Achseln. »Anfangs war es gut, im Ausland zu sein. An dem ersten Abend, den du in meiner Wohnung warst, musste ich mich ganz schön zusammenreißen, um keine falsche Entscheidung zu treffen, die sich bestimmt sehr gut angefühlt hätte. Es tut mir leid, dass ich meine Absichten nicht offengelegt habe und dass es so lange gedauert hat, sie zu benennen. Ich möchte, dass du mir vergibst. Ginge das?«

Ich nicke. »Es tut mir leid, dass ich dir nicht vertraut habe, aber die Nachrichten und das Geld …« Ich schlucke schwer, während er seine Hand auf meine legt. Es ist schwer, sich nicht von seiner Nähe einlullen zu lassen. »Ich bin froh, dass wir keine falschen Entscheidungen getroffen haben, bevor du abgereist bist.«

Mit fragendem Blick legt er den Kopf schräg.

»Wenn ich mit dir geschlafen hätte, bevor du abgereist bist, hätte das die Dinge verkompliziert. Es hätte sich angefühlt, als wäre ich gekauft worden.«

Er nimmt meine Hand und hebt meine Finger an seine Lippen. »Das Gefühl, das ich dir letzte Woche gegeben habe.«

»Ich war jahrelang von der Unterstützung meines Vaters abhängig. Sein Geld war nie umsonst, und ich wollte nicht, dass das noch einmal passiert. Selbst ohne das Missverständnis hätte ich ausziehen müssen.«

»Aber es gefällt mir, wenn du bei mir bist.« Er lässt die Finger seiner freien Hand an meinem Hals hinabgleiten. Es lenkt mich ziemlich ab.

»Ich kann nicht, Bane. Denn das Apartment gehört dir. Ich muss zuerst auf eigenen Beinen stehen. Ich kann nicht mit dir zusammenwohnen, während wir Dates haben.«

»Das hast du bereits.«

»Es war etwas anderes, als ich dein Haustiersitter und deine Mitbewohnerin war. Alles ändert sich mit Sex und einem Etikett.«

»Du kannst zumindest in meine Wohnung zurückkommen, bis deine neue Wohnung verfügbar ist.«

»Das ist nächste Woche, und meine Sachen sind hier.«

Bancroft macht ein langes Gesicht.

»Wir können beieinander übernachten. Ich kann diese Woche ein paarmal bei dir übernachten, und wenn ich meine Wohnung habe, kannst du es bei mir tun.«

»Das ist nicht dasselbe.«

»Nein. Aber ich brauche Zeit, um Verantwortung für mein eigenes Wohlergehen zu übernehmen. Ich will das schaffen, bevor ich mein Leben mit jemandem teile. Geben wir uns etwas Zeit und verabreden uns, wie normale Leute das auch tun.«

»Das können wir machen. Wenn es sein muss.« Er schmollt ganz schön.

Ich lache. »Ich halte das für logischer, als wieder bei dir einzuziehen.«

»Wie lange hast du die Wohnung? Weniger als ein Jahr?«

Die Stirnfalte ist wieder da.

»Nur zwei Monate.«

»Was kostet sie dich?«

»Sie ist erschwinglich.«

Seine Finger gleiten an der Rückseite meines Arms auf und ab. »Okay. Du kannst also in zwei Monaten wieder bei mir einziehen, und wenn ich verreist bin, bist du da und kümmerst dich um Francesca und Tiny? Und wir übernachten mindestens drei Mal die Woche beieinander, während wir das mit dem Dating machen.«

»Du klingst, als würdest du über ein Geschäft verhandeln.«

»Ich verhandle über deinen Status als Freundin und regelmäßigen Sex.«

Jetzt ist die Hand auf meiner Taille und wandert zu meinem unteren Rücken.

»Regelmäßigen, umwerfenden Sex«, korrigiere ich ihn.

»Er ist wirklich fantastisch, stimmt's?« Seine Handfläche schmiegt sich um meine rechte Hinterbacke.

»Ist er«, hauche ich.

»Wir sollten es wieder tun. Gleich jetzt. Vor allem weil wir ja Dates haben und so.«

»Das ist eine tolle Idee.«

Im Bruchteil einer Sekunde ist Bancrofts Mund auf meinem. Der Kuss ist explosiv. Ich bemühe mich, seine Anzugjacke aufzuknöpfen und seine Krawatte zu lockern, während er mit der Zunge über meine Lippen streicht.

Mich auszuziehen bedeutet, mir das Tanktop über den Kopf zu zerren und meine Shorts herunterzuziehen. Bancroft lässt seine Hände von meinen Fußknöcheln über meine Beine bis hinauf zu meinem Brustkorb gleiten, umfasst meine Brüste und küsst mich erneut.

»Kommt Amalie nicht heute Abend hierher zurück?«, fragt er.

»Eher unwahrscheinlich. Es ist Wochenende – bestimmt übernachtet sie bei Armstrong, vor allem wenn sie weiß, dass du hier bist.«

»Hervorragend. Das hatte ich gehofft.«

Ich mache weiter Knöpfe auf, während ich Bancroft ins Schlafzimmer bugsiere. Als ich die Tür aufstoße, zögere ich einen Moment. Es ist nicht mein Bett. Die Laken sind allerdings frisch. Ich habe sie heute Morgen gewechselt.

»Vielleicht sollten wir Sex auf dem Fußboden haben.« Ich löse seine Gürtelschnalle.

»Denkst du etwa, das Bett hält es nicht aus, wenn wir darin Sex haben?«

»Ich weiß es nicht genau.« Es ist ein Metallgestell, hübsch filigran. Bancrofts Bett ist aus solidem Holz gemacht. Es ist verstärkt wie ein Bunker. Er kann die Matratze durchvögeln, ohne dass dem Rahmen etwas passiert.

Ich bin mir nicht sicher, ob Amies Bett auch so ist, obwohl ich mir mehr Sorgen darum gemacht habe, Sex an dem Ort zu haben, wo normalerweise meine beste Freundin schläft.

»Mal sehen, was es aushält.« Bancroft dreht mich um, packt mich an der Taille und wirft mich aufs Bett.

Ich stütze mich auf die Ellbogen, während ich ihm aufmerksam dabei zuschaue, wie er sich auszieht. Ich wünschte, ich hätte Musik an, irgendwas, das sexy klingt und daraus einen Striptease macht.

Er ist umwerfend, auch ohne Musik. Seine Hose gleitet an seinen Beinen hinab und entblößt seine Boxershorts, durch deren roten Stoff sein Ständer deutlich zu sehen ist. Das gedämpfte Licht wirft Schatten auf seinen Umriss. Ich beiße mir auf die Lippe und brumme anerkennend.

Er zieht am Bund und lässt ihn zurückschnappen. »Gefällt dir irgendwas von dem, was du siehst?«

»Mir gefällt das Gesamtpaket, doch das da in deinen Shorts räumt sämtliche Preise ab.«

Er zieht zuerst die rechte Seite herunter, dann die linke, immer tiefer, bis die Eichel herausschaut. Ich seufze, als er vollständig enthüllt ist. Bancroft streichelt ein Mal langsam darüber, woraufhin ich aufstehe, weil ich das vielleicht gern selbst tun möchte, doch er hebt eine Hand. »Ich komme zu dir.«

Er schiebt seine Unterwäsche ganz nach unten und tritt aus ihr heraus. Während er meine Knie mit seinen auseinanderdrückt, streckt er sich über mir aus. Meine Beine hängen noch immer über der Bettkante, und seine ebenfalls.

»Zuerst werde ich dich ficken, und dann werde ich dich lieben.«

Ich erschauere bei dem Versprechen und seinem Tonfall. Und dann stöhne ich, als die große Spitze seiner Erektion über feuchte Haut gleitet. Bancroft hält seinen Blick auf mich gerichtet, während er mit wiegenden Bewegungen in mich eindringt.

Die ersten Stöße sind langsam, doch es war eine lange Woche des Schweigens und der Ungewissheit, weshalb eine unterschwellige Verzweiflung es schwierig macht, sanft zu bleiben.

»Es tut mir leid«, flüstere ich.

Er streichelt mir mit warmen Fingern die Wange. »Was?«

»Das Schlimmste zu denken.«

»Kein Grund, dich zu entschuldigen, aber wenn du später deswegen noch immer ein schlechtes Gewissen hast, kannst du mir erlauben, dich in den Mund zu vögeln.«

»Das hätte ich sowieso getan.«

Er grinst breit. »Das dachte ich mir schon, nachdem du beim letzten Mal scheinbar nicht genug kriegen konntest.«

»Du verlierst schon wieder Punkte.«

»Dann sollte ich wohl etwas tun, um sie zurückzugewinnen.«

Bancroft beginnt mit einem langsamen Hüftkreisen, welches das Bett in leichte Schwingung versetzt, doch als er an Geschwindigkeit zulegt und mich richtig zu vögeln beginnt, wird das Quietschen um einiges lauter.

Ich bin kurz davor, aber ich habe Angst, dass wir Amies Bett tatsächlich kaputt machen, was mich ablenkt.

»Vielleicht sollten wir uns auf den Boden legen«, sage ich ein wenig atemlos.

Bancroft schiebt eine Hand unter mich, packt meine rechte Hinterbacke, drückt meine Hand in seinen Nacken und hebt mich mit dem nächsten Stoß hoch. Mit einer Drehung drückt er mich gegen die Wand und macht einfach weiter.

Sämtliche Muskeln seines Oberkörpers sind angespannt, sein Hals ist sehnig, seine Oberarmmuskeln zucken. Es war kein Scherz, dass er mich ficken würde. Er mag ja liebevoll sein, doch der bevorstehende Orgasmus verspricht markerschütternd zu werden.

Ich versuche, meinen Blick nicht von ihm abzuwenden, von seinem düsteren, intensiven Ausdruck, von seinem wunderbaren Gesicht, seinen geteilten Lippen.

»Komm schon, Babe, ich will spüren, wie du kommst. Zeig mir, wie sehr du meinen Schwanz vermisst hast.«

Ich habe keine Ahnung, weshalb mich das so antörnt, doch es funktioniert. Ich komme. Heftig.

»Da haben wir's«, stöhnt er.

Mühsam öffne ich die Augen. Bancrofts Ausdruck ist totale männliche Befriedigung. Während er mit einer Hand noch immer meinen Po festhält, hebt er die andere und lässt Zeigefinger und Daumen an meinem Kinn entlanggleiten, hält mein Gesicht fest, sein Mund nur Zentimeter von meinem entfernt.

»Genau das will ich. Dich. Wie du mich gerade anschaust. Dieses Gefühl hier. Nimm es mir nicht wieder weg.«

Es klingt mehr nach einer Bitte als nach einem Befehl. Er küsst mich leidenschaftlich und erschauert, als er kommt. Wir sind beide verschwitzt und außer Atem, als er mich anders packt und rückwärtsgeht, bis er gegen das Bett stößt. Er setzt sich auf die Kante, und ich löse meine Beine und dirigiere uns so, bis er ausgestreckt daliegt und ich auf ihm sitze.

Er legt eine Hand um meinen Nacken und zieht mich herunter, verlangt nach meinen Lippen. Ein paar Minuten später rollt er herum, sodass er oben liegt.

»Was tust du da?« Es fühlt sich an, als würde er schon wieder steif werden.

Er wiegt seine Hüften. »Genau das, was ich gesagt habe.«

»Das wäre?«

»Gevögelt habe ich dich bereits, also werde ich dich jetzt lieben, oder nicht?«

Und das tut er. Die ganze Nacht. Er tut Dinge und benutzt schmutzige Worte, von denen ich nicht genug bekommen kann.

23

HALS- UND BEINBRUCH

Ruby

»Du musst deinen Vater anrufen.«

Das Wasser in der Spüle läuft, weshalb ich so tue, als würde ich Bancroft nicht hören, während ich Töpfe ins Wasser tauche und dabei platschende Geräusche mache. Geschirrspülen ist während der Vorproduktion das beste Mittel gegen Stress. Das habe ich erst diese Woche festgestellt.

Er schlingt seinen Arm um meine Taille und streicht mit den Lippen über meine Ohrmuschel. »Ignorierst du mich etwa?«

Ich neige den Kopf zur Seite und animiere ihn so, seine Lippen auch dorthin zu legen. Er bahnt sich knabbernd einen Weg von meinem Ohr zu meiner Schulter und dann wieder zurück.

»Premiere ist in einer Woche, du musst ihn anrufen.«

»Er wird nicht alles stehen und liegen lassen und herfliegen, nur um mir dabei zuzusehen, wie ich schauspielere«, erwidere ich, abgelenkt von seinem Mund und seinen Händen.

Sanft nimmt mir Bancroft den Topf, den ich schrubbe, aus den Händen und dreht mich um. Er ist so schlau, mich mit seinen Hüften gegen den Tresen zu drücken und mich zwischen seinen Händen einzuklemmen.

»Erstens sollst du dich nicht kleiner machen, als du bist. Du hast unglaubliches Talent, und es anders als auftreten oder schauspielen zu nennen, ist nicht akzeptabel. Zweitens solltest du ihm eine Chance geben, Ruby. Das ist eine enorme Leistung, und er sollte zu schätzen wissen, wie hart du dafür gearbeitet hast.« Ich hasse es, dass er so mitfühlend und vernünftig ist. Und so reizend. Das macht es schwierig, sich zu streiten.

Vor zwei Wochen habe ich auf Bancrofts Insistieren hin schließlich nachgegeben – er hat mich mit Orgasmen und italienischem Essen zum Mitnehmen geködert, und zwar in dieser Reihenfolge – und meinen Vater angerufen, um ihm von meiner Rolle in einem Off-Broadway-Stück zu erzählen.

Seine Reaktion: Ich sei also mit dem Schauspielern noch immer nicht fertig.

Es war schrecklich ernüchternd. Ich musste Bancroft anflehen, ihn nicht anzurufen und ihm die Meinung zu sagen. Ich wollte nicht, dass ihr erster Kontakt darin besteht, dass Bancroft ihn »unsensibles, traumzerstörendes Arschloch« nennt. Trotzdem schätze ich Bancrofts Bereitschaft, mir beizuspringen. Das ist ziemlich sexy.

»Ich rufe ihn später an. Nach der Probe.«

Bancroft seufzt. »Ruf jetzt an, dann hast du es nicht den ganzen Tag im Hinterkopf.«

Es hinter sich zu bringen ist ein zweischneidiges Schwert. »Wenn er sagt, dass er keine Zeit hat, verdirbt mir das den Tag, obwohl ich perfekt sein muss. Ende der Woche ist Generalprobe, und ich will nicht, dass irgendetwas meine Performance heute beeinträchtigt.«

Bancroft seufzt und streichelt mir mit einer Fingerspitze die Wange. »Du rufst also heute Abend an?«

Ich schlucke trotz des Knotens in meinem Hals und nicke.

»Kann ich irgendetwas tun, um dir den heutigen Tag zu erleichtern?«

Ich spiele an den Knöpfen seines Anzughemds. Ich trage gelbe Gummihandschuhe, die noch immer schaumig sind, weshalb ich sein Outfit ruiniere. »Du könntest mich lieben-ficken«, sage ich leise.

»Ich soll dich zuerst lieben?« Er zieht mir die seifigen Handschuhe herunter.

»Bitte.«

Er umfasst mein Gesicht und küsst mich. Es scheint keine Rolle zu spielen, dass wir seit einem Monat offiziell zusammen sind – bei jedem Kuss krümmen sich meine Zehen.

»Ich liebe dich doch immer, oder nicht?«, flüstert er an meinen Lippen.

»Das tust du. Und ich mag es, wenn du es langsam und zärtlich oder hart und schmutzig machst.«

Bancroft schiebt mir die Shorts über die Beine nach unten und hebt mich auf den Tresen. Er sinkt auf die Knie und liebt mich zuerst mit dem Mund, dann mit den Fingern und seinem Schwanz, während er noch immer vollständig bekleidet ist.

Es ist die perfekte Ablenkung vom Lampenfieber. Ich werde es auch nie müde, von ihm geliebt zu werden.

Später am Abend sitze ich in meinem Lehnsessel – dem alten, hässlichen Ding, das noch immer Platz in Bancrofts Apartment beansprucht – und gehe zum vierhundertmillionsten Mal das Skript durch, während er sich die Aufzeichnung eines Rugby-Matches anschaut. Ich würde ja neben ihm sitzen, aber dann will er mich anfassen und dann kann ich mich nicht konzentrieren.

Ich kenne meinen Text. Ich kann die Bühne sehen, meine Position, die des männlichen Hauptdarstellers – ich muss ihn küssen, was mich ein wenig nervös macht, weil Bancroft es sehen wird. Ich weiß nicht, wie er darauf reagiert. Er hat gesagt, es sei okay und er wisse, dass es nur gespielt ist, aber ich weiß nicht, ob er noch so denkt, wenn er es tatsächlich sieht.

»Hast du angerufen?«

Ich blicke auf und tue so, als hätte ich die Frage nicht gehört. »Hmm?«

»Deinen Vater, hast du ihn angerufen?«

»Er war in einem Meeting. Ich habe bei seiner Sekretärin eine Nachricht mit den genauen Angaben hinterlassen.«

»Hat er zurückgerufen?«

»Noch nicht. Das tut er noch. Wenn er nicht mehr so beschäftigt ist.« Was womöglich heißt, in ein paar Tagen oder sogar erst nächste Woche, was völlig in Ordnung ist, weil das nach der Premiere wäre.

Bancroft seufzt, sagt jedoch nichts. Er lässt nicht locker, und ich verstehe, warum. Es ist tatsächlich eine große Leistung. Ich habe eine Hauptrolle in einer der besten Off-Broadway-Produktionen der Stadt. Und ich habe das aus eigener Kraft geschafft, ohne dass jemand Anrufe getätigt hätte, um mir ein Vorsprechen zu organisieren. Meine neue Agentin, die ich mir vor einer Woche organisiert habe, war zutiefst beeindruckt.

Ich habe meine überfällige Miete bezahlt und meine Kreditkartenschulden getilgt. Es wird noch eine Weile dauern, bis sie wieder bei null sind, doch ich habe das Gefühl, die Kontrolle über mein Leben zu haben, und das ist es, was wichtig ist.

Falls ich in Bancrofts Apartment einziehe – was möglich ist, falls sich alles so weiterentwickelt –, will ich einen positiven Beitrag leisten – vielleicht nicht in Form eines dicken Geldbündels, doch zumindest will ich in stabilen Verhältnissen und keine Last sein.

»Ist ihm klar, wie wichtig das für dich ist?«

Jetzt ist es an mir zu seufzen. »Ich weiß, dass du nur helfen willst, aber du musst begreifen, dass für meinen Vater an erster Stelle immer schon er selbst gestanden hat.« Deshalb ist meine Mutter nach Alaska gezogen – sie wollte es unbedingt zur

Premiere schaffen, doch sie ist mitten auf dem Ozean und fotografiert Wale oder so etwas. Es war nicht leicht, sie über den schlagenden Wellen zu hören.

Sie kommt gegen Ende des Monats, und sie hat versprochen, eine Woche zu bleiben. Ich kann es kaum erwarten, ihr Bancroft vorzustellen. Sie wird ihn lieben.

Bancroft lässt das Thema fallen. Ich bin froh darüber. Mein Herz verkraftet nicht noch mehr von der Geringschätzung und Ablehnung meines Vaters gegenüber meinem eingeschlagenen Berufsweg.

Sechs Tage später bin ich vollständig kostümiert. Ich spüre ein nervöses Flattern im Bauch. Ich spähe durch den Vorhang. Irgendwo da draußen in der Menge sind Bancroft und Amie. Er wollte seine Eltern mitbringen, doch ich habe ihm gesagt, er solle damit warten. Ich war bei ihnen zum Abendessen. Bancroft hat mich davor gewarnt, dass seine Mutter ziemlich verkrampft sei. Allerdings war seine Besorgnis umsonst, denn sie war ganz reizend zu mir. Und seine Brüder sind seltsame Typen. Er hatte recht, sie sehen sich überhaupt nicht ähnlich, aber sie sind alle riesig.

Vor drei Tagen habe ich mit meinem Vater gesprochen. Er hat mir mitgeteilt, dass er in Meetings und beim Golf war, aber er würde sehen, was sich gegen Ende des Monats einrichten ließe.

Ich habe versucht, nicht enttäuscht zu sein. Doch das bin ich. Bancroft weiß es, und Amie ebenfalls, aber ich habe genug davon, mich meinem Vater zu beweisen. Er ist nicht einmal ein Vorbild, zu dem ich aufsehen möchte. Er hat Millionen mit einem Erektionsmittel gemacht. Unsere Vorstellungen von einer erfolgreichen Karriere stimmen nicht überein.

Ich schiebe die Bedenken beiseite und konzentriere mich

auf die Gegenwart. Es ist Premierenabend, und ich bin die Hauptfigur in einem Off-Broadway-Stück. Es ist ein riesiger, positiver Schritt. Es ist eine Leistung. In dieser Gemütsverfassung trete ich hinaus auf die Bühne und warte auf mein Stichwort.

Erst als es vorbei ist und das Licht im Saal angeht, kann ich Bancroft und Amie im Publikum sehen. Armstrong hatte irgendetwas zu tun, weshalb er nicht hier sein kann, was in Ordnung ist, weil ich noch immer Mühe habe, mit ihm warm zu werden. Rechts neben Bancroft sitzt mein Vater. Er ist gut einen Kopf kleiner als Bane und eher schlank und drahtig als muskulös. Sein Haar ist an den Schläfen grau und weicht am Ansatz ein wenig zurück. Sein ansonsten ernstes Gesicht ist von einem breiten Lächeln überzogen. Er klatscht energisch und nicht mit seiner üblichen Golfplatzkorrektheit in die Hände.

Mein Blick wandert zu Bancroft, als ich zwei meiner Mitstreiter an den Händen fasse und zum Bühnenrand vortrete, um mich zu verbeugen. Die Jubelrufe und der Applaus werden lauter, und das Tosen lässt mein Herz übergehen und Tränen in meine Augen schießen.

Die überwältigend positive Reaktion und der voll besetzte Theatersaal erfüllen mich mit Stolz. Jemand reicht mir einen riesigen Blumenstrauß, der so schwer ist, dass mir der Arm wehtut. Backstage herrscht stürmische Begeisterung. Angesichts der erfolgreichen Aufführung sind wir völlig aufgedreht.

Ich ziehe mich rasch um und begrüße die Leute, die geblieben sind, um uns zu dem erfolgreichen ersten Abend zu gratulieren. Mein Magen ist vor Aufregung ganz verkrampft, während ich mir auf der Suche nach Bancroft einen Weg durch die Menge bahne, doch ich werde fortwährend aufgehalten, um vorgestellt zu werden und Leuten die Hände zu schütteln, die mir solche Komplimente machen, dass ich erröte.

Nachdem ich mich gerade bei jemandem bedankt habe, legt sich ein Arm um meine Taille. »Wie geht es meinem Starlet?«, fragt Bancroft an meinem Ohr. Er entschuldigt uns höflich und führt mich weg.

»Hast du das bewerkstelligt?«, frage ich, als wir uns durch die Menge schieben, auf meinen Vater und Amie zu.

Ich brauche die Frage nicht zu erklären. »Kann sein, dass ich angerufen und ihm erklärt habe, wie wichtig Unterstützung ist. Er schien sehr empfänglich dafür zu sein, sobald ich ihm klargemacht hatte, wie hart du dafür gearbeitet hast, dorthin zu kommen. Und dass es viel mehr Mut erfordert, seinen eigenen Weg zu gehen, anstatt blind dem zu folgen, der einem vorgegeben wurde. Das schien bei ihm auf Zustimmung zu stoßen.«

Ich bleibe stehen und packe die Aufschläge seiner Anzugjacke. Er wirkt zuerst erschrocken, doch dann lächelt er und beugt sich herunter, um mich zu küssen. »Ich empfinde so viel Liebe für dich.«

»Du warst heute Abend bemerkenswert dort oben. Perfekt.«

»Du bist ein wenig befangen, weil du mein Freund bist.«

»Die Reaktion des Publikums hat wohl gezeigt, dass ich recht habe, trotz meiner Befangenheit. Außerdem wollte ich deinen Bühnenpartner umbringen, als er dich geküsst hat. Später, wenn ich dich nach Hause bringe, werde ich diesen Mund wieder ganz für mich beanspruchen.«

»Ich freue mich schon darauf.«

Amie umarmt mich als Erste, und dann wende ich mich meinem Vater zu und wappne mich für das, was er zu mir sagen wird. Er hält einen riesigen Blumenstrauß in der Hand. Er scheint fast genauso nervös zu sein wie ich selbst. Ich habe ihn seit Weihnachten nicht gesehen.

»Ich bin so stolz auf dich, Ruby«. Und dann schließt er mich in eine große, herzliche Umarmung, von der Sorte, die ich ihm gar nicht mehr zugetraut hätte. Und das ist alles, was ich von ihm brauche. Nur seinen Stolz und seine Liebe.

Epilog

SOCKEN

Bancroft

Vier Wochen später

Rubys Terminplan ist meinem diametral entgegengesetzt, weshalb Textnachrichten und kurze Anrufe manchmal tagelang alles sind, was wir austauschen.

Heute ist einer der seltenen freien Abende. Sie spielt an fünf Tagen die Woche, oft zwei Mal am Tag, vor allem an den Wochenenden. Es ist wunderbar, doch es bedeutet, dass ich meinen eigenen Terminplan umstelle, um an ihren freien Tagen zu Hause zu sein.

Diese Tage verbringt sie meistens in meiner Wohnung. Im Augenblick lümmelt sie in ihrem scheußlichen Lehnsessel, während ich mich mit Francesca auf dem Schoß auf dem Sofa ausgestreckt habe. Sie hat sie vor ungefähr einer Viertelstunde dort abgesetzt. Davor hatte sie sich in Rubys Shirt geschmiegt, wobei ihr Köpfchen oben am Ausschnitt rausgeschaut hat. Ruby meint, sie brauche einen Freund. Ich würde zuerst lieber die ausgestopfte Variante ausprobieren. Ich bin mir nicht sicher, weshalb Ruby so weit weg sitzt – abgesehen davon, diesem scheußlichen Sessel einen Grund zu geben, weiterhin Raum in meinem Apartment einzunehmen. Nicht dass ich ihn einfach wegwerfen würde. Obwohl ich manchmal damit drohe.

Seit wir offiziell ein Paar sind, konnte ich meinen Vater davon überzeugen, meine Geschäftsreisen zu reduzieren und mir die Aufsicht über die Sanierungsmaßnahmen der Hotels in New York zu übertragen, gemeinsam mit Griffin.

Ruby hat eine wichtige Rolle dabei gespielt, das zu ermöglichen. Mein Vater vergöttert sie. Was keine Überraschung ist. Es ist nicht schwer, sie zu vergöttern. Als ich erwähnte, dass mich Auslandsreisen von einer neuen Beziehung fernhielten, die ich aufzubauen versuchte, gab er nach. Dann warf ich meinen Bruder Lexington den Wölfen zum Fraß vor, indem ich sagte, dass er noch immer ungebunden und es deshalb keine schlechte Idee sei, ihn zu schicken. Ich hoffe, dass es dazu beiträgt, nach der Sache mit dem Hotel in London das Vertrauen meines Vaters in ihn wieder herzustellen.

Darüber hinaus habe ich ihm bewiesen, dass meine Stärke im Bereich Sanierung liegt und dass eine Kernkompetenz auf Dauer einen großen Vorteil bedeutet.

Ich schiebe einen Arm hinter den Kopf. »Willst du den ganzen Abend in dem Sessel sitzen?«

Sie blickt zu mir herüber und dann wieder auf den Fernseher. »Du schaust Rugby. Du würdest mich nicht einmal beachten, wenn ich mich zu dir setzen würde.«

»Ich werde dich nicht ignorieren.« Ich setze Francesca auf meine Brust, spreize die Beine und klopfe auf die Stelle dazwischen.

»Ich komme zu dir rüber, wenn du diese Socken ausziehst.« Sie zeigt auf meine Füße.

Ich blicke hinab. »Was? Wieso?«

Sie blickt mich böse an.

Ruby hat etwas gegen meine Socken. Anscheinend machen sie sie verrückt, was genau der Grund dafür ist, weshalb ich sie anlasse, wenn sie hier ist. Außerdem mag ich keine kalten Füße.

Ich hebe ein Bein, ziehe das Knie an und senke den Kopf, um zu schnüffeln. Ich finde, sie riechen gut.

»Igitt. Ich kann nicht glauben, dass du das wirklich getan hast.«

»Ich hab nur geprüft, ob der Geruch das Problem ist.«

»Es ist nicht der Geruch. Es ist der Anblick.« Ruby rollt mit den Augen und nimmt einen Schluck Wein.

»Bist du betrunken? Wovon redest du?«

»Ich hatte nur ein Glas.«

»Du bist also betrunken.«

»Ich kann mehr vertragen.« Das ist irgendwie wahr. Ruby hat eine Vorliebe für Wein entwickelt, die jene für Martinis abgelöst hat. Der niedrigere Alkoholgehalt und die Tatsache, dass sie zwei Stunden braucht, um ein einziges Glas zu leeren, heißt, dass sie selten über einen beschwipsten Zustand hinauskommt. Obwohl sie sich schon ein paarmal die Kante gegeben hat. Damit will ich sagen, dass sie im Schlafzimmer ziemlich abenteuerlustig ist, wenn sie etwas getrunken hat, was schon etwas heißt, da sie für Neues sowieso verdammt offen ist.

Sie kämpft mit der Fußstütze ihres alten Lehnsessels, um sie herunterzustellen. Als es ihr schließlich gelingt, kippt er nach vorn, wodurch sie fast den Wein auf ihre Sachen verschüttet. Er schwappt über den Rand und tropft an ihrer Hand herunter. Sie stellt ihr Glas auf den Sofatisch, neben den Untersetzer, nicht darauf. Überall sind Ringe. Es sollte mich eigentlich die Wände hochtreiben, aber irgendwie macht es mir nichts aus. Okay. Es macht mir was aus, aber die Putzfrau kommt morgen, um sich darum zu kümmern.

Ruby wischt sich die Hände an ihrem Trägertop ab, unter dem sie keinen BH zu tragen braucht. Es lenkt mich von den Ringen auf dem Tisch ab. Und von dem Spiel im Fernsehen. Eigentlich von allem.

Sie geht um den Sofatisch herum, packt die Socke am Zeh und zerrt daran.

»Was tust du da?«

»Die Aussicht in Ordnung bringen.« Die Socke gleitet von meinem Fuß, woraufhin sie sie auf den Boden wirft. Dann sinkt sie auf die Knie.

Ich denke zuerst, ich bekäme ein Ruby-Extra. Vor allem, als ihre Zungenspitze hervorlugt, während sie meine andere Socke herunterrollt und über meine Ferse zieht. Rubys orale Fähigkeiten sind wirklich phänomenal.

Sie pustet sich die Haare aus den Augen und schürzt die Lippen, dann legt sie die Hände um meinen Fußknöchel und reibt an meiner Wade auf und ab – eine Art kräftiger Handjob, nur dass es mein Bein ist.

Sie benutzt meinen Oberschenkel, um sich in den Stand hochzuziehen. Sie trägt meine Lieblingsshorts. Es sind die, die über ihrer rechten Pobacke stets hochrutschen.

Sie stemmt eine Faust in die Hüfte. »Viel besser.«

Ich lasse meinen Blick wieder zu ihrem Gesicht wandern, wobei ich bei ihren Brüsten für ein paar Sekunden innehalte. »Willst du mich darüber ins Bild setzen?«

»Du weißt, was das Problem ist.«

»Ich verstehe nicht, weshalb du meine Socken so hasst.«

Ruby schnaubt verärgert. Sie ist so sexy, wenn sie verärgert ist. Ich hatte so recht, was sie und wütenden Sex angeht. Ich lag auch richtig damit, dass sie beißt und kratzt.

»Socken sind nicht sexy. Mit den Socken ruinierst du alles, was sexy ist.«

»Und ohne sie?«

Sie senkt die Stimme. »Viel sexyer.«

»Sexyer?«

»Was ist mit supersexy?«

»Dafür müsstest du dein Spiel abschalten.« Ihr Lächeln ist die pure Sünde.

»Was braucht es von sexyer zu supersexy?«

Ihr Lächeln wird breiter, als sie den Saum meines Shirts packt. Francesca springt auf und huscht die Rückenlehne des Sofas entlang, um sich an deren Ende niederzulassen, weit weg von der ganzen Unruhe.

»Was tust du da?«

»Dich supersexy machen.« Sie zieht es hoch, bis ich keine andere Wahl mehr habe, als meine Arme zu heben. Es kostet sie ein wenig Mühe, es mir über den Kopf zu ziehen. Sie wirft es auf den Boden neben meine Socken.

Wie sie mich in Augenschein nimmt, bringt mich dazu, jeden einzelnen Muskel in meinem Körper anzuspannen, vor allem den unterhalb meiner Taille.

»Perfekt.« Sie seufzt und lässt sich wieder in ihren Sessel fallen.

»Das war's?«

»Ja, außer, du willst deine Shorts ebenfalls loswerden.« Sie nimmt ihr Weinglas und konzentriert sich wieder auf den Fernseher.

»Was, wenn ich nackt bin?«

»Noch besser«, murmelt sie.

»Dir ist klar, dass du mich zum Objekt machst, oder?«

Sie hebt kurz den Blick. »Du hast gefragt, wie du meine Aussicht verbessern könntest, und ich habe es dir gezeigt. Niemand hat gesagt, du müsstest dein Shirt ausziehen.«

Ich strecke einen Arm auf der Rückenlehne des Sofas aus und spreize die Beine. Ihr Blick sinkt tiefer.

»Was ist mit meiner Aussicht?«

Sie zeigt auf den Fernseher. »Du kannst jederzeit den Kanal wechseln, falls das ein Problem ist.«

»Ich rede nicht vom Fernseher.«

Sie blickt an sich hinab, streckt die Beine und wackelt mit den Zehen. »Ich trage keine Socken, also ist deine Aussicht in Ordnung.«

»Wir sind noch nicht einmal hier.« Ich zeige auf meine Brust und anschließend auf sie.

Ruby spielt an den Trägern ihres Tops. »Meinst du das hier?«

Ich ziehe eine Braue hoch und warte.

Sie wendet den Blick nicht ab, als sie mit den Händen nach dem Saum greift. Ich atme nicht mehr. Ich bewege mich nicht mehr. Ich tue gar nichts mehr. Dieses Oberteil, das kaum etwas verbirgt, wandert nach oben, immer weiter, bis ihr Nabelring zum Vorschein kommt, und sie macht immer weiter, bis es über ihren Kopf gezogen und auf dem Fußboden gelandet ist. Sie trägt keinen BH. Wir sind jetzt gleichauf.

Ich stehe von der Couch auf, während sie versucht, die Fußstütze wieder hochzuklappen. Ich setze mich rittlings auf den Sessel und ihre Beine und zwinge sie, Platz für meine Knie zu machen.

»Ich bin mir nicht sicher, ob der Sessel uns beide aushält.« Sie umfasst meine Erektion durch meine Shorts hindurch.

Das Klingeln eines Glöckchens lenkt unsere Aufmerksamkeit einen Moment lang ab. Francesca hat eins ihrer Spielzeuge gefunden und scheint spielen zu wollen. Sie wird warten müssen, bis sie dran ist.

»Wir werden wohl gleich herausfinden, wie viel er aushält.« Ich lege eine Hand auf die Lehne und versuche sie nach hinten zu stellen. »Hast du eine Ahnung, seit wann ich das schon tun möchte?«

»Was tun?« Sie lässt eine Hand an meiner Brust hinaufgleiten.

»Dich in diesem Sessel vögeln. Ich wollte das schon an deinem ersten Abend hier tun.«

»Stimmt das?« Sie schlingt ihre Beine um meine Taille.

»Das stimmt. Ich wollte dich darüberbeugen, dir diese verdammten Shorts herunterreißen und herausfinden, wie es sich in dir anfühlt.« Die Rückenlehne scheint verklemmt zu sein. Ich drücke fester, und plötzlich kippt sie mit einem lauten Krachen nach hinten, woraufhin wir beide auf dem Boden landen, ich auf Ruby.

Sie sieht sich erschrocken um. Francesca schießt an uns vorbei, den Flur entlang zu unserem Schlafzimmer.

»Oje. In meiner Vorstellung sind wir viel weitergekommen.«

»Du hast meinen Sessel kaputt gemacht!«

»Dein Sessel ist zu zerbrechlich.« Ich küsse sie auf den Hals.

»Ich liebe diesen Stuhl.«

Ich hebe den Kopf. »Mehr als mich?«

Sie gibt ein Geräusch von sich und schaut mich böse an. Sie ist stinksauer.

»Wenn dieser Sessel nicht einmal meine Liebe für dich aushält, ist er sowieso wertlos. Ich besorge dir einen neuen. Oder wir können diesen benutzen.« Ich zeige auf den, der noch heil ist. Der riesige Sessel, in den wir beide reinpassen. Der, in dem wir bequem vögeln können.

»Ich glaube, du hast meinen Stuhl absichtlich kaputt gemacht.«

»Nicht wahr. Hättest du mir nicht meine Sachen ausgezogen und dann deine auch noch, wäre dein Stuhl sehr wohl noch heil.« Ich senke den Kopf und küsse die Spitze ihres Nippels.

Sie fährt mir mit der Hand ins Haar, packt fest zu, damit ich bleibe, wo ich bin. Ihre Stimme klingt belegt. »Ich wusste, ich hätte ihn in meine Wohnung bringen sollen.«

Ich wandere zum zweiten Nippel. »Wozu, wenn du dort sowieso nicht mehr lange bist.«

»Mir bleibt noch immer« – sie stöhnt, als ich sie sanft beiße – »Zeit in meinem Untermietapartment.«

Ich stütze mich auf einen Arm, um sie anzusehen. »Du musst nicht bleiben, bis die Zeit um ist. Außerdem ist meine Wohnung näher am Theater.«

»Höchstens fünf Minuten.«

»Wieso kannst du mir das nicht leichter machen? Wieso muss es immer auf die harte Tour sein?«

Sie lächelt und schlingt ihre Beine fester um meine Taille, dann zieht sie mich zu sich heran, bis meine Erektion gegen sie drückt.

»Ich mag harte Sachen.«

Ich ignoriere den Kommentar, obwohl es nicht einfach ist. »Ich möchte, dass du wieder einziehst.«

Ihr Lächeln verblasst ein wenig. »Ich dachte, wir warten, bis die zwei Monate vorbei sind.«

»Willst du bis dahin warten?«

»Nun, so war der Plan.« Sie spielt mit den Haaren in meinem Nacken. Das macht sie, wenn sie während unserer Gespräche unsicher ist.

Wir liegen noch immer ausgestreckt auf dem Boden. Ich gehe auf die Knie, was ein weiteres lautes Krachen verursacht und Lehne und Unterteil des Sessels vollständig auseinanderbrechen lässt. Wenigstens gibt es jetzt absolut keine Möglichkeit mehr, ihn zu reparieren.

»Fühlst du dich verpflichtet, dich an den Plan zu halten?« Ich setze mich auf die Fersen und ziehe sie in meinen Schoß.

Sie blickt auf den zerbrochenen Sessel neben uns auf dem Boden und stößt ihn mit dem Zeh an. »Ich muss mich nicht daran halten.«

»Dann zieh wieder ein. Du hast bewiesen, dass du es allein schaffst, und ich weiß, dass das wichtig für dich ist. Wir beide wissen, dass du das kannst. Ich will, dass wir das gemeinsam tun.«

»Bist du sicher? Es geht noch nicht so lang …«

»Es sind schon Monate, unsere Video-Chats mit eingerechnet.«

»Aus deinem Mund klingt das wie schlechtes Internet-Dating.«

Mir wird ein wenig flau. Vielleicht habe ich die Zeichen ja falsch gedeutet, und sie ist gar nicht so sehr daran interessiert wie ich, den nächsten Schritt zu machen. »Weichst du etwa einer Antwort aus?«

»Du bist so süß, wenn du unsicher bist.« Sie schlingt ihre Arme um meinen Hals. »Ich wollte uns nur genug Zeit geben, um sicher zu sein, dass es nicht nur die Hormone sind, die uns antreiben, und du weißt schon, dass der Sex niemals langweilig wird oder so etwas.«

Als ich meine Augen zu Schlitzen verenge, beugt sie sich vor und küsst mich sanft mit einem Lächeln.

»Natürlich möchte ich wieder bei dir einziehen.«

»Wir können die Sachen morgen aus deiner Wohnung holen.«

Sie lacht. »Das hat keine Eile, oder?«

»Was ich will, will ich, und ich will nicht warten, wenn ich nicht muss.«

»Es muss die Hölle für dich gewesen sein, zwischen den ersten beiden Küssen fünf Wochen zu warten.«

»Genau.«

»Okay, dann ziehen wir mit meinen Sachen morgen hier wieder ein.«

»Und heute Abend feiern wir.«

»Oooh …« Ruby beißt sich auf die Lippe. »Welche Art von Feier?«

Ich lasse meine Hände hinabgleiten, um ihren Hintern zu umfassen und sie fest an mich zu ziehen. »Nackt, mit vielen Orgasmen. Bist du dabei?«

»Gibt es zu der Nacktheit und den Orgasmen auch Unanständigkeit?«

»Ist das nicht immer so?«

Sie braucht nicht zu antworten, und ich muss nichts weiter sagen. Sie streicht mir mit den Fingerspitzen über die Lippen und ersetzt sie dann durch ihre Lippen.

Jeder Kuss ist ein Widerhall des ersten Mals. Zufällig oder nicht, ein Teil von mir erkennt in ihr meine Zukunft, und jetzt ist sie ganz mein, damit ich sie liebe.

Danksagung

An meinen Partner und besten Freund, danke, dass du mein größter Unterstützer bist, und danke an meine Familie, die mir stets den Rücken stärkt. Debra, meine Seelenverwandte, meine beste Freundin seit Langem, das Pfeffer zu meinem Salz, ich liebe dich. Danke, dass du die ganzen Jahre schon an meiner Seite bist.

Kimberly, danke, dass du immer bereit bist, dir Fragen anzuhören, und dass du meine Cheerleaderin, meine Problemlöserin und eine außergewöhnliche Agentin bist. Es ist mir eine Ehre, mit dir zu arbeiten.

Meinem Team bei SMP, danke, dass ihr daraus eine so großartige Erfahrung gemacht habt. Rose, dass du an meine Worte glaubst, macht mich noch immer ganz sentimental.

Jenn, Sarah und Nina, ohne euch bekäme ich das niemals hin. Ich bin jedes Mal aufs Neue erstaunt, wie unglaublich ihr seid, und ich bin sehr glücklich darüber, ein so phänomenales Team zu haben.

Hustlers, ihr seid wirklich ein tolles Frauenteam. Ich darf mich glücklich schätzen, euch auf meiner Seite zu wissen.

Beavers, ihr seid mein sicherer Hafen und die besten Cheerleader, die es gibt. Ich liebe es, meine Jungs mit euch zu teilen!

An meine heimlichen Unterstützerinnen: Tara, Meghan, Deb und Katherine, ich bin froh, einen Ort zu haben, wo ich über unangemessene Dinge reden kann.

Pams, Filets, meine Nap-Girls, die 101er, meine Holidays und Indies, Tijan, Susi, Deb, Erika, Katherine, Shalu, Kellie,

Ruth, Melissa, Sarah, Kelly, Melanie und J – danke, dass ihr meine Freundinnen, Kolleginnen, Unterstützerinnen, meine Lehrerinnen seid, bei denen ich stets sanft landen kann.

Jessica – danke, dass du mich in den Hintern getreten hast, damit ich jeden Tag stundenlang auf meinem Bürostuhl ausharren konnte.

Danke an all die großartigen Blogger und Leser, die mich auf dieser Reise begleiten: Danke, dass ihr an ein glückliches Ende glaubt.

Cinderella meets Bossman

Helena Hunting
KEEP
Aus dem amerikanischen
Englisch von
Beate Bauer
ISBN 978-3-7363-0826-8

Als Amalie ihren Ehemann beim Fremdgehen erwischt (auf der eigenen Hochzeit!), ist sie so gedemütigt, dass sie kurzerhand ihren Koffer packt und die Hochzeitsreise allein antritt. Auf der winzigen Insel läuft sie ausgerechnet Lexington Mills über den Weg, der ihr Herz schon seit Langem gefährlich schnell schlagen lässt. Doch der mysteriöse Geschäftsmann ist der Letzte, mit dem sie jetzt eine Affäre beginnen sollte ...

»Helena Huntings Romane sind voller Gefühle, urkomisch, heiß und super-sexy! Unbedingt lesen!« TIJAN, NEW-YORK-TIMES-BESTSELLER-AUTORIN

LYX

Die Erfolgsreihe aus den USA –

stürmisch, verboten, sexy

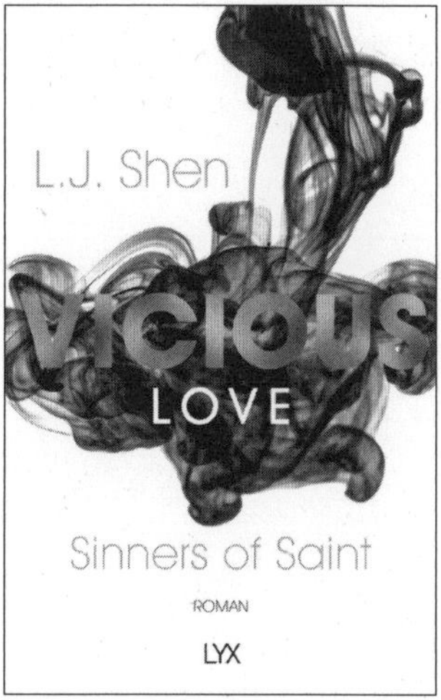

L.J. Shen
VICIOUS LOVE
Aus dem amerikanischen
Englisch von
Patricia Woitynek
448 Seiten
ISBN 978-3-7363-0686-8

Meine Großmutter sagte mir einmal, dass Liebe und Hass ein und dasselbe Gefühl seien, nur unter verschiedenen Vorzeichen erlebt. Bei beiden empfindet man Leidenschaft. Und Schmerz. Ich glaubte ihr nicht. Bis ich Baron Spencer traf. Er war auf unvollkommene Weise vollkommen. Makellos mit Makeln. Aber am allerwichtigsten – er war Vicious.

»Einfach. Süchtig. Machend.« Dirty Girl Romance

Er ist der König von New York, doch gegen die Liebe ist er machtlos!

Louise Bay
KING OF NEW YORK
Aus dem amerikanischen
Englisch von
Anja Mehrmann
352 Seiten
ISBN 978-3-7363-0692-9

Max King ist der erfolgreichste Investment-Banker der Wall Street, doch niemand ahnt, dass sein härtester Job erst nach Feierabend beginnt: als alleinerziehender Vater seiner Tochter Amanda. Er lebt in zwei Welten, die er strikt getrennt hält. Doch als er eines Abends Harper Jayne, seiner neuen Angestellten, im Aufzug zu seinem Penthouse begegnet - und sie küsst - weiß er augenblicklich, dass seine beiden Welten gerade aufeinander geprallt sind.

»Erotisch und herzzerreißend zugleich!« USA TODAY